Una perfecta desconocida

Danielle Steel

Una perfecta desconocida

Ediciones Martínez Roca, S. A.

Traducción de Jordi Arbonès

Ilustración: Maren/Agencia Publiderec
Diseño cubierta: Romi Sanmartí

2.ª edición: Junio 1998

Título original: *A Perfect Stranger,* publicado por Dell Publishing Co., Inc.,
   Nueva York

© 1981, by Danielle Steel
© 1998, Ediciones Martínez Roca, S. A.
Enric Granados, 84, 08008 Barcelona
ISBN 84-270-2127-5
Depósito legal B. 29.585-1998
Impreso y encuadernado por Romanyà/Valls S. A., Verdaguer, 1, Capellades
   (Barcelona)

Impreso en España – Printed in Spain

Para Nicholas:
que puedas encontrar lo que deseas en la vida,
reconocerlo cuando lo veas, y
tener la buena suerte de obtenerlo...
¡¡¡y de conservarlo!!!

Con todo mi amor

D. S.

Capítulo 1

LA PUERTA DEL GARAJE se abrió como por arte de magia, como una boca bostezando expectante, la oscura y enorme boca de un sapo a punto de engullir una mosca insospechada. Desde el otro lado de la calle un muchachito la observaba fascinado. Le encantaba ver abrirse la puerta de aquella manera, sabiendo que en un instante más el magnífico automóvil deportivo doblaría la esquina. El niño aguardó, contando: cinco…, seis…, siete… Ignorado por el hombre que había accionado el dispositivo de control remoto en el tablero del coche, el chico lo veía llegar todas las noches. Era su ritual favorito, y el muchachito sufría una decepción cuando el hombre del Porsche negro llegaba tarde a casa o no aparecía en absoluto. El chico permanecía allí, en las tinieblas, contando: once…, doce…, y entonces lo vio, una escurridiza sombra negra que doblaba la esquina para, tras una suave maniobra, penetrar en el garaje. El niño oculto miraba fijamente y con anhelo el precioso coche negro durante un rato más y luego se marchaba a su casa, con las imágenes del Porsche negro bailándole aún en los ojos.

Una vez dentro del garaje, Alexander Hale cerró el contacto y luego se quedó con la mirada perdida en la oscuridad familiar de su garaje. Por enésima vez aquel día, su mente volvió a evocar a Rachel. Y por enésima vez alejó aquella imagen de sus pensamientos. Suspiró quedamente, cogió la cartera portadocumentos y bajó del coche. Al cabo de un instante el dispositivo electrónico cerraría automáticamente la puerta del garaje. Penetró en la casa por una puerta posterior que daba al jardín y se detuvo en el vestíbulo de la bonita vivienda estilo victoriano, con la vista fija en la otrora acogedora cocina, que ahora estaba desierta. Había varios cacharros de cobre colgados de un bastidor de hierro forjado colocado sobre el fogón, pero la mujer de la limpieza hacía siglos que no los lustraba, y no había nadie más a quien eso le importara un bledo. Las plantas, que proliferaban delante de la ventana, se veían secas y marchitas, y él observó, al encender las luces de la cocina, que algunas de ellas estaban muertas. Giró luego sobre sus talones, echando sólo una breve mirada al comedor de paredes revestidas de madera en el otro extremo del pasillo y luego enfiló lentamente la escalera.

Ahora, cuando llegaba a casa, utilizaba siempre la puerta del jardín. Resultaba menos deprimente que entrar por la puerta principal. Cuando alguna tarde trasponía la puerta del frente, siempre tenía la impresión de que la encontraría allí. Esperaba verla con su lustrosa cabellera rubia recogida en un moño en lo alto de la cabeza y luciendo uno de los vestidos engañosamente sencillos que llevaba para concurrir a los tribunales. Rachel…, abogada deslumbrante…, noble amiga…, mujer enigmática… Hasta que hirió sus sentimientos…, hasta que se marchó…, hasta que se divorciaron, hacía exactamente dos años.

Al volver de la oficina se había preguntado si siempre recordaría esa fecha con tanta precisión. ¿Acaso durante el resto de su vida, una determinada mañana del mes de octubre, algo dentro de él despertaría aquel recuerdo con una punzada dolorosa? ¿Lo recordaría siempre? Resultaba realmente curioso que dos de sus aniversarios cayeran en el mismo día. El aniversario de boda y el del divorcio. «Coincidencia», lo había calificado Rachel con toda naturalidad. «Ironía», había replicado él. «Qué horrible», había exclamado su madre cuando llegó a su casa la noche del día en que recibió la demanda y lo encontró completamente borracho y riendo a carcajadas por no llorar.

Rachel. Sólo de pensar en ella, aún se sentía turbado. Sabía que eso era absurdo al cabo de dos años, pero no podía remediarlo… Los dorados cabellos y los ojos del color del océano Atlántico antes de una tormenta: gris oscuro, con tintes verdes y azulados. La primera vez que la vio fue en los tribunales como abogada de la otra parte en un caso que se resolvió en forma extrajudicial. Sin embargo, la batalla había sido tremenda, y ni la misma Juana de Arco habría defendido el caso con más brío y entusiasmo. Alexander la había observado durante las actuaciones, entre fascinado y divertido, y más subyugado por ella de lo que jamás lo había estado por ninguna mujer. Aquella noche la invitó a cenar, y ella no cejó hasta lograr que él le permitiera pagar la mitad de la cuenta. No quería «corromper las relaciones profesionales», le había dicho ella con una sonrisita socarrona, que encendió en él el deseo de abofetearla y, por otra parte, el de arrancarle la ropa a jirones. ¡Rachel era tan terriblemente hermosa y tan lista!

Su recuerdo le hizo fruncir el entrecejo mientras atravesaba la vacía sala de estar. Ella se había llevado a Nueva York todos los muebles de aquella estancia. El resto del mobiliario se los había dejado a Alex, pero el salón doble de la planta baja de aquella bonita casita victoriana había quedado completamente pelado. A veces él se preguntaba si el no haber querido comprar muebles nuevos sería con el fin de no olvidar, con el propósito de avivar el resentimiento que anidaba en el fondo de su corazón cada vez que cruzara la vacía sala de estar hacia la puerta de entrada. Pero ahora, mientras subía la escalera, no veía el vacío que le rodeaba. Su mente se hallaba a millones de kilómetros de distancia, rememorando los días previos a la separación, recordando lo que habían o no habían compartido. Habían compartido esperanzas, ingenio, risas, los problemas profesionales, la cama, aquella casa y poca cosa más.

Alex deseaba tener hijos, para que las habitaciones de la planta alta se llenaran de risas y algarabía. Rachel, en cambio, quiso meterse en política u obtener un puesto importante en algún bufete de Nueva York. Lo de la política se lo mencionó de pasada cuando se conocieron. Había sido natural para ella. Su padre era un hombre destacado en Washington y había sido gobernador del estado donde nació. Eso suponía un nuevo punto en común con Alex, cuya hermana era congresista en Nueva York. Rachel siempre tuvo gran admiración por aquella mujer, y ella y Kay, la hermana de Alex, en seguida se hicieron grandes amigas. Pero no fue la política lo que alejó a Rachel de Alex. Fue la otra parte de sus sueños: el bufete de Nueva York. A la postre, le había llevado dos años decidirse a abandonarle. Ahora él hurgaba en la herida con el dedo del recuerdo. Ya no le escocía como otrora. Pero al comienzo le había dolido más que cualquier otra cosa en su vida.

Rachel era hermosa, brillante, afortunada, dinámica, divertida..., pero siempre le había faltado algo: un poco de ternura, de dulzura y de afabilidad. Uno nunca utilizaría tales términos para describir a Rachel. Ella deseaba algo más de la vida que amar meramente a Alexander, que ser una abogada en San Francisco y la esposa de alguien. Tenía veintinueve años cuando se conocieron, y no había estado nunca casada. Estuvo siempre demasiado atareada para ello, le explicó a Alex, demasiado ocupada en perseguir los objetivos vitales. Al salir de la facultad de derecho se había prometido a sí misma que, para cuando cumpliera los treinta años, habría triunfado «en grande». ¿Qué significa eso?, le había preguntado él. Cien mil al año, fue la respuesta, y no se le movió ni una pestaña al decirlo. Por un instante él se rió, tomándolo como una broma. Pero luego se fijó en la expresión de sus ojos. Rachel hablaba en serio. Y sin duda se saldría con la suya. Toda su vida estaba organizada en función de esa meta. El éxito medido mediante esa vara: billetes de banco y casos importantes, sin tener en cuenta qué ni quién cayera destrozado por el camino. Antes de partir hacia Nueva York Rachel había atropellado a la mitad de los habitantes de San Francisco, y finalmente Alex se dio cuenta de la clase de mujer que era. Rachel era fría, despiadada y ambiciosa, y no se detenía ante nada con tal de lograr sus propósitos.

A los cuatro meses de casados se produjo una vacante en uno de los bufetes más prestigiosos de la ciudad. Al principio a Alex le sorprendió que la tomaran siquiera en cuenta. Después de todo, era una mujer relativamente joven y una profesional bisoña; pero no tardó en hacerse evidente que Rachel estaba dispuesta a valerse de cualquier maniobra, por endiablada que fuera, para obtener el puesto. Lo hizo, y lo obtuvo. Durante dos años Alex intentó olvidar lo que la había visto realizar a fin de obtener el trabajo. Se dijo que ella sólo utilizaría tácticas como aquéllas en su carrera; y no tardó en producirse la resquebrajadura final. La asociaron a la firma y le ofrecieron un puesto en la sucursal de Nueva York. Esta vez se trataba de algo más que un empleo con cien mil dólares anuales. Y Rachel Hale tenía tan sólo treinta y un años. Alexander pudo contemplar con horror y fascinación cómo se debatía para tomar una decisión. La elección era simple, y por lo que a Alex se refería ni siquiera debió de tomarlo en consideración. Nueva York o San Francisco. Alexander o no. Al fin, ella le dijo tranquilamente que se trataba de una oportunidad demasiado buena para dejarla escapar. Sin embargo, eso no tenía por qué afectar sus relaciones. Ella podría volar todos los fines de semana a San Francisco, o bien, claro está, si Alex quería..., podía renunciar a su carrera y marcharse con ella a la costa del Atlántico.

—¿Para hacer qué? ¿Para prepararte los alegatos? —había exclamado él mirándola fijamente, dolorido y furioso—. ¿En qué posición quedo yo, Rachel?

Alex hubiera deseado que las cosas fueran diferentes, que ella le hubiese dicho que no quería aceptar el puesto, ya que él era mucho más importante para ella. Pero ése no era el estilo de Rachel, como tampoco lo era de la hermana de Alex. Una vez se hubo acostumbrado a la idea, se dio cuenta de que ya había conocido a una mujer que era parecida a Rachel. Su hermana Kay también se había abierto camino a codazos para lograr sus objetivos, superando violentamente los obstáculos y devorando o destruyendo a todo aquel que se interpusiera en su camino. La única diferencia residía en el hecho de que Kay lo había practicado en el campo de la política, y Rachel, en el jurídico.

Resultaba mucho más fácil comprender y respetar a una mujer como su propia madre. Charlotte Brandon se las había arreglado para salir airosa en la crianza de dos hijos y en el logro del éxito en su carrera. Durante veinticinco años había sido uno de los autores más vendidos del país. Sin embargo, había educado a Alex y a su hermana, estuvo cerca de ellos, les brindó amor y les proporcionó todo lo que necesitaban. Al morir su esposo, cuando Alex aún era un niño, ella encontró un trabajo de media jornada, como investigadora para una de las secciones de un periódico, y terminó redactando toda la columna, que aparecía firmada por otro periodista. Mientras tanto, cuando disponía de un rato libre, se dedicaba a escribir su primer libro, quedándose a veces hasta las primeras horas de la madrugada. El resto ya formaba parte de la historia, la cual aparecía resumida en las solapas de las sobrecubiertas de diecinueve libros, de los cuales se habían vendido millones de ejemplares con el correr de los años. Su carrera se debía a un accidente fruto de las circunstancias. Pero, cualesquiera que fuesen las causas, ella siempre había procurado considerar lo sucedido como un don especial de la fortuna, como algo que podía compartir y gozar con sus hijos, sin permitir que el amor por su trabajo fuese mayor que el que sentía por ellos. Charlotte Brandon era una mujer verdaderamente notable, pero su hija era distinta: irascible, celosa, compulsiva, carecía de la ternura, la afectuosidad y la generosidad de su madre. Y con el tiempo Alex comprobó que su esposa era igual.

Cuando Rachel se fue a Nueva York insistió en afirmar que no quería divorciarse. Por un tiempo, hasta trató de viajar de ida y vuelta, pero debido a que cada cual se veía atrapado por su propio trabajo en puntos opuestos del país, los fines de semana que pasaban juntos se hicieron cada vez menos frecuentes. La cosa no tenía remedio, como al fin ella reconoció ante Alex, y durante dos interminables semanas éste consideró seriamente la posibilidad de cerrar su lucrativo bufete y trasladarse a Nueva York. Diablos, ¿qué sentido podía tener ya para él? ¿Para qué empeñarse en conservarlo, si eso suponía tener que perder a su esposa? Un día, a las cuatro de la madrugada, tomó una decisión: cerraría su bufete y se marcharía a Nueva York. Exhausto, pero pletórico de esperanzas, levantó el teléfono para llamarla. En Nueva York eran las siete de la mañana. Pero no fue Rachel quien respondió. Lo hizo un hombre de voz grave y melosa.

—¿La señora Hale? —repitió sin comprender—. ¿Ah, la señorita Patterson?

Rachel Patterson. Alex no podía imaginar que su esposa emprendería su nuevo trabajo en Nueva York con el nombre de soltera. Como tampoco que junto con su nuevo trabajo iniciaría un nuevo modo de vida. Fue muy poco lo que ella pudo decirle a Alex aquella mañana, mientras él escuchaba su voz en el otro extremo de la línea con lágrimas en los ojos. Más tarde Rachel le telefoneó desde su despacho.

—¿Qué puedo decirte, Alex? Lo siento...

¿Lo siento? ¿Por haberse marchado? ¿Por tener una aventura? ¿Por qué motivo lo sentía? ¿O acaso sólo lo sentía por él, por aquel pobre y patético bastardo que se había quedado solo en San Francisco?

—¿Vale la pena que tratemos de arreglarlo?

Él deseaba intentarlo, pero por lo menos esta vez Rachel fue honesta.

—No, Alex, me temo que no.

Conversaron unos pocos minutos más, y luego colgaron. No había nada más que decir, salvo lo que tendrían que hablar con sus respectivos abogados. A la semana siguiente Alex inició la demanda de divorcio. Todo anduvo sobre ruedas. «Como seres civilizados», había dicho Rachel. No hubo ningún problema en absoluto y, sin embargo, Alex se sintió afectado hasta lo más profundo de su ser.

Y durante todo un año se sintió como si hubiese fallecido un ser muy íntimo y muy querido.

Posiblemente la pena que sentía era por él mismo. Tenía la impresión de que una parte de sí mismo había sido embalada en cajas de madera, como los muebles de la sala de estar que fueron embarcados hacia Nueva York. Se comportaba de una manera normal: dormía, comía, acudía a las citas, iba a nadar, jugaba al tenis, al frontón, asistía a fiestas, viajaba, y su bufete prosperaba admirablemente. Pero una parte esencial de su ser se había esfumado. Y él lo sabía, aunque nadie más se diera cuenta. Durante más de dos años no tuvo nada que ofrecer a una mujer, con excepción de su cuerpo.

Mientras subía a su estudio, el silencio que reinaba en la casa se le hacía insoportable, y lo único que deseaba era salir corriendo. Últimamente le ocurría muy a menudo: le embargaba un acuciante deseo de escapar, de huir del vacío y el silencio. Sólo ahora, al cabo de dos años de estar sin ella, empezaba a desaparecer el torpor. Era como si por fin cayeran las vendas y aparecieran al vivo la herida y la soledad.

Alex se cambió de ropa, se puso unos tejanos, unas zapatillas, una vieja cazadora con capucha y bajó a toda prisa la escalera, con la larga y fuerte mano rozando apenas la barandilla, los negros cabellos enmarañados y sus ojos azules brillando intensamente. Salió de la casa, cerrando con un portazo, y dobló hacia la derecha hasta llegar a Divisadero, donde empezó a correr lentamente por la cuesta que llevaba a Broadway, lugar en el que se detuvo por fin y se volvió para admirar la sorprendente vista. A sus pies las aguas resplandecían como terciopelo a la luz del atardecer; las colinas aparecían envueltas por la neblina, y las luces de Marin titilaban como diamantes, rubíes y esmeraldas en el otro lado de la bahía.

Cuando llegó a la zona donde se alzaban las mansiones de Broadway, dobló a la derecha y comenzó a caminar hacia Presidio, contemplando alternativamente los impresionantes y señoriales edificios y la plácida belleza de la bahía. Las casas en sí figuraban entre las más bonitas de San Francisco. Aquéllos eran los dos o tres barrios residenciales más opulentos de la ciudad, donde competían los soberbios palacios de ladrillo visto con las mansiones estilo Tudor; los espléndidos jardines con el panorama más espectacular y los árboles más gigantescos. No se veía ni un alma, no se oía ruido alguno en las casas circundantes, si bien uno podía imaginarse fácilmente el tintinear de las copas de cristal, el sonido metálico de los finos cubiertos de plata, o los criados con librea, así como los caballeros y las damas ataviados con elegantes esmóquines ellos y vestidos de raso o de seda ellas. Alex siempre sonreía para sus adentros ante las imágenes que él mismo se pintaba. En cierto modo, le hacían sentirse menos solo que lo que imaginaba al pasar ante las casas más pequeñas y modestas de las calles que transitaba con frecuencia. En ellas siempre visualizaba a algún hombre abrazando a su mujer, con niños alegres jugando con algún cachorro en la cocina, o tumbados en el suelo ante el chisporroteante y ardiente fuego de la chimenea. En las grandes mansiones no había nada que él envidiara. Aquél era un mundo al que no aspiraba acceder, aunque muchas veces había frecuentado casas como aquéllas. Lo que Alex anhelaba era algo muy diferente, algo que él y Rachel nunca tuvieron.

Le resultaba difícil imaginarse a sí mismo enamorado de nuevo, profundamente encariñado con alguien; le era difícil imaginarse mirándose en los ojos de una mujer y deseando estallar de alegría. Hacía tanto tiempo que no experimentaba nada igual que casi había olvidado ya lo que se sentía, y a veces ni siquiera estaba seguro de desear volver a vivir una experiencia de ésas nunca más. Estaba hastiado de las petulantes mujeres de carrera, más interesadas en su salario y en cómo ascender rápidamente a los puestos superiores que en casarse y tener hijos. Él quería una mujer chapada a la antigua, un milagro, una rareza, una gema. Y esas mujeres ya no existían. Durante casi dos años sólo había habido perlas falsas en la vida de Alex. Y lo que él deseaba era una perla auténtica, perfecta, sin defecto alguno, y dudaba seriamente que quedara alguna. Sin embargo, de una cosa estaba seguro: no se conformaría con nada que fuese inferior a lo soñado por él. Y no quería otra mujer como Rachel. De eso también estaba completamente seguro.

Volvió a alejar a su ex esposa del pensamiento y se quedó contemplando la bahía desde las escaleras de piedra de la calle Baker. Éstas estaban enclavadas en la empinada ladera que unía Broadway con la calle Vallejo, y Alex disfrutaba del panorama y la fresca brisa, por lo que resolvió no alejarse más y sentarse en el escalón superior. Mientras estiraba las piernas delante de él, sonrió a la ciudad que había adoptado. Tal vez nunca encontraría a la mujer soñada. Tal vez no volvería a casarse de nuevo. ¿Y qué? Gozaba de una buena vida, tenía una bonita casa y el bufete le proporcionaba satisfacción y provecho. Quizá no necesitaba nada más. Quizá no tenía derecho a reclamar nada más.

Dejó que su vista se impregnara de los colores pastel de las casitas de la dársena, de las ostentosas casas victorianas de Cow Hollow, no muy diferentes de la suya, del espléndido estilo clásico del Palacio de Bellas Artes; luego, cuando sus ojos se alejaban de la cúpula que Maybeck había creado medio siglo atrás, se encontró recorriendo con la vista los techos de las casas que se extendían a sus pies, y entonces la descubrió. Una mujer estaba acurrucada al pie de la escalera, como si la hubiesen esculpido en ella, como una de las estatuas del Palacio de Bellas Artes, sólo que ésta era mucho más delicada, con su cabeza gacha y el perfil recortado sobre la zona iluminada del otro lado de la calle. Alex se quedó inmóvil y con la mirada fija, como si aquella mujer fuese una escultura, una obra de arte que alguien hubiera dejado allí abandonada, un trozo de mármol maravilloso en forma de mujer, tan hábilmente trabajado que parecía casi resal.

La mujer no se movió durante los cinco minutos que él estuvo mirándola, y entonces, irguiendo el torso, aspiró profunda y largamente el fresco aire nocturno, que luego exhaló despacio, como si hubiese pasado una dura jornada. Un abrigo de pieles de color claro la envolvía como una nube, y Alex podía ver claramente su cara y sus facciones en la oscuridad. Había algo poco común en ella que acuciaba a Alex el deseo de distinguir algo más. Alex se encontró allí sentado, incapaz de apartar los ojos de ella. Era la sensación más extraña que hubiese experimentado jamás. Mientras la contemplaba, bañada por la tenue luz de los faroles, se sentía atraído por ella. ¿Quién era aquella mujer? ¿Qué estaba haciendo allí? Su presencia parecía conmoverlo hasta las fibras más profundas de su ser, y el deseo de saber más acerca de ella era cada vez más acusado.

Su piel se veía muy blanca en la oscuridad, y sus cabellos eran negros y brillantes, y los llevaba esponjosamente recogidos en un moño en la nuca. Daba la impresión de que eran muy largos y se sostenían tan sólo mediante dos o tres horquillas hábilmente colocadas. Por un instante le asaltó el descabellado deseo de bajar precipitadamente la escalera, tocarla, tomarla en sus brazos y soltarle la negra cabellera. Como si hubiese presentido sus pensamientos, la mujer levantó la cabeza, despertando de sus ensueños, como si hubieran tirado de ella desde una gran distancia, con una mano muy firme. Con la cabeza vuelta hacia él, se quedó mirándolo fijamente. Y entonces él advirtió que tenía la cara más hermosa que había visto en su vida. Su rostro, como él había sospechado desde el primer momento, poseía las perfectas proporciones de una obra de arte. Sus facciones eran delicadas, menudas, con unos enormes ojos negros y unos labios suavemente curvados. Pero lo que le fascinó fueron aquellos ojos que le miraban: ojos que parecían no ver y que le robaban toda la cara; ojos que daban la impresión de estar preñados de una pena inconmensurable. A la luz de los faroles Alex pudo distinguir dos brillantes ríos de lágrimas deslizándose por sus marmóreas mejillas blancas. Durante un momento sin fin, sus miradas se encontraron, y Alex tuvo la sensación de que todas las fibras de su ser eran atraídas por la bella desconocida de ojos grandes y negros cabellos. ¡Se veía tan vulnerable y perdida, allí sentada! Y entonces, como turbada por haberle permitido aunque brevemente atisbar en el fondo de su alma, la mujer inclinó con presteza la cabeza. Por una fracción de segundo Alex se quedó inmóvil, y luego, de pronto, se sintió arrastrado hacia ella. La observó, tratando de resolver qué debía hacer, y de repente la joven se levantó, envuelta en sus pieles. El abrigo de piel de lince se abrió en torno a ella como una nube. Los ojos de la desconocida se posaron en Alex de nuevo, pero esta vez sólo por un instante, y acto seguido, como si hubiese sido solamente una aparición, pareció penetrar en un seto y desapareció.

Durante largo rato Alex permaneció con la vista fija en el sitio donde ella había estado, clavado en el suelo como si hubiera echado raíces. Todo había ocurrido muy aprisa. Entonces se puso de pie rápidamente y bajó corriendo la escalera hasta el escalón en el que ella había estado sentada. Descubrió un estrecho sendero que moría ante una pesada puerta, detrás de la cual Alex supuso que había un jardín; pero no tenía manera de saber a qué casa pertenecía. Podía ser cualquiera de las muchas que allí había. Por lo tanto en aquella puerta terminaba el misterio. Sintió la tentación de llamar a ella. Tal vez la mujer se encontrara en el oculto jardín que se abría en el otro lado. Fue presa de la desesperación al pensar que no volvería a verla nunca más. Luego, sintiéndose estúpido, tuvo que recordarse a sí mismo que aquella mujer no era más que una desconocida. Se quedó mirando pensativamente la puerta, y acto seguido giró con lentitud sobre sus talones y subió los altos escalones de piedra.

Capítulo 2

AUN AL INTRODUCIR la llave en la cerradura, Alex se veía acosado por la imagen del rostro de la mujer que lloraba. ¿Quién era? ¿Por qué estaba llorando? ¿A qué casa pertenecía? Se sentó en la angosta escalera circular del vestíbulo con la mirada perdida en la sala de estar vacía y observando la luz de la luna que se reflejaba en el desnudo suelo de madera. Jamás había visto una mujer tan adorable como ella. Su cara era de las que no se olvidan en toda una vida, y él se dijo que, aunque quizá no toda la vida, estaba seguro de que la recordaría durante mucho tiempo. Ni siquiera oyó el timbre del teléfono cuando sonó a los pocos minutos. Seguía perdido en sus propios pensamientos, reflexionando sobre la visión que había tenido. Pero cuando por fin oyó el teléfono, subió corriendo hasta el primer rellano y entró en su estudio a tiempo de desenterrar el aparato de debajo de la montaña de papeles que cubría el escritorio.

—Hola, Alex.

Instantáneamente, se produjo un tenso silencio. Era su hermana Kay.

—¿Qué sucede?

Lo cual equivalía a decir: «¿Qué quieres?». Kay nunca telefoneaba a nadie como no fuese para pedir algo.

—Nada en particular. ¿Dónde estabas? Hace media hora que

estoy llamando. La chica que se quedó trabajando horas extras en tu bufete me dijo que te ibas directamente a casa.

Siempre la misma. Quería lo que quería cuando lo quería, sin importarle un bledo la conveniencia de los demás.

—Salí a dar un paseo.

—¿A esta hora? —exclamó recelosa—. ¿Por qué? ¿Ocurre algo?

Alex exhaló un sordo suspiro. Hacía años que estaba harto de su hermana. ¡Era tan poco generosa, tan poco tierna! Todo en ella eran aristas...; era fría, dura y cortante. A veces le recordaba a aquellos pisapapeles de cristal tallado en ángulos muy filosos, que resultaban bonitos a la vista, pero que no invitaban a tocarlos ni a cogerlos. Y hacía años que era obvio que su esposo pensaba lo mismo de ella.

—No, no ocurre nada, Kay.

Pero también tenía que reconocer que, para ser una mujer tan indiferente ante las tribulaciones de los demás, poseía un instinto especial para detectar cuándo él se sentía deprimido o malhumorado.

—Sólo salí a tomar un poco de aire. He tenido un día pesado. —Y con el fin de suavizar el tono de la conversacrión y desviar la atención de su persona, le preguntó—: ¿Y tú, no sales nunca a dar un paseo, Kay?

—¿En Nueva York? Debes de estar loco. Aquí puedes caerte muerto sólo por respirar.

—Por no hablar de ser atacada o violada.

Alex sonrió y presintió que ella también lo hacía. Kay Willard no era mujer de sonrisa fácil. Estaba siempre demasiado concentrada, demasiado apremiada, demasiado hostigada, y raras veces lo bastante contenta.

—¿A qué debo el honor de esta llamada telefónica? —le preguntó Alex, recostándose en el asiento y disfrutando de la vista mientras esperaba pacientemente la respuesta.

Durante largo tiempo Kay le había telefoneado a causa de Rachel. Kay se relacionaba con su ex cuñada por razones obvias. Deseaba conservar en su corte de amigos al antiguo gobernador. Y si lograba convencer a Alex para que volviese junto a Rachel, el padre de ésta estaría encantado. Suponiendo, claro está, que hubiese logrado hacerle ver a Rachel lo muy desgraciado que se sentía Alex sin ella y lo mucho que significaría para él si accedía a brindarle una nueva oportunidad. Varias veces había intentado concertar una entrevista con ella, cuando Alex iba a Nueva York. Pero aun cuando

Rachel hubiese estado dispuesta a reconciliarse con él, de lo cual Kay nunca estuvo completamente segura, lo que se hizo evidente con el correr de los años fue que Alex no lo estaba.

—¿Y bien, congresista Willard?

—Ah, nada en especial. Sólo me preguntaba si no piensas venir a Nueva York.

—¿Por qué?

—No seas tan brusco, por Dios. Simplemente pensé en invitar a unos cuantos amigos a cenar.

—¿Cuáles, por ejemplo?

Alex la venía venir, y sonrió para sus adentros. Era sorprendente su hermana la apisonadora. Siempre era uno quien tenía que aflojar; ella no cedía nunca.

—Está bien, Alex, no es necesario que te pongas tan a la defensiva.

—¿Quién se pone a la defensiva? Sólo pretendo saber con qué personas quieres sentarme a la mesa. ¿Qué tiene eso de malo? A menos, claro está, que en tu lista de invitados figure alguien que pueda hacernos sentir un poco incómodos. ¿Quieres que te dé las iniciales, Kay, para facilitar las cosas?

Ella tuvo que echarse a reír sin querer.

—De acuerdo, de acuerdo. He captado el mensaje. Pero, por Dios, Alex, el otro día coincidí con ella en el avión al volver de Washington, y se la ve sensacional.

—No faltaría más. Con su sueldo también tú te verías así.

—Gracias, querido.

—De nada.

—¿Sabías que le han propuesto que se presente a concejala?

—No. —Siguió un largo silencio—. Pero realmente no me sorprende. ¿Y a ti?

—Tampoco. —Entonces su hermana exhaló un sonoro suspiro—. A veces me pregunto si te das cuenta de lo que echaste por la borda al no venir a Nueva York.

—Ya lo creo que sí, y cada día doy gracias al cielo por ello. No quiero estar casado con una mujer que actúe en política, Kay. Ése es un honor que solamente está reservado para hombres como George.

—¿Qué demonios quieres decir con eso?

—Que está tan ocupado con sus cosas que estoy seguro de que ni siquiera se da cuenta de que a veces te pasas tres semanas en Washington. Yo sí que me daría cuenta.

Alex no le dijo que su hija también se daba cuenta. Lo sabía porque charlaba largo y tendido con Amanda cada vez que él iba a

21

Nueva York. Solía llevarla a almorzar, o a cenar, o a dar largos paseos. Conocía mejor a su sobrina que sus propios padres. A veces pensaba que a Kay le importaba un pepino.

—Por cierto, ¿cómo está Amanda?

—Muy bien, supongo.

—¿Qué quieres decir con eso? —le preguntó él en tono de censura—. ¿Acaso no la ves nunca?

—¡Demonios, acabo de bajar del maldito avión que me ha traído de Washington! ¿Qué pretendes de mí, Alex?

—No mucho. Lo que tú hagas me tiene sin cuidado. Lo que le hagas a Amanda ya es otro cantar.

—Eso tampoco te importa.

—¿Ah, no? ¿Entonces a quién le importa? ¿A George? ¿Se da cuenta él de que nunca pasas ni diez minutos en compañía de tu hija? Por supuesto que no.

—Amanda tiene dieciséis años, por Dios, ya no necesita una niñera, Alex.

—No. Pero necesita un padre y una madre desesperadamente..., como cualquier chica de su edad.

—Eso no puedo remediarlo. Estoy metida en política, y ya sabes cuán absorbente es ésta.

—Sí, lo sé.

Alex meneó la cabeza lentamente. Eso era lo que su hermana deseaba para él. Una vida al lado de Rachel «Patterson», una vida que lo relegaría al papel de «primera dama», pero al revés.

—¿Algo más?

Ya no tenía ganas de seguir hablando con ella. Con cinco minutos de escucharla tenía bastante.

—El año que viene me presentaré a senadora.

—Felicidades —le dijo él secamente.

—No te entusiasmes tanto.

—No me entusiasmo. Pensaba en Mandy y en lo que eso significará para ella.

—Si triunfo, significará que es la hija de una senadora, eso es todo.

Kay adoptó de pronto un tono mordaz, y Alex la habría abofeteado.

—¿Crees realmente que eso le importa, Kay?

—Probablemente no. Anda con la cabeza tan metida entre las nubes que seguramente le importaría un rábano así me presentase para presidenta de la nación.

Por un momento Alex creyó percibir una nota de tristeza en su voz, y meneó la cabeza.

—No es eso lo que importa, Kay. Todos estamos muy orgullosos de ti y te queremos, pero hay otras cosas además de eso…

¿Cómo podría decírselo? ¿Cómo podría explicárselo? A ella nada le interesaba salvo su carrera, su trabajo.

—No creo que ninguno de vosotros comprendáis lo que eso significa para mí, Alex, lo mucho que me he empeñado en lograrlo, lo arduo que ha sido llegar al punto donde estoy. Ha sido agotador, pero lo he logrado, y lo único que sabes hacer es fastidiarme, echándome en cara la clase de madre que soy. Y nuestra querida madre aún es peor. En cuanto a George, está demasiado ocupado abriendo a la gente por el medio para recordar si soy una congresista o el alcalde de la ciudad. Te aseguro que es desalentador, muchachito, por no decir otra cosa peor.

—Estoy seguro de ello. Pero a veces las carreras como la tuya dañan a la gente.

—Eso entra en las reglas del juego.

—¿Ah, sí? ¿A eso se resume todo?

—Tal vez —repuso con voz fatigada—. No tengo todas las respuestas. Ojalá las tuviese. ¿Y qué me dices de ti? ¿Qué pasa en tu vida últimamente?

—Poca cosa. Trabajo.

—¿Eres feliz?

—A veces.

—Deberías volver al lado de Rachel.

—Por lo menos tienes la virtud de no andar con rodeos. No quiero, Kay. Además, ¿qué te hace suponer que ella me aceptaría?

—Me dijo que le gustaría verte.

—¡Oh, cielos! —Lanzó un suspiro—. No te rindes nunca, ¿verdad? ¿Por qué no te casas con su padre y me dejas en paz de una vez por todas? Así obtendrías los mismos resultados, ¿no?

Esta vez Kay se rió.

—Quizá.

—¿De veras esperas que supedite mi vida amorosa a dar impulso a tu carrera política? —La sola idea le parecía divertida, pero a pesar de lo ofensivo que resultaba, Alex sabía que aquellas palabras encerraban un ápice de verdad—. Creo que lo que más me gusta de ti, querida hermana, es tu ilimitada desfachatez.

—Gracias a ello logro llegar a la meta que quiero alcanzar, hermanito.

—Estoy seguro de ello. Pero esta vez no lo conseguirás, cariño.

—¿No quieres cenar con Rachel?

—No. Pero si vuelves a verla, dale mis saludos.

Al oír mencionar su nombre se le contrajo el estómago. Había dejado de amarla, pero de cuando en cuando el mero hecho de oír hablar de ella aún le provocaba escozor.

—Lo haré. Y piénsalo. No me será difícil armar algo cuando vengas a Nueva York.

—Con un poco de suerte, tú estarás en Washington, y demasiado ocupada para poder dedicarme unos minutos de tu tiempo.

—Puede ser. ¿Cuándo vas a venir?

—Probablemente dentro de un par de semanas. Tengo que ver a un cliente ahí. Soy su coasesor en un caso muy importante.

—Me dejas pasmada.

—¿De veras? —Sus ojos se entrecerraron mientras Alex miraba por la ventana—. ¿Por qué? ¿Favorece eso tu campaña? Creo que las lectoras de mamá te proporcionarán más votos que yo, ¿no te parece? —le dijo con un dejo de ironía—. A menos, claro está, que tenga el buen criterio de casarme de nuevo con Rachel.

—Procura no meterte en ningún lío.

—¿Acaso lo he hecho alguna vez? —inquirió él divertido.

—No, pero si me presento a senadora tendré que librar una difícil batalla. Mi contrincante es un maniático de la moralidad, y si algún pariente mío, por lejano que sea, comete algún acto ofensivo, me hará papilla.

—Procura advertírselo a mamá —le dijo él en broma, pero Kay le contestó en seguida con tono serio.

—Ya lo hice.

—¿Estás bromeando?

Alex lanzó una carcajada al imaginar a aquella señora de blancos cabellos, largas piernas y elegante figura ceñida por un corsé, que era su madre, embarcada en alguna aventura escabrosa capaz de perjudicar la campaña de Kay tendente a obtener un puesto en el senado o dondequiera que fuese.

—No bromeo. Hablo en serio. En estos momentos no puedo permitir que surja ningún problema. Nada de tonterías, nada de escándalos.

—¡Qué lástima!

—¿Qué quieres decir con eso?

—No sé… ¡Ahora que estaba pensando en tener amoríos con esa ex trotona que acaba de salir de la cárcel…!

—Muy gracioso. Hablo en serio, Alex.

—Lamentablemente. De todas maneras, cuando vaya a Nueva York podrás darme la lista con tus instrucciones. Trataré de portarme bien hasta entonces.

—Eso espero, y no te olvides de avisarme cuando vayas a venir.

—¿Para qué? ¿Para que puedas arreglarme una cita con Rachel? Me temo, señora congresista Willard, que no voy a consentirlo, ni siquiera por el bien de su carrera.

—Eres un tonto.

—Tal vez.

Sin embargo, él ya no lo creía así. No lo creía en absoluto, y después de la llamada telefónica de Kay se quedó mirando por la ventana y pensando no en Rachel sino en la mujer que había visto al pie de la escalera de piedra. Si cerraba los ojos aún podía ver su perfil perfectamente tallado, sus enormes ojos y su delicada boca. Nunca había visto una mujer tan bella ni tan fascinadora. Permaneció sentado detrás de su escritorio, con los ojos entornados, pensando en ella, y entonces, exhalando un suspiro, sacudió la cabeza, abrió los ojos y se puso de pie. Era ridículo estar soñando con una desconocida. Y sintiéndose como un estúpido, lanzó una risita y alejó aquella imagen de su mente. No tenía sentido enamorarse de una perfecta desconocida. Pero, mientras bajaba a prepararse algo para comer, se dio cuenta de que tenía que repetírselo una y otra vez.

Capítulo 3

LA LUZ DEL SOL penetraba a raudales en la habitación y se esparcía sobre la colcha de seda beige y las sillas tapizadas con tela del mismo color. Era una bonita y espaciosa estancia con grandes ventanales que daban sobre la bahía. Desde el *boudoir*, contiguo al dormitorio, podía verse el puente Golden Gate. Había una chimenea de mármol blanco en cada habitación, y pinturas francesas elegidas con gusto; una vitrina Luis XV, situada en un rincón, contenía un jarrón chino de incalculable valor. Delante de las ventanas había un precioso escritorio Luis XV, que en otra habitación habría parecido monstruoso. Contiguo al *boudoir* se encontraba otro cuarto, con las paredes revestidas de madera, lleno de libros en inglés, español y francés. Los libros constituían el alma de su existencia, y era allí donde Rafaela gozaba de un momento de tranquilidad mientras contemplaba la bahía. Eran las nueve de la mañana, y ella llevaba un vestido negro que se ceñía perfectamente a su cuerpo, poniendo de relieve sus graciosas y sutiles formas. El vestido había sido confeccionado a su medida en París, al igual que la mayor parte de su vestuario, con excepción de las prendas que adquiría en España. Raras veces compraba sus vestidos en San Francisco. Casi nunca salía de su casa. En San Francisco era una persona prácticamente invisible, un nombre que la gente raras veces oía mencionar y a cuya poseedora no veía nunca. A la mayoría de las personas les hubiera resultado difícil asociar unos rasgos con el nombre de la señora de John Henry Phillips, y por nada del mundo con la cara de Rafaela. Hubiese sido difícil imaginar la inmaculada belleza de aquella tez blanca como la nieve, con aquellos enormes ojazos negros. Cuando se casó con John Henry, un periodista escribió que semejaba una princesa sacada de un cuento de hadas, y luego procedió a explicar que en muchos aspectos lo era. Sin embargo, los ojos que contemplaban la bahía aquella mañana de octubre no eran los de una princesa de cuento de hadas, sino los de una joven y solitaria mujer, encerrada en un mundo de soledad.

—El desayuno está servido, señora Phillips —anunció desde la puerta una doncella con uniforme blanco muy almidonado.

Más que un anuncio parecía una orden, se dijo Rafaela, pero ésa era siempre la sensación que le causaban los sirvientes de John Henry. La misma impresión tenía en casa de su padre, en París, y en la de su abuelo, en España. Siempre le parecía que eran los criados quienes impartían las órdenes, a la hora de levantarse, de vestirse, de almorzar o de cenar. «*Madame* está servida», le anunciaban a la hora de la cena en casa de su padre, en París. Pero ¿y si *madame* no deseaba que la sirvieran? ¿Y si *madame* sólo quería comerse un emparedado, sentada en el suelo frente a la chimenea? ¿O una copa de helado para desayunar en vez de tostadas y huevos escalfados? Sólo el pensarlo la hizo sonreír mientras regresaba a su habitación y miraba en torno. Todo estaba a punto. Sus maletas se encontraban cuidadosamente apiladas en un rincón —eran todas de gamuza color chocolate y suaves como un guante—, y había un enorme bolso de mano en el que Rafaela llevaría los regalos para su madre, tías y primos, sus joyas y algo para leer en el avión.

Mientras observaba el equipaje no experimentaba emoción alguna ante el hecho de tener que emprender aquel viaje. Ya casi había perdido la capacidad de emocionarse por algo. En su vida ya no quedaba nada que le causara gozo o placer. Parecía tener ante ella una interminable pista asfáltica, que se extendía hacia un lugar desconocido y lejano, el cual no despertaba en Rafaela interés alguno. Ella sabía que cada día sería exactamente igual al anterior. Cada día ella haría lo mismo que venía haciendo desde casi siete años atrás, con excepción de las cuatro semanas que pasaba en España durante el verano y los pocos días que, con anterioridad a esa estadía, se quedaba en París, para visitar a su padre. Y de cuando en cuando hacía algún que otro viaje a Nueva York con el fin de recibir a los familiares que llegaban de España. Ahora le parecía que hacía años que no había estado allí, desde que partió de

Europa, desde que se convirtió en la esposa de John Henry. ¡Era todo tan diferente ahora de como había sido al comienzo!

Todo había sido como un cuento de hadas. O como una fusión de empresas. Un poco de ambas cosas. La unión de la Banque Malle de París, Milán, Madrid y Barcelona con el Phillips Bank de California y Nueva York. Ambos emporios estaban constituidos por sociedades inversionistas de alcance internacional. La primera operación de gran magnitud que hizo su padre con John Henry les proporcionó a ambos el privilegio de aparecer en la portada de *Time*. Fue asimismo la causa de que ambos hombres se vieran muy a menudo durante la primavera, a medida que comenzaban a prosperar sus planes. Y de ahí nació el compromiso de John Henry con la única hija de Antoine.

Rafaela no había conocido a nadie como John Henry. Era alto, guapo, atractivo, enérgico y, no obstante, gentil, amable y de voz suave, con un permanente brillo risueño en los ojos. También aparecía a veces en ellos una expresión maliciosa, y con el tiempo, Rafaela descubrió lo mucho que le encantaba bromear y jugar. Era un hombre de una imaginación y una capacidad creadora extraordinarias; era hombre de ingenio, de una gran elocuencia y de un gran estilo. Poseía todo aquello que Rafaela o cualquier otra joven como ella podía desear.

Lo único que le faltaba a John Henry Phillips era juventud. Y al principio hasta eso resultaba difícil de creer al observar su apostura, sus bellas facciones o sus poderosos brazos cuando jugaba al tenis o nadaba. Tenía un físico de estilizadas y bellas líneas que muchos hombres de su edad habrían envidiado.

La edad había sido un escollo, al comienzo, para cortejar a Rafaela. Sin embargo, con el correr del tiempo, y al aumentar la frecuencia de los viajes a París, cada vez la encontraba más encantadora, más franca, más deliciosa. Y a despecho de sus rígidas ideas con respecto a su hija, Antoine de Mornay-Malle no supo ahogar la esperanza de ver a su viejo amigo casado con su única hija. También él era consciente de la belleza de su Rafaela, de su simpatía y franqueza, así como de su candorosa inocencia. Y asimismo se daba cuenta de que John Henry Phillips sería un excelente partido para cualquier mujer, a pesar de la diferencia de edad. Tampoco era ciego a lo que eso significaría para el futuro de su banco, una consideración que ya había pesado para él por lo menos en otra ocasión anterior. Su propio matrimonio se había basado en el afecto, así como también en el aspecto financiero.

El anciano marqués de Quadral, el padre de su esposa, había

sido el genio de las finanzas de Madrid, pero sus hijos no habían heredado su pasión por el mundo de las operaciones bursátiles, y casi todos se habían desviado hacia otros campos. Durante años el viejo marqués prosiguió su búsqueda del que habría de sucederle en la dirección de los bancos que había fundado en el transcurso de los años. Lo que ocurrió, empero, fue que conoció a Antoine, y finalmente, después de mil malabarismos, La Banque Malle juntó fuerzas en numerosas operaciones con el Banco Quadral. La unión cuadruplicó rápidamente el poder y la fortuna de Antoine, para satisfacción del marqués, que no dudó en hacer entrar en juego a su hija Alejandra, marquesa de Santos y Quadral. Antoine quedó instantáneamente prendado de aquella belleza española de cabellos muy rubios y ojos azules, y no tardó en comenzar a pensar que ya era hora de casarse y tener un heredero. Hasta los treinta y cinco años había estado demasiado atareado transformando la empresa bancaria de la familia en un imperio, pero ahora otros intereses comenzaban a reclamar su atención. Alejandra constituía la solución perfecta del problema, y era una solución muy hermosa, por cierto. A los diecinueve años poseía una belleza que cortaba la respiración. Antoine no había visto unas facciones tan exquisitas en toda su vida. A su lado, era él, con sus cabellos y ojos negros, quien parecía español. Y en realidad formaban una extraordinaria pareja.

A los siete meses de haberse conocido su boda se constituyó en el acontecimiento social más importante de la temporada. La luna de miel la pasaron en el sur de Francia y se prolongó a lo largo de todo un mes. Inmediatamente después se trasladaron a la finca del marqués, llamada Santa Eugenia, en la costa española. La finca era magnífica, y fue allí donde Antoine comprendió lo que el casamiento con Alejandra llegaría a significar. Ahora, él era miembro de la familia, otro hijo más del anciano marqués. Se esperaba que pusiese sus reales con frecuencia en Santa Eugenia, y que viajara tan a menudo como pudiese a Madrid. Eso era por cierto lo que Alejandra pensaba hacer, y cuando llegó el momento de volver a París, le rogó a su marido que la dejara quedarse en Santa Eugenia unas semanas más. Y cuando por fin volvió junto a él en París, seis semanas después de lo prometido, Antoine comprendió en seguida lo que iba a suceder en lo sucesivo. Alejandra pasaría la mayor parte del tiempo, como siempre había sido, rodeada de su familia, en las propiedades de España. Allí había pasado enclaustrada los años de la guerra, y ahora, a pesar de haberse acabado la contienda y de haberse casado, seguía deseando vivir en aquellos lugares que tanto quería.

29

Como era previsible, al cumplirse el primer aniversario Alejandra dio a luz a su primer hijo, al que llamaron Julien, y Antoine no pudo ocultar su satisfacción. Ahora ya tenía un heredero para su imperio; él y el marqués se pasaban horas paseando por los campos de Santa Eugenia, cuando el niño tenía un mes de edad, discutiendo los planes futuros de Antoine para los bancos y su hijo. Así obtuvo la aprobación plena de su suegro, y en el curso del año que llevaba casado con Alejandra, tanto el Banque Malle como el Banco Quadral habían prosperado considerablemente.

Alejandra se quedó en Santa Eugenia todo el verano con sus hermanas y hermanos, con los hijos de éstos, con los primos, sobrinos y amigos. Y cuando Antoine regresó a París, Alejandra ya estaba encinta de nuevo. Esta vez sufrió un aborto, y la siguiente, un parto prematuro, tuvo mellizos, que fallecieron al nacer.

Luego siguió un breve lapso en que ella pasó seis meses descansando, con su familia, en Madrid. Cuando volvió a París junto a su esposo, concibió de nuevo. De este cuarto embarazo nació Rafaela, dos años menor que Julien. Hubo luego dos abortos más y otro parto en que el niño murió al nacer, después del cual la hermosísima Alejandra manifestó que el clima de París no le sentaba bien y que sus hermanas consideraban que se sentiría mejor en España. Como sea que durante todo el tiempo que llevaba de casado, Antoine ya se había convencido de que el retorno a España era inevitable, no puso objeción alguna al deseo de su esposa. Así eran las mujeres de aquel país, y él sabía que se trataba de una batalla que nunca podría ganar.

En adelante, se conformó con visitar a Alejandra en Santa Eugenia, o en Madrid, rodeada de sus primos y hermanos, absolutamente satisfecha de estar siempre en compañía de sus allegados, selectas amigas y un hato de hermosos solteros, que las acompañaban a los conciertos, a la ópera o al teatro. Alejandra seguía siendo una de las más notorias bellezas de España, y allí llevaba una vida de ocio y opulencia sumamente placentera, que la satisfacía por completo. Para Antoine no era un gran problema hacer viajes de ida y vuelta a España, cuando encontraba la oportunidad de escaparse del banco, lo que hacía cada vez con menos frecuencia. Con el tiempo, logró convencer a su esposa para que dejara volver a sus hijos a París con el fin de que terminaran sus estudios, con la condición, por supuesto, de que pasaran todas las vacaciones en Santa Eugenia, que en verano se prolongarían durante cuatro meses. Y de cuando en cuando, ella condescendía a hacerle una visita en París, sin que dejara de referirse constantemente a los efectos perniciosos que el clima de Francia ejercía sobre su salud. Después del último aborto, no hubo más alumbramientos. De hecho, a partir de entonces entre Alejandra y su esposo sólo persistió un afecto platónico, lo cual, según sabía ella por sus hermanas, era perfectamente normal.

Antoine se sintió muy contento de dejar las cosas como estaban, y al morir el marqués el matrimonio dio sus frutos. Nadie se sorprendió del arreglo. Alejandra y Antoine heredaron conjuntamente el Banco Quadral. Sus hermanos fueron ampliamente recompensados, pero a manos de Antoine pasó el imperio que con tanta desesperación había anhelado agregar al propio. Ahora era en su hijo en quien pensaba mientras continuaba ampliándolo, si bien el único hijo varón de Antoine no estaba predestinado a ser su heredero. A los dieciséis años, Julien de Mornay-Malle murió en un accidente, en Buenos Aires, cuando jugaba al polo, dejando a la madre aturdida, al padre desolado y a Rafaela como única descendiente de Antoine.

Y fue Rafaela quien consoló a su padre, quien viajó con él en el avión que les llevó a Buenos Aires, con el fin de llevar el cadáver del muchacho de vuelta a Francia. Ella fue quien le tomó la mano a su padre durante aquellas interminables horas y mientras contemplaban la descarga del féretro, efectuada con toda solemnidad, en el aeropuerto de Orly. Alejandra viajó a París por separado, rodeada de sus hermanas, primas y uno de los hermanos, así como de varias amigas íntimas, pero siempre custodiada, protegida, tal como había vivido toda su vida. A las pocas horas del entierro la acuciaron para que volviese a España con ellas y, cediendo llorosa, Alejandra dejó que se la llevaran. Tenía un verdadero ejército que la protegía; en cambio, Antoine no tenía a nadie, sólo una hijita de catorce años.

Sin embargo, en adelante la tragedia se encargó de estrechar aún más el lazo que los unía. Él nunca hablaba de ello, pero era algo que siempre estaba latente. La tragedia también creó un lazo de unión entre el padre de Rafaela y John Henry, cuando ambos hombres descubrieron que compartían un dolor similar, causado por la pérdida de sus respectivos hijos únicos. El de John Henry había fallecido en un accidente de aviación. A los veintiún años, el muchacho pilotaba su propio aparato. También la esposa de John Henry había muerto, cinco años más tarde. Pero fue la pérdida de sus hijos lo que les causó una pena intolerable. Antoine había contado con el consuelo de Rafaela, pero John Henry no tenía ningún otro hijo, y después del fallecimiento de su esposa, no había vuelto a casarse.

Al comienzo de su relación comercial, cada vez que John Henry viajaba a París Rafaela se hallaba en España. Entonces comenzó a embromar a Antoine acerca de aquella hija imaginaria. Aquello se convirtió en una broma constante entre ellos, hasta que un día, cuando el mayordomo hizo pasar a John Henry al estudio de Antoine, en vez de encontrar a éste, se quedó plantado con la vista fija en los negros ojos de una joven de espectacular belleza que lo miraba temblorosa, como una gacela asustada. Rafaela levantó la cabeza casi aterrada al ver a un extraño en la sala. Había estado revisando una composición para la escuela y cotejando algunos datos en los libros de consulta que su padre guardaba allí. Sus largos cabellos negros caían sobre sus hombros como hebras de seda, que culminaban en una cascada de rizos suaves. Por un momento, John Henry permaneció quieto, mudo, asombrado. Pero reaccionó rápidamente, y la cálida luz de sus ojos se volcó sobre ella, tranquilizándola, deseando que comprendiera que era un amigo. Sin embargo, durante los meses de estudio que pasaba en París, Rafaela veía a muy poca gente, y en España estaba tan custodiada y protegida que era muy raro que se encontrara a solas con un hombre desconocido en algún lugar. Al principio se quedó sin saber qué decirle, pero al cabo de unos instantes de escuchar las explicaciones risueñas del extraño, Rafaela posó la vista en sus chispeantes ojos y se echó a reír. Antoine llegó media hora más tarde, excusándose pródigamente por haberse retrasado a causa de unos problemas en el banco. Mientras se dirigía a casa en su coche se había estado preguntando si John Henry habría conocido por fin a su hija, y posteriormente tuvo que reconocer para sus adentros que en su fuero interno deseaba que así fuera.

Rafaela se retiró poco después de la llegada de su padre, con un ligero rubor en las mejillas de inmaculado color cremoso.

—¡Santo cielo, Antoine, es una belleza! —exclamó John Henry, mirando a su amigo francés con expresión de asombro.

Antoine sonrió.

—Así que te ha gustado mi hija imaginaria, ¿verdad? ¿No se ha mostrado intolerablemente tímida? Su madre se ha encargado de convencerla de que todo hombre que quiere hablar a solas con una joven es un asesino o, por lo menos, un sátiro. A veces me inquietaba la expresión de temor que vislumbro en sus ojos.

—¿Qué esperabas? Toda su vida ha estado extremadamente protegida. Lo raro sería que no fuese tímida.

—Claro, pero ya tiene casi dieciocho años, y eso será un problema para ella, a menos que se pase el resto de su vida en España. En París podría hablar con un hombre sin tener a media docena de mujeres en la sala, la mayoría de ellas, si no todas, emparentadas en mayor o menor grado con ella —dijo Antoine en tono divertido aunque con una sombra de gravedad en sus ojos, mirando fija y largamente a John Henry y estudiando la expresión que aún persistía en el rostro del norteamericano—. Es una chica adorable, ¿no crees? Es inmodestia por mi parte decir eso de mi propia hija, pero...

Extendió las manos con un gesto como indicando que no podía evitarlo y le sonrió. Esta vez, John Henry le devolvió la sonrisa plenamente.

—Adorable no es la palabra exacta. —Y entonces, con aire de adolescente, le formuló una pregunta que provocó una sonrisa en Antoine—. ¿Cenará con nosotros esta noche?

—Si no tienes inconveniente... Pensé que podríamos cenar aquí y luego ir un rato al club. Matthieu de Bourgeon me dijo que estaría allí esta noche, y hace meses que le vengo prometiendo que os presentaría la próxima vez que vinieras.

—Me parece bien.

Pero no era en Matthieu de Bourgeon en quien John Henry estaba pensando cuando sonrió.

Esa noche logró atraer la atención de Rafaela sin inconvenientes, y lo mismo ocurrió dos días más tarde, cuando fue a tomar el té con ellos. Lo cierto es que fue a verla especialmente a ella, y le llevó los dos libros de que le había hablado durante la cena. Ella se ruborizó de nuevo y se encerró en el mutismo más absoluto, pero luego él comenzó a bromear con ella y consiguió entablar conversación. Al término de la tarde podía decirse que ya eran casi amigos. En el curso de los seis meses siguientes Rafaela llegó a considerarle un personaje tan respetado y estimado como su propio padre, y cuando fue a España le habló de él a su madre como si se tratara de uno de sus tantos tíos.

Fue durante esa visita cuando John Henry se presentó en Santa Eugenia en compañía del padre de Rafaela. Se quedaron allí sólo un corto fin de semana, durante el cual John Henry se granjeó las simpatías no sólo de Alejandra sino de toda la cohorte que se encontraba en la finca aquella primavera. Durante esa breve estadía Alejandra adivinó cuáles eran las intenciones que llevaba John Henry, pero Rafaela no sabría de ellas hasta el verano. Antes de ello, disfrutaba los pocos días que permanecería aún en París, cuando apareció John Henry y la invitó a dar un paseo con él por el Sena. Conversaron acerca de los artistas callejeros y de los niños, y a Rafaela se le iluminó la cara al hacer mención de sus primitos de España. Parecía tener pasión por los niños, y John Henry la encontró bellísima cuando ella levantó hacia él sus enormes ojos negros.

—¿Y cuantos niños vas a tener cuando seas mayor, Rafaela?

Siempre pronunciaba su nombre con toda deliberación, ante la complacencia de la joven, pues era un nombre de difícil pronunciación para un norteamericano.

—Ya soy mayor.

—¿De veras? ¿A los dieciocho años? —exclamó él, divertido, y con una extraña expresión en sus ojos que ella no supo interpretar.

Había algo de cansancio, de tristeza, de pesar y de profunda madurez en su mirada, como si por un instante hubiese pensado en su hijo. También de él habían hablado. Y ella, por su parte, le había contado lo que le pasó a su hermano.

—Sí, ya soy mayor. En el otoño voy a ir a la Sorbona.

Intercambiaron una sonrisa, y él tuvo que hacer un esfuerzo para no besarla en aquel mismo instante.

Todo el rato, mientras paseaban, John Henry se preguntaba cómo haría para decírselo, y si no se habría vuelto loco al querer hacerle aquella proposición.

—Rafaela, ¿alguna vez consideraste la posibilidad de ir a estudiar a los Estados Unidos?

Caminaban despacio a lo largo del Sena, mirando y contemplando a los niños, y Rafaela iba deshojando una flor. La joven levantó la cabeza y denegó con un gesto.

—No creo que pudiera hacerlo.

—¿Por qué no? Tu inglés es excelente.

Ella meneó la cabeza y, al levantar de nuevo la vista hacia él, había una sombra de tristeza en sus ojos.

—Mi madre jamás consentiría que fuese. Es… un modo de vida distinto del suyo. Y los Estados Unidos están muy lejos.

—Pero ¿a ti te gustaría? También el modo de vida de tu padre es diferente del de ella. ¿Serías feliz con la manera de vivir que tienen en España?

—No lo creo —contestó ella sin titubear—. Pero no creo que tenga otra ´alternativa. Pienso que papá siempre quiso que Julien estuviera con él en el banco, y se daba por sobreentendido que yo debería volver al lado de mamá.

Pensar que debería vivir rodeada de damas de compañía el resto de su vida le causaba a John Henry una profunda consternación. Aunque sólo fuese por el afecto amistoso que sentía por ella, le deseaba un futuro mejor. Él quería verla libre, viva, gozosa e independiente, y no enclaustrada en Santa Eugenia como su madre. Era injusto hacerle una cosa semejante a aquella joven tan adorable. Y eso le dolía en el alma.

—Si a ti no te gusta, creo que no deberías hacerlo.

Rafaela le sonrió con resignación mezclada con un notable sentido común.

—La vida nos impone obligaciones, señor Phillips.

—No a tu edad, pequeña. Aún no. Algunas obligaciones sí. Como ir a la escuela. Y escuchar a los padres hasta cierto punto, pero no debes someterte a un determinado estilo de vida si tú no quieres.

—¿Qué remedio me queda? Si no conozco nada más...

—Eso es una excusa. ¿Eres feliz en Santa Eugenia?

—Algunas veces. Otras no. A veces todas aquellas mujeres me resultan fastidiosas. Pero a mi madre le encanta aquel ambiente. Hasta sale de viaje con ellas. Viajan en grandes contingentes a Río, Buenos Aires, Uruguay y Nueva York, e incluso cuando viene a París se hace acompañar por ellas. Siempre me recuerdan a las chicas de pensionado. Me parecen tan..., tan... —Titubeó, mirándolo como disculpándose con sus enormes ojos—. Tan tontas... ¿No es cierto?

Él asintió con la cabeza.

—Tal vez un poco. Rafaela...

Al oírle pronunciar su nombre la joven se detuvo bruscamente y se volvió de cara a John Henry, con toda ingenuidad, ignorante por completo de su propia belleza. Su esbelto y gracioso cuerpo se inclinó hacia él y le miró a los ojos de una manera tan confiada que John Henry tuvo temor de seguir hablando.

—¿Sí?

Y entonces él ya no pudo contenerse más. No podía. Tenía que...

—Rafaela, querida. Te amo.

Aquellas palabras fueron sólo un susurro en la suave brisa parisina, y su cara de hermosas facciones pareció vacilar un segundo junto a la de ella antes de besarla. Sus labios eran dulces y tiernos; su lengua buscaba penetrar en la boca de Rafaela como si el deseo que sentía por ella no conociera límites. Los labios de la joven se apretaron con fuerza a los suyos, mientras le rodeaba el cuello con los brazos y su cuerpo se acoplaba al de él, quien no tardó en separarse ligeramente, porque no quería que ella notara la urgencia que se manifestaba en su entrepierna.

—Rafaela..., ¡hacía tanto tiempo que deseaba besarte!

—Yo también —repuso ella agachando la cabeza, como una colegiala—. No he dejado de pensar en ti desde la primera vez que nos vimos. —Y entonces le sonrió con descaro—. ¡Eres tan bien parecido!

Esta vez fue ella quien le besó. Luego le cogió la mano como si quisiera llevarle Sena abajo, pero él meneó la cabeza y le retuvo la mano entre las suyas.

—Tenemos algo de que hablar primero. ¿Quieres sentarte?

Le indicó un banco, y ella lo siguió.

Rafaela le miraba inquisitivamente, y vio algo en los ojos de su amado que la dejó intrigada.

—¿Ocurre algo grave?

—No —contestó él con una sonrisa—. Pero si crees que te he traído hasta aquí esta tarde con el único objeto de «besuquearte», como decían en mis tiempos, estás equivocada, pequeña. Quiero preguntarte algo, y no me he atrevido a hacerlo en todo el día.

—¿Qué es? —preguntó ella en voz muy queda, sintiendo que de repente el corazón le latía con más fuerza.

Él la miró durante un momento interminable, con la cara pegada a la suya y cogiéndole con fuerza la mano.

—¿Quieres casarte conmigo, Rafaela?

John Henry notó que a ella se le cortaba el aliento y, cerrando los ojos, la besó de nuevo; cuando luego la separó lentamente de su cuerpo, Rafaela tenía lágrimas en los ojos, pero sonreía como él nunca la había visto sonreír hasta entonces, y a medida que la sonrisa se hacía más amplia, la joven asintió con la cabeza.

—Sí.

LA BODA DE RAFAELA de Mornay-Malle y de Santos y Quadral con John Henry Phillips IV fue de una magnificencia pocas veces vista. Tuvo lugar en París, y se sirvió un almuerzo para doscientas personas el día de la ceremonia civil, y una cena para ciento cincuenta familiares y «amigos íntimos» por la noche; y al día siguiente, en Notre-Dame, se congregó una multitud de seiscientas personas para presenciar la ceremonia religiosa. Antoine había alquilado todas las instalaciones del Club de Polo, y todo el mundo estuvo de acuerdo en que tanto la boda como la recepción se caracterizaron por un esplendor jamás visto. Curiosamente, lograron establecer un pacto con la prensa, de tal modo que Rafaela y John Henry posarían media hora para los fotógrafos y responderían a todas las preguntas que les formularan, a cambio de que después les dejaran en paz.

Las reseñas sobre la boda aparecieron en *Vogue*, *Women's Wear Daily* y, a la semana siguiente, en *Time*. Durante todas las entrevistas Rafaela permaneció aferrada desesperadamente a la mano de John Henry, y sus ojos se veían más grandes y oscuros que nunca en contraste con su tez blanca como la nieve.

Fue entonces cuando él se juró a sí mismo mantenerla protegida en lo futuro de los ojos impertinentes de la prensa. No quería que Rafaela tuviese que soportar ningún tipo de acoso que la hiciera sentirse incómoda e infeliz. Sabía perfectamente bien con cuánto cuidado le habían brindado protección durante la infancia. El problema residía en que John Henry era un hombre que llamaba la atención de la prensa con alarmante frecuencia, y cuando tomó por esposa a una mujer cuarenta y cuatro años más joven que él, también Rafaela se convirtió en objeto de atracción. Las fortunas de la magnitud de la que poseía John Henry eran algo casi inusitado, y una joven de dieciocho años hija de una marquesa y un ilustre banquero francés también era un ser demasiado fantástico para ser real. Todo ello se parecía demasiado a un cuento de hadas, y ningún cuento de hadas está completo sin la correspondiente princesa encantada. Sin embargo, gracias a los esfuerzos de John Henry, Rafaela pudo conservar su intimidad. Juntos permanecieron en el anonimato de un modo que nadie hubiera creído posible durante tantos años. Rafaela logró incluso cursar dos años en la Universidad de California en Berkeley, y todo anduvo sobre ruedas. Nadie, en los dos años, sospechó quién era ella. Rafaela se negaba a que la condujera a Berkeley el chófer, y John Henry le compró un automóvil pequeño que conducía ella misma hasta la facultad.

Resultaba emocionante estar entre los estudiantes y tener un secreto y un hombre al que adoraba. Porque Rafaela amaba verdaderamente a John Henry, y él se mostraba tierno y cariñoso con ella en todo momento. John Henry tenía la sensación de que le habían otorgado un precioso trofeo, que apenas se atrevía a tocar, y daba gracias al cielo por la nueva vida que podía compartir con aquella joven tan hermosa y delicada. En muchos aspectos Rafaela era como una niña, y confiaba en él con toda su alma. Fue quizá por ese motivo que se sintió muy decepcionada cuando descubrió que su esposo era estéril a causa de una infección renal que había sufrido diez años atrás. John Henry sabía con qué pasión deseaba ella tener hijos, y se sentía abatido por un sentimiento de culpa al privarla de algo que ella tanto quería. Cuando él se lo dijo, Rafaela manifestó que no importaba, que ya tenía a todos los niños de Santa Eugenia a quienes brindar todo su amor, agasajar y mimar hasta el hartazgo. Le encantaba contarles cuentos y hacerles regalos. Conservaba interminables listas con sus fechas de cumpleaños, y siempre iba al centro de la ciudad para comprarles algún juguete fabuloso que luego enviaba a España.

Pero ni siquiera la incapacidad de engendrar un hijo logró cortar el lazo que los mantenía unidos a lo largo de los años. Era el suyo un matrimonio en el que ella le adoraba, y él la idolatraba, y si la diferencia de edad era motivo de comentarios entre los extraños, jamás constituyó una causa de preocupación para ninguno de los dos. Jugaban al tenis juntos casi todas las mañanas; a veces John Henry salía a correr por Presidio, o por la playa, y ella le acompañaba, pisándole los talones como un cachorro, riendo o bromeando, y a veces simplemente corriendo en silencio a su lado, cogida de su mano. Toda su vida, sus estudios, y sus cartas a la familia, en París y en España, estaban presididos por la presencia de John Henry. Rafaela llevaba una existencia muy recluida, a la antigua usanza, pero fue una mujer muy feliz, mejor dicho una joven muy feliz, hasta los veinticinco años.

DOS DÍAS ANTES DE CUMPLIR los sesenta y nueve años, John Henry tuvo que viajar a Chicago con el fin de cerrar una importante transacción. Hacía varios años que hablaba de retirarse, pero al igual que el padre de Rafaela, no se decidía a hacerlo. Le apasionaba demasiado el mundo de las altas finanzas, la dirección de los bancos, la adquisición de nuevas empresas y la compra y venta de fabulosos lotes de acciones. Le fascinaba fusionar firmas gigantescas, como en aquella primera operación que había realizado con el padre de Rafaela. La jubilación no se había hecho para él. Pero cuando partió hacia Chicago se quejó de jaqueca, y a pesar de las pastillas que Rafaela le había obligado a tomar por la mañana, el dolor de cabeza se fue haciendo cada vez más intenso.

Aterrado, su ayudante alquiló un avión y volvió con él desde Chicago aquella misma tarde; cuando llegaron John Henry se hallaba casi inconsciente. Rafaela observó su rostro ceniciento cuando lo bajaron del avión en una camilla. Sufría unos dolores tan terribles que apenas pudo articular palabra, aunque le oprimió la mano a su esposa varias veces mientras se dirigían al hospital en la ambulancia. Rafaela, quien lo contemplaba aterrada y desesperada, ahogando los sollozos que amenazaban con taparle la garganta, advirtió algo raro en sus labios. Al cabo de una hora John Henry tenía la cara contorsionada, y poco después caía en un estado de coma del que no salió durante varios días. John H. Phillips había sufrido un ataque de apoplejía, según se anunció en los noticiarios de esa noche. Su propia oficina había redactado el boletín para la prensa, manteniendo a Rafaela, como siempre, lejos de la curiosidad de los periodistas.

John Henry permaneció casi cuatro meses en el hospital y, antes de ser dado de alta, sufrió otros dos ataques de menor intensidad. Cuando lo llevaron a casa había perdido permanentemente la capacidad de utilizar el brazo y la pierna derechos, en un lado de la cara sus hermosas facciones estaban rígidas, y el aura de energía y fuerza que le caracterizaba había desaparecido. De pronto, John Henry Phillips se había convertido en un anciano. A partir de aquel momento quedaron quebrados su cuerpo y su espíritu, pero su vida se prolongó durante siete años más.

John Henry jamás volvió a salir de su casa. La enfermera lo llevaba en su sillón de ruedas al jardín para que tomara el sol, y Rafaela permanecía a su lado durante horas, aunque la mente de su esposo no siempre estaba del todo lúcida. Su vida, otrora tan pletórica, tan fructífera, tan plena, de pronto cambió rápidamente. Lo único que restaba era la envoltura del hombre que había sido. Rafaela vivía con esa envoltura, brindándole fidelidad, devoción, afecto; leyéndole algún libro; charlando con él; ofreciéndole consuelo. Mientras que las enfermeras que le atendían las veinticuatro horas del día se ocupaban del decrépito cuerpo, ella trataba de confortar su espíritu. Pero su espíritu estaba quebrado, y a veces ella se preguntaba si no lo estaría el suyo también. Habían pasado siete años desde la primera serie de ataques. Desde entonces había sufrido otros dos, que le habían disminuido más aún, hasta el extremo de no poder hacer mucho más que permanecer sentado en el sillón de ruedas, con la mirada perdida en el vacío, rememorando lo que había dejado de ser. Aún podía hablar, aunque con dificultad, si bien la mayor parte del tiempo parecía no tener ya nada que decir. Resultaba una broma cruel que un hombre tan vital como él hubiese quedado reducido a tan poca cosa y se hubiese vuelto tan inútil. Cuando Antoine acudió a verle desde París, salió de la habitación de John Henry con lágrimas rodando abiertamente por sus mejillas, y las palabras que le dijo a su hija fueron taxativas: ella tenía que permanecer junto al hombre que la había amado, y al que ella también quería y con quien se había casado, hasta el momento de su muerte. Nada de tonterías, ni quejas ni protestas. Tampoco debía flaquear en el cumplimiento de su deber. Así había quedado establecido, y Rafaela no se quejó ni protestó ni dio muestras de flaqueza durante siete largos años.

El único respiro que tenía dentro de la sombría realidad de su existencia consistía en los viajes a España durante el verano. Ahora sólo pasaba allí un par de semanas, en vez de cuatro. Sin embargo, John Henry insistía empecinadamente en que fuera. Le atormentaba pensar que la mujer con la que se había casado era tan esclava de su dolencia como lo era él mismo. Una cosa era protegerla de las indiscretas miradas del mundo mientras se encargaba personalmente de distraerla día y noche, y otra cosa tenerla encerrada en casa junto a él, mientras su organismo se iba degradando poco a poco en torno a su alma. Si hubiese dispuesto de los medios se habría quitado la vida él mismo, como le decía a menudo a su médico, aunque sólo hubiese sido para liberarse ambos de aquella condena. En una ocasión se lo mencionó a Antoine, quien se horrorizó sólo de pensarlo.

—¡Rafaela te adora! —exclamó con voz atronadora, que resonó contra las paredes del cuarto de su amigo enfermo—. ¡Por ella, debes evitar cometer una locura semejante!

—Tampoco puedo hacerle esto —repuso balbuceando, si bien las palabras se hicieron perfectamente comprensibles—. Es un crimen hacerle esto. No tengo ningún derecho.

Los sollozos ahogaron su voz.

—A lo que no tienes derecho es a privarla de ti. Ella te ama. Te ha amado durante siete años antes de que sucediera esto. Eso no se modifica de la noche a la mañana. El hecho de que estés enfermo en nada lo modifica. ¿Y si fuese ella la enferma? ¿La amarías menos por ello?

John Henry meneó la cabeza con expresión dolorida.

—Debería haberse casado con un hombre joven, tener hijos...

—Rafaela te necesita a ti, John. Te pertenece a ti. Ha madurado a tu lado. ¿Cómo puedes pensar en abandonarla antes de que sea el momento? ¡Aún te quedan muchos años de vida!

Antoine trataba de darle ánimos, pero John Henry lo miró con desesperanza. ¿Años?... Y para entonces ¿qué edad tendría Rafaela? ¿Treinta y cinco? ¿Cuarenta? ¿Cuarenta y dos? En ese caso, se encontraría absolutamente inerme para comenzar una nueva vida. Esos pensamientos no dejaban de rondar de una manera penosa por su mente, cuando él se quedaba silencioso, con la mirada perdida, preñada de angustia y pesar, no tanto por sí mismo como por ella. Él insistía para que se fuese de viaje tan a menudo como fuera posible, pero Rafaela se sentía culpable al alejarse de su lado, y por lo tanto ello no le procuraba gozo alguno. John Henry ocupaba siempre sus pensamientos.

Sin embargo, John Henry no dejaba de instarla a que saliera de aquella prisión. Cada vez que se enteraba por Rafaela de que su madre iba a pasar unos días en Nueva York, de paso para Buenos Aires o México, o dondequiera que fuese, con el acostumbrado séquito de hermanas y primas, él se apresuraba a sugerirle que las acompañara. Tanto si era por dos días como si era por diez, John Henry siempre deseaba que Rafaela fuese con ellas, para que pudiese ponerse en contacto con el mundo aunque sólo fuera por un instante, sabiendo que entre aquel grupo de mujeres siempre estaría a salvo, bien protegida y severamente escoltada. Los únicos instantes en que estaba sola eran los que duraba el vuelo a Europa o a Nueva York. Su chófer se encargaba de acompañarla hasta el avión en San Francisco, y siempre había una limusina de alquiler aguardándola en el otro extremo. La de Rafaela seguía siendo aún la vida de una princesa, pero el cuento de hadas había sufrido profundos cambios. Sus ojos ahora eran más grandes y graves que nunca, y ella se pasaba horas y horas sentada, muda y pensativa, contemplando el fuego de la chimenea o la bahía a través de la ventana. El sonido de su risa era poco más que un recuerdo, y cuando se la oía reír alguna vez, se tenía la impresión de que ello ocurría por error.

Aun cuando se unía a su familia para pasar unos días en Nueva York, o dondequiera que fuese, era como si ella no estuviese presente. Durante los años de enfermedad de su esposo se había vuelto cada vez más retraída, hasta que llegó a ser poco más o menos como John Henry. Su vida parecía tan acabada como la de él. La única diferencia residía en que la de Rafaela ni siquiera había empezado nunca. Era sólo en Santa Eugenia donde parecía recobrar su vitalidad, cuando tenía un niño en el regazo y otro se aferraba a sus rodillas, mientras tres o cuatro más se apiñaban a su alrededor para que ella les contara cuentos maravillosos que les dejaban fascinados y llenos de asombro. Cuando estaba con los niños olvidaba el dolor de lo que había sucedido, así como su propia soledad y la abrumadora sensación de haber perdido algo muy querido. Con las personas adultas siempre se mostraba reticente y callada, como si nada quedara por decir y el hecho de participar de sus diversiones fuese obsceno. Para Rafaela era como asistir a un funeral que durara media vida o, para ser más precisos, siete años. No obstante, ella sabía perfectamente lo mucho que él sufría y el sentimiento de culpa que lo agobiaba por su estado de invalidez. De modo que, cuando estaba con él, la voz de Rafaela sólo denotaba ternura y comprensión, y si el tono era afable, aún lo era mucho más el gesto de su mano. Sin embargo, lo que él vislumbraba en sus ojos lo conmovía hasta lo más profundo de su ser. Lo terrible no era tanto el hecho de que su vida se estaba apagando, sino el haber matado a una joven y haber dejado en su lugar a aquella mujer sola y triste, de exquisitas facciones y enormes ojos de mirada espectral. Aquélla era la mujer que él había creado. Aquello era lo que él le había hecho a la mujer amada.

MIENTRAS RAFAELA descendía ágilmente los alfombrados escalones hasta el rellano siguiente, echó una rápida ojeada al vestíbulo y vio que los criados quitaban el polvo de las mesas antiguas que podían admirarse a lo largo de los pasillos sin fin. La casa donde vivían, con sus suaves líneas y sus cinco pisos, que se encaramaban hasta lo alto, junto a Presidio, como para asomarse a la bahía, la había construido el abuelo de John Henry cuando llegó por primera vez a San Francisco. Era extraordinaria también porque poseía las claraboyas con vidrios de colores más bonitas de la ciudad, y porque seguía en manos de la familia que la poseía desde su origen, lo cual era muy raro. Sin embargo, ahora no era una casa en la que Rafaela pudiese sentirse feliz. Se le antojaba más un museo o un mausoleo que un auténtico hogar. La encontraba fría e inhóspita, al igual que la servidumbre, que ya se encontraba a las órdenes de John Henry cuando ella llegó. Y nunca tuvo ocasión de redecorar alguna de las habitaciones. La casa era ahora exactamente igual a como había sido siempre. Desde hacía catorce años constituía su hogar, y no obstante, cada vez que la abandonaba se sentía como una huerfanita con su maleta.

—¿Más café, señora Phillips?

La mujer cargada de años, que llevaba treinta y seis de servicio como doncella de la casa, escrutaba el rostro de Rafaela como hacía todas las mañanas. Rafaela veía su cara cinco veces a la semana desde hacía catorce años, y sin embargo la mujer, que se llamaba Marie, era una extraña para ella, y siempre lo sería.

Pero esta vez Rafaela negó con la cabeza.

—Esta mañana no. Tengo prisa, gracias.

Consultó el reloj de oro que lucía en la muñeca, dejó la servilleta sobre la mesa y se puso de pie. La vajilla floreada de Spode había pertenecido a la primera esposa de John Henry. Había una gran cantidad de objetos en la casa que, al igual que la vajilla, parecían pertenecer a otra persona. A «la primera señora Phillips», como decían los criados, o a la madre de John Henry, a su abuela... A veces Rafaela tenía la impresión de que si llegara un desconocido y recorriera la casa preguntando acerca de los artefactos, los cuadros y hasta los más pequeños objetos sin importancia, no encontraría una sola cosa de la que alguien pudiese decir: «Oh, esto es de

Rafaela». Nada era de Rafaela, salvo sus vestidos y sus libros, y la impresionante colección de cartas de los niños de España, que ella guardaba en cajas de cartón.

Los tacones de Rafaela repiquetearon sobre el piso de mármol negro y blanco de la antecocina. Levantó un teléfono y se oyó el zumbido de una línea interior. Al cabo de un instante la llamada fue atendida por una enfermera del turno de mañana, en el tercer piso.

—Buenos días. ¿Se ha despertado ya el señor Phillips?

—Sí, pero aún no está del todo listo.

Listo. ¿Listo para qué? Rafaela sintió una dolorosa punzada en su alma. ¿Cómo podía irritarse con él por lo que no era su culpa? Y sin embargo, ¿cómo había podido pasarle eso a ella? Durante los primeros siete años había sido todo tan perfecto, tan maravilloso..., tan...

—Quisiera subir un momento, antes de irme.

—Oh, querida, ¿se va esta misma mañana?

Rafaela echó un vistazo al reloj de nuevo.

—Dentro de media hora.

—Bueno, entonces concédanos unos quince o veinte minutos. Podrá entrar unos minutos cuando se vaya.

Pobre John Henry. Diez minutos, y luego nada. Nadie acudiría a visitarle mientras ella estuviese ausente. Sólo se iba por cuatro o cinco días, pero Rafaela aún se preguntaba si hacía bien en dejarle. ¿Y si le ocurría algo? ¿Y si las enfermeras no prestaban atención a lo que hacían? Siempre la asaltaban los mismos temores cada vez que se ausentaba. Se sentía perturbada, atormentada y culpable, como si no tuviese derecho a disfrutar de unos días para sí misma. Y entonces John Henry la convencía para que fuese, despertando de su ensoñación el tiempo suficiente para obligarla a alejarse de aquella pesadilla que compartían desde hacía tanto tiempo. Ni siquiera era ya una pesadilla, sino tan sólo un vacío, un limbo, un estado comatoso, mientras sus respectivas vidas seguían su monótono curso.

Rafaela tomó el ascensor hasta el segundo piso y se dirigió a su habitación, después de decirle a la enfermera que subiría a ver a su esposo al cabo de quince minutos. Se contempló detenida y largamente en el espejo, se alisó los sedosos cabellos negros y se mesó el moño pesado y tenso que llevaba en la nuca. Eligió un sombrero del armario. Se trataba de una bonita creación que había comprado en París el año anterior, cuando los sombreros volvieron al mundo de la elegancia. Mientras se lo ponía con todo cuidado, otorgándole la inclinación precisa, se preguntó por qué se había tomado la molestia de adquirirlo. ¿Quién se fijaría en aquel bello sombrero? Un corto velo negro acentuaba aún más el misterio de sus almendrados y grandes ojos, y en contraste con el sombrero, el cabello y el velo negros, la cremosa blancura de su piel parecía resaltar aún más que antes. Se aplicó una delgada capa de una brillante pintura de labios y se puso unos clips de perlas en los lóbulos de las orejas. Se pasó la mano por el vestido, se enderezó la costura de las medias y echó un vistazo al monedero, para asegurarse de que el dinero que llevaba al salir de viaje estuviese a buen recaudo en un compartimento interior del bolso de piel de lagarto que su madre le había enviado de España. De pie ante el espejo, se veía como una mujer de una elegancia, belleza y estilo increíbles. Se hubiera dicho que era una mujer que cenaba en Maxim's y asistía a las carreras de caballos de Longchamps; que concurría a fiestas en Venecia, Viena, Roma y Nueva York; que iba al teatro en Londres. La suya no era la cara —ni lo eran su cuerpo ni su aspecto— de una joven que había entrado en la madurez sin advertirlo y que estaba unida a un viejo y decrépito inválido de setenta y seis años. Al verse a sí misma tal como verdaderamente era, Rafaela cogió el bolso, sonriéndose a sí misma en el espejo, al tiempo que se daba cuenta más que nunca de cómo engañaban las apariencias.

Se encogió de hombros al salir del dormitorio, colgándose un abrigo de visón de color oscuro en el brazo y enfilando la escalera. El ascensor lo habían instalado para John Henry, pero la mayoría de las veces ella prefería subir a pie. Así lo hizo ahora, hasta el tercer piso, donde se había dispuesto una *suite* para su esposo, con tres habitaciones contiguas, una para cada una de las enfermeras que se turnaban para atenderle. Eran tres matronas que estaban satisfechas con sus dependencias, su paciente y su trabajo. Se las retribuía generosamente por sus servicios, y al igual que la criada que le había servido el desayuno a Rafaela por la mañana, de alguna manera habían logrado pasar inadvertidas y sin rostro a lo largo de los años. Con frecuencia Rafaela echaba de menos los apasionados y a veces fastidiosos criados de Santa Eugenia. Por lo general eran serviciales, pero a menudo se mostraban rebeldes y caprichosos como niños. En algunos casos eran varias las generaciones que estaban al servicio de su madre, o por lo menos llevaban muchos años con ella. Eran personas belicosas, infantiles, afectuosas y generosas. Si bien reían y se enfadaban con facilidad, sentían devoción por sus señores, y no como aquellos fríos profesionales que estaban al servicio de John Henry.

Rafaela llamó con suavidad a la puerta de la *suite* de su esposo, y una cara apareció prestamente en la abertura.

—Buenos días, señora Phillips. Estamos listos.

¿Estamos? Rafaela hizo un gesto de asentimiento y entró en el corto pasillo que llevaba al dormitorio, que al igual que el suyo en el piso inferior tenía un cuarto de vestir y una pequeña biblioteca. John Henry se encontraba sentado en la cama, con la vista fija en el fuego que ardía en la chimenea. Ella se le acercó lentamente, y él no dio señales de haberla oído, hasta que por último Rafaela se sentó en una silla junto a la cama y le cogió la mano.

—John Henry…

Después de catorce años de residir en San Francisco, el acento de Rafaela aún resultaba muy notable cuando pronunciaba su nombre, pero por lo demás su inglés era perfecto.

—John Henry…

Él volvió los ojos hacia su esposa sin mover la cabeza, luego giró muy despacio hasta quedar en posición de poder mirarla, y su fatigado y arrugado rostro se torció en una sonrisa.

—Hola, pequeña. —Hablaba comiéndose las sílabas, pero ella le entendía—. Estás muy bonita. —Y tras una pausa añadió—: Mi madre tenía un sombrero como ése hace muchos años.

—Creo que me hace aparecer un poco ridícula pero… —repuso ella, encogiéndose de hombros.

De repente, al esbozar una vacilante sonrisa, todo en ella adquirió un aspecto muy francés. Pero sólo su boca sonreía. Sus ojos, muy raras veces. Los de John Henry nunca se veían risueños, salvo en algunas raras ocasiones en que la miraba a ella.

—¿Te marchas hoy? —preguntó él, inquieto, y Rafaela se preguntó si no debería suspender el viaje.

—Sí, pero si quieres que me quede…

Él meneó la cabeza y sonrió de nuevo.

—No. Eso nunca. Quisiera que te fueras más a menudo. Te hace bien. Vas a encontrarte con…

Calló con la mirada perdida, como buscando en la memoria algo que ya no podía encontrar en ella.

—Mi madre, mi tía y dos de mis primas.

Él asintió con la cabeza y cerró los ojos.

—Entonces sé que estarás segura.

—Siempre estoy segura.

John Henry volvió a hacer un gesto de asentimiento, como si estuviera muy cansado, y ella se puso de pie, se inclinó para besarle en la mejilla y luego le soltó suavemente la mano. Por un momento pensó que iba a quedarse dormido, pero de repente él abrió los ojos y se quedó mirándola fijamente a la cara.

—Ten cuidado, Rafaela.

—Lo prometo. Te telefonearé.

—No es necesario. ¿Por qué no te olvidas de todo esto y te diviertes un poco?

¿Con quién? ¿Con su madre? ¿Con su tía? Un suspiro se abrió paso penosamente en su pecho, pero ella lo ahogó.

—Volveré pronto, y todos los que aquí quedan saben dónde localizarme si me necesitas.

—Yo no te necesito. —Hizo una mueca—. No hasta ese extremo. No como para estropear tu diversión.

—Eso nunca —musitó ella, y se inclinó para besarlo de nuevo—. Te echaré de menos.

Esta vez él sacudió la cabeza, que volvió hacia el otro lado.

—No.

—Querido...

Rafaela tenía que irse para trasladarse al aeropuerto, pero sentía como una especie de remordimiento al dejarlo de aquella manera. ¿Obraba correctamente al marcharse? ¿Debía quedarse?

—John Henry... —Le acarició la mano, y él volvió la cabeza hacia ella—. Ahora debo irme.

—Está bien, pequeña. Está bien.

La expresión de su mirada parecía darle la absolución, y esta vez él le cogió la mano con sus dedos crispados, dedos que otrora habían sido tan delicados y vitales.

—Que tengas buen viaje.

Procuró dotar a sus palabras de todo el significado que quería otorgarles, y meneó la cabeza al ver que los ojos de Rafaela se llenaban de lágrimas. Sabía lo que ella estaba pensando.

—Vete tranquila. Estaré bien.

—¿Lo prometes?

Rafaela tenía los ojos brillantes por las lágrimas, y él le sonrió dulcemente al tiempo que le besaba la mano.

—Lo prometo. Ahora sé una buena chica y vete, y diviértete mucho. Prométeme que te comprarás algo bonito y atroz en Nueva York.

—¿Algo como qué?

—Un abrigo de pieles o una joya preciosa. —Su cara se animó por un instante—. Algo que quisieras que yo te regalase.

Y entonces la miró a los ojos y sonrió.

Rafaela sacudió la cabeza mientras las lágrimas resbalaban por sus mejillas. Eso no hacía más que resaltar su belleza, y el diminuto velo acentuaba el misterio de su mirada.

—Yo nunca soy tan generosa como tú, John Henry.

—Entonces debes hacer un esfuerzo para serlo —bromeó él, y ambos se echaron a reír—. ¿Lo prometes?

—Está bien. Lo prometo. Pero no otro abrigo de pieles.

—Entonces algo que reluzca.

—Ya veremos.

Pero ¿cuándo se lo pondría? ¿Para quedarse en su casa, en San Francisco, sentada ante el fuego? La futilidad de todo ello la abrumaba al tiempo que sonreía a John Henry desde el umbral de la puerta y agitaba la mano a modo de saludo.

Capítulo 4

EN EL AEROPUERTO el chófer acercó el automóvil al bordillo de la acera del sector marcado con el rótulo: SALIDAS NACIONALES y le mostró al policía el permiso especial. Los chóferes de John Henry habían obtenido pases especiales de la oficina del gobernador, que les eran renovados automáticamente, y les autorizaban a aparcar donde querían. Así, el chófer podía dejar la limusina allí mientras acompañaba a Rafaela al interior del aeropuerto y esperaba que abordara el avión. La compañía aérea ya estaba avisada de su llegada, y se le permitía subir al mismo antes que a los demás pasajeros.

Ahora, mientras ambos atravesaban el vestíbulo atestado de gente, llevando el chófer las maletas, los curiosos no podían sustraer sus miradas de la mujer de sorprendente belleza, que llevaba un abrigo de visón y un velo. El sombrero agregaba una nota dramática a la sombría expresión que le otorgaban las profundas ojeras que rodeaban los espléndidos ojos negros sobre los pómulos, los cuales parecían tallados en marfil.

—Tom, ¿quiere esperarme aquí un minuto, por favor?

Le había tocado con suavidad el brazo mientras el chófer caminaba diligentemente por el pasillo del aeropuerto, junto a ella, con el propósito de que la señora abordara el avión lo antes posible, pues el señor Phillips no quería que su esposa se demorara en las salas de espera de los aeropuertos, a pesar de que hacía años que no les molestaban ni los periodistas ni los fotógrafos. Rafaela había estado tan alejada de la atención pública que los reporteros ni siquiera sabían quién era.

Dejó al chófer de pie junto a una columna y entró con rapidez en la librería, llevando el bolso de piel fuertemente sujeto en la mano. Entretanto el chófer, apoyado en la pared, admiraba la extraordinaria belleza de su ama, mientras ésta deambulaba entre los estantes de revistas, libros y caramelos, distinguiéndose notablemente de los demás pasajeros, que iban ataviados con cazadoras de capucha, chaquetas deportivas y tejanos raídos. Aquí y allá podía verse alguna mujer atractiva o algún hombre bien vestido, pero en modo alguno podían compararse con la elegancia de la señora Phillips. Tom observó cómo cogía un libro de tapa dura de un anaquel, se acercaba a la caja y abría el bolso de piel.

Fue entonces cuando Alex Hale llegó corriendo al aeropuerto, con la cartera portadocumentos en la mano y una bolsa para trajes doblada sobre el otro brazo. Alex estaba abstraído en sus pensamientos. Era temprano, pero tenía que telefonear a su bufete antes de abordar el avión. Se detuvo ante una hilera de teléfonos públicos, frente a la librería, dejó los bártulos en el suelo y hurgó en los bolsillos de los pantalones en busca de unas monedas. Marcó luego el número de su oficina e introdujo en la ranura las monedas adicionales que le indicó la operadora, al tiempo que su recepcionista levantaba el aparato. Tenía varios mensajes de último momento para sus socios, un memorando cuyo contenido deseaba explicarle a su secretaria antes de partir, y estaba ansioso por saber si ya se había recibido la llamada que esperaba de Londres; precisamente cuando formulaba la última pregunta volvió la cabeza, y le alegró comprobar que en el mostrador de la librería alguien acababa de adquirir un ejemplar del último libro de su madre. La compradora era una mujer que llevaba un abrigo de visón y un sombrero negro con un velo. Se quedó contemplándola fascinado, mientras su secretaria, en el otro extremo de la línea, le pedía que aguardara un minuto porque tenía que atender otro teléfono. Y fue entonces cuando Rafaela comenzó a caminar en dirección a él, con los ojos sólo ligeramente ocultos tras el velo, y el libro en su mano enguantada. Cuando pasó junto a Alex, éste percibió de pronto el aroma turbador de su perfume y repentinamente se dio cuenta de que no era la primera vez que veía aquellos ojos.

—¡Oh, Dios mío! —musitó, mirándola fijamente.

Era la mujer de la escalera de piedra. Allí estaba, en efecto, mezclándose con la gente que llenaba el vestíbulo del aeropuerto, llevando consigo el último libro de su madre. Por un instante tuvo la loca idea de gritarle: «¡Espere!», pero no podía moverse del teléfono hasta que su secretaria volviese con la respuesta. Sus ojos escrutaban los espacios vacíos que se abrían entre la multitud. Pero a pesar de sus esfuerzos por no perderla de vista, la mujer desapareció entre el gentío. La secretaria no tardó en reanudar la comunicación, sólo para darle una respuesta insatisfactoria a su pregunta y decirle que tenía que atender otra llamada.

—¿Y para eso me ha tenido esperando tanto tiempo al teléfono, Barbara?

Por primera vez en muchos años se mostró airado, ante la extrañeza de la secretaria, que sólo pudo disculparse quedamente y cortar la comunicación para atender otras llamadas.

Entonces, pensando que si se apresuraba aún podría encontrarla, Alex se abrió paso entre la gente, buscando el abrigo de visón y el sombrero negro con velo. Al poco rato, empero, tuvo que convencerse de que había desaparecido de la vista. Pero ¿qué importancia tenía eso en definitiva? ¿Quién era aquella mujer? Nadie. Una desconocida.

Se increpó a sí mismo por su absurdo romanticismo, que le había llevado a salir en persecución de una misteriosa mujer por todo el aeropuerto. Era como buscar el conejo blanco de *Alicia en el País de las Maravillas*, con la diferencia de que en su caso buscaba a una hermosa mujer de ojos negros, que llevaba un abrigo de visón, un sombrero negro con velo y un ejemplar de *Amantes y mentiras* de Charlotte Brandon.

«Tranquilízate», se dijo a sí mismo, mientras se dirigía por entre el gentío hacia el mostrador de la compañía aérea, donde la gente formaba fila para que les asignaran el asiento y les entregaran el pase que les permitiría abordar el aparato.

Tuvo la impresión de que había un regimiento delante de él, y cuando por fin llegó al mostrador, los únicos asientos que quedaban eran los de las dos últimas filas del avión.

—¿Por qué no me instala en el lavabo, ya puestos?

Dirigió una triste mirada al empleado, quien se limitó a sonreír.

—Créame que allí irá a parar el que le siga. Y a los que vengan después los apilaremos en la bodega. Este aparato va lleno hasta los topes.

—Eso debería alegrarle.

El empleado de la compañía aérea esbozó una simpática sonrisa y abrió los brazos con las palmas de las manos hacia arriba.

—¿Qué podemos hacer si somos tan populares?

Y entonces ambos se echaron a reír.

De repente Alex se encontró buscando de nuevo a la desconocida, y de nuevo en vano. Tuvo la descabellada idea de preguntarle al hombre del mostrador si la había visto, pero tuvo que reconocer que en realidad la tentación era más que descabellada.

El empleado le entregó el billete, y minutos después Alex se colocaba en la fila que se había formado ante la puerta de embarque. Mientras aguardaba pasó revista a todos los asuntos que tenía en la cabeza, personificados en el cliente que debía ver en Nueva York; su madre; su hermana, y Amanda, su sobrina. Además, la mujer del abrigo de visón comenzó a rondar otra vez por su mente, tal como le había ocurrido la noche en que la descubrió llorando en la escalera de piedra. ¿O bien estaba totalmente loco y no se trataba de la misma mujer en absoluto? Sonrió para sus adentros: sus fantasías llegaban incluso a adquirir los libros de su madre. Quizá todo era muy psicótico y finalmente él estaba perdiendo el juicio. Pero la posibilidad pareció divertirle, mientras la fila avanzaba lentamente y él sacaba el billete de su bolsillo. Una vez más volvió a fijar sus pensamientos en lo que tenía que hacer en Nueva York.

RAFAELA OCUPÓ prestamente su lugar en tanto Tom metía el bolso de piel debajo del asiento y la azafata recibía en silencio el hermoso abrigo de visón en sus manos. A todo el personal de a bordo se le había advertido por la mañana que en el vuelo a Nueva York llevarían a una VIP, si bien ésta viajaría en segunda clase, y no en primera, lo que al parecer era una costumbre en ella. Durante años le había repetido a John Henry que eso era mucho más «discreto». Nadie esperaría encontrar a la esposa de uno de los hombres más ricos del mundo perdida entre las amas de casa, las secretarias, los hombres de negocios y los niños en segunda clase. Cuando le permitieron abordar el aparato con anterioridad a que lo hicieran los demás pasajeros, ella se instaló con presteza en la penúltima fila, donde siempre se sentaba. Allí pasaba casi totalmente inadvertida. Rafaela sabía también que todo el personal de la compañía haría lo imposible para no colocar a ningún pasajero en el asiento contiguo al suyo, por lo que era casi seguro que estaría sola durante todo el viaje. Le agradeció a Tom su amabilidad y le vio abandonar el avión cuando ya comenzaban a abordarlo el resto de los pasajeros.

Capítulo 5

ALEX SIGUIÓ AVANZANDO con los demás por la estrecha pasarela hasta la puerta del aparato, donde uno a uno iban penetrando en la gigantesca aeronave, tras haber sido controlada su tarjeta de embarque, para ser acompañados por las sonrientes azafatas, que les saludaban amablemente. Los pasajeros de primera clase ya se hallaban instalados, y permanecían ocultos en su ámbito privado, tras las dos cortinas que les protegían de las miradas curiosas. En el compartimento general la masa de pasajeros se iba acomodando, empujando los voluminosos bultos de mano por el pasillo o embutiendo las carteras portadocumentos y paquetes en los portaequipajes que se extendían sobre sus cabezas, por lo que las azafatas se veían obligadas a ir arriba y abajo, urgiendo a los pasajeros a colocarlo todo, salvo los abrigos y sombreros, bajo los asientos. Para Alex sus indicaciones constituían una antigua letanía, mientras buscaba mecánicamente su lugar. El bolso para trajes lo había entregado a la azafata en la entrada, y la cartera portadocumentos la deslizaría bajo el asiento una vez que hubiese seleccionado un par de carpetas cuyo contenido pensaba revisar durante la primera etapa del viaje. En eso estaba pensando cuando avanzaba por el pasillo hacia la parte posterior del avión, procurando no empujar a los demás pasajeros o a sus hijos. Por un instante volvió a pensar en la mujer misteriosa, pero comprendió que era absurdo pretender encontrarla allí. No la había visto entre la gente que esperaba para subir a bordo, por lo que era seguro que no viajaba en aquella aeronave.

Llegó al asiento que le habían asignado y con toda calma colocó la cartera debajo del mismo, disponiéndose a sentarse. Advirtió, no sin cierto fastidio, que ya había un maletín o algo parecido bajo el asiento contiguo, por lo que dedujo que no viajaría solo.

Esperaba que se tratara de alguien tan atareado como él. No quería que le molestasen dándole charla. Se acomodó, volvió a sacar la cartera portadocumentos de debajo del asiento y sacó las dos carpetas que le interesaban, contento de que su vecino hubiese desaparecido momentáneamente. Fue al cabo de un buen rato cuando notó que algo se movía a su lado e instintivamente desvió la vista de la hoja que estaba leyendo al suelo. Y al hacerlo se encontró con unos zapatos negros de piel de lagarto, muy graciosos y caros. Gucci, pensó, fijándose en las diminutas hebillas de oro que relucían en el escote de los zapatos. Y entonces se dio cuenta, en una fracción de segundo, de que los tobillos eran aún más atractivos que el calzado. Sintiéndose como un colegial, fue levantando la vista siguiendo las piernas, largas y elegantes, hasta el borde de la falda negra, y luego siguió subiendo a lo largo del costoso vestido francés hasta el rostro, cuyos ojos estaban clavados en él, en tanto la mujer mantenía la cabeza ladeada. Parecía dispuesta a preguntarle algo y muy consciente de que él la había examinado de pies a cabeza. Pero cuando Alex se topó con su mirada, se quedó pasmado y, sin pensar, se puso de pie y exclamó:

—¡Dios mío, es usted!

Ella pareció igual de sorprendida y siguió mirándole fijamente, como preguntándose qué había querido decir con sus palabras y quién debía de ser aquel hombre. Daba la impresión de que la conocía, y se dijo si no sería alguien que había visto su fotografía en alguna parte o leído algo sobre ella en la prensa. Hasta podía ser un periodista, y por un momento se le ocurrió que haría bien en girar sobre sus talones y salir de allí corriendo, pues si se quedaba se convertiría en su prisionera durante varias horas. Angustiada, comenzó a retroceder, con los ojos desmesuradamente abiertos por el temor, y su bolso apretado bajo el brazo. Buscaría a la azafata y le pediría que la trasladara a primera clase. O tal vez aún no fuese demasiado tarde para desembarcar del avión. Podría tomar el vuelo siguiente a Nueva York.

—Yo... no... —murmuró quedamente, mientras daba media vuelta.

Pero antes de que pudiese alejarse un solo paso de él Rafaela sintió que la sujetaba por el brazo. Alex había visto el temor pintado en su rostro y se sentía apenado por ser él el causante de ello.

—No, no se vaya.

Ella se volvió de cara al desconocido, sin estar segura de lo que hacía. El instinto le decía que debía huir.

—¿Quién es usted?

—Alex Hale. Yo sólo... El caso es...

Le sonreía con afabilidad, dolido por lo que descubría en los ojos de la bella mujer. Aquellos ojos estaban preñados de pena y de terror. Tal vez denotaban la presencia de una herida muy profunda en su alma, pero eso él aún no podía afirmarlo. Todo lo que sabía era que no deseaba perderla de nuevo.

—La vi comprar ese libro en el aeropuerto —le dijo, dirigiendo una mirada a la novela que reposaba en el asiento de la desconocida.

Pero Rafaela no comprendió qué importancia podía tener eso para que la interpelara de aquella manera.

—Y... la había visto antes en la escalera de piedra de Broderick y Broadway..., la semana pasada.

¿Cómo podía decirle ahora que la había visto llorar? Con ello sólo conseguiría que huyera corriendo de su lado. Sin embargo, aquellas palabras parecieron despertar su interés, y Rafaela le miró con detenimiento un largo rato. Daba la impresión de estar recordando aquel momento, y un ligero rubor tiñó sus mejillas.

—Yo...

Asintió, al tiempo que desviaba la mirada. Quizá no fuese un *paparazzo*. Tal vez no era más que un loco o un imbécil. Pero no quería pasarse cinco horas sentada a su lado, preguntándose por qué la había cogido del brazo o por qué había exclamado «¡Oh, Dios mío, es usted!». Pero mientras ella le miraba fijamente, inmóvil, intrigada, y él le sostenía la mirada, por los altavoces de la aeronave se oyó el último aviso para que los pasajeros ocuparan sus asientos, y entonces Alex se desplazó despacio en torno a ella, para dejarla pasar hasta su sitio.

—¿Por qué no se sienta?

Alex se quedó plantado en toda su estatura, bien parecido y dominante, y entonces Rafaela, como si no fuese capaz de alejarse de él, pasó en silencio por su lado y tomó asiento. Ella había colocado el sombrero en el portaequipajes antes de que Alex ocupara su asiento, y ahora sus cabellos brillaban como hebras de seda negra al agachar la cabeza y volverla hacia el otro lado. Parecía estar mirando por la ventanilla, por lo que Alex no le dijo nada más y se instaló en su asiento, dejando uno vacío entre ambos.

Él sentía los fuertes latidos de su corazón dentro del pecho. La mujer era tan hermosa como se lo había parecido aquella noche en que la vio sentada en los escalones de piedra, envuelta en las pieles de lince, cuando levantó los ojos hacia él y ríos de lágrimas corrían por sus mejillas. Aquella misma mujer estaba ahora sentada a corta distancia de él, y todas y cada una de las fibras de su ser anhelaban volcarse hacia ella, tocarla, acariciarla, abrazarla. Era una locura y él lo sabía. La mujer era una perfecta desconocida. Y entonces sonrió. El calificativo no podía ser más adecuado. Era perfecta en todos los aspectos. Mientras observaba su cuello, sus manos, su forma de sentarse, se dijo que todo en ella era la mismísima perfección, y cuando en algún momento vio su perfil, no pudo apartar los ojos de su rostro. Pero luego, al darse cuenta de lo embarazoso que eso le resultaba a la mujer, cogió bruscamente las dos carpetas y fijó la mirada en ellas aunque sin ver nada, con la esperanza de hacerle creer que se había olvidado de la fascinación que ejercía sobre él y se hallaba concentrado en otra cosa. Sólo después de despegar advirtió que ella volvía la vista hacia él, y por el rabillo del ojo vio que se quedaba observándole larga y fijamente.

No pudiendo proseguir aquel juego por más tiempo, Alex se volvió hacia ella, con una expresión afable en la mirada y una vacilante pero cálida sonrisa.

—Lamento haberla asustado antes. Es sólo… La verdad es que no suelo hacer estas cosas. —La sonrisa se hizo más amplia, pero ella no le sonrió a su vez—. No…, no sé cómo explicárselo.

Por un momento le pareció que era una verdadera locura tratar de explicárselo, mientras ella lo contemplaba inexpresivamente con aquellos ojos que tanto lo habían conmovido la primera vez que los vio.

—Cuando la vi aquella noche en que usted… —titubeó un instante, pero luego resolvió seguir adelante—, en que usted estaba llorando, me sentí tan impotente… Y en seguida desapareció. Como por arte de magia. Se desvaneció, simplemente. Durante varios días no pude quitármela de la cabeza. No podía dejar de pensar en su aspecto, en las lágrimas que corrían por sus mejillas…

Mientras le hablaba, le pareció que la mirada de ella se suavizaba, pero su cara permanecía impasible. Él sonrió de nuevo y se encogió ligeramente de hombros.

—Tal vez no soporto ver a una dama en apuros, pero el caso es que he estado preocupado toda la semana. Y esta mañana apareció en el aeropuerto. Mientras telefoneaba a mi oficina, estuve observando a una mujer que compraba un libro. —Sonrió contemplando la sobrecubierta de la novela, sin decirle lo familiar que le resultaba—. Y entonces me di cuenta de que era usted. Resultaba absurdo, como en una película. Durante una semana me había perseguido su imagen, como una visión, allí sentada en el escalón de piedra, cuando de repente allí estaba usted, en carne y hueso, tan hermosa como la veía en mis ensoñaciones.

Esta vez ella sonrió. Aquel hombre era dulce y joven; curiosamente, le recordaba a su hermano, que a los quince años era muy enamoradizo.

—Y entonces desapareció usted de nuevo —agregó él, con tono de desencanto—. Colgué el teléfono, y usted se había desvanecido en el aire.

Ella no quiso decirle que había penetrado en un despacho privado y la habían conducido por varios pasillos ocultos hasta el avión. Pero él parecía confundido.

—Ni siquiera la vi abordar el aparato. —Y entonces bajó la voz, adoptando un tono de conspirador—. Dígame la verdad: ¿es usted maga?

Alex semejaba un niño grande, y ella no pudo contener una sonrisa. Sus ojos se animaron al mirarlo, y había desaparecido de ellos la ira y el temor. Aquel hombre era un poco loco, bastante joven y muy romántico, y ella se dio cuenta de que no deseaba perjudicarla en absoluto. Era simpático y un poco alocado. Entonces le contestó sonriendo:

—Sí, lo soy.

—¡Ajá! Lo suponía. Es tremendo.

Alex se recostó en el asiento con una amplia sonrisa, y ella se la devolvió. El juego era divertido. Y ningún mal podía sobrevenirle; después de todo, estaba en el avión. Él era un desconocido, y ella no volvería a verle nunca más. Las azafatas se encargarían de llevársela en cuanto el aparato llegara a Nueva York, y de nuevo estaría a salvo, en manos de la familia. Pero mientras tanto era divertido practicar aquel juego con un desconocido. Y ahora ella le recordaba de aquella noche en que se había sentido tan desesperadamente sola y había huido de la casa para sentarse, llorando, en las escaleras de piedra que conducían al pie de la ladera. Al levantar los ojos le había visto, pero antes de que él pudiese acercársele se había escabullido por debajo del tejado que daba sobre el jardín. Mientras rememoraba ese episodio, se dio cuenta de que Alex le sonreía de nuevo.

—¿Resulta difícil ser maga?

—A veces.

A Alex le pareció percibir un ligero acento, pero no habría podido asegurarlo. Y entonces, amparado por la seguridad que brindaba el juego, resolvió preguntárselo.

—¿Es usted una maga norteamericana?

Sonriéndole a su vez, ella negó con la cabeza.

—No.

A pesar de haberse casado con John Henry, había conservado las nacionalidades española y francesa. Rafaela no veía en qué podía perjudicarla charlar con Alex, que en aquellos momentos observaba la colección de anillos que adornaban sus dos manos. Ella sabía qué era lo que le intrigaba, y sabía también que a él no le sería fácil averiguar lo que quería saber.

De repente se resistió a decírselo; por un rato quiso dejar de ser la señora de John Henry Phillips. Por un rato quería ser simplemente Rafaela, una jovencita.

—Aún no me ha dicho de dónde es uted, Dama Mágica.

La mirada de Alex se desvió de sus manos. Había llegado a la conclusión de que, quienquiera que fuese, era una mujer de buena posición, y se sintió aliviado al comprobar que no llevaba una sólida alianza de oro en la mano izquierda. Por alguna razón, supuso que debía de tener un padre muy rico, quien tal vez le amargaba la vida y ésa era la causa de su llanto la noche en que la vio por primera vez en la escalera de piedra. O quizá era divorciada. Sin embargo, le tenía sin cuidado. Lo que le interesaba de ella eran sus manos, sus ojos, su sonrisa y el magnetismo que le atraía hacia ella. Lo había sentido incluso desde la distancia, y eso había sido la causa que le había impulsado a acercarse a ella, para tocarla. Ahora estaba cerca de ella, pero sabía que no podía tocarla. Todo cuanto podía hacer era seguir con aquel juego.

Sin embargo, ahora ella le sonreía abiertamente. Por un instante casi podía decirse que se habían hecho amigos.

—Soy francesa.

—¿Ah, sí? ¿Aún vive allí?

Ella meneó la cabeza, mucho más serena de repente.

—No. Vivo en San Francisco.

—Eso imaginé.

—¿De veras? —Levantó la cabeza, sorprendida y divertida a la vez—. ¿Cómo lo supo? —inquirió con aire de inocencia.

Y no obstante, al mismo tiempo, sus ojos tenían una expresión que denotaba un gran discernimiento. Su manera de hablar hacía suponer que era una mujer que no había estado expuesta a los embates de la vida.

—¿Acaso tengo aspecto de haber nacido en San Francisco?

—No, eso no. Pero tuve la impresión de que residía aquí. ¿Le gusta?

Rafaela asintió con la cabeza, pero su insondable tristeza afloró de nuevo a sus ojos. Conversar con ella era como gobernar una embarcación por aguas procelosas: nunca se estaba seguro de si se iba a chocar con un escollo o si se podría navegar a toda vela.

—Me gusta, pero ya no salgo a pasear por San Francisco.

—¿Ah, no? —Él no se atrevió a formularle una pregunta seria, como por qué había dejado de hacerlo—. ¿Qué es lo que hace entonces? —le preguntó con voz tan suave como una caricia.

Ella volvió hacia él los ojos más grandes que hubiese visto nunca.

—Leo. Muchísimo.

Le sonrió, encogiéndose de hombros como con embarazo, al tiempo que se ruborizaba ligeramente y desviaba la mirada. Luego volvió a fijarla en él para formularle una pregunta.

—¿Y usted?

Se sentía muy valiente al preguntarle algo tan personal a aquel desconocido.

—Soy abogado.

Ella asintió en silencio y sonrió. Le había encantado su respuesta. El derecho era algo que siempre la había intrigado, y en cierto modo le parecía una ocupación muy adecuada para aquel hombre. Adivinaba que debía de tener su misma edad. En realidad él era seis años mayor que Rafaela.

—¿Le gusta esa profesión?

—Mucho. ¿Y usted? ¿A qué se dedica, Dama Mágica, además de leer?

Ella estuvo tentada de responderle, con cierta ironía, que era enfermera. Pero le pareció una inusitada crueldad para con John Henry, por lo que guardó silencio un instante y se limitó a sacudir la cabeza.

—A nada. —Dirigió a Alex una franca mirada—. A nada en absoluto.

Él se preguntó de nuevo qué historia se ocultaría tras aquellos ojos, qué vida llevaría, qué debía de hacer durante las veinticuatro horas del día y por qué había estado llorando aquella noche. De repente eso le inquietó más que en cualquier otro momento.

—¿Viaja usted mucho?

—De vez en cuando. Sólo por unos días.

Rafaela clavó la vista en sus manos, en la fabulosa sortija de oro y diamantes.

—¿Vuelve a Francia ahora?

Suponía que iba a París, y por supuesto estaba en lo cierto. Pero ella negó con la cabeza.

—A Nueva York. Sólo voy a París una vez al año, en el verano.

Él asintió pausadamente y sonrió.

—Es una ciudad muy bonita. Una vez pasé seis meses en ella y me encantó.

—¿De veras? —Rafaela parecía muy complacida—. ¿Entonces habla usted francés?

—En realidad no. —Volvió a esbozar aquella sonrisa juvenil—. No tan bien, por cierto, como usted habla el inglés.

Ella rió quedamente y deslizó un dedo por los bordes del libro que había comprado en el aeropuerto. Alex lo advirtió con un brillo malicioso en los ojos.

—¿Ha leído muchos de sus libros?

—¿De quién?

—De Charlotte Brandon.

Rafaela asintió con la cabeza.

—Adoro a esa autora. He leído todos los libros que ha escrito. —Y con una mirada que parecía pedir disculpas añadió—: Sé que no es una lectura muy seria, pero constituye una forma de evasión. En cuanto abro uno de sus libros quedo atrapada en el mundo que ella describe. Supongo que a los hombres esa clase de lectura les debe de parecer tonta pero... —no podía decirle que los libros le habían preservado el juicio en los pasados siete años, pues él habría pensado que estaba loca— resulta muy agradable.

Alex acentuó su sonrisa.

—Lo sé. Yo también los leo.

—¿Ah, sí?

Rafaela le miró con asombro. Los libros de Charlotte Brandon no parecían ofrecer la lectura más adecuada para un hombre. John Henry, por ejemplo, jamás los habría leído. Y su padre tampoco. Ellos leían libros de otro género, sobre economía o las guerras mundiales.

—¿Y le gustan?

—Muchísimo. —Y entonces él resolvió prolongar el juego un poco más—. Los he leído todos.

—¿De veras? —Sus ojos se abrieron aún más. Encontraba que su lectura era la menos indicada para un abogado. Entonces ella le sonrió de nuevo y le mostró el que reposaba en su regazo—. ¿Ha leído éste? Es nuevo.

Tal vez había encontrado un amigo, después de todo. Él asintió con un gesto, con la vista fija en el libro.

—Creo que es el mejor que ha escrito. Le gustará. Es más serio que la mayoría de los anteriores. Más profundo. Trata a fondo el tema de la muerte, por lo que no es sólo una bonita historia. Dice muchas cosas.

Sabía que su madre lo había escrito el año anterior, antes de que la sometieran a una intervención quirúrgica bastante importante, y temiendo por consiguiente que pudiese ser su obra póstuma. Había tratado de decir algo profundo en él y lo había conseguido. La cara de Alex tenía una expresión más grave cuando posó sus ojos en Rafaela.

—Éste significa mucho para ella.

La mujer le miró con extrañeza.

—¿Cómo lo sabe? ¿La conoce acaso?

Siguió una larga pausa mientras la amplia sonrisa volvía al rostro de Alex, al tiempo que se inclinaba hacia ella y le susurraba:

—Es mi mamá.

Esta vez Rafaela soltó una carcajada, que sonó como una campana de plata en los oídos de Alex.

—No, de veras. Lo es.

—¿Sabe? Para ser abogado es usted muy tonto.

—¿Tonto? —Alex se sintió ofendido—. Hablo en serio. Charlotte Brandon es mi madre.

—Y el presidente de los Estados Unidos es mi padre.

—Enhorabuena. —Él le tendió la mano, ella deslizó la suya en la de él, y se la estrecharon firmemente—. Por cierto, yo soy Alex Hale.

—¿Lo ve? —exclamó ella, riendo de nuevo—. ¡Su apellido no es Brandon!

—Porque ése es el apellido de soltera de mi madre. Ella se llama Charlotte Brandon Hale.

—¡Fantástico! —Rafaela no podía dejar de reír, y al mirarle aún se reía más—. ¿Siempre explica cuentos como éste?

—Sólo a las personas totalmente desconocidas. Y ahora, Dama Mágica, ¿cómo se llama usted?

Se dio cuenta de que era un poco indiscreto, pero deseaba desesperadamente conocer su nombre. Quería eliminar su mutuo anonimato. Quería saber quién era, dónde vivía, dónde podría encontrarla, de modo que si se desvanecía en el aire de nuevo pudiese rastrear su pista.

Pero ella dudó durante una fracción de segundo y luego contestó:

—Rafaela.

Receloso, Alex meneó la cabeza con una sonrisita.

—Ahora es a mí a quien eso le suena a cuento. Rafaela. Ése no es un nombre francés.

—No; es español. Soy sólo medio francesa...

—¿Y medio española?

El color azabache de su pelo, los negros ojos y la piel blanca como la porcelana parecían confirmar sus palabras. Poco podía suponer él que había heredado aquellas características de su padre francés.

—Sí, soy medio española.

—¿Qué mitad es la española, su mente o su espíritu?

La pregunta había sido formulada en serio, y ella frunció el ceño mientras sopesaba la respuesta.

—Es difícil responder a eso. No estoy segura. Supongo que mi espíritu es francés, y mi mente, española. Pienso como una española, pero no tanto porque me lo proponga sino mayormente por hábito. De algún modo, ese modo de vida llega a consustanciarse con todo tu ser.

Alex echó unas miradas recelosas por encima del hombro y luego se inclinó hacia ella para decirle en voz baja:

—No veo ninguna dama de compañía.

Ella puso los ojos en blanco y rió.

—¡Ah, no, pero ya las verá!

—¿De veras?

—Ya lo creo. El único lugar donde me dejan sola es en el avión.

—¡Qué extraño y qué fascinante!

Sintió deseos de preguntarle la edad que tenía. Supuso que unos veinticinco o veintiséis años, y le habría sorprendido saber que ya había cumplido los treinta y dos.

—¿Le molesta estar custodiada todo el tiempo?

—A veces. Pero si no fuera así probablemente me resultaría muy raro. Estoy acostumbrada a ello. A veces pienso que sería horroroso no estar tan protegida.

—¿Por qué?

Aquella mujer cada vez le intrigaba más. Era diferente a todas cuantas había conocido.

—Porque estaría sin protección —repuso ella con gran seriedad.

—¿Frente a qué?

Tras un largo silencio, le sonrió y le respondió con afabilidad:

—Frente a personas como usted.

Alex no pudo por menos que sonreír, y durante un largo rato cada cual permaneció sumido en sus propios pensamientos y en las conjeturas que tejía sobre la vida del otro. Al cabo de un rato, Rafaela se volvió hacia él; sus ojos denotaban curiosidad y traducían una mayor felicidad que momentos antes.

—¿Por qué me ha contado ese cuento sobre Charlotte Brandon?

Rafaela no sabía bien a qué atenerse con respecto a aquel hombre, pero le simpatizaba. A su juicio, era un hombre cabal, amable, divertido y brillante.

Y ahora él le sonreía al responderle:

—Porque es la verdad. Ella es mi madre, Rafaela. Dígame: ¿es realmente ése su nombre?

Ella asintió con expresión seria.

—Lo es.

Pero omitió, al igual que antes, agregar el apellido. Sólo Rafaela. Y a él ese nombre le gustaba muchísimo.

—De todos modos, ella es mi madre —insistió Alex, señalando la foto en la contracubierta del libro. Luego miró dulcemente a Rafaela, que aún sostenía la novela en la mano—. Le gustaría a usted mucho. Es una mujer admirable.

—No me cabe la menor duda.

Sin embargo, era evidente que no creía ni una palabra de lo que él le había contado. Entonces, con una expresión risueña en sus ojos, Alex hurgó en el bolsillo interior de la chaqueta y sacó una angosta billetera negra que Kay le había regalado en su último cumpleaños. En ella aparecían las mismas iniciales entrelazadas del bolso de lagarto de Rafaela: el anagrama de Gucci. De ella sacó dos fotografías de ángulos doblados, y sin decir palabra se las tendió a Rafaela. Ella las contempló un instante y luego abrió desmesuradamente los ojos. Una de las fotos era una reducción de la que aparecía en la contracubierta del libro, y en la otra se veía a la madre riendo, rodeada por el brazo de Alex, al otro lado del cual estaba su hermana con George.

—Retrato familiar. La sacamos el año pasado. Mi hermana, mi cuñado y mi madre. ¿Qué me dice ahora?

Rafaela sonreía y miraba a Alex con renovado asombro.

—¡Oh, tiene que hablarme de ella! Debe de ser una mujer maravillosa…

—Así es. Y por cierto, Dama Mágica —repuso él al tiempo que se ponía de pie, colocaba las dos carpetas en el bolsillo del asiento de delante y se sentaba de nuevo en el que estaba desocupado entre ambos—, pienso que también usted es maravillosa. Ahora, antes de que le cuente todo lo referente a mi madre, ¿puedo invitarla a tomar un aperitivo?

Era la primera vez que se servía de su madre para fascinar a una mujer, pero le tenía sin cuidado. Deseaba conocer a Rafaela lo más íntimamente posible en el tiempo que tardara el avión en llegar a Nueva York.

Siguieron charlando durante las cuatro horas y media siguientes, mientras saboreaban unas copas de vino blanco y luego daban cuenta del almuerzo más bien incomible, lo que ninguno de los dos advirtió. Hablaron de París, Roma y Madrid, así como de la vida en San Francisco, la literatura, la gente, los niños y el derecho. Ella se enteró de que Alex poseía una hermosa casa victoriana que adoraba. Él supo de la forma de vida que le brindaba Santa Eugenia, en España, y escuchó con embelesada fascinación lo que le contó de un mundo secular, que en nada se parecía a lo que él conocía. Ella habló de los niños que tanto amaba, de los cuentos que les explicaba, de sus primas y de los ridículos chismes que conllevaba ese estilo de vida en España. Omitió todo lo que hacía referencia a John Henry y a la vida que ella llevaba ahora. Pero en realidad aquello no era vida, sino un oscuro e insondable vacío, una no vida. No se trataba de que Rafaela quisiera ocultárselo, sino que ella misma no quería ni pensar en ello.

Cuando por fin la azafata les pidió que se abrocharan los cinturones, ambos se quedaron como dos niños a los que les anuncian que la fiesta ha terminado y es hora de irse a casa.

—¿Qué harás ahora?

Él ya sabía que Rafaela debía reunirse con su madre, su tía y sus dos primas, y que se hospedaría con ellas en un hotel de Nueva York.

—¿Ahora? Me encontraré con mi madre en el hotel. Ya deben de estar allí.

—¿Puedo acompañarte en un taxi?

Ella negó con la cabeza.

—Vendrán a esperarme. En realidad —agregó, mirándole con renuencia—, efectuaré mi número de desaparición en cuanto aterricemos.

—Al menos permíteme que te ayude a retirar el equipaje —le pidió él con voz implorante.

Pero Rafaela meneó la cabeza de nuevo.

—No. Como verás, me conducirán directamente del avión al automóvil que estará aguardando.

Entonces él forzó una sonrisa.

—¿Estás segura de que no eres un pájaro enjaulado y de que no viajas custodiada o algo parecido?

—Todo podría ser.

Su voz sonaba tan triste como tristes se veían sus ojos. De repente la alegría de las últimas cinco horas se había esfumado para ambos. El mundo de la realidad estaba a punto de hacer irrupción en su mundo de fantasía.

—Lo siento —añadió ella.

—Yo también. —Y entonces Alex la miró con cara seria—. Rafaela…, ¿podré verte mientras estemos en Nueva York? Sé que estarás ocupada, pero quizá podríamos tomar una copa juntos, o… —Ella sacudía la cabeza—. ¿Por qué no?

—Es imposible. Mi familia jamás lo comprendería.

—¿Por qué no, por el amor de Dios?; eres una mujer adulta.

—Precisamente por eso. Y las mujeres de ese mundo no andan por ahí tomando unas copas con desconocidos.

—Yo no soy un desconocido —arguyó él con expresión juvenil, y ella se rió—. Está bien, lo soy. ¿Vendrás a almorzar conmigo y con mi madre? ¿Mañana?

Lo estaba improvisando, pero llevaría a su madre a almorzar aunque tuviese que arrancarla de alguna reunión editorial arrastrándola por los cabellos.

—¿Vendrás? En el Four Seasons. A la una.

—Alex, no lo sé. Estoy segura de que estaré…

—Inténtalo. Ni siquiera tienes que prometérmelo. Nosotros estaremos allí. Si puedes venir, bien. Si no apareces, lo comprenderé. Pero inténtalo.

El avión ya se posaba sobre la pista, y la voz de Alex sonaba imperiosa.

—No sé cómo… —balbuceó ella.

Cuando los ojos de Rafaela se posaron en los suyos, había en ellos una sombra de angustia.

—No te preocupes —la atajó él—. Sólo recuerda lo mucho que deseas conocer a mi madre. En el Four Seasons. A la una. ¿Te acordarás?

—Sí, pero…

—¡Chis!

Alex le puso un dedo sobre los labios, y ella le sostuvo la mirada unos instantes. De pronto, él se inclinó hacia ella y se dio cuenta con desesperación de que deseaba besarla con toda su alma. Tal vez si lo hacía jamás volvería a verla, y en cambio si se contenía quizá la vería de nuevo. Comenzó a charlar pues sobre el ruido atronador de los motores mientras la aeronave carreteaba hacia el aeropuerto.

—¿En qué hotel te alojarás?

Ella le miró con sus enormes ojos, vacilando, indecisa. En efecto, Alex le pedía que confiara en él, y Rafaela deseaba hacerlo, pero no estaba segura de que fuese correcto. Sin embargo, las palabras escaparon de sus labios casi como si no hubiese podido refrenarlas, en el preciso instante en que el aparato se detenía de golpe.

—En el Carlyle.

Y entonces, como obedeciendo a una señal preestablecida, dos azafatas se plantaron en el pasillo, una llevando el abrigo de visón de Rafaela, y la otra procedió a sacar su bolso de mano de debajo del asiento. Rafaela, como una niña bien educada, le pidió a Alex que le alcanzara el sombrero del portaequipajes, y sin decir ni una palabra, se lo puso, se desabrochó el cinturón de seguridad y se puso de pie. Permaneció en su sitio, tal como él la había visto en el aeropuerto, envuelta en pieles de visón, los ojos velados por el pequeño velo negro, y el libro y el bolso en la mano. Fijó en él su mirada y le tendió la mano enguantada.

—Gracias.

El agradecimiento era por las cinco horas que él le había dedicado, por el momento compartido, por la huida de la realidad, por la muestra de lo que hubiera podido ser su vida y no había sido. Sus ojos siguieron fijos en los de Alex unos momentos, y luego ella desvió la mirada.

A las dos azafatas que habían ido a buscar a Rafaela se les unió un camarero, que se instaló detrás de ella, y entonces se abrió una de las puertas de emergencia de la parte posterior de la aeronave, cercana a los asientos de Alex y Rafaela, mientras una azafata anunciaba por los altavoces que el descenso de los pasajeros se efectuaría por la parte anterior. La de emergencia permaneció abierta el tiempo que tardaron en salir Rafaela y los tres miembros de la tripulación. Sólo unos cuantos pasajeros de aquel sector se preguntaron qué había sucedido y por qué la mujer del abrigo de visón había desembarcado escoltada de aquella forma. Pero no tardaron en concentrarse en sus propios asuntos, en sus propios planes, y sólo Alex permaneció un largo rato contemplando la puerta por donde ella se había ido. Una vez más se le había escapado. Una vez más la dama de morena belleza se había esfumado. Pero ahora él sabía que se llamaba Rafaela y que se hospedaría en el Carlyle.

De repente, con una sensación de desánimo, se dio cuenta de

que no conocía su apellido. Rafaela. ¿Rafaela, qué? ¿Cómo iba a preguntar por ella en el hotel? Ahora su única esperanza residía en verla al día siguiente a la hora de almorzar. Si se presentaba, si podía escapar a la vigilancia de sus parientes…, si… Alex se sintió como un escolar aterrorizado cuando recogió la cartera y el abrigo y comenzó a caminar hacia la parte anterior del aparato.

Capítulo 6

EL CAMARERO DEL FOUR SEASONS acompañó a la alta y atractiva mujer a través del salón hasta su mesa de costumbre, cercana al bar. La moderna decoración constituía un perfecto telón de fondo para la pintoresca clientela que llenaba el restaurante noche y día. Mientras avanzaba hacia la mesa, la mujer sonreía, saludaba con movimientos de cabeza, retribuía el gesto de alguna amiga que suspendía su conversación para agitar la mano en su dirección. Charlotte Brandon era una cliente habitual. Para ella era como almorzar en su club, y su delgada figura se movía como pez en el agua en aquel ambiente familiar. Sus cabellos matizados de blanco asomaban por debajo del sombrero de visón oscuro, que le sentaba muy bien y hacía juego con el hermoso abrigo de la misma piel que llevaba sobre un vestido azul marino. Los pendientes eran de zafiros y diamantes, y en torno al cuello lucía un collar de grandes y preciosas perlas de tres vueltas, mientras que en la mano izquierda llevaba un solo anillo con un zafiro que se había comprado al cumplir los cincuenta años, después de vender los derechos de su último libro. Del anterior se habían vendido más de tres millones de ejemplares en rústica, y por eso resolvió darse el gusto de comprarse aquel anillo.

Aún le asombraba constatar que su carrera había comenzado al morir su esposo cuando se estrelló su avión, y ella encontró su primer empleo, que consistía en buscar datos para una sección muy aburrida que nunca le había complacido realmente. Lo que le encantaba, según pudo comprobar en seguida, era escribir, y cuando se dispuso a redactar su primera novela se dio cuenta de que por fin había descubierto su verdadera pasión. El primer libro se vendió bien, el segundo, mejor, y el tercero se convirtió en un *best-seller* en cuanto salió; a partir de entonces el trabajo fue arduo, pero todo anduvo viento en popa. Cada vez estaba más entusiasmada con su trabajo. Así pues, durante años lo único que le había interesado realmente fueron sus libros, sus hijos y su nieta Amanda.

Después del fallecimiento de su esposo, no hubo ningún otro hombre realmente importante en su vida, pero por fin hizo un esfuerzo para volver a salir con otros hombres. Así tuvo amigos íntimos, relaciones amorosas, pero nunca conoció a nadie que despertara su deseo de casarse. Durante veinte años los hijos habían constituido una buena excusa para ella, y ahora siempre se escudaba detrás de su trabajo. «Soy una persona con la que resulta muy difícil convivir. Mi horario de actividades es una locura. Escribo durante toda la noche y duermo durante el día. ¡Te volverías loco a mi lado! ¡Llegarías a aborrecerme!» Sus excusas eran numerosas, aunque no siempre válidas. En realidad era una mujer muy organizada y disciplinada, capaz de organizarse el trabajo como si se tratara de un batallón que se dispusiera a emprender una marcha. La verdad residía en el hecho de que no quería volver a casarse. Jamás podría volver a querer a nadie, después de haber amado a Arthur Hale. Él había sido el lucero de su cielo, y también el modelo para una docena de personajes de sus novelas. Y Alexander se parecía tanto a él que cada vez que le veía se le hacía un nudo en la garganta. ¡Era tan alto, tan apuesto, tan esbelto y tan bien parecido! Le llenaba de orgullo pensar que aquel ser tan extraordinariamente guapo, inteligente y cariñoso era su hijo. Muy distintos eran los sentimientos que la asaltaban al ver a su hija. Kay siempre le provocaba un secreto sentimiento de culpa por alguna torpeza que había cometido. ¿Por qué Kay había salido tan agria, tan fría y tan airada? ¿A qué se debía que fuera así? ¿Se debía acaso a las largas horas de trabajo a las que se había entregado su madre? ¿A la muerte de su padre? ¿A una rivalidad fraterna? Charlotte siempre experimentaba una sensación de fracaso, de pena y de duda cuando contemplaba aquellos fríos ojos tan semejantes a los suyos, pero en los que no se reflejaba ni una chispa de felicidad.

Kay era muy diferente de Alex, que ahora se ponía de pie al ver llegar a su madre, con auténtica alegría en la mirada y una cálida sonrisa de felicidad.

—¡Cielos, madre, estás preciosa!

Se inclinó ligeramente para besarla, y ella le dio un breve abrazo. Era la primera vez en varios meses que Alex viajaba a Nueva York desde San Francisco, si bien Charlotte nunca tenía la sensación de estar lejos de él. Su hijo la telefoneaba a menudo, para saber cómo estaba, para contarle alguna anécdota, preguntarle por su nuevo libro o explicarle algunos detalles de su caso más reciente. Ella tenía la impresión de formar parte integrante de la vida de su hijo, aunque sin depender en forma excesiva el uno del otro. Mantenían una relación que a ella le encantaba. Ahora se sentó a la mesa frente a su hijo, y en sus ojos se reflejaba el gozo que sentía al verle de nuevo.

—¡Tienes mejor aspecto que nunca! —le dijo Alex, sonriéndole henchido de orgullo.

—La adulación, hijo mío, es inicua pero deliciosa. Gracias.

Los ojos de Charlotte buscaron socarronamente los de Alex, y éste le hizo una mueca. A los sesenta y dos años, su madre aún era una encantadora mujer, alta, graciosa, elegante, con el suave cutis de una joven de treinta años. La cirugía plástica había contribuido a conservar la belleza de su rostro y la tersura de su piel, pero siempre había sido una mujer despampanante. Y como sea que participaba activamente en la promoción y publicidad de sus novelas, no era sorprendente su afán por mantenerse joven. Con el correr de los años Charlotte Brandon se había convertido en un fabuloso negocio. Como mujer detrás de la pluma sabía que su cara era un aspecto importante de su imagen, como lo era su calidez y su vitalidad. Era una mujer a quien las demás mujeres respetaban y que se había ganado el respeto de sus lectores en el transcurso de más de tres décadas.

—¿Y qué has estado haciendo? —preguntó su madre—. Tú también te ves estupendamente bien, diría yo.

—He estado muy ocupado. De hecho, no he tenido ni un minuto de reposo desde la última vez que te vi.

Sin embargo, mientras hablaba sus ojos se desviaron bruscamente hacia la puerta. Le parecía haber visto a Rafaela. Una morena con abrigo de visón subía las escaleras, pero comprobó que se trataba de otra persona, y su mirada volvió a posarse en seguida en la cara de su madre.

—¿Esperas a alguien, Alex? —No le había pasado inadvertida la expresión de sus ojos, y la mujer sonrió—. ¿O es sólo que estás hastiado de las mujeres californianas?

—¿Quién tiene tiempo para esas cosas? He estado trabajando de noche y de día.

—No deberías hacerlo.

Le miró con cierta tristeza. Charlotte deseaba algo más que una vida a medias para su hijo. Lo deseaba para sus dos hijos, pero hasta el momento ninguno de los dos parecía haber encontrado lo que buscaba. Alex había gozado del casamiento abortado con Rachel, y Kay era devorada por su pasión por la política y por la ambición, hasta el extremo de que llegaba a borrar todas las demás cosas de la vida. A veces Charlotte se decía que no les comprendía. A fin de cuentas ella había logrado crear una familia y hacer una carrera, pero sus hijos le decían que los tiempos habían cambiado, que no era posible hacer una carrera con tanta facilidad como ella lo había hecho. ¿Tendrían razón o sólo se engañaban a sí mismos al no querer reconocer sus propios fracasos? Mientras observaba a su hijo, se preguntaba si era feliz con su solitaria existencia o si en definitiva anhelaba también otras cosas. Se decía si no tendría relaciones serias con alguna mujer, con alguien a quien amara realmente.

—No pongas esa cara de inquietud, madre. —Le palmeó la mano sonriéndole y acto seguido llamó al camarero con una seña—. ¿Una copa?

Su madre asintió con la cabeza, y él pidió dos Bloody Marys y se recostó en el respaldo del asiento con una sonrisa. Tenía que contárselo. En seguida, no fuera caso que Rafaela llegase puntualmente. La había citado para la una, y cuando su madre llegó eran las doce y media. Claro que cabía la posibilidad de que Rafaela no compareciera. Se le ensombrecieron los ojos un instante y luego fijó la mirada en los profundos ojos azules de su madre.

—He invitado a una amiga a almorzar con nosotros. No es seguro que pueda venir. —Y de inmediato, con timidez y embarazo, bajó la vista unos instantes y luego volvió a mirar a su madre—. Espero que no te importe.

Pero Charlotte Brandon ya se estaba riendo, profiriendo una carcajada juvenil, alegre, que llenaba el espacio y que siempre provocaba la sonrisa de Alex.

—No te rías de mí, madre.

Pero su risa era contagiosa, y sin darse cuenta se puso a reír con un brillo divertido en los ojos.

—Parece que tengas catorce años, Alex. Lo siento. En nombre de Dios, ¿a quién has invitado a almorzar?

—Sólo a una amiga. ¡Oh, diablos! Una mujer.

Casi agregó: «La conocí en un avión».

—¿Es una amiga tuya que vive en Nueva York?

Las preguntas no pretendían ser inquisitivas, sino que eran afables y formuladas con una sonrisa.

—No. Vive en San Francisco. Ha venido aquí a pasar unos días. Viajamos en el mismo avión.

—¡Qué bien! ¿A qué se dedica?

Charlotte tomó el primer sorbo de su cóctel, pensando que quizás estaba siendo demasiado entrometida, pero el caso era que siempre sentía gran curiosidad con respecto a las amistades de su hijo. A veces resultaba difícil no comportarse como una madre, pero de todos modos cuando ella se extralimitaba, Alex ya se encargaba de frenarla gentilmente. Ahora Charlotte le miraba inquisitivamente, pero él no parecía advertirlo. Se veía tan feliz como ella no le había visto en mucho tiempo, y en sus ojos había un brillo extraordinariamente cálido y tierno. Nunca se había mostrado así durante su relación con Rachel; por el contrario, siempre parecía desasosegado y preocupado. De repente se le ocurrió pensar si Alex no le reservaría alguna sorpresa.

Sin embargo, él sólo le sonreía divertido, en respuesta a su pregunta.

—Tal vez le resulte difícil de creer lo que voy a decirle, Autora Famosa Charlotte Brandon, pero según parece se dedica absolutamente a no hacer nada.

—¡Vaya, vaya! ¡Qué decadente! —Pero Charlotte no parecía decepcionada, sino tan sólo curiosa por lo que descubría en la mirada de su hijo—. ¿Es muy joven?.

Ésa podía ser la explicación. La gente muy joven tenía derecho a tomarse cierto tiempo con el fin de reflexionar acerca del camino a tomar. Pero cuando eran un poco más crecidos, Charlotte consideraba que ya tenían que haberlo decidido, o al menos debían tener algún tipo de trabajo.

—No. Bueno, quiero decir, no tan joven. Tiene unos treinta años. Pero es europea.

—¡Ah! —exclamó su madre—. Ya veo.

—Sin embargo, es extraño. —Alex se quedó pensativo unos instantes—. Nunca conocí a nadie que llevara esa clase de vida. Su padre es francés, su madre, española, y ella se ha pasado la mayor parte de su existencia encerrada, escoltada, asediada y rodeada de parientes. Es una clase de vida que me parece increíble.

—¿Cómo te las arreglaste para alejarla de todos ellos el tiempo suficiente para llegar a conocerla?

Charlotte se mostraba intrigada, y sólo distrajo su atención para saludar brevemente con la mano a una amiga que se hallaba en el otro extremo del salón.

—Aún no he dispuesto de ese tiempo. Pero tengo la intención de lograrlo. Ése es uno de los motivos por los cuales la invité a almorzar hoy aquí. Adora tus libros.

—¡Oh, Dios mío, Alex, no será una de ésas! Por el amor de Dios, ¿cómo puedo comer con gente que me pregunta cuánto tiempo hace que escribo y cuántos meses tardé en escribir uno de mis libros? —Pero el tono de reproche encerraba una cierta socarronería, y aún conservaba una desmayada sonrisa en los labios—. ¿Por qué no te entretienes con chicas que prefieran a otros autores? Alguna joven inteligente a la que le guste leer a Proust, Balzac o Camus, o que se muera por leer las memorias de Winston Churchill. Una chica sensata.

Alex rió entre dientes al ver la severa expresión de su madre, y entonces, de pronto, por encima de su hombro vio una aparición en la entrada del Four Seasons, y Charlotte Brandon tuvo la impresión de que a su hijo se le cortaba el aliento. Siguiendo la dirección de su mirada, volvió la cabeza y sus ojos se posaron en una mujer alta, morena, de notable belleza, que se encontraba en lo alto de la escalera. Causaba la impresión de ser extremadamente frágil y, al mismo tiempo, de poseer una tremenda seguridad en sí misma. Era una mujer sumamente hermosa, y todos los ojos se centraron en ella, denotando una franca admiración. Su postura era rayana en la perfección, mantenía erguida la cabeza y sus cabellos brillaban en un bien trenzado moño como si fueran hebras de seda negra. Lucía un ajustado vestido de cachemira de color marrón chocolate, cuyo tono era casi igual al del precioso abrigo de pieles. Llevaba un pañuelo de seda color crema, de Hermès, anudado flojamente alrededor del cuello, y los pendientes eran de perlas y diamantes. Sus piernas, enfundadas en medias color chocolate, eran largas y delicadamente torneadas, y calzaba zapatos de ante marrón. El bolso que llevaba era de la misma piel, y esta vez no provenía de Gucci sino de Hermès. Era la criatura más bella que Charlotte había visto en muchos años; comprendía que su hijo la contemplase extasiado. Lo que también le chocó, mientras Alex se excusaba para salir a su encuentro, era que aquella joven le resultaba conocida. Había visto su cara en alguna parte, o quizá simplemente tenía aquella impresión porque era un rostro típico de la aristocracia española. La gracia y la prestancia de aquella mujer sólo podían compararse con el porte de una reina joven, pero al mismo tiempo en sus ojos podía advertirse una dulzura y una timidez que no condecían con su sugestiva belleza. Esta vez fue Charlotte la que casi profirió una exclamación mientras la observaba. La joven era tan hermosa que sólo se la podía contemplar con arrobamiento. Resultaba fácil comprender la fascinación de Alex. Aquella mujer era una gema auténtica y muy rara.

—Madre, tengo el gusto de presentarte a Rafaela. Rafaela, mi madre, Charlotte Brandon.

Por un instante, a Charlotte le llamó la atención que su hijo no hubiese anunciado su apellido, pero en seguida se olvidó de la omisión al fijar la mirada en los ojos negros y misteriosos de la joven. A tan corta distancia se notaba que estaba casi como asustada, y que le faltaba el aliento, como si hubiese corrido. Le estrechó cortésmente la mano a Charlotte, y dejó que Alex le quitase el abrigo, antes de tomar asiento.

—Lamento terriblemente haberme retrasado, señora Brandon. —Miró a Charlotte de hito en hito, en tanto aparecía un ligero rubor en sus cremosas mejillas—. Tuve un compromiso. Me resultó difícil… escaparme.

Las largas pestañas velaron sus ojos al tiempo que se recostaba en el respaldo, y por una fracción de segundo Alex temió derretirse sólo de contemplarla. Era la mujer más fabulosa que conocía. Y mientras las observaba allí sentados, uno al lado del otro, Charlotte no pudo dejar de pensar que hacían una notable pareja. Morenos, con ojos grandes, espléndidos miembros y gráciles manos, parecían dos jóvenes dioses mitológicos, destinados a formar pareja. Charlotte tuvo que hacer un esfuerzo para iniciar la conversación con una simpática sonrisa.

—No tiene importancia, querida. No se preocupe. Alex y yo apenas empezábamos a ponernos al día con las novedades. Me dice que también usted viajó anoche desde San Francisco. ¿Para visitar a los amigos?

—Para reunirme con mi madre.

Rafaela se iba sosegando lentamente, aunque había rehusado tomar nada cuando se sentó.

—¿Vive aquí?

—No, vive en Madrid. Está de paso, camino de Buenos Aires. Y pensó que… Bueno, era una oportunidad para que yo viniese a pasar unos días en Nueva York.

—Así tiene la suerte de verla. Es lo mismo que pienso yo cuando Alex viene a la ciudad.

Los tres se sonrieron, y Alex propuso encargar el almuerzo antes de que se les hiciera tarde. Después de lo cual Rafaela le confesó a Charlotte lo mucho que habían significado para ella sus libros en el curso de los años.

—Debo decir que solía leerlos en castellano, y de cuando en cuando en francés, pero cuando vine a este país, mi... —Enmudeció, bajando la vista y ruborizándose ligeramente, pues estuvo a punto de decirles que su esposo le había regalado todas las novelas de Charlotte en inglés. Podía parecer una falta de sinceridad, pero en aquellos momentos no quería hablar de John Henry—. Los compré en inglés, y ahora los leo siempre en ese idioma. —Y entonces sus ojos se ensombrecieron de nuevo al mirar a Charlotte—. No sabe lo mucho que me han ayudado sus libros. A veces pienso que es lo único... —Su voz se hizo tan queda que casi resultaba inaudible—. En ocasiones su obra es lo que me ha permitido seguir viviendo.

La angustia que delataba su voz se hizo aparente en la expresión de su cara, y Alex recordó la primera vez que la había visto llorar en la escalera de piedra. Ahora, en el lujoso restaurante neoyorquino, se preguntó cuál sería el secreto que abrumaba su alma de una manera tan opresiva. Rafaela, por su parte, se limitó a levantar la vista hacia Charlotte, esbozando una sonrisa, y ésta, instintivamente, extendió el brazo y le acarició la mano.

—Para mí también son muy importantes cuando los escribo, pero lo que cuenta es que puedan serlo para personas como usted. Gracias, Rafaela. Es un hermoso cumplido, y en cierto modo eso otorga un sentido a mi existencia. —Y entonces, como si presintiera que la joven ocultaba algo, un deseo remoto, un sueño, la miró fijamente—. ¿Usted también escribe?

Pero Rafaela sonrió, meneando la cabeza, lo que la hizo aparecer muy joven e ingenua, y no tan sofisticada como al principio.

—¡Oh, no! —Y sonriendo agregó—: Pero soy una narradora de cuentos.

—Así se empieza.

Alex las observaba en silencio. Le encantaba verlas juntas, admirar el marcado contraste de aquellas dos hermosas mujeres, pues mientras que una se veía muy joven y frágil, la otra aparecía muy madura y muy fuerte; una tenía el cabello negro, y la otra, blanco; a una él la conocía profundamente, y en cambio la otra era una desconocida. Y él deseaba conocerla. Quería conocerla mejor de lo que jamás había llegado a conocer a una persona. Mientras las contemplaba, escuchaba su conversación.

74

—¿Qué clase de narradora de cuentos es usted, Rafaela? —le preguntó su madre.

—Les explico cuentos a los niños. En el verano. A todos mis primitos. Pasamos el verano todos juntos en la casa de la familia en España. —Pero por lo que Charlotte sabía acerca de esas «casas» de la familia, comprendía que era algo más que eso—. Los hay a docenas, pues somos una gran familia, y a mí me encanta estar con los niños. Les cuento historias —añadió, sonriendo de felicidad—, y ellos escuchan, y se ríen alegremente. Es maravilloso, tonifica el alma.

Charlotte sonrió al oír la expresión de la joven y asintió con la cabeza. Entonces, al mirarla con más atención, fue como si todo se perfilara nítidamente en su memoria. Rafaela... Rafaela... España... Una finca familiar allí... Y París... Un banco... Tuvo que refrenar el impulso de decir algo en voz alta. En vez de ello dejó que Alex llevara la voz cantante en la conversación, en tanto ella examinaba una y otra vez la cara de la joven, preguntándose si Alex conocía su historia completa. Algo le decía que la ignoraba.

Apenas había transcurrido una hora desde la llegada de Rafaela, cuando ésta consultó con renuencia, pero también con cierto nerviosismo, el reloj.

—Lo lamento... Me temo que debo volver junto a mi madre, mi tía y mis primas. Probablemente pensarán que me he fugado.

No le dijo a la madre de Alex que había fraguado una jaqueca con el fin de eludir el almuerzo con toda la familia.

Había deseado fervientemente conocer a Charlotte Brandon, y ver de nuevo a Alex, aunque sólo fuese una vez más. Él se ofreció ahora para acompañarla a tomar un taxi y, dejando a su madre en compañía de una cafetera de *café filtre* recién hecho, le prometió volver en seguida y se marchó con su arrebatadora amiga cogida del brazo. Antes de irse, Rafaela se despidió cortésmente de Charlotte, y durante un breve instante sus miradas se encontraron. Fue como si Rafaela le contara toda su vida en ese momento, y como si Charlotte, por su parte, le dijese que ya la conocía. Fue una de esas comunicaciones silenciosas que se establecen entre mujeres, y mientras se miraban de hito en hito, Charlotte sintió que aquella joven le enternecía el corazón. Había recordado toda la historia, que sólo últimamente había dejado de ser una nota trágica en las noticias periodísticas, y ahora tenía ante ella a la joven de carne y hueso protagonista de la tragedia. Sintió la tentación de rodearla con sus brazos, pero se contuvo y se limitó a estrecharle la fría y delicada mano que Rafaela le ofreció. Luego les vio salir: su hijo tan apuesto, y ella tan sorprendentemente hermosa.

Cuando salieron a la calle, donde se detuvieron un instante, aspirando el aire fresco otoñal, Alex la miraba con evidente placer, henchido de felicidad y sintiéndose muy joven. Sus ojos danzaban, y no pudo dejar de sonreír cuando Rafaela le miró con una expresión de tristeza pero también de felicidad en el fondo de su mirada.

—Mi madre ha quedado encantada contigo, ¿te has dado cuenta?

—No sé por qué, pero yo también he quedado encantada con ella. ¡Qué mujer tan adorable, Alex! Posee todas las cualidades que debería poseer una mujer.

—Sí, es una joven viejecita muy simpática —repuso él en tono de broma, aunque no pensaba en su madre al escrutar los ojos de Rafaela—. ¿Cuándo volveré a verte?

Ella desvió nerviosamente la mirada antes de responder, recorriendo la calle con la vista en busca de un taxi. Luego volvió la cabeza hacia Alex, con ojos sombríos y turbados y una expresión inexplicablemente triste en su cara.

—No puedo, Alex. Lo siento. Debo estar con mi madre y…

—No puedes estar con ella noche y día —protestó él con empecinamiento.

Rafaela sonrió.

No había forma de que él lo entendiese. Alex nunca había vivido una vida como la suya.

—Pero lo estoy. En todo momento. Y luego debo volver a casa.

—Yo también. Entonces te veré allí. Lo cual me recuerda, jovencita, que hay algo que olvidaste decirme cuando me indicaste que te alojabas en el Carlyle.

—¿Qué es? —preguntó ella turbada.

—Tu apellido.

—¿Eso hice?

Resultaba difícil determinar si su inocencia era verdadera o fingida.

—Así es. Si hoy no hubieses venido, me habría visto forzado a sentarme en el vestíbulo del Carlyle el resto de la semana, esperando tu aparición, y entonces me habría arrojado a tus pies delante de tu madre y te habría puesto en un aprieto, implorándote que me dieras tu apellido. —Ambos se echaron a reír, y Alex le tomó la mano entre las suyas—. Rafaela, quiero verte de nuevo.

Ella levantó la vista hacia él, sus ojos se fundieron en los suyos, deseando lo mismo que Alex pero sabiendo que no tenía derecho a hacerse ilusiones. Él, por su parte, se inclinó sobre ella, dispuesto a besarla, pero Rafaela volvió la cabeza, para hundir la cara en el hombro de Alex y aferrar firmemente la solapa de su chaqueta con una mano.

—No, Alex, no.

Él comprendió que si su mundo estaba poblado de damas de compañía, era natural que no se tomara la libertad de besar a un hombre en plena calle.

—Está bien. Pero quiero verte, Rafaela. ¿Qué te parece esta noche?

Ella soltó una breve risita contra su hombro al tiempo que se separaba y le miraba de nuevo.

—¿Qué te parece que puedo hacer con mi madre, mi tía y mis primas?

Alex era tan testarudo que no se podía razonar con él, pero también era el hombre más agradable que había conocido en su vida.

—Que vengan contigo. Yo llevaré a mi madre.

Estaba bromeando, y Rafaela así lo comprendió, y esta vez se echó a reír a carcajadas.

—Eres insoportable.

—Lo sé. Y también sé que nunca me conformo con una negativa por respuesta.

—¡Alex, por favor! —Consultó el reloj de nuevo y el pánico se reflejó en su rostro—. ¡Oh, Dios mío, me van a matar! Ya deben de haber vuelto de almorzar.

—Entonces prométeme que tomarás una copa conmigo esta noche. —Alex le oprimió el brazo y entonces se acordó de repente de algo—. ¿Y cómo demonios te llamas?

Rafaela levantó el brazo y le hizo seña a un taxi que pasaba. El vehículo frenó con un chirrido junto a ellos, y Alex la retuvo apretándole el brazo con fuerza.

—Alex, no. Debo…

—No hasta que….

La insistencia era medio en serio medio en broma, y Rafaela rió nerviosamente y volvió a fijar la mirada en sus ojos.

—Está bien. De acuerdo. Phillips.

—¿Es así como te inscribiste en el Carlyle?

—Sí, su señoría. —Pareció ceder por un instante, mas en seguida volvió a mostrarse nerviosa—. Pero, Alex, no puedo verme contigo, ni aquí, ni en San Francisco, ni en ninguna otra parte. Ésta debe ser la despedida definitiva.

—¡Por el amor de Dios, no seas tonta! Esto es sólo el principio.

—No, no lo es. —Se puso seria, y el taxista lanzó un bufido, mientras Alex echaba chispas por los ojos—. Esto no es el principio, Alex, sino el fin. Y ahora debo irme.

—¡No de esta manera! —De repente, Alex fue presa de la desesperación y lamentó no haberla besado antes—. ¿Qué? ¿Entonces aceptaste almorzar conmigo con el único propósito de conocer a mi madre? ¿Es eso justo?

Alex seguía embromándola, pero ella le miraba con aire confundido, y él comprendió que había obtenido un tanto.

—¡Oh, Alex, cómo puedes...!

—¿Te veré luego?

—Alex...

—No importa. Esta noche a las once. En el Café Carlyle. Charlaremos mientras escuchamos a Bobby Short. Y si no te encuentro allí, subiré y golpearé con todas mis fuerzas en la puerta del cuarto de tu madre. —De pronto se mostró preocupado—. ¿Podrás escaparte de ellas a las once?

Hasta él tuvo que reconocer que aquello era ridículo. Rafaela tenía treinta y dos años, y él le preguntaba si podría escapar de la tutela de su madre. De hecho, era absolutamente absurdo.

—Lo intentaré —contestó ella sonriendo, como si de nuevo hubiese recobrado la frescura de la adolescencia, aunque había la sombra de un sentimiento de culpa en sus ojos—. No deberíamos hacer esto.

—¿Por qué no?

Ella estuvo a punto de decírselo, pero comprendió que no podía hacerlo en aquel momento, con un taxista aguardando con impaciencia junto al bordillo de la acera.

—Hablaremos de ello por la noche.

—Bien —repuso él con una amplia sonrisa. Abrió la portezuela del taxi y le hizo una reverencia a Rafaela—. Hasta la noche, señorita Phillips.

Se inclinó sobre ella y le dio un beso en la frente; al cabo de un instante la portezuela del taxi se cerraba, y el vehículo partía hacia el centro de la ciudad llevando a Rafaela, que estaba furiosa consigo misma por su propia debilidad. Se decía que no debía haber permitido que él se formara una idea equivocada desde el primer momento. Debió decirle la verdad en el avión, y nunca debió aceptar la invitación a almorzar. Pero por una vez, por una sola vez, se dijo, tenía el derecho de hacer algo descabellado, romántico y divertido. Sin embargo, ¿tenía realmente ese derecho? ¿Qué le daba ese derecho cuando John Henry se encontraba postrado en una silla de ruedas? ¿Cómo se atrevía a practicar aquel juego? Mientras el taxi se acercaba al Carlyle, se prometió a sí misma que aquella noche sin falta le diría a Alex que estaba casada. Y que no volvería a verle nunca más. Después de esa noche... Aún habría un nuevo encuentro... Y su corazón aleteó de alegría al pensar que volvería a verle otra vez.

—¿Y BIEN? —dijo Alex, mirando a su madre con aire triunfante y sentándose de nuevo.

La mujer le sonrió y, al hacerlo, de repente se sintió muy vieja. ¡Qué joven se veía su hijo! ¡Cuán esperanzado, cuán feliz, cuán ciego!

—Y bien ¿qué?

En los azules ojos de Charlotte había un velo de dulzura y tristeza.

—¿Qué quieres decir con «Y bien qué»? ¿No es una mujer extraordinaria?

—Sí —contestó su madre con displicencia—. Probablemente es la joven más hermosa que haya visto en mi vida. Y es encantadora, simpática y adorable, y a mí me gusta mucho. Pero, Alex... —Vaciló durante un largo rato y luego resolvió decirle todo lo que se agitaba en su mente—. ¿Qué partido vas a sacar de todo esto?

—¿Qué demonios quieres decir? —exclamó él con fastidio, al tiempo que tomaba un sorbo de café frío—. Es una mujer maravillosa.

—¿La conoces bien?

—No mucho. —Entonces Alex le sonrió, diciendo—: Pero pienso poner remedio a eso, a despecho de su madre, su tía y sus primas.

—¿Y qué me dices de su esposo?

Alex puso una cara como si le hubiesen descerrajado un balazo. Abrió desorbitadamente los ojos, que tenía fijos en la cara de su madre, y acto seguido los entrecerró con marcado recelo.

—¿A qué «esposo» te refieres?

—Alex, ¿tú sabes quién es esa mujer?

—Es mitad española y mitad francesa, viene de San Francisco, no trabaja, ha cumplido treinta y dos años, según he sabido hoy, y se llama Rafaela Phillips. Acabo de sonsacarle su apellido.

—¿Ese nombre no te dice nada?

—No. ¡Y por todos los diablos, deja de jugar conmigo al gato y al ratón!

Sus ojos fulguraban, y Charlotte Brandon se dejó caer contra el respaldo del asiento con un suspiro. Ella estaba en lo cierto. El apellido lo confirmaba. No sabía por qué, pero había recordado su cara, aunque hacía años que no veía ninguna fotografía de ella en los periódicos. La última vez, debió de ser unos siete u ocho años atrás, aparecía saliendo del hospital, después de que John Henry sufriera el primer ataque de apoplejía.

—¿Qué demonios estás tratando de decirme, madre?

—Que esa mujer está casada, cariño, y con un hombre muy importante. ¿Significa algo para ti el nombre de John Henry Phillips?

Alex cerró los ojos durante una fracción de segundo. Pensaba que lo que su madre le decía no podía ser cierto.

—Ese hombre murió, ¿no?

—No, por lo que yo sé. Sufrió una serie de ataques de apoplejía hace varios años, y ya debe de tener como ochenta, pero estoy segura de que aún vive. De no ser así, ya nos habríamos enterado.

—Pero, ¿qué te hace suponer que es su marido?

Alex parecía haber recibido un fuerte golpe en plena frente.

—Recuerdo haber leído las noticias y visto las fotografías. Sigue siendo tan hermosa como entonces. Al principio me chocó que se casara con una chica tan joven. No sé, ella debía de tener diecisiete o dieciocho años, o algo parecido. Es la hija de un prominente banquero francés. Pero cuando los vi juntos en una conferencia de prensa a la que asistí con un periodista amigo mío y vi sus fotografías, cambié de parecer. En su momento John Henry Phillips era un hombre extraordinario, ¿sabes?

—¿Y ahora?

—¿Quién sabe? Sé que está postrado y seriamente afectado por los ataques, pero no creo que el público sepa mucho más que eso. A ella la ha mantenido a cubierto de la curiosidad pública. Por eso en un primer momento no pude recordarla. No obstante, esa cara... no se olvida fácilmente. —Sus miradas se encontraron, y Alex asintió con la cabeza. Él no la había olvidado fácilmente tampoco, y sabía que no la olvidaría nunca—. Sospecho que ella no te ha contado nada de todo esto. —Él negó con un gesto—. Espero que lo haga. —La voz de su madre era afable—. Debería decírtelo ella misma. Tal vez yo no debí...

Su voz se fue apagando, y Alex sacudió la cabeza de nuevo y se quedó mirando fijo y con abatimiento a la mujer que era su más vieja amiga.

—¿Por qué? ¿Por qué tuvo que casarse con ese viejo bastardo? Es un vejestorio que podría ser su abuelo, y puede decirse que está prácticamente muerto.

Lo injusto del caso le desgarraba el corazón. ¿Por qué? ¿Por qué él tenía que poseer a Rafaela?

—Pero no está muerto, Alex. Yo no sé qué puede tener ella en mente con respecto a ti. Aunque con toda franqueza te diré que tengo la impresión de que está confundida. No sabe con certeza qué está pasando contigo. Y tú deberías tener en cuenta que esa mujer ha llevado una vida muy recluida. John Henry Phillips la ha mantenido oculta a los ojos del público durante casi quince años. No creo que esté acostumbrada a tratar con impetuosos abogados o a tener aventuras casuales. Puede que me equivoque con respecto a ella, pero no lo creo.

—Yo tampoco lo creo. ¡Demonios! —Se recostó contra el respaldo, exhalando un largo suspiro de pena—. ¿Y ahora qué?

—¿Tienes que volver a verla?

Él asintió.

—Esta noche. Me dijo que quería hablar conmigo.

Alex se preguntaba si se lo contaría todo entonces. ¿Y después qué? Con la mirada perdida, se dio cuenta de que John Henry Phillips podía vivir veinte años más, y para entonces Alex tendría casi sesenta, y Rafaela, cincuenta y dos. Toda una vida esperando que se muriera un anciano.

—¿En qué estás pensando? —oyó que le preguntaba quedamente la voz de su madre.

Con lentitud volvió a centrar la vista en su cara.

—En nada agradable —repuso con voz pausada—. Una noche la vi en una escalera de piedra cercana a su casa, ¿sabes? Estaba llorando. Durante muchos días no hice más que pensar en ella, hasta que volví a encontrarla en el avión, viniendo hacia aquí. Y conversamos, y...

Calló y se quedó mirando a su madre, desolado.

—Alex, apenas la conoces.

—Te equivocas. La conozco bien. Tengo la sensación de conocerla mejor que a cualquier otra persona. Conozco su alma, su mente y su corazón. Conozco sus sentimientos y sé lo muy sola que está. Y ahora sé por qué. Y sé algo más.

Dirigió una penetrante y prolongada mirada a su madre.

—¿A qué te refieres, Alex?

—A que la amo. Sé que parece una locura, pero es así.

—Eso no puedes saberlo. Es demasiado pronto. Ella es casi una desconocida.

—No, no lo es.

Y no dijo nada más. Sacó la tarjeta de crédito para pagar la cuenta, miró a su madre y comentó:

—Ya lo arreglaremos.

Pero Charlotte Brandon se limitó a asentir con la cabeza, pensando que era muy improbable que pudiese hacerlo.

Cuando Alex se despidió de ella unos minutos más tarde en la avenida Lexington, la expresión de sus ojos le dijo a su madre que estaba resuelto. Y cuando él agachó la cabeza contra la persistente brisa, y se dirigió con paso vivo hacia el norte, sabía en su fuero interno que por arduo que fuese conquistar a Rafaela al fin se saldría con la suya. Jamás hasta entonces había deseado a ninguna mujer como la deseaba a ella. Y la lucha por conseguirla apenas acababa de empezar. Aquélla era una batalla que por nada del mundo quería perder.

Capítulo 7

A LAS ONCE MENOS cinco minutos, después de recorrer un tramo de la avenida Madison, Alex Hale dobló a la derecha por la calle Setenta y Seis y entró en el Carlyle.

Había reservado una mesa en el Café Carlyle, con la intención de charlar con Rafaela durante una hora y luego gozar del espectáculo de medianoche de Bobby Short. Éste constituía uno de los grandes atractivos que brindaba Nueva York, y compartir aquel regalo con Rafaela era un placer que Alex estuvo anhelando toda la noche. Dejó el abrigo en el guardarropa, se dirigió a la mesa que le habían asignado y se sentó a esperar a Rafaela. A las once y cuarto empezó a dudar, y a las once y media se preguntó si no debería llamar a su habitación. Pero comprendió que eso era imposible. Sobre todo ahora que conocía la existencia de su marido y todo lo que a éste se refería. Razonó que tenía que esperarla pacientemente sin armar ningún escándalo.

A las doce menos veinte la vio que espiaba a través de los vidrios de la puerta como dispuesta a salir corriendo. Alex trató de atraer su atención, pero ella no le vio, y tras recorrer el salón con la vista desapareció. Casi sin pensar, Alex se levantó de la mesa y salió al vestíbulo justo a tiempo de verla alejarse por el pasillo.

—¡Rafaela! —la llamó con voz apagada.

Al volverse ella Alex vio el miedo reflejado en sus grandes ojos y que estaba muy pálida. Llevaba un bonito vestido de noche de raso color marfil, con el borde ribeteado en negro, que le llegaba hasta los pies, sujeto en el hombro izquierdo por un prendedor con una gran perla engarzada en el centro, rodeada de ónices y diamantes, y lucía unos pendientes haciendo juego. El efecto era sorprendente, y Alex advirtió una vez más cuán increíblemente hermosa era. Rafaela se detuvo al llamarla él, y ahora permanecía inmóvil en tanto Alex la miraba con gran seriedad.

—No te vayas aún. Tomemos una copa y hablemos —le dijo con dulzura, deseando tomarle la mano pero sin atreverse a tocarla.

—No debo. No puedo. Vine a decirte que... Lo lamento..., es muy tarde y...

—Rafaela, aún no es medianoche. ¿No podemos conversar una media hora?

—Hay tanta gente... —arguyó Rafaela con expresión desolada.

Entonces Alex se acordó del bar Bemelmans. Lamentaba no poder admirar el espectáculo de Bobby Short con ella, pero era más importante dedicar ese tiempo a conversar acerca de lo que la estaba perturbando.

—Hay otro bar donde estaremos más tranquilos. Ven.

Y sin esperar respuesta introdujo la mano de Rafaela debajo de su brazo y la condujo a través del vestíbulo hasta el bar situado frente al Café Carlyle, donde se instalaron en una banqueta, tras una pequeña mesa. Alex la miró esbozando una sonrisa de felicidad.

—¿Qué te apetece? ¿Una copa de vino? ¿Jerez?

Pero ella negó con la cabeza, y Alex se dio cuenta de que aún estaba muy alterada. Cuando el camarero se retiró, él se volvió hacia Rafaela y le habló en voz baja.

—¿Rafaela, ocurre algo?

Ella asintió lentamente con la cabeza, después de bajar la vista hasta sus manos, en tanto su delicado perfil se recortaba nítidamente en la semipenumbra que reinaba en el salón.

Luego su mirada buscó los ojos de Alex, como si ese solo gesto le causara un gran dolor. La expresión dolorida de su rostro era idéntica a la que él había percibido aquella noche en que la descubrió llorando en la escalera de piedra.

—¿Por qué no hablamos de ello?

Rafaela respiró hondo y se apoyó contra el tabique del reservado, manteniendo los ojos clavados en los de Alex.

—Debí hablarte de ello antes, Alex. He sido... —titubeó buscando las palabras y luego continuó—: muy falsa contigo. No sé lo que me pasó. Creo que me dejé llevar por los acontecimientos. Te mostraste tan amable en el avión... Y tu madre fue tan encantadora... En cambio yo no he jugado limpio contigo, amigo mío. —Estaba compungida y le tocó suavemente la mano—. He dejado que creyeras que no tenía ningún lazo que me atara a nadie, y eso no es cierto. Por eso ahora debo pedirte disculpas. —Le miró con desconsuelo y retiró la mano—. Estoy casada, Alex. Debería habértelo dicho en el primer momento. No sé por qué llevé a cabo este juego contigo. Pero hice muy mal. No puedo volver a verte nunca más.

Rafaela era una mujer con un gran sentido de la honestidad, y él quedó muy conmovido por la gravedad con que ella le miraba ahora, con las lágrimas temblorosas en las puntas de sus pestañas, los ojos muy abiertos y la tez sumamente pálida.

Alex le habló sopesando las palabras y con gran seriedad, como le hablaba a Amanda cuando era niña.

—Rafaela, yo te respeto muchísimo por lo que acabas de hacer. Pero ¿acaso eso se debe afectar nuestra..., nuestra amistad? Acepto tu situación. ¿No podríamos seguir viéndonos a pesar de eso?

La pregunta era sincera, y él no estaba dispuesto a aflojar. Rafaela meneó la cabeza con tristeza.

—Me gustaría verte si..., si fuera una mujer libre. Pero soy casada. No es posible. No estaría bien.

—¿Por qué?

—No sería justo que le hiciera eso a mi esposo. Él es un hombre tan... —Calló para buscar la palabra precisa—. Tan bueno... Se ha portado tan bien..., ha sido tan amable conmigo...

Volvió la cabeza, y Alex vio que una lágrima se deslizaba lentamente por su delicada mejilla marfileña. Entonces extendió la mano y acarició con la punta del dedo la sedosa suavidad de su cara y, de repente, también él sintió congoja. No era posible que sintiera lo que decía; no era posible que quisiera ser fiel a su marido por el resto de su vida. Sólo de pensarlo se horrorizaba.

—Pero, Rafaela, no puedes... La noche que te vi en la escalera de piedra... no eras feliz. Lo sé. ¿Por qué no podemos seguir viéndonos y disfrutar de lo que poseemos?

—Porque yo no tengo derecho a hacer eso. No soy libre.

—Por el amor de Dios...

Estuvo a punto de decirle que lo sabía todo, pero ella le contuvo levantando una mano como si tratara de defenderse de un agresor, y con un brusco movimiento se puso de pie y se quedó mirándole, con lágrimas corriendo por sus mejillas.

—¡No, Alex, no! No puedo. Soy una mujer casada. Lamento muchísimo haber dejado que las cosas llegaran tan lejos. No debí permitirlo. Fue una ignominia aceptar la invitación para almorzar con tu madre...

—Deja de confesarte y siéntate.

La cogió suavemente del brazo y la obligó a sentarse, y por alguna razón desconocida para ella Rafaela no se resistió. Alex le enjugó las lágrimas con la mano.

—Rafaela —le dijo en voz muy baja para que nadie pudiese oírle—, te amo. Sé que parece una locura. Apenas nos conocemos, pero te amo. Estuve esperándote durante años y años. Ahora no puedes escapar de esto. No, alegando lo que posees con..., con tu esposo.

—¿Qué quieres decir?

—Por lo que mi madre me ha dicho, entiendo que tu esposo es muy viejo y está muy enfermo, desde hace varios años. Debo confesar que yo no tenía ni idea de quién eras cuando te conocí. Fue mi madre quien te reconoció, y ella me contó acerca de ti y de tu..., de tu marido.

—Entonces ella lo sabía... Debe de pensar que soy una arpía —dijo Rafaela, profundamente avergonzada.

—No —replicó él categóricamente y con voz acuciante, inclinándose hacia ella.

Alex sentía la calidez de su carne sedosa junto a él, y jamás se había sentido tan embargado de deseo como en aquellos momentos, pero comprendió que no había lugar para la pasión. Tenía que hablarle, hacerla entrar en razón.

—¿Cómo puede nadie pensar que eres una arpía? Tú le has sido fiel todos estos años, ¿no es así?

Era casi una pregunta retórica, y ella asintió con la cabeza lentamente y luego suspiró.

—Lo he sido. Y no hay ninguna razón para que deje de serlo ahora. No tengo derecho alguno a comportarme como si fuese una mujer libre, Alex. No lo soy. Y tampoco tengo derecho a desordenar tu vida o a contaminarla con mi pena.

—La razón de que lleves una vida tan solitaria radica en el hecho de que ésa es la forma en que tú la vives. Sola y triste con un marido viejo y enfermo. Tienes derecho a aspirar a algo mejor que eso.

—Sí. Pero él no tiene la culpa de que las cosas hayan seguido ese curso.

—Y tú tampoco. ¿Acaso tienes que castigarte a ti misma por ello?

—No, pero tampoco puedo castigarle a él.

Por la forma en que lo decía, Alex dedujo que estaba perdiendo de nuevo la batalla, y sintió latir desesperadamente su corazón. Entonces ella volvió a ponerse de pie, pero esta vez con gran determinación.

—Ahora debo irme. —Alex le imploraba con la mirada que no se marchara—. Debo hacerlo.

Y entonces, sin decir nada más, Rafaela le rozó la frente con los labios besándolo con ternura y abandonó rápidamente el establecimiento. Alex hizo amago de seguirla, mas ella meneó la cabeza y levantó una mano. Él se dio cuenta de que estaba llorando de nuevo, pero también comprendió que esta vez había perdido. Seguirla sólo habría contribuido a incrementar su infelicidad, y se dijo que nada podía hacer. Lo había presentido mientras ella le hablaba. Rafaela estaba unida a John Henry Phillips por los lazos del matrimonio y del honor, y no estaba dispuesta a cortar esos lazos, ni siquiera a estirarlos, y mucho menos por un perfecto desconocido, un hombre al que había conocido el día anterior en un avión.

Alex Hale pagó la consumición en el bar, se olvidó de la mesa que había reservado en el Café Carlyle para ver a Bobby Short y salió a la avenida Madison, donde hizo seña a un taxi para que le llevara al hotel. Cuando se deslizó en el asiento, el taxista le miró por el espejo retrovisor, dio una chupada a su cigarro y puso cara de sorpresa.

—¡Caramba! Debe de hacer frío en la calle, ¿eh, amigo?

Era la única explicación plausible para las lágrimas que brotaban de los ojos de Alex y corrían velozmente por sus mejillas.

Capítulo 8

ALEX Y SU SOBRINA permanecieron un largo rato lado a lado, contemplando a los patinadores que describían graciosos círculos debajo de ellos, en el Rockefeller Center. Acababan de cenar, más bien temprano, en el Café Français, y él tenía que llegar a casa a las ocho, si quería coger el avión.

—Me pasaría la vida así, tío Alex.

La dulce jovencita de rubios cabellos y ojos azules como de porcelana, cuyo rostro estaba enmarcado por un halo de rizos, miró a su tío con una sonrisa.

—¿Cómo? ¿Patinando? —inquirió él.

Sonrió, tanto a la figurita que estaba a su lado como por lo que ésta había dicho. Habían pasado una tarde agradable, y como siempre la soledad de la bonita adolescente le desgarraba el corazón. No se parecía a ninguno de su familia. Ni a su madre, ni a su padre, ni siquiera a su abuela o al propio Alex. Era una jovencita callada y afectuosa, dulce, leal y solitaria. De hecho, le recordaba a Rafaela. Tal vez ambas eran seres que habían sufrido mucho en manos de la vida; y mientras observaba a la niña en la noche fría, se preguntó si ambas eran igualmente solitarias. Toda la tarde había estado tratando de averiguar qué pensamientos anidaban en su mente. Ella se había mostrado muy callada y más bien turbada, y ahora contemplaba a los patinadores con expresión anhelante, como una niña

88

muy hambrienta. Lamentó tener que tomar el vuelo nocturno a San Francisco, pues hubiese deseado disponer de más tiempo para estar con ella, y entonces quizás habrían podido alquilar unos patines. Pero ya había hecho la reserva del pasaje y dejado la habitación del hotel.

—La próxima vez que visite Nueva York vendremos a patinar.

Ella le hizo una mueca.

—Ahora soy muy buena patinadora, ¿sabes?

—¿Ah, sí? —exclamó él, mirándola con ojos burlones—. ¿Cómo es eso?

—No me canso nunca de patinar.

—¿Aquí?

La observaba con verdadero gozo. Lamentó sinceramente no disponer de tiempo para que pudiera demostrarle cuán «buena patinadora» era. Pero la jovencita sacudía la cabeza con energía.

—Aquí no. Mi asignación no me alcanza para eso.

Lo cual a Alex le pareció un absurdo. Su padre era uno de los cirujanos más prominentes de Manhattan, y Kay, por su parte, contaba con una considerable fortuna.

—Patino en el parque, tío Alex.

Sólo de cuando en cuando le llamaba así.

—¿Sola? —exclamó él horrorizado.

Ella sonrió con suficiencia.

—A veces. Ahora ya soy una chica mayor, ¿sabes?

—¿Lo bastante mayor para que no te asalten?

Alex se mostraba enfadado, y ella meneó la cabeza, riendo.

—Hablas igual que la abuela.

—¿Sabe ella que vas a patinar sola a Central Park? Pensándolo bien, ¿lo sabe tu madre?

Al fin, Kay se había ido a Washington antes de su llegada, de modo que en esta ocasión no pudieron verse.

—Ambas lo saben. Y yo voy con mucho cuidado. Si se hace de noche abandono el parque en compañía de otra gente, para no tener que ir sola.

—¿Y cómo sabes que esa «otra gente» no te hará ningún daño?

—¿Por qué deberían hacérmelo?

—¡Oh, por el amor de Dios, Mandy, ya sabes cómo son las cosas por aquí! Has vivido en Nueva York toda tu vida. ¿Acaso tengo que explicarte qué es lo que no se puede hacer en esta ciudad?

—En mi caso es distinto. ¿Por qué alguien iba a querer asaltarme? ¿Qué podría robarme? ¿Dos paquetes de caramelos, tres dólares y las llaves?

—Tal vez. —Detestaba tener que decírselo—. O quizás algo mucho más valioso. Podrían lastimarte. —No se atrevió a decir «violarte» a la inocente criatura que le miraba con una sonrisa divertida—. Mira, hazme un favor. No vuelvas a hacerlo nunca más.

Y luego, con el ceño fruncido, extrajo la billetera, de la que sacó un flamante billete de cien dólares. Se lo dio a Amanda con grave expresión. La niña abrió los ojos, sorprendida.

—¿Qué estás haciendo?

—Para que tengas un fondo destinado a gastos de patinaje. De ahora en adelante quiero que vengas aquí. Y cuando se te acabe quiero que me lo hagas saber y te mandaré más. Esto debe quedar entre nosotros, jovencita, pero no quiero que vuelvas nunca más a patinar a Central Park. ¿Está claro?

—Sí, señor. ¡Pero, Alex, estás loco! ¡Cien dólares! —Esbozó una amplia sonrisa y adoptó de nuevo la expresión de una niña de diez años—. ¡Guau!

Y sin más aspavientos se puso de puntillas, le echó los brazos al cuello y le estampó un sonoro beso en la mejilla; acto seguido se guardó el billete en su bolso de dril. El hecho de que ella lo hubiera aceptado le hizo sentirse mejor, pero lo que él no sabía y le habría preocupado profundamente era que, según las veces que su sobrina fuese a patinar, el dinero sólo le alcanzaría para un par de semanas, y ella se sentiría demasiado avergonzada para pedirle que le enviara más dinero. Ella no era esa clase de chica. No era exigente. Siempre se conformaba con lo que recibía, sin pedir más.

Con renuencia, Alex consultó el reloj y luero miró a Amanda. Su pesar se reflejó en seguida en la cara de la niña.

—Me temo, jovencita, que vamos a tener que irnos.

Ella asintió en silencio, preguntándose cuándo le vería de nuevo. Sus visitas eran siempre como un rayo de sol para ella. Eso y el tiempo que pasaba con su abuela constituían las cosas que le hacían la vida un poco más tolerable y mucho más valiosa. Descendieron lentamente por el inclinado paseo que llevaba a la Quinta Avenida, y al llegar a ésta Alex llamó un taxi.

—¿Sabes cuándo volverás, Alex?

—No. Pero será muy pronto.

Siempre experimentaba la misma sensación penosa y como de remordimiento cuando se separaba de ella. Le parecía que no había hecho bastante por ella y se lo reprochaba a sí mismo. Pero ¿qué más se podía hacer? ¿Cómo se podía reemplazar a una madre ciega y a un padre insensible? ¿Cómo podía resarcirse a una criatura de todo aquello que no había tenido durante casi diecisiete años? Y a pesar de su corta estatura, Amanda ya no era una niña, ni siquiera Alex podía ignorar ese hecho. Era una jovencita singularmente hermosa. Resultaba sorprendente que aún no lo hubiera descubierto ella misma.

—¿Volverás para el Día de Acción de Gracias?

—Tal vez. —Alex observó la mirada de súplica que le dirigió Amanda—. De acuerdo. Lo intentaré. Pero no te lo prometo.

Habían llegado ya al edificio donde vivía ella, y Alex se despidió con un largo abrazo y un beso en la mejilla. Advirtió que había lágrimas en los ojos de su sobrina cuando se alejó de ella, pero al arrancar el taxi vio que Amanda agitaba la mano con vivacidad y que en su sonrisa se reflejaba la promesa que encerraban sus dieciséis años y medio. Siempre le causaba tristeza separarse de ella. En cierto modo Amanda le traía a la memoria todas las ocasiones que él había dejado escapar, los hijos que no había tenido. Le habría encantado que Amanda fuese su hija. Y sólo de pensarlo se ponía de mal humor. Su hermana no se merecía una criatura tan adorable como aquélla.

Le dio al taxista la dirección de su hotel, donde recogió el equipaje de manos del portero, y luego se recostó en el respaldo del asiento dirigiendo una mirada al reloj y exhalando un largo suspiro.

—Al aeropuerto Kennedy, por favor.

Entonces se dio cuenta de que tenía ganas de regresar a su casa. Había estado sólo dos días en Nueva York, pero había quedado exprimido. La entrevista de la noche anterior con Rafaela le había dejado una sensación de abatimiento y soledad. El asunto que le había llevado allí había ido bien, pero eso quedaba eclipsado por la agitación emocional que experimentaba. De repente se dio cuenta de que cada vez pensaba menos en Amanda y más en Rafaela. Sentía pena por ella y al mismo tiempo enojo. ¿Por qué insistía en serle fiel a un marido tan viejo como para ser su abuelo y que además ya estaba medio muerto? No tenía sentido. Era una locura… Recordaba la expresión de su rostro cuando se alejara de él la noche pasada. Ayer. La había visto ayer mismo. Y entonces, de repente, con un inexplicable arrebato de ira, se preguntó a sí mismo por qué razón había de mostrarse comprensivo, por qué tenía que aceptar lo que ella le dijera. «Vete», le había dicho. Pero él resolvió no hacerlo. De repente. Así de simple.

—Chófer —dijo mirando en torno como si acabase de despertar. Se encontraba en la calle Noventa y nueve, por el East River Drive—. Lléveme al Carlyle.

—¿Ahora?

Alex asintió enfáticamente.

—Ahora.

—¿No al aeropuerto?

—No.

Al diablo con todo. Si perdía el avión de vuelta a San Francisco, siempre le quedaba el recurso de instalarse en el apartamento de su madre. Ella había ido a Boston todo el fin de semana, para efectuar algunas apariciones de tipo publicitario tendentes a promocionar el nuevo libro. Valía la pena intentar ver a Rafaela una vez más. Si aún estaba en el hotel. Si accedía a bajar para encontrarse con él. Si...

EN SU HABITACIÓN del Carlyle, Rafaela estaba acostada en una cama grande, envuelta en una bata de raso rosado, que cubría la ropa interior de color crema. Por primera vez desde lo que parecía ser un siglo se encontraba sola. Acababa de despedirse de su madre, tía y primas, que ya debían de estar en el aeropuerto, abordando el avión que las llevaría a Buenos Aires. Ella debía regresar a San Francisco por la mañana, pero durante la noche podría relajarse en el Carlyle sin hacer absolutamente nada. No tenía la obligación de mostrarse simpática, encantadora y paciente con nadie. No tenía que hacer de intérprete para su familia en una docena de tiendas elegantes. No tenía que encargar los platos que les apetecían ni ir de compras por toda la ciudad. Podía quedarse simplemente allí tendida leyendo un libro y descansando, y dentro de unos momentos el servicio de restaurante se encargaría de llevarle la cena a la habitación. Comería disfrutando del solitario esplendor de la sala de estar que poseía la *suite* que siempre ocupaba, y que ahora contemplaba con una mezcla de fatiga y gozo. Resultaba tan placentero no oír el parloteo incesante de sus familiares, no tener que simular alegría ni aparentar ser feliz en todo momento... No había tenido ni un minuto para sí misma desde su llegada. Aunque a decir verdad jamás lo tenía. Ésa era la cuestión. Se suponía que no debía estar sola. Nunca. No era ésa la función de la mujer. La mujer debía estar protegida, resguardada, rodeada de gente. Salvo, claro está, en una ocasión como aquélla, en espera de regresar a San Francisco. Permanecería en sus habitaciones, pediría al servicio de restaurante que le llevaran la cena allí y por la mañana partiría hacia el aeropuerto en una limusina.

Después de todo una tenía que ser cautelosa, se recordaba cínicamente a sí misma, pues en caso contrario a la vista estaba lo que sucedía. Como ya le había ocurrido miles de veces en las pasadas cuarenta y ocho horas, sus pensamientos no hacían sino evocar a Alex, la forma de su rostro, la expresión de sus ojos, los anchos hombros, los sedosos cabellos... Eso era lo que sucedía. Una se veía acosada por desconocidos en los aviones. Una salía a almorzar con ellos. Una aceptaba tomar una copa en su compañía. Una se olvidaba de sus deberes. Y una se enamoraba locamente.

Recordó por enésima vez su decisión, mientras trataba de consolarse diciéndose que era lo correcto y procuraba distraerse pensando en otras cosas. No había ninguna razón para seguir acordándose de Alex Hale, se decía. Ninguna razón en absoluto. No volvería a verle nunca más. Jamás llegaría a conocerle mejor. Y la declaración de la víspera era sólo fruto del apasionamiento de un necio. Un necio y un temerario. ¿Cómo podía esperar que volviese a verle? ¿Qué le hacía suponer que ella quería correr una aventura amorosa? Volvió a evocar su rostro mientras permanecía allí tendida, y entonces se preguntó si su madre habría hecho algo semejante. ¿Habría conocido a alguien como Alex? ¿Y las españolas que ella conocía? Todas parecían satisfechas con la vida recluida que llevaban, vidas en las que lo único que hacían era gastar dinero, comprar joyas, pieles y vestidos, y asistir a fiestas, pero siempre rodeadas de otras mujeres, detrás de muros celosamente vigilados. ¿Qué le pasaba? ¿Por qué de pronto se enrabiaba con esas tradiciones? las otras mujeres que conocía de París, Madrid y Barcelona gozaban de las fiestas y la diversión, así como de todos los acontecimientos festivos que hacían correr los años como si los llevara la corriente.

Y tenían hijos..., hijos... Se le encogía el corazón cada vez que pensaba en los niños. Hacía años que la visión de una mujer encinta era suficiente para que experimentara unas incontenibles ganas de llorar. Nunca le había confesado a John Henry cuán desolada se sentía por la falta de hijos. Sin embargo, siempre había tenido sospecha de que él lo sabía. Por eso siempre se mostraba tan pródigo con ella, le daba todos los gustos y parecía que la amaba cada vez más.

Rafaela cerró los ojos con un esfuerzo y se incorporó en la cama envuelta en su bata, enfadada consigo misma por dejar que sus pensamientos siguieran aquel rumbo. Por una noche, por un día, se veía libre de esa clase de vida. No tenía que pensar en John Henry, en su dolor, en sus ataques, en lo que sería de ella hasta que él muriese. No tenía que pensar en lo que echaba de menos en su vida y en lo que ya no podría vivir jamás. No tenía objeto pensar en las recepciones a las que no podría asistir, en la gente a la que no podría conocer y en los hijos que no podría tener. Su vida ya estaba definida. Aquél era su destino, su camino, su deber.

Con el dorso de una mano se enjugó una lágrima de la mejilla e hizo un esfuerzo para coger el libro que se encontraba junto a ella sobre la cama. Era el de Charlotte Brandon que había comprado en el aeropuerto. Los libros siempre tenían la virtud de mantenerla alejada de pensamientos como los que acababa de ahuyentar. Durante el tiempo que duraba la lectura del libro sólo en la intrincada trama se centraba su mente. Desde hacía varios años las novelas constituían su único refugio. Con un suspiro de resignación abrió el libro de nuevo, agradeciendo que Charlotte Brandon aún pudiese escribir dos al año. A veces Rafaela los releía. La mayoría los había leído dos o tres veces por lo menos. En ocasiones los leía en distintos idiomas.

Cuando llevaba leídas un par de páginas sonó el teléfono y la sacó del mundo de ensueño en que se había sumido.

—Diga.

Le parecía raro que la telefonearan. Cabía suponer que su madre se encontraba ya en el avión. Y nunca la llamaban de San Francisco, a menos que hubiera ocurrido algo grave. Precisamente, había telefoneado a John Henry por la mañana y la enfermera le había dicho que su esposo se encontraba muy bien.

—¿Rafaela?

Al principio la voz no le resultó conocida, pero después el corazón le dio un vuelco.

—¿Sí? —contestó con voz apenas audible.

—Lo…, lo siento… Me…, me preguntaba si podría verte. Sé que anoche me diste toda clase de explicaciones, pero se me ocurrió que quizá podríamos hablar un poco más sobre todo ello con más calma y…, bueno, que al menos podríamos ser amigos.

A Alex el corazón le latía con tanta fuerza como a ella. ¿Y si le contestaba que no quería volver a verle? No soportaba la idea de no verla nunca más.

—Yo… Rafaela… —Ella no había contestado, y a Alex le asaltó la sospecha de que hubiese cortado la comunicación—. ¿Me estás escuchando?

—Sí —respondió ella como si ni siquiera pudiese hablar.

¿Por qué Alex había tenido que hacer una cosa semejante? ¿Por qué tenía que llamarla ahora? Ella ya estaba resignada a cumplir con su obligación, con su deber. ¿Por qué tenía que perseguirla de una manera tan obstinada y cruel?

—Te escucho.

—¿Podría..., podríamos..., podría verte un minuto? Debo irme al aeropuerto dentro de unos minutos. Pensé que debía hacer un intento para verte de nuevo.

Eso era todo lo que deseaba. Charlar con ella, una vez más, antes de abordar el último avión.

—¿Dónde estás? —inquirió ella con el ceño fruncido, tratando de adivinarlo.

—Abajo —repuso Alex en un tono tan marcadamente de disculpa que Alex no pudo contener la risa.

—¿Aquí? ¿En el hotel? —preguntó sonriendo.

Realmente era ridículo. Parecía un niño pequeño.

—¿Qué contestas?

—Alex, no estoy vestida.

Pero eso era un detalle sin importancia. Y de repente ambos comprendieron que él había ganado. Aunque sólo fuera por unos pocos minutos.

—¿Y qué? No me importa que sólo lleves una toalla... ¿Rafaela?... —Siguió un largo silencio y de repente él oyó el timbre de la puerta de la *suite* a través de la línea telefónica—. ¿Es tu madre?

—No es probable. Acaba de partir hacia Buenos Aires. Creo que debe de ser la cena.

Al cabo de unos segundos se abría la puerta de la *suite*, y lentamente el camarero empujó la mesa con ruedas hasta el interior de la habitación. Con una seña, Rafaela le indicó al camarero que firmaría la cuenta y, luego de hacerlo, volvió a centrar su atención en el teléfono.

—¿Entonces qué vamos a hacer? —prosiguió Alex—. ¿Bajarás tú o quieres que suba y eche abajo la puerta de tu habitación? O tal vez podría disfrazarme de camarero del servicio de restaurante. ¿Qué te parece?

—Alex, basta —le dijo con gravedad—. Anoche te dije todo lo que tenía que decir.

—No, no me explicaste por qué actúas de esta manera.

—Porque amo a mi marido. —Rafaela apretó los ojos con fuerza, como si quisiera negar que empezaba a sentir algo por él—. Y no tengo otra alternativa.

—Eso no es cierto. Tienes muchísimas alternativas. Como todo el mundo. A veces sucede que no las queremos aprovechar, pero existen. Comprendo lo que sientes y lo respeto. Pero ¿no podemos siquiera hablar el uno con el otro? Mira, me quedaré en el umbral de la puerta. No te tocaré. Lo prometo. Sólo quiero verte. Rafaela..., te lo ruego...

Había lágrimas en los ojos de Rafaela cuando respiró hondo para decirle que se fuera, que no podía hacerle a ella una cosa semejante, que no era justo, pero de repente, sin saber por qué lo hacía, asintió con la cabeza.

—De acuerdo, sube. Pero sólo por unos minutos.

Cuando colgó el teléfono, le temblaba la mano y se sentía tan mareada que tuvo que cerrar los ojos.

Ni siquiera tuvo tiempo de vestirse antes de que Alex tocara el timbre de la puerta. Se limitó a ceñirse la bata y alisarse los cabellos, que le colgaban pesadamente sobre los hombros y le otorgaban una apariencia más joven que cuando los llevaba recogidos en un moño. Vaciló durante una eternidad ante la puerta sin decidirse a abrirla, diciéndose que aún estaba a tiempo de negarse a dejarle entrar. Sin embargo, hizo girar la llave y el picaporte, y se quedó allí plantada, contemplando al hombre extraordinariamente apuesto que aguardaba en el otro lado. Ambos permanecieron mirándose en silencio un instante, hasta que por fin ella se hizo a un lado y con un gesto le invitó a entrar. No obstante, no había sonrisa alguna en su rostro, sino sólo una grave expresión mientras le observaba al entrar él en la habitación.

—Hola —dijo Alex, nervioso como un adolescente, mirándola fijamente desde el otro extremo de la estancia—. Gracias por dejarme subir hasta aquí. Sé que es un poco descabellado, pero tenía que verte.

Y entonces se preguntó por qué había dado aquel paso. ¿Qué podía decirle? ¿Qué podía decirle salvo que cada vez que la veía estaba más locamente enamorado de ella? Y que cuando no la veía, su imagen le perseguía como un espectro sin el cual no pudiese vivir. Pero no le dijo nada de eso, sino que se limitó a mirarla y asentir con la cabeza.

—Gracias.

—Está bien —repuso ella en tono muy severo—. ¿Te apetece comer algo? —le preguntó, señalando vagamente la mesa con ruedas.

Pero Alex negó con un gesto.

—Gracias. He cenado con mi sobrina. No tenía intención de interrumpir tu cena. ¿Por qué no te sientas y empiezas?

Pero Rafaela meneó la cabeza y le sonrió.

—Eso puede esperar. —Tras un corto silencio, exhaló un suspiro y cruzó la habitación hasta la ventana, miró distraídamente a la calle y luego se volvió de cara a él—. Alex, lo lamento. Me siento profundamente conmovida por tus sentimientos hacia mí, pero yo nada puedo hacer.

Su voz era la de una solitaria princesa, consciente siempre de sus reales deberes y pesarosa por no poder remediarlo. Todo en ella tenía un aire aristocrático, su postura, su expresión, la forma de sentarse o de levantarse. Aun en aquella bata de raso rosado, Rafaela Phillips era regia hasta las mismísimas suelas de los zapatos. Lo único que delataba a los ojos de Alex que también era un ser humano residía en la expresión de profundo dolor que no podía ocultar en sus ojos.

—¿Y qué me dices de tus sentimientos, Rafaela? ¿Qué me dices de ti?

—¿De mí? Yo soy quien soy. Eso no puedo cambiarlo. Soy la esposa de John Henry Phillips desde hace casi quince años. Y tengo que adaptar mi vida a las exigencias que mi estado me impone, Alex. Y siempre lo haré.

—¿Durante cuántos de todos esos años ha estado... como está ahora?

—Más de siete.

—¿Te conformas con eso? ¿Diciéndote que cumples con tu obligación? ¿Acaso eso te consuela por la juventud perdida? ¿Cuántos años tienes? ¿Treinta y dos? Has llevado esta vida desde los veinticinco, Rafaela. ¿Cómo pudiste resistirlo? ¿Cómo puedes seguir soportándolo?

Ella meneó la cabeza lentamente a modo de respuesta, con las lágrimas a punto de brotar de sus ojos.

—Tengo que hacerlo. Eso es todo. No importa.

—Claro que importa. ¿Cómo puedes decir eso? —Se acercó a ella y la miró con ternura—. Rafaela, estamos hablando de tu vida.

—Pero no hay otra opción, Alex. Eso es lo que tú no comprendes. Tal vez por eso el estilo de vida de mi madre es mejor. Quizá por eso tiene sentido. De esa manera, no existen las tentaciones. Nadie llega a intimar lo suficiente con una como para obligarte a tomar una decisión. Entonces no hay alternativas.

—Lamento que te resulte tan doloroso todo esto. Pero ¿por qué tienes que sentirte obligada a tomar una decisión? ¿Por qué tenemos que hablar de esto ahora? ¿Por qué no podemos ser simplemente amigos, tú y yo? Nada te pediré. Pero podríamos vernos como amigos, quizá sólo para almorzar juntos.

Eso era una quimera y él lo sabía, como también lo sabía Rafaela mientras meneaba la cabeza.

—¿Cuánto tiempo crees que duraría eso, Alex? Sé lo que sientes. Y creo que tú también sabes cuáles son mis sentimientos.

97

A Alex se le ensanchó el corazón al oír esas palabras y sintió deseos de tomarla entre sus brazos, pero no se atrevió.

—¿Podemos olvidarlo acaso? ¿Podemos simular que esos sentimientos no existen?

La expresión del rostro de Alex decía a las claras que ello no era posible.

—Creo que debemos hacerlo. —Y con una valerosa sonrisa, Rafaela añadió—: Quizá volvamos a encontrarnos dentro de unos años.

—¿Dónde? ¿En la finca de tu familia en España, después de que te hayan encerrado en ella de nuevo? ¿A quién crees que puedes engañar? Rafaela... —Alex se le acercó y le puso las manos sobre los hombros mientras ella le miraba con sus enormes y velados ojos negros que él adoraba—. Rafaela, muchas personas se pasan toda la vida buscando el amor, anhelándolo, deseándolo, y en la mayoría de los casos no logran encontrarlo. Pero, de cuando en cuando, muy de cuando en cuando, se te cruza en el camino, cae en tu regazo, llama a tu puerta y te dice: «Aquí estoy, tómame, soy tuyo». Llegado ese momento, ¿cómo puedes hacer oídos sordos, volverle la espalda? ¿Cómo puedes responderle: «No, ahora no, más adelante»? ¿Cómo puedes correr ese riesgo, sabiendo que quizá no vuelva a presentarse jamás una oportunidad semejante?

—A veces no dejar escapar esa oportunidad es un lujo que uno no puede permitirse. Yo, en estos momentos, no puedo permitírmelo. No estaría bien, y tú lo sabes.

—No lo sé. ¿Acaso si accedieras a amarme le estarías quitando algo a tu marido? ¿Le afectaría eso en algo, en el estado en que se encuentra?

—Tal vez. —Rafaela le sostuvo la mirada. Alex seguía con las manos sobre sus hombros—. Podría afectarle si yo me volviese indiferente a sus necesidades, si yo no volviera nunca a su lado para comprobar si está bien atendido, si me enredara contigo y me olvidase de él. Una cosa así podría causarle la muerte. Jamás podría hacerle una cosa semejante.

—Tampoco yo te lo pediría nunca. Jamás. ¿No lo entiendes? Ya te dije que respetaba tu relación con él, que respeto lo que haces, lo que eres y lo que sientes. Lo comprendo. Lo que quiero decirte ahora es que mereces algo más, y yo también. Y nada tiene que cambiar entre tú y tu marido. Lo juro, Rafaela. Sólo pretendo compartir contigo algo que ninguno de los dos poseemos, que tal vez nunca hemos poseído. Por lo que alcanzo a comprender, estás viviendo en un vacío. Y yo también. En cierto modo, desde hace mucho tiempo.

Rafaela le miraba con una resuelta expresión en sus doloridos ojos.

—¿Cómo sabes que podríamos llegar a poseer algo, Alex? Quizá lo que sientes no es sino una ilusión, un sueño. Tú no me conoces. Todo lo que piensas no es más que una fantasía.

Pero esta vez él se limitó a menear la cabeza, y sus labios buscaron los de Rafaela. Por un segundo notó que ella se ponía tensa, pero la rodeó tan rápidamente con sus brazos y la estrechó con tanta firmeza que ella no pudo separarse, y a los pocos instantes ya no sentía deseos de hacerlo. Rafaela se aferró a él como si fuese el último hombre sobre la tierra, y todo su cuerpo empezó a vibrar con una pasión que jamás había sentido antes. Luego se separó de él sin aliento y, sacudiendo la cabeza, se volvió de espaldas.

—No, Alex. ¡No! —Se volvió hacia él con los ojos encendidos como brasas—. ¡No! ¡Basta! No me tientes con algo que me está prohibido. ¡No es para mí, y tú lo sabes! —Y entonces se volvió de nuevo de espaldas con los hombros caídos y los ojos llenos de lágrimas—. Vete, por favor.

—Rafaela...

Ella se volvió lentamente de cara a él, con el rostro demudado, los ojos desorbitados, y Alex tuvo la sensación de que Rafaela se derretía bajo su mirada. El fuego desapareció de sus ojos y ella los cerró un instante; acto seguido avanzó hacia él, le echó los brazos al cuello y sus labios se unieron anhelantes a los suyos.

—¡Oh, cariño, te amo...! ¡te amo...! —le dijo él con dulzura, pero también compulsivamente.

Rafaela, abrazada a él, le besaba con toda la pasión acumulada durante más de siete años. Y entonces, automáticamente, Alex hizo que la bata de raso se deslizara de sus hombros y se arrodilló para besar el cuerpo de aquella diosa que se erguía ante él y a la que adoraba desde el momento en que la viera por primera vez llorando en la escalera de piedra. Aquélla era la mujer soñada, la mujer que despertaba sus apetitos y a la que había amado casi instantáneamente. Y mientras él la abrazaba y acariciaba, Rafaela comprendió que se le entregaba con todo su corazón. Parecía que habían transcurrido muchas horas cuando dejaron de besarse, de acariciarse, de abrazarse y de deslizar las manos por toda la superficie de su piel. Ella sintió que le flaqueaban las piernas y entonces, de repente, Alex la tomó en sus brazos, dejando la bata de raso sobre la alfombra, se dirigió despacio al dormitorio y la depositó sobre la cama.

—¿Rafaela?

Los labios de Alex pronunciaron su nombre en tono interrogativo, y ella movió la cabeza afirmativamente, con una vacilante sonrisa. Alex apagó la luz, se desvistió rápidamente y se acostó junto a ella.

Volvió a acariciarla, anhelante, con las manos y los labios. Rafaela tenía ahora la sensación de que estaba soñando, como si aquello no estuviera sucediendo realmente, y con un desenfreno que jamás había conocido antes, se entregó a su amante, arqueando el cuerpo, estremeciéndose y palpitando en alas de un deseo que nunca soñó que pudiera experimentar. Y con el mismo fervor Alex se acopló a su cuerpo, penetrando hasta lo más profundo de su alma, en tanto las extremidades se entrelazaban hasta parecer miembros de un mismo cuerpo, y sus bocas se unían en un beso ardiente e interminable, hasta que el placer que experimentaban llegó al punto culminante, que ambos parecieron alcanzar al unísono.

Luego permanecieron inmóviles, abrazados bajo la tenue luz de la lámpara, y Alex miró a la mujer que ahora tenía la certeza de amar intensamente. Por un instante, le asaltó un súbito temor. ¿Qué había hecho? ¿Cómo reaccionaría ella ahora? ¿Pondría punto final a su relación? Pero al descubrir la cálida mirada que nacía en sus ojos comprendió que aquello no era el fin, sino el principio, y mientras él la observaba, Rafaela elevó la cabeza hacia él, le besó dulcemente en los labios y deslizó muy despacio la mano a lo largo de su columna vertebral. Él sintió que todo su cuerpo se estremecía y, tras besarla de nuevo, se dejó caer de costado, mirándola sonriente.

—Te amo, Rafaela —le dijo en voz tan queda que sólo ella hubiese podido oírle. La joven asintió en tanto la sonrisa se reflejaba también en sus ojos—. Te amo —repitió él, y la sonrisa de Rafaela se hizo más amplia.

—Lo sé. Y yo también te amo —repuso ella en voz tan baja como la de Alex.

De repente él la atrajo hacia sí, la abrazó fuertemente como para evitar que pudiera escapar de su lado. Por su parte, Rafaela, comprendiendo el significado de aquel abrazo, le estrechó con fuerza, diciendo:

—No temas, Alex… ¡Chis!… ¡No temas!

A los pocos minutos las manos de Alex comenzaron a acariciarla de nuevo.

Capítulo 9

—¿Rafaela?

Fue sólo un susurro. Alex la contemplaba apoyado sobre el codo. No estaba seguro de que ella estuviera despierta. Pero Rafaela parpadeó y abrió lentamente los ojos a la primera luz de la mañana, y lo primero que vio fue a Alex, que la miraba con ojos preñados de amor.

—Buenos días, amor mío.

Entonces él la besó y le acarició los sedosos cabellos tan negros como los suyos. De pronto ella le vio sonreír y le devolvió la sonrisa.

—¿Qué te causa tanta gracia a esta hora tan temprana? —le preguntó.

—Estaba pensando que si alguna vez tenemos hijos y no salen con el pelo negro como el azabache, vas a verte en apuros.

—¿Ah, sí? —exclamó ella divertida, mientras Alex asentía con la cabeza.

—Sí.

Él se quedó mirándola pensativo, mientras con un dedo describía una línea en torno de los pechos y descendía hasta la unión de las piernas en el centro del cuerpo, y luego perezosamente, volvía a recorrer el mismo camino en sentido inverso hasta circundar los senos de nuevo. Se detuvo un instante, con una interrogación en los ojos.

—¿Quieres tener hijos, Rafaela?

—¿Ahora?

—No. Hablo en general. Me preguntaba si... —Vaciló un instante y luego resolvió formularle la pregunta—. ¿Puedes tenerlos?

—Creo que sí.

Ella no quería poner en evidencia el lado débil de John Henry, por lo que no agregó nada más y soportó impasible la mirada escrutadora de Alex.

—¿No los tuviste porque no quisiste o porque..., por otras razones?

Alex había notado que ella quería conservar una cierta reserva.

—Por otras razones.

Él asintió en silencio. Rafaela se inclinó sobre él y le besó tiernamente en la boca. Y entonces, en forma brusca, se incorporó en la cama, con una expresión de terror, consultó el reloj y fijó la vista en Alex al tiempo que se cubría la boca con la mano.

—¿Qué sucede?

—¡Dios mío! ¡He perdido el avión!

Él la miró sonriendo, sin alterarse.

—Yo perdí el mío anoche. En realidad —agregó, sonriendo más ampliamente—, ni siquiera retiré el equipaje de la portería.

Pero Rafaela no le prestaba atención.

—¿Qué haré ahora? Tengo que telefonear a la compañía aérea... Estoy segura de que habrá otro... ¡Dios mío, cuando Tom vaya a esperarme al aeropuerto...!

A Alex se le ensombreció la mirada al oír sus palabras.

—¿Quién es Tom?

Esta vez fue Rafaela quien se sonrió.

—El chófer, tonto.

—¡Ah! De todos modos, puedes telefonear a tu casa y decirles que perdiste el avión. Diles que tomarás... —Iba a decir «el próximo», pero acababa de ocurrírsele algo—. Rafaela..., y si... —Casi temía proponérselo, y lentamente le cogió la mano—. ¿Y si no regresáramos hasta mañana y pasáramos el fin de semana juntos? Podríamos...

—No, no podríamos. Me están esperando... Tengo que...

—¿Por qué? No tienes nada que hacer en tu casa. Lo dijiste tú misma, y uno o dos días más ahora ya no pueden cambiar las cosas. No volveremos a gozar de una libertad semejante durante mucho tiempo. Estamos aquí, estamos solos, estamos juntos... ¿Qué te parece? ¿Hasta mañana?

La atrajo hacia sí al preguntárselo, rogando para sus adentros que accediera. Sin embargo, Rafaela se separó con lentitud, y con expresión pensativa, pero indecisa.

—Tendría que mentirles, Alex. Y si...

—Si algo llegara a pasar —concluyó él, sabiendo que se refería a John Henry—, podrías tomar el siguiente avión. No existe diferencia alguna con los días de esta semana que pasaste con tu madre. Lo único distinto es que ahora estás conmigo. Te lo ruego.

Alex le imploraba con la ternura de un adolescente, y ella no deseaba otra cosa que quedarse en Nueva York con él, pero sus deberes..., John Henry... De repente, empero, comprendió que esta vez tenía que pensar en sí misma. Levantó la vista hacia Alex y movió la cabeza en señal de asentimiento. Se veía temerosa pero emocionada, y él lanzó una exclamación de alegría.

—¡Querida, te amo!

—¡Estás loco!

—Ambos lo estamos. Mientras me ducho encarga el desayuno y luego iremos a dar un paseo.

Pero a ninguno de ellos se le había ocurrido que resultaría muy embarazoso pedir servicio para dos; por lo tanto, Rafaela encargó un abundante desayuno, como si fuese para ella sola. Luego fue a informar a Alex, que se encontraba bajo la ducha, acerca de lo que había hecho y se quedó contemplando con deseo y admiración el cuerpo de su amado. Alex era alto, fuerte y apuesto; parecía la estatua de un joven dios griego.

—¿Qué está usted mirando, señora?

—A ti. Eres muy atractivo, Alex.

—Ahora tengo la certeza de que estás loca. —Y entonces se quedó mirándola con cara seria un instante—. ¿Has hablado con tu casa?

Ella meneó la cabeza como una colegiala recalcitrante, y Alex permaneció quieto bajo la ducha, mientras el agua se escurría por su cuerpo y Rafaela sentía deseos de seguir aquellos hilillos con la lengua. En aquellos momentos ella no podía pensar en su casa. Su hogar no pertenecía a la realidad. Ahora sólo podía centrar sus pensamientos en él.

—¿Por qué no lo haces ahora, preciosa?

Rafaela asintió con un gesto y volvió al dormitorio. Al sentarse ante el teléfono la belleza de su cuerpo pareció agostarse. De repente volvía a sentirse como la señora de John Henry Phillips. ¿Qué mentira podía contarles? La operadora respondió antes de que tuviese tiempo de pensarlo, y ella pidió que la pusiera con San Francisco. Al cabo de breves instantes oyó la voz de la enfermera en el otro extremo de la línea, quien le dijo que John Henry aún estaba durmiendo, pues en California eran sólo las siete de la mañana.

—¿Se encuentra bien? —le preguntó ella con temor.

Quizá sería castigada. Tal vez el estado de su esposo empeoraría por culpa de ella. Pero la alegre voz de la enfermera se hizo oír en seguida.

—Está muy bien. Ayer lo tuvimos un par de horas en una silla y pareció disfrutarlo. Después de almorzar le leí el periódico durante un rato y en seguida se durmió.

Todo seguía igual que al partir ella. Nada pues parecía haber cambiado. Explicó que se había demorado en Nueva York con su madre y que regresaría a San Francisco a la mañana siguiente. Esperó un segundo, temiendo que la enfermera la llamase mentirosa y puta, pero no ocurrió nada de eso, y ella estaba segura de que su madre nunca la telefonearía desde Argentina, por lo que no había razón alguna para temer que la descubrieran. Sin embargo, se sentía tan culpable que le parecía imposible que nadie lo supiera. Le pidió a la enfermera que avisara a Tom para que no fuese a esperarla al aeropuerto y le dijo que a la mañana siguiente volvería a llamarla con el fin de anunciarle el vuelo que tomaría. Se le ocurrió que podía coger un taxi desde el aeropuerto con Alex, pero si hacía una cosa semejante despertaría sospechas. Jamás en toda su vida había cogido un taxi en ningún aeropuerto. Luego le dio las gracias a la enfermera, le pidió que informara al señor Phillips de que había llamado y le dijese que todo estaba en orden. Después colgó y permaneció con la mirada perdida y una grave expresión en la cara.

—¿Ocurre algo? —le preguntó Alex saliendo del cuarto de baño, con el cabello bien peinado y una toalla sujeta en torno a la cintura. Rafaela se veía distinta que cuando él le había dicho que fuese a telefonear a su casa—. ¿Qué ha pasado?

—Nada. Simplemente he telefoneado —repuso ella bajando los ojos.

—¿Sucede algo grave? —inquirió él en tono preocupado, pero ella se apresuró a negar con la cabeza.

Alex permaneció tieso un instante y luego le pasó un brazo por los hombros y la estrechó contra su pecho.

—Está bien, si eso es lo que quieres... Ayer te dije que lo comprendía. Siempre lo comprenderé.

Ella le miró con ojos que denotaban confusión, y Alex la estrechó de nuevo contra sí.

—¿Por qué eres tan bueno conmigo? —le preguntó Rafaela, hundiendo el rostro en su hombro.

—Porque te amo. Ya te lo dije anoche también.

Alex sonrió y le besó los cabellos.

—Pero si apenas me conoces.

—Tonterías. Te conozco hasta las fibras más íntimas de tu ser.

Rafaela se sonrojó, aunque comprendió que él lo había dicho también en otro sentido mucho más importante, y le creyó. Alex la conocía mejor que ninguna otra persona en el mundo. Incluso mejor que su marido.

—¿Te enfadarás mucho si regreso hoy mismo? —le preguntó denotando un profundo pesar y exhalando un leve suspiro.

—No. Lo lamentaré mucho, pero no me enfadaré. Si eso es lo que tienes que hacer, entonces hazlo.

—¿Qué harás tú? ¿Volverás a ver a tu madre o a tu hermana?

—No; mi madre está en Boston, y Kay, en Washington. En cuanto a mi sobrina, tiene grandes planes para el fin de semana. Volveré a casa. Probablemente en el mismo vuelo que tú, si conseguimos asientos juntos. ¿Te parece bien? —Ella asintió con la cabeza—. Bien. —Se puso de pie—. Entonces telefonea a la compañía aérea. Iré a afeitarme.

Alex se dirigió de vuelta al cuarto de baño y cerró la puerta tras de sí. Ella permaneció allí sentada, sintiéndose como si acabase de renunciar a lo único que deseaba en el mundo: estar junto a Alex. Los dos solos. Tras permanecer un rato pensativa, se levantó, se acercó a la puerta del cuarto de baño y golpeó con los nudillos.

—¿Sí?

—¿Puedo entrar?

Alex abrió la puerta y la miró con una sonrisa que le decía de nuevo cuánto la amaba.

—Claro que puedes, tonta. No tienes necesidad de llamar. ¿Has hablado con la compañía de aviación?

Ella denegó meneando la cabeza tímidamente.

—No quiero hacerlo.

—¿Por qué no? —preguntó él, con el corazón latiéndole agitadamente.

—Porque no quiero volver aún.

Parecía una niñita, allí de pie, con los largos cabellos caídos sobre los hombros, aún revueltos desde la noche pasada.

—Quiero quedarme aquí contigo.

—¿Eso quieres, eh? —Alex no pudo disimular una sonrisa; dejó la navaja de afeitar y tomó a Rafaela con una mano, mientras se servía de la otra para coger una toalla con que quitarse el jabón de la cara—. Bueno, nada podría hacerme más feliz.

La besó larga y apasionadamente, y luego la llevó a la cama. Había transcurrido media hora cuando terminaron de hacerse el amor, y entonces llegó el camarero del servicio de restaurante con el desayuno.

Desayunaron juntos, en cuanto el camarero se hubo retirado, ella envuelta en su bata de raso rosado, y él en una toalla, ambos felices y sonrientes, haciendo planes para el día. Al verles compartir los huevos revueltos se hubiese dicho que habían vivido juntos toda la vida.

—Y luego quiero ir al Empire State Building, y quiero comer castañas asadas, y quiero ir a patinar...

Alex se echó a reír.

—Hablas como mi sobrina. A ella también le encanta patinar.

—Entonces podemos ir juntos. Pero primero quiero ir al Empire State Building.

—¡Rafaela! —exclamó él, terminando de tomar el café—. ¿Hablas en serio?

—Por supuesto. ¡Nunca tuve oportunidad de hacer esas cosas!

—¡Oh, preciosa! —Se inclinó sobre la mesa para darle un beso—. ¡Eres la mujer más hermosa que he visto en mi vida!

—Entonces eso quiere decir que eres ciego y estás loco, y te amo por eso.

Sin embargo, en su fuero interno se preguntaba si no sería ella la que estaba loca. Aquello era una absoluta locura. Y lo más descabellado era que tenía la sensación de que le conocía de toda la vida.

Juntos maquinaron la excusa para poder retirar el equipaje de Alex de la portería, y cuando el botones lo subió a la habitación, Alex se vistió en tanto Rafaela tomaba un baño. Luego, uno junto al otro, dispusieron sus cosas en el enorme armario de pared, mientras charlaban animadamente, como si estuvieran en luna de miel, tal como comentó él cuando se dirigían al centro de la ciudad. Diligentemente, Alex la llevó al Empire State Building, a almorzar al Plaza y luego a pasear por el parque en un coche de caballos de alquiler. Se pasaron un par de horas admirando las maravillas del Metropolitan Museum y entraron en Parke-Benet justo cuando estaba en pleno auge la subasta de unas antigüedades francesas. Luego, contentos y felices, aunque un poco cansados, cruzaron la calle hasta el Carlyle y tomaron el ascensor hasta la habitación de Rafaela. Ésta bostezaba mientras se quitaba el abrigo y lo colgaba en el armario, y Alex ya estaba acostado en la cama, sin chaqueta ni zapatos, tendiéndole los brazos a su amante.

—No sé cómo estará usted, señora, pero yo estoy exhausto. No creo haber hecho tantas cosas en un solo día desde que era niño.

—Igual me pasa a mí.

De pronto ella sintió deseos de poder viajar con él a París, a Barcelona y a Madrid, donde podría mostrarle todas las cosas que le encantaban de esas ciudades. Y también hubiese querido llevarle a Santa Eugenia, para que viese el sitio donde ella pasaba los veranos, y donde podría conocer a todos los niños a quienes ella tanto quería. A veces se sorprendía al pensar en ellos, pues algunos de aquellos niños a los que había contado cuentos cuando era recién casada ahora ya eran jóvenes que contraían matrimonio y tenían hijos propios. Eso le hacía sentirse muy vieja, como si hubiese perdido ya una parte muy importante de su vida.

—¿En que estás pensando?

Por un instante Alex había percibido la sombra del antiguo pesar oscureciendo sus ojos.

—Pensaba en Santa Eugenia.

—¿En qué cosas de allí? —la presionó él.

—Recordaba a los niños… ¡Oh, Alex, no sabes cuánto los quiero!

Él le cogió la mano y con voz firme y queda le dijo:

—Un día nosotros también tendremos hijos.

Rafaela no respondió, pues no le gustaba hablar de ese tema. Hacía catorce años que lo había desterrado de su mente.

—No importa.

—Sí que importa. Muchísimo. Para ambos. Yo también quise tener hijos cuando vivía con mi esposa.

—¿No podía tenerlos? —inquirió Rafaela con curiosidad, como si fuese algo que ambos tuviesen en común, como si se tratara de algo que les hubieran robado a ambos debido a una misma jugarreta del destino.

—No es eso —repuso él, meneando la cabeza pensativo—. Podía tenerlos. Pero no le gustaban los niños. Es curioso cómo se ven las cosas de otro modo a medida que transcurre el tiempo. Si ahora conociera a una mujer que pensara de esa manera, no creo que pudiese amarla. Pensé que lograría hacerla cambiar de parecer. Pero no pude. A Rachel le importaba demasiado su trabajo. Pensándolo bien, supongo que fue una suerte que no tuviésemos hijos.

—¿A qué se dedicaba?

—Era abogada. —Rafaela se mostró impresionada, y él la besó dulcemente en los labios—. Pero no tenía sentimientos de mujer, Rafaela. No pongas esa cara.

—¿La dejaste?

Alex sacudió la cabeza de nuevo.

—No. Ella me dejó a mí.

—¿Por otro hombre?

—No —contestó él sonriendo, y su voz no denotó amargura alguna—. Por un empleo. Eso era lo único que le interesaba. Siempre. Mejor que las cosas terminaran así.

Yacían uno al lado del otro como viejos amigos y avezados amantes, y Alex se sonrió.

—¿Tiene mucho éxito en su profesión? —inquirió ella.

—Probablemente.

Rafaela movió la cabeza en señal de asentimiento.

—A veces yo también quisiera ser una triunfadora. La única cosa en la que según creo hubiese podido destacar me fue negada, y todo lo demás..., bueno..., es poco lo que puedo hacer.

—Les cuentas cuentos a los niños.

Ella sonrió, turbada.

—Eso no es un trabajo que justifique una existencia.

Alex la observó en silencio, recordando algo que su madre había dicho.

—¿Por qué no escribes esos cuentos? Podrías dedicarte a la literatura infantil, Rafaela. —A ella le brillaron los ojos mientras ponderaba su sugerencia, y entonces él la tomó en sus brazos—. Espero que comprendas que aunque no hagas nunca nada en absoluto salvo quererme, eso sólo será suficiente para justificar tu existencia.

—¿De veras? ¿No te aburrirás de mí? —le preguntó ella con aire preocupado.

—Jamás. Es curioso. Toda mi vida estuve rodeado de mujeres ambiciosas, profesionales, de carrera. Nunca pensé que pudiese llegar a comprender a una mujer que fuese diferente. Y de pronto me di cuenta de que lo que siempre deseé fue encontrar a alguien como tú. No me gusta luchar ni competir ni imponerme sobre aquel que logra triunfar en la vida. Sólo deseo ser como soy junto a alguien a quien ame, alguien que sea dulce, amable, inteligente, simpática... —Comenzó a besuquearle el cuello—. ¿Sabes que esa descripción te viene como anillo al dedo?

Ella le miró un largo rato y luego ladeó la cabeza.

—¿Sabes qué es lo raro de todo esto? Que en estos momentos tengo la impresión de que ésta es mi vida. Aquí. Contigo. Como si no hubiese existido nada más, como si mi vida en San Francisco no fuese real. ¿No es extraño?

Rafaela parecía confundida, y él le acarició tiernamente la cara antes de besarle los labios.

—No, a mí no me parece extraño en absoluto.

Luego la rodeó con sus brazos y comenzó a besarla apasionadamente en tanto las manos de ella le acariciaban con dulzura los muslos.

Capítulo 10

LA VOZ DE LA AZAFATA anunciaba monótonamente la llegada a San Francisco, y Alex experimentaba una profunda depresión que se acentuaba a medida que el avión descendía despacio. Los dos días que habían pasado juntos habían sido perfectos, idílicos. Habían salido a cenar la noche anterior, y luego fueron a escuchar a Bobby Short, tal como él había planeado originalmente. A ella le había encantado. Después se quedaron charlando hasta casi las cuatro de la madrugada, dedicándose en forma alternada a descubrir cada uno de ellos el cuerpo del otro, para quedarse luego acostados muy juntos, contándose sus respectivas vidas. Cuando salió el sol el domingo por la mañana, Rafaela sabía todo lo concerniente a Rachel, a la madre de Alex y a su hermana. Ella, por su parte, le habló de su padre, del hermano que había muerto a los dieciséis años jugando al polo y de su matrimonio con John Henry, de cómo había sido al principio y cómo era ahora. Se hubiera dicho que habían estado juntos toda la vida, como si hubiesen estado predestinados a ser el uno para el otro. Y ahora volvían a San Francisco, y él iba a tener que dejarla marchar, al menos momentáneamente. Y luego tendría que contentarse con los retazos del tiempo que ella pudiera dedicarle, cuando se alejara como una ladrona de la otra vida que llevaba con su esposo. Al menos así lo habían acordado la noche anterior.

—¿En qué estás pensando? Estás terriblemente seria.

Alex la miraba con ternura mientras el aparato se disponía a aterrizar. No le costaba percibir que Rafaela se debatía con los mismos sentimientos que se agitaban en su propia alma y que la agobiaba la misma tristeza. Los días que habían pasado juntos equivalían a toda una vida, y ahora todo volvería a cambiar de nuevo.

—¿Te sientes bien?

Ella le miró con tristeza, asintiendo con la cabeza.

—Sólo pensaba...

—¿En qué?

—En nosotros. En cómo serán las cosas a partir de ahora.

—Todo saldrá bien.

Alex le hablaba al oído, en un tono íntimo, arrullador, que la hacía estremecerse, pero sin embargo sacudió la cabeza.

—No.

Él le cogió la mano entre las suyas y se la retuvo, mientras escrutaba sus ojos con la mirada, para descubrir algo que le alarmó. Sospechó que Rafaela volvía a ser torturada por el remordimiento, pero eso era de esperar, teniendo en cuenta que se acercaba el momento de regresar a su casa. Allí le sería mucho más difícil escapar a sus obligaciones. En realidad no sería necesario que las descuidase. En su vida había lugar para ambos hombres.

—Alex... —dijo ella, vacilando en busca de las palabras—, no puedo hacerlo.

Cuando sus ojos se posaron en los de él, vio que se le llenaban de lágrimas.

—¿A qué te refieres?

También Alex intentó dominar el pánico que le asaltaba y mantener una expresión de calma aparente al imaginar lo que ella quería decir.

—No puedo.

—Ahora sólo tienes que tranquilizarte —le dijo en el mejor tono profesional que pudo adoptar; pero no pareció ejercer efecto alguno en Rafaela, mientras las lágrimas se deslizaban lentamente por sus mejillas hasta caer sobre sus manos unidas—. Hablaremos de esto más adelante, a medida que nos vayamos viendo.

Pero de nuevo ella meneó la cabeza y lo que dijo fue sólo un susurro:

—No... Me equivoqué... No puedo hacerlo, Alex..., no aquí. No en la misma ciudad donde está él. No es correcto.

—Rafaela, no... Deja pasar un poco el tiempo para ir adaptándote a la idea.

—¿Para qué? —exclamó ella con gesto airado—. ¿Para traicionar a mi marido?

—¿Es eso lo que significa para ti?

Rafaela sacudió de nuevo la cabeza, mientras con la mirada imploraba su compasión.

—¿Qué puedo hacer?

—Esperar. Procura conservar la alegría de que hemos gozado. Sé justa con él y contigo misma. Eso es todo lo que deseo para todos nosotros... —Ella asintió ligeramente con la cabeza, y Alex le oprimió la mano entre las suyas—. ¿Lo considerarás como una posibilidad?

Ella pareció tardar una eternidad en contestar.

—Lo intentaré.

El aparato aterrizó instantes después, y cuando se detuvo aparecieron dos azafatas, una de ellas llevando el abrigo de Rafaela. Ésta se levantó despacio y se lo puso, sin que nada delatase que entre ella y el hombre que estaba sentado a su lado existía relación alguna. Recogió el maletín, se abrochó el abrigo e inclinó ligeramente la cabeza. Sólo sus ojos dijeron: «Te amo» antes de alejarse por el pasillo y desaparecer por la salida posterior del avión, como la vez pasada. La puerta fue cerrada de nuevo en cuanto ella la hubo traspuesto, y Alex se sintió sumido en una envolvente soledad, con una sensación que jamás había experimentado antes. Tuvo la impresión de que le habían despojado de todo cuanto era importante para él, y le invadió una oleada de terror. ¿Y si no volvía a verla nunca más? Tuvo que sobreponerse al pánico mientras aguardaba para descender de la aeronave, y luego siguió caminando como un autómata hasta la cinta giratoria para retirar su maleta. Descubrió la enorme limusina negra esperando junto al bordillo, frente al aeropuerto, y al chófer que estaba entre los demás pasajeros esperando el equipaje de Rafaela. Alex abandonó rápidamente el aeropuerto con su maleta y se quedó un instante contemplando el automóvil negro. El reflejo de las brillantes luces en los vidrios no le permitía distinguir la figura de Rafaela en su interior, pero no obstante parecía que una fuerza magnética le retuviera en su sitio; y como si Rafaela lo hubiese presentido, uno de los vidrios traseros descendió lentamente, después de que ella apretara el botón con el dedo. Rafaela le miró con ansiosa expresión, como si en cierto modo esperara tocarle de nuevo. Sus miradas se encontraron por un instante interminable, y luego, como si el sol hubiese vuelto a salir para ellos, Alex le sonrió dulcemente, giró sobre sus talones y se dirigió a la zona de aparcamiento. En el fondo de su corazón se decía: «Mañana», al tiempo que deseaba que ese mañana fuese aquella misma noche.

Capítulo 11

ERAN CASI LAS OCHO y cuarto cuando Alex ya se encontraba en su cubil, golpeando nerviosamente el suelo con el pie. La botella de vino estaba descorchada junto al queso y la fruta que él había dispuesto sobre la mesa, la leña crepitaba en la chimenea, la música sonaba suavemente y Alex era un manojo de nervios. Rafaela le había dicho que acudiría en cualquier momento después de las siete y media, pero no había sabido de ella en todo el día, y ahora Alex se preguntaba si por alguna razón no habría podido escapar. Su voz denotaba lo muy sola que se sentía, tanto como él, cuando le había telefoneado la víspera, y Alex notó que el deseo de abrazarla era tan intenso que se traducía en una dolorosa sensación que se expandía por todo su cuerpo. Y ahora, mientras contemplaba el fuego con el ceño fruncido, preguntándose qué habría sucedido, se sobresaltó al sonar el timbre del teléfono.

—¿Alex?

Los acelerados latidos de su corazón parecieron detenerse una fracción de segundo debido a la desilusión que se llevó. No era Rafaela, sino Kay.

—¡Ah! Hola.

—¿Ocurre algo? Te noto tenso.

—No. Es sólo que estoy ocupado.

Y no tenía humor para hablar con ella.

—¿Trabajando?

—Más bien… No…, nada… No tiene importancia. ¿Qué sucede?

—¡Cielos! ¡Qué prisa tenemos! Quería hablarte acerca de Amanda.

—¿Se trata de algo grave?

—Aún no, gracias a Dios. Por fortuna, sé más sobre la adolescencia que tú. Esos cien dólares que le diste, Alex… Mal hecho.

—¿Qué quieres decir? —preguntó él.

Los músculos de su cara se pusieron tensos.

—Quiero decir que tiene dieciséis años, y que lo único que los chicos hacen a esa edad con el dinero es comprar drogas.

—¿Te dijo ella para qué se lo di? Y por cierto, ¿cómo lo supiste? Yo creía que era un secreto entre los dos.

—No importa cómo lo supe. Estaba revolviendo sus cosas y apareció el dinero.

—Demonios, Kay, ¿qué haces con la niña, registrarla diariamente?

—Nada de eso. Pero olvidas lo delicada que es mi posición, Alex. No quiero que traiga drogas a casa.

—Por la manera en que hablas se diría que es una condenada pinchota.

—¡Un cuerno! Pero si la dejara tendría por ahí una caja de porros como tú y yo tenemos unas botellas de whisky.

—¿Alguna vez se te ha ocurrido decirle que no debe hacerlo?

—Claro. ¿De veras crees que los chicos hacen lo que les dices?

A Alex le sacaba de sus casillas la falta de respeto que Kay demostraba para con su hija; y a medida que escuchaba las insinuaciones de su hermana iba en aumento su tensión.

—Considero que tu actitud hacia ella es odiosa. Creo que es una chica digna de confianza. Y si le di el dinero fue para que pudiese ir a patinar al Rockefeller Center. Me dijo que le gusta mucho patinar y que siempre lo hace en el Wallman Rink, en el parque. No sé si tienes conciencia de ello, pero tu hija puede ser asesinada yendo y viniendo por Central Park. Como soy su tío quise hacerme cargo de los gastos que le acarree la práctica de ese deporte. No sospeché que pudieses llegar a quitarle el dinero, pues en ese caso lo habría dispuesto de otra manera.

—¿Por qué no me dejas tratar a mi hija a mi manera, Alex?

—¿Por qué no quieres reconocer que como madre eres una arpía? Quiero que dejes que Amanda conserve ese dinero.

—Lo que tú quieres a mí me importa un bledo. Hoy mismo te he enviado un cheque por los cien dólares.

—Eso lo arreglaré directamente con Amanda.

—No te molestes, Alex —repuso Kay en tono glacial—. Controlaré su correspondencia.

La frustración que experimentaba no era sino un reflejo de lo que Amanda debía de sentir al tratar con su madre.

—Eres una perra maligna, ¿lo sabías? Y no tienes ningún derecho a atormentar a esa niña.

—¿Y cómo te atreves tú a juzgar cómo trato a mi hija? Tú no tienes hijos, maldito. ¿Qué demonios sabes sobre la forma de criarlos?

—Tal vez nada, hermanita. Tal vez nada en absoluto. Y yo tal vez no tenga hijos, querida diputada Willard, pero usted, mi querida señora, no tiene corazón.

Kay le colgó el teléfono y en el mismo instante sonó el timbre de la puerta. Alex sintió que una oleada de emoción se expandía por todo su cuerpo, como las ondas en la superficie de un lago. Era Rafaela, estaba seguro. Después de todo, había acudido a la cita. Y de repente el corazón se le desbocó, aunque aún no había olvidado la discusión mantenida con su hermana acerca de Amanda, y también se dijo que quería conversar con la niña. Bajó corriendo el tramo de escalera desde su estudio hasta la puerta de entrada, la abrió y se quedó mirando a Rafaela un instante, feliz, confundido y ligeramente azorado.

—Temí que hubiera sucedido algo.

Ella meneó la cabeza sin decir una palabra, si bien su sonrisa era harto elocuente, y luego entró despacio. Al cerrar la puerta a sus espaldas Alex la atrajo hacia sí y la estrechó fuertemente entre sus brazos.

—¡Oh, amor mío, cómo te he echado de menos! ¿Estás bien?

—Sí.

Su voz se ahogó entre las pieles de su abrigo y el pecho de Alex. Llevaba el abrigo de piel de lince como aquella noche en la escalera de piedra. Entonces Rafaela lo abrazó a su vez, y en ese momento él pudo advertir la sombra de tristeza y fatiga que nublaba sus ojos. Rafaela había dejado una nota en su dormitorio diciendo que salía para visitar a unas amigas, por si acaso alguien iba a buscarla allí. De esa manera evitaría que los criados avisaran a la policía si descubrían que no había regresado en seguida de su paseo. Aquellas escapadas a la caída de la tarde les causaban una cierta inquietud, y si John Henry lo hubiese sabido, le habría dado un ataque.

—Tuve la impresión de que el día de hoy no iba a terminar nunca. Las horas me parecían años, y mientras esperaba me devoraba la impaciencia.

—Así me sentí yo también en el despacho. Vamos. —La cogió de la mano y la condujo hacia la escalera—. Quiero mostrarte mi cubil.

Mientras recorrían las dependencias, Rafaela se dio cuenta del vacío que imperaba en la sala de estar, aunque por contraste se sintió impresionada por la calidez del dormitorio y el estudio. Ambas estancias estaban decoradas con elementos de lana de color crema, cueros blandos, grandes plantas e interminables anaqueles de libros. En el dormitorio ardía el fuego, y Rafaela se sintió en seguida como en su casa.

—¡Oh, Alex, qué bonito! ¡Y qué confortable y cálido!

Se quitó rápidamente el abrigo de pieles y se acurrucó en el suelo junto a él, delante de la chimenea, sobre la gruesa alfombra blanca. Ante ellos estaba dispuesta la mesita con el vino, el queso y el paté, que Alex había comprado para ella en el camino de vuelta.

—¿Te gusta? —le preguntó él, mirando satisfecho a su alrededor.

Él mismo se había encargado de la decoración cuando compró la casa.

—Me encanta.

Rafaela le sonrió, pero conservaba un extraño mutismo, y Alex presintió que algo andaba mal.

—¿Qué ocurre, Rafaela? —le preguntó con tanta dulzura que aparecieron lágrimas en los ojos de su amada. En seguida se había percatado de que estaba profundamente perturbada—. ¿Qué pasó?

Ella cerró los ojos un instante, y luego los abrió de nuevo al tiempo que extendía instintivamente la mano hacia la de Alex.

—No puedo hacerlo, Alex…, no puedo. Lo intenté… Quise… Lo tenía todo planeado: pasaría el día con John Henry, y por las noches saldría a «dar un paseo» y vendría aquí para estar contigo. Y cuando lo pensé —añadió, sonriendo con tristeza de nuevo—, mi corazón brincó de gozo. Me sentí joven, emocionada y feliz como… —Calló y, con voz apenas audible y los ojos anegados en lágrimas, añadió—: Como una novia… —Sus ojos se desviaron hacia el fuego, pero dejó la mano en la de Alex—. Pero no soy nada de eso, Alex. Ya no soy joven, al menos no tan joven. Tampoco tengo derecho a gozar de esa felicidad, no contigo. Y no soy una novia, sino una mujer casada. Además, me debo a un hombre muy enfermo. —Su voz se hizo más fuerte y retiró la mano que él le tenía cogida—. No puedo volver a venir nunca más, Alex. No después de esta noche —concluyó con voz decidida, mirándole a los ojos.

—¿Qué te hizo cambiar de parecer?

—La llegada a casa. El volver a verle. El recordar quién soy.

—¿Te olvidaste de mí en esos momentos?

Aquellas palabras sonaron patéticas a los propios oídos de Alex, y se enfureció consigo mismo por haberlas dicho, pero sin embargo traducían sus sentimientos. La vida le había asestado un rudo golpe. Estaba destinado a tener que renunciar a la mujer que amaba con desesperación.

Rafaela llevó entonces una de las manos de Alex a sus labios y se la besó al tiempo que meneaba la cabeza.

—No me olvidé de ti, Alex —dijo, y agregó—: Jamás te olvidaré.

Casi a la vez que lo decía se ponía de pie con la intención de irse. Él se quedó contemplándola durante un largo rato, deseando detenerla, discutir con ella, pero sabiendo no obstante que no había nada que él pudiera hacer. Había deseado hacerle el amor de nuevo, pasar la noche con ella…, pasar toda la vida con ella… Lentamente, también él se puso en pie.

—Quiero que sepas una cosa, Rafaela. —La tomó entre sus brazos—. Te amo. Apenas nos conocemos, pero sé que te amo. Quiero que vuelvas a tu casa y medites lo que has decidido hacer, y si cambias de parecer, aunque sea por un instante, deseo que vuelvas. La próxima semana, el mes entrante, el año que viene. Yo aquí estaré.

La estrechó con fuerza durante largo tiempo, preguntándose cuándo volvería a tenerla entre sus brazos. No se resignaba a no volver a verla nunca más.

—Te amo. No lo olvides jamás.

—No lo olvidaré. —Dijo ella, mientras las lágrimas se deslizaban por sus mejillas—. Yo también te amo.

Bajaron las escaleras, puesto que ambos comprendían que no tenía sentido quedarse en la casa por más tiempo; sería demasiado doloroso para los dos. Y con un brazo sobre sus hombros, sin que las lágrimas dejaran de fluir de los ojos de Rafaela, Alex la acompañó hasta su casa. Ella se volvió sólo una vez al llegar a la puerta, le saludó con la mano y luego desapareció.

Capítulo 12

En el transcurso de los dos meses siguientes Rafaela actuó como si se encontrara bajo el agua. Cada paso parecía ser ponderado, pesado, lento. No podía moverse, no podía pensar, no podía caminar, apenas lograba articular palabra cuando le hablaba a su esposo, quien se preguntaba qué debía de haber pasado en Nueva York. Algún desagradable episodio en el que su madre puso de manifiesto su hostilidad, alguna discusión o pelea familiar. Pasaron semanas antes de que él decidiera abordar el tema, pero cuando lo hizo pareció que Rafaela ni siquiera le oía.

—¿Sucedió algo con tu madre, pequeña? ¿Insinuó acaso que debías quedarte más tiempo en España?

En vano buscó él una respuesta, sin lograr imaginar qué era lo que había extendido aquel velo de dolor en los ojos de Rafaela.

—No, no... No pasó nada.

Algo debía de haber ocurrido pues. Pero ¿qué?

—¿Hay alguien enfermo?

—No —respondió ella, forzando valientemente una sonrisa—. Nada de eso. Es sólo que estoy muy cansada, John Henry. Pero no debes inquietarte. Procuraré salir a tomar el aire más a menudo.

Sin embargo, ni siquiera los largos paseos contribuyeron a mejorar su estado. En vano caminaba de un extremo a otro de Presidio, descendía hasta la laguna del Palacio de Bellas Artes o hasta la

117

ribera de la bahía, para volver a subir penosamente hacia lo alto de la colina. A pesar del cansancio, de quedarse sin aliento o de exigirse demasiado, no podía olvidar a Alex. Día y noche se preguntaba qué estaría haciendo, si estaría bien, si sería feliz, si estaría trabajando o se encontraría en la bonita casa de Vallejo. Deseaba saber dónde pasaba todas y cada una de las horas del día. Y sin embargo comprendía que probablemente no volvería a verle nunca más, que no volvería a tocarlo, a abrazarlo. Constatar ese hecho le causaba un dolor que le llegaba al fondo del alma, hasta que al fin fue tanta la pena que la dominaba que se sentía como entumecida, y sus ojos se tornaron vidriosos y carentes de brillo.

El Día de Acción de Gracias lo pasó junto a John Henry, moviéndose como una autómata, con la mirada distante y vacía.

—¿Más pavo, Rafaela?

—¡Hum!

Ella le miró fijamente por toda respuesta, como si no hubiese comprendido sus palabras. Una de las sirvientas se hallaba de pie junto a ella con la bandeja, tratando en vano de llamar su atención, hasta que por fin John Henry decidió formularle la pregunta. Compartían la cena del Día de Acción de Gracias en el dormitorio de John Henry, servida en bandejas, de manera que él pudiese comer en la cama. En los dos últimos meses su salud había mermado ligeramente de nuevo.

—Rafaela.

—¿Sí? Oh, no... Lo siento...

Desvió la mirada, meneando la cabeza. Luego intentó entablar conversación con él, pero su esposo estaba demasiado fatigado. Media hora después de cenar su barbilla ya se había hundido en el pecho, se le habían cerrado los ojos y roncaba quedamente. La enfermera, que se hallaba junto a él, retiró diligentemente la bandeja y accionó la manivela para bajar la mitad de la cama, al tiempo que le hacía seña a Rafaela de que podía retirarse. Y entonces, lentamente, ésta enfiló el interminable pasillo que llevaba a sus habitaciones, pensando en Alex. Luego, como hipnotizada, se acercó al teléfono. Iba a cometer un error, y ella lo sabía. Pero después de todo podía telefonearle para desearle un feliz Día de Acción de Gracias. ¿Qué tenía eso de malo? Todo, si su deber era eludirle. Y lo era. Ella sabía que el sonido de su voz, la expresión de sus ojos, el contacto de su mano, todo ello podía volver a atraparla en la misma red de deliciosas sensaciones, de la que tan denodadamente trataba de escapar. Basándose en el honor, en el sentido del deber, lo había intentado desesperadamente, y ahora, mientras marcaba el número, comprendía que había fracasado. No quería estar ni un segundo más lejos de él. No podía. Simplemente no podía. Su corazón latía como enloquecido mientras marcaba el número. Le pareció que él tardaba una eternidad en contestar, pero puesto que había efectuado la llamada, no colgaría.

—Diga.

Rafaela cerró los ojos al oír su voz, inundada por una oleada de alivio y de emoción al mismo tiempo.

—Hola.

En un primer momento él no la reconoció, pero acto seguido abrió desmesuradamente los ojos y, si alguien le hubiese visto, habría temido que le diera un ataque.

—¡Oh, Dios mío!

—No —repuso ella dulcemente—, sólo soy yo. He llamado para desearte feliz Día de Acción de Gracias.

Siguió un largo silencio.

—Gracias —dijo luego él muy seco—. ¿Cómo estás?

—Yo… Bien.

Y entonces, de súbito, Rafaela resolvió decírselo. Sin importarle que quizá él hubiera cambiado de parecer, que no la amara ya, que hubiera conocido a otra mujer. Ella tenía que decírselo. Aunque sólo fuese esa vez.

—No estoy bien… Ha sido horrible… No puedo… —Casi soltó un sollozo al recordar el dolor y el vacío de los últimos meses—. No puedo vivir así por más tiempo. No puedo soportarlo… Oh, Alex…

Contra su voluntad se había puesto a llorar, de pena así como de alivio. Al menos estaba hablando de nuevo con él. Nada le hubiera importado que el mundo llegara a su fin en aquel preciso instante. Era más feliz de lo que lo había sido en muchos meses.

—¿Dónde te encuentras? —le preguntó él con voz crispada.

—En casa.

—Te espero en la esquina dentro de unos minutos.

Rafaela estuvo a punto de detenerle, de decirle que no podía hacerlo, pero no tuvo fuerzas para seguir resistiéndose. Tampoco lo deseaba. Asintió con la cabeza en silencio y luego dijo:

—Allí estaré.

Entró en el cuarto de baño, se remojó la cara con agua fría y luego se la secó apresuradamente con una de las grandes toallas Porthault, se pasó un peine por la negra cabellera, abrió el armario, descolgó el abrigo de piel de lince y acto seguido abandonó literalmente corriendo la habitación y bajó a la calle. Esta vez no dejó mensaje alguno, ninguna explicación, y no sabía cuánto tiempo estaría afuera. Tanto podían ser cinco minutos como una hora. Pero en aquel momento John Henry no la necesitaba. Estaba dormido; tenía a sus enfermeras, sus criados, sus médicos, y precisamente esta vez ella deseaba algo más, mucho más. Lo encontró mientras corría hacia la esquina, con los largos cabellos al viento, el abrigo abierto, los labios entreabiertos en una fugaz sonrisa, mientras aparecía un destello en sus ojos que hacía mucho tiempo que no fulguraba en ellos. Al doblar la esquina le vio allí de pie, vestido con unos pantalones oscuros y un suéter grueso, el cabello revuelto, los ojos brillantes y casi sin aliento. Alex salió corriendo hacia ella y la tomó en sus brazos con tanta energía que casi chocaron el uno contra el otro, a riesgo de caer ambos al suelo. Luego aplastó la boca sobre los labios de Rafaela y permanecieron abrazados en la esquina largo rato, lo cual era una tremenda imprudencia, pero por fortuna nadie los vio, aunque por primera vez en su vida a Rafaela la tenía realmente sin cuidado.

Como si se hubiesen puesto de acuerdo sin hablar, empezaron a caminar hacia la casa de Alex, y cuando al cabo de un rato éste cerró la puerta a sus espaldas, Rafaela miró en torno al tiempo que exhalaba un sordo suspiro.

—Bienvenida a casa.

Alex no le dijo lo mucho que la había echado de menos hasta que estuvieron acostados en la cama, uno al lado del otro. Era como si durante dos meses hubieran vivido en el limbo, casi sin existir, en un estado de apatía y acosados por un dolor permanente. Aquellos dos meses eran los peores de que Rafaela tuviera memoria. No habían sido muy distintos para Alex, aunque ahora parecía que ni siquiera nada de ello hubiese ocurrido, como si nunca se hubiesen separado y nunca tuvieran que volver a alejarse el uno del otro. Alex sentía deseos de preguntarle qué sucedería, pero no se atrevió. Resolvió simplemente gozar del instante y rogar para que ella estuviese dispuesta a llegar un poco más lejos que en los pasados meses.

—Feliz Día de Acción de Gracias, amor mío.

Alex la rodeó de nuevo con sus brazos y volvieron a hacerse el amor. Eran más de las diez cuando él se acordó del pavo que había dejado en el horno. Ya llevaba de cocción una hora más de lo necesario, pero cuando bajaron a la cocina para comprobar cómo estaba, ninguno de los dos dio muestras de enojo. Rafaela llevaba el albornoz de Alex, y éste se había puesto unos tejanos y una camisa. Juntos comieron, charlaron y rieron. Era verdaderamente un regreso al hogar, y durante la cena, a diferencia de lo que había compartido antes con su esposo, en que casi no probó bocado, Rafaela comió como si llevase años sin ver un plato de comida.

—¿Cómo va tu trabajo? ¿Bien? —le preguntó ella, contenta y sonriente como una niña feliz.

—Yo no diría eso. Si trabajara para otro probablemente ya me habría despedido.

—Eso no puedo creerlo, Alex.

—Es cierto. Estos dos meses no he podido concentrarme en nada.

—Yo tampoco. —Entonces ella le miró con dulzura—. Sólo he pensado en ti. Fue como si se hubiese apoderado de mí una especie de locura. Era la única forma de mitigar el dolor. Fue... —Desvió la vista, azorada—. Fue un período muy difícil para mí, Alex. He estado luchando con mi conciencia desde la última vez que te vi.

—¿Y esta noche qué pasó? ¿Qué te impulsó a telefonearme?

—No podía soportarlo más. Tenía la sensación de que me moriría si no hablaba contigo en seguida.

Alex asintió con la cabeza; conocía demasiado bien aquella sensación; luego se inclinó por encima de la mesa para besarla.

—Gracias a Dios que me llamaste. Tampoco yo hubiera podido resistirlo mucho tiempo más. Deseaba telefonearte con toda mi alma. Un centenar de veces tuve el teléfono en la mano. Hasta llegué a marcar el número en dos ocasiones, pero tú no contestaste y colgué. ¡Dios, creí que me volvía loco! —Rafaela hizo un gesto de asentimiento, y entonces él decidió dar el paso siguiente—. ¿Y ahora?

Palabras tremendas aquéllas, pero él tenía que hacerle la pregunta. Más tarde o más temprano tendría que hacerlo, y él quería saberlo ahora.

—¿Ya sabes lo que quieres hacer en adelante, Rafaela?

Dejaba que ella tomara la decisión, pero en su fuero interno se decía que estaba resuelto a no perderla tan fácilmente en esta ocasión. No después de lo que ambos habían pasado. Sin embargo, esta vez no tuvo que bregar con ella. Rafaela le sonrió con ternura y le acarició la mano.

—Haremos lo que tenemos que hacer..., estar juntos todo el tiempo que podamos.

Alex se quedó mirándola, como si temiera creer lo que ella acababa de decirle.

—¿Hablas en serio?

—Sí. ¿Todavía me quieres? Quiero decir ¿de la manera que me querías antes?

Por toda respuesta Alex la atrajó hacia sí y la abrazó con tanta fuerza y pasión que ella casi no podía respirar.

—¡Alex!

—¿Responde esto a tu pregunta? —De repente en sus ojos apareció un brillo de alegría, de agitación, de deseo—. ¡Dios mío, Rafaela, cómo te quiero! Sí, te quiero, te amo, te necesito. Y aceptaré las condiciones que quieras imponerme, con el fin de poder estar juntos, sin herirte a ti, ni…, ni… —Ella asintió con la cabeza. Alex no quería pronunciar el nombre de John Henry—. En realidad… —Se dirigió a la cocina y sacó una llave de un cajón. Volvió junto a Rafaela, le cogió una mano y colocó la llave en ella—. Ésta es la llave de esta casa, querida, y quiero que vengas aquí siempre que puedas, si es que lo deseas, tanto si estoy yo como si no.

A Rafaela se le llenaron los ojos de lágrimas, y él la estrechó suavemente entre sus brazos. Al cabo de unos instantes subían de nuevo por la escalera. Ella se había guardado la llave de la casa en el bolsillo del albornoz, y en sus ojos se reflejaba una risueña expresión que nunca antes había aparecido en ellos. Jamás había sido tan feliz en toda su vida.

DURANTE LAS TRES horas siguientes se hicieron el amor una y otra vez, hasta que por fin quedaron tendidos uno al lado del otro, no del todo saciados aún si bien infinitamente gozosos. De pronto Rafaela se sobresaltó al oír el timbre del teléfono. Alex frunció el ceño, se encogió de hombros y luego levantó el aparato, al tiempo que se sentaba lentamente en la cama. Y entonces, mientras escuchaba, las arrugas que ensombrecían su rostro se iban tornando más profundas, y sin pensarlo saltó de la cama, con el teléfono en la mano y una expresión de horror pintada en su cara.

—¿Qué…? ¿Cuándo…? ¡Oh, Dios mío! ¿Cómo está ella?

Con el entrecejo fruncido, cogió un bolígrafo. La conversación prosiguió durante unos minutos más con monosílabos ininteligibles, luego colgó y hundió el rostro entre las manos, profiriendo un ahogado sollozo. Rafaela le miraba con expresión alarmada, pues suponía que se trataba de la madre de Alex.

—Alex… —le dijo con una dulce voz que denotaba temor—. Amor mío…, ¿qué ocurre? ¿Qué ha pasado? Dímelo… Te lo ruego…

Le puso las manos sobre los hombros y le acarició la cabeza y el cuello mientras él empezaba a llorar. Al cabo de un largo rato Alex levantó los ojos hacia ella.

—Se trata de Amanda, mi sobrina —dijo con voz ronca, como un graznido; y haciendo un enorme esfuerzo le contó el resto—. La violaron. Acaban de encontrarla. —Respiró hondo y cerró los ojos unos instantes antes de continuar—. Después de la cena de Acción de Gracias se fue a patinar... sola... en el parque y... —Se le ahogó la voz—. La golpearon, Rafaela. Tiene los brazos fracturados, y mi madre dice... —Se echó a llorar desconsoladamente mientras hablaba—. Le pegaron en la cara y..., y... —su voz se convirtió en un susurro— la violaron... ¡Mi pequeña Mandy...!

No pudo continuar, y Rafaela le estrechó entre sus brazos con lágrimas en los ojos.

HABÍA TRANSCURRIDO una hora cuando recobraron el aliento y se serenaron un poco; Rafaela fue a buscarle una taza de café. Sentado en la cama, Alex la tomó a pequeños sorbos, mientras fumaba un cigarrillo. Rafaela le contemplaba con el ceño fruncido, evidentemente preocupada.

—¿Tienes tiempo de coger el avión esta noche? —le preguntó.

Sus grandes ojos negros estaban humedecidos por las lágrimas, y su rostro parecía iluminado por una mágica luz interior. Se habría dicho que la expresión de su cara había borrado la ira que agitaba el alma de Alex. Sin contestar a su pregunta, la abrazó y la estrechó fuertemente, como si no hubiese de separarse nunca más de ella. Así permanecieron largo rato, mientras Rafaela le acariciaba la espalda con su suave mano. Nada se dijeron, hasta que finalmente, apartando la cabeza, Alex fijó sus ojos en ella de nuevo.

—¿Quieres venir a Nueva York conmigo, Rafaela?

—¿Ahora?

Rafaela se quedó estupefacta. ¿A medianoche? ¿Qué les diría a los sirvientes, a John Henry? ¿Cómo podía irse con él? No había tenido tiempo de prevenir a nadie. Claro que nadie había prevenido a Amanda tampoco, pobre criatura. Tenía una expresión angustiada en los ojos cuando le miró para responder a su pregunta.

—Alex... Quisiera acompañarte... Me gustaría..., pero no puedo.

Esa noche ya había dado un gran paso. No estaba preparada para nada más. Y no podía abandonar a John Henry.

Alex asintió lentamente con la cabeza.

—Entiendo.

Fijó su mirada en aquella mujer que tomaba como en préstamos, que pertenecía a otro hombre, no a él, y a la que sin embargo amaba con todo su corazón.

—Tal vez deba quedarme unos días en Nueva York.

Ella movió la cabeza en señal de asentimiento. Deseaba acompañarlo desesperadamente, pero ambos comprendían que eso no era posible. No obstante, Rafaela lo estrechó entre sus brazos sin pronunciar palabra y le brindó el consuelo que podía.

—Lo lamento, Alex.

—Yo también —repuso él, más sereno—. A mi hermana debería azotarla por la manera en que cuida a su hija.

—Ella no tiene la culpa —arguyó Rafaela, conmocionada.

—¿Por qué estaba sola la niña? ¿Dónde estaba su madre, maldita sea? ¿Y su padre…?

Alex empezó a llorar de nuevo, y Rafaela lo abrazó fuertemente.

Esa noche telefonearon al hospital otras tres veces; el estado de Amanda seguía siendo crítico cuando por fin Rafaela regresó a su casa. Eran ya las cuatro y media de la madrugada y ambos estaban exhaustos, pero habían hecho lo poco que estaba a su alcance. Rafaela le había ayudado a preparar la maleta. Pasaron horas charlando y contemplando el fuego, durante las cuales Alex le contó cómo era Amanda de niña. Lo que quedó bien claro para Rafaela fue que Alex la quería mucho y que lamentaba profundamente que sus padres no le hubiesen dedicado más atención en sus años infantiles.

—Alex… —le dijo Rafaela, quien le miraba pensativa, bajo los reflejos de las llamas, cuyo resplandor constituía la única luz que iluminaba la oscura estancia—. ¿Por qué no la traes a San Francisco cuando esté mejor?

—¿A San Francisco? —exclamó él asombrado—. ¿Cómo podría hacer una cosa semejante? No estoy preparado… No tengo… —Lanzó un hondo suspiro—. Estoy todo el día en el bufete. Estoy muy ocupado.

—También lo está su madre, y la diferencia radica en que tú la quieres.

Rafaela sonrió dulcemente bajo el resplandor de las brasas, y Alex pensó que nunca la había visto tan hermosa como en aquel momento.

—Cuando murió mi hermano y mi madre volvió a Santa Eugenia con sus hermanas, mi padre y yo sólo nos tuvimos el uno al otro. —Por un momento pareció encontrarse muy lejos de aquel lugar—. Y creo que nos ayudamos muchísimo mutuamente.

Alex la contemplaba pensativo.

—Dudo mucho que sus padres accedieran a que la trajera a San Francisco.

Rafaela le miró muy serena.

—Después de lo ocurrido ¿crees que tienen otra alternativa? ¿Acaso no es culpa suya el hecho de no cuidar a su hija, de dejarla ir sola al parque, tal vez de no saber siquiera dónde estaba?

Alex asintió en silencio con la cabeza. Eso era lo que había estado pensando toda la velada. Él le echaba toda la culpa a su hermana. Y a su desmesurada ambición, que hacía que se olvidara de todo lo demás.

—Lo pensaré. —Y luego añadió—: Podríamos arreglar el tercer piso para ella, ¿no?

Rafaela se sonrió.

—Sí, «podríamos». Podría arreglarlo todo en unos días. Pero, Alex...

Ahora había una muda pregunta en sus ojos, y esta vez fue Alex quien sonrió.

—Te adorará. Tú eres todo lo que su madre no quiso ser para ella.

—Pero quizás a su madre no le guste, Alex. Después de todo, yo no soy..., no estamos...

Enmudeció, y Alex meneó la cabeza.

—¿Y qué? ¿Qué importancia tiene eso? ¿La tiene para nosotros?

Rafaela negó con la cabeza.

—Pero otras personas, personas que merecen la consideración de Kay, podrían verlo con malos ojos.

—A mí no me importa —exclamó él con voz áspera. Fue entonces cuando miró a Rafaela con ansia, pensando en su familia y en el viaje a Nueva York—. Ojalá pudieras venir conmigo —le dijo mientras la observaba cuando ella se vestía para irse a su casa.

Luego se lo repitió en voz baja por última vez en tanto Rafaela se disponía a separarse de él para recorrer sola el tramo de una manzana hasta su casa.

Rafaela tenía lágrimas en los ojos ahora, bajo la grisácea luz que precedía al amanecer, y le pareció que también él los tenía húmedos. A su manera, habían estado en vela por Amanda, conservándola con vida en sus pensamientos y en su conversación, como queriendo mitigar los dolores que debía de experimentar a tanta distancia de ellos, en Nueva York. Pero no era en Amanda en quien pensaba Rafaela cuando besó a Alex de nuevo y le acarició el rostro por última vez.

—Yo también desearía acompañarte.

Una vez más tuvo conciencia de la crueldad de su situación, de lo compulsivas que eran sus obligaciones para con John Henry. Sin embargo, daba gracias al cielo por tener a Alex de nuevo en su vida, por poder compartir una noche o unos momentos con él. Lo que lamentaba era no poder acompañarlo a Nueva York.

—¿Estarás bien allí?

Alex asintió con la cabeza, pero sin sonreír. Él estaría bien. Pero ¿y Amanda? Habían hablado de traerla a San Francisco, pero ¿y si la jovencita no lograba sobrevivir? Aquel temor cruzó por la mente de ambos en el momento en que los labios de Rafaela rozaban los párpados de su amado.

—¿Puedo telefonearte?

Él asintió, esta vez con una sonrisa.

Ambos se daban cuenta de que se había producido un gran cambio en su relación durante aquella velada. Era un gran salto que habían dado juntos, tomados de la mano.

—Estaré en casa de mi madre.

—Dale mi cariño. —Sus miradas se cruzaron y ella lo besó por última vez—. Y no olvides lo mucho que te quiero.

Entonces él la besó apasionadamente. Por fin, ella se fue. A los pocos segundos la recia puerta de roble se cerró en la otra manzana, y Alex regresó apresuradamente a su casa para tomar una ducha y cambiarse de ropa antes de dirigirse al aeropuerto con el fin de tomar el vuelo de las siete a Nueva York.

Capítulo 13

CHARLOTTE BRANDON, dominada por el nerviosismo, se quedó en la sala de espera del hospital, con la vista fija en el mostrador de recepción y las máquinas automáticas expendedores de café y caramelos, en tanto Alex subía a ver a Amanda por primera vez. Por la última información que había recibido al llamar desde el Carlyle supo que se estaba reponiendo y que se encontraba menos sosegada, pues ahora sufría unos dolores muy intensos. Las visitas no eran recomendables, pero puesto que Alex había llegado de tan lejos para verla le permitirían entrar en la unidad de cuidados intensivos, durante cinco o diez minutos nada más.

Y ahora Alex había tomado el ascensor, mientras su madre se quedaba allí sentada, observando a la gente que entraba y salía llevando flores, regalos, bolsas de alguna tienda... Un par de veces había fijado su atención en alguna mujer embarazada que caminaba pesadamente, con la cara tensa, cogida con fuerza de su marido, el cual sostenía el maletín. Charlotte recordó con ternura momentos semejantes vividos por ella misma, pero aquella noche se sentía muy vieja y fatigada, y todos sus pensamientos se centraban en su nieta, que se encontraba internada en otro piso. Kay aún no había acudido a verla. Debía llegar de Washington en pocas horas. George había aparecido, por supuesto, pero se limitó a

127

verificar las gráficas y conversar con los residentes y enfermeras, sin ofrecer mucho consuelo a la jovencita.

En verdad no era el padre adecuado para aquellas circunstancias. Se mostraba demasiado incómodo ante los sentimientos de su hija.

—¿Madre?

Charlotte se sobresaltó al oír la voz de Alex, y al volver la cabeza descubrió el hondo pesar que se reflejaba en los ojos de su hijo. Aquella visión renovó el horror que anidaba en su corazón.

—¿Cómo se encuentra?

—Igual. ¿Y dónde demonios está Kay?

—Ya te lo he dicho, Alex, está en Washington. George la telefoneó en cuanto le avisó la policía, pero no podía viajar hasta esta noche.

Habían transcurrido más de veinticuatro horas desde el momento en que se había producido aquella pesadilla. Alex echaba chispas por los ojos.

—Deberían fusilarla. Y George, ¿dónde diablos se ha metido? La enfermera me ha dicho que sólo aparece por allí para verificar las gráficas.

—Bueno, poca cosa más debe de poder hacer, ¿no?

—¿Tú qué crees?

Ambos guardaron silencio. Alex no le contó que Amanda se había puesto tan histérica al verle que habían tenido que aplicarle un calmante. Pero por lo menos le había reconocido, y luego se había aferrado a su mano con desesperación. Sólo de mirar a su hijo, a Charlotte Brandon se le llenaron los ojos de lágrimas de nuevo, y la pobre mujer se dejó caer en una de las butacas tapizadas de tela vinílica anaranjada de la sala de espera y se sonó la nariz.

—¡Oh, Alex! ¿Cómo pueden ocurrir cosas como ésta?

—Porque el mundo está lleno de locos, madre. Y porque Amanda tiene unos padres a quienes ella les importa un bledo.

—¿De veras crees eso, Alex? —le preguntó Charlotte con voz queda, mientras él se sentaba en otra butaca a su lado.

—No sé lo que creo. Pero estoy seguro de una cosa. Sean cuales fueren los sentimientos de Kay por su hija, no está capacitada para criarla. Aun cuando ella crea que la quiere, lo que dudo mucho, no tiene la menor idea del compromiso que eso entraña ni de los deberes que tiene para con ella como madre. Y George no es mucho mejor que ella.

Charlotte asentía lentamente con la cabeza. Ella ya había pensado en eso antes, pero jamás supuso que pudiese ocurrir una cosa semejante. Fijó su mirada en los ojos de Alex y descubrió algo que no había visto antes en ellos.

—¿Acaso piensas hacer algo para remediarlo, Alex?

Lo presintió de repente. Tuvo la impresión de que ya conocía la respuesta.

—En efecto —contestó él con serena determinación.

—¿Qué piensas hacer?

Fuera lo que fuese, ella sabía que se trataría de algo radical y que atendería los principales intereses de Amanda. Su fe en su hijo era absolduta.

—Voy a llevármela a San Francisco conmigo.

—¿A San Francisco? —exclamó Charlotte Brandon, estupefacta—. ¿Puedes hacer una cosa así?

—Lo haré. ¡Que traten de impedírmelo! Provocaré el mayor escándalo que hayas visto en tu vida, y ya verás el gusto que le dará a mi queridísima hermana, la política.

Tenía a su hermana en un puño, y ambos lo sabían. Su madre movió la cabeza en señal de asentimiento.

—¿Crees que podrás cuidar de ella, Alex? Esto no es como si hubiese sufrido un accidente patinando. Todo esto tendrá repercusiones emocionales.

—Haré todo lo que pueda. Buscaré un buen psiquiatra y le brindaré todo el afecto que siento por ella. Eso no le hará ningún mal. Y será mucho más de lo que recibe aquí.

—Podría tenerla conmigo, ¿sabes?

—No, no podrías —replicó Alex, mirándola de hito en hito—. Tú no puedes hacerle frente a Kay. Antes de una semana te intimidaría para que se la devolvieses.

—No estoy tan segura de que se saliese con la suya.

—¿Por qué correr ese riesgo? ¿Por qué no buscar una solución más definitiva? San Francisco está demasiado lejos.

—Pero allí estarás solo con ella, Alex.

Y entonces, al pronunciar aquellas palabras, lo comprendió de pronto; sus ojos escrutaron los de su hijo con una muda pregunta, en tanto él comenzaba a esbozar una lenta sonrisa. Conocía a su madre demasiado bien.

—¿Sí? —la animó él.

No tenía nada que ocultarle a su madre. Nunca le había ocultado nada. Eran amigos, y Alex confiaba en ella, aun tratándose de un secreto como el de su relación con Rafaela. Esta vez también Charlotte sonrió.

—No sé cómo expresar lo que pienso. Tú…, ¡ejem!…, tu amiga…, la…

—¡Santo Dios, madre! —exclamó él, riendo quedamente—. Si te refieres a Rafaela, debo decirte que sí, que sigo viéndola.

No quería reconocer que ella sólo había vuelto a sus brazos después de dos meses de angustiosa separación. No quería que su madre, ni nadie, supiera que Rafaela había engendrado dudas. Eso lastimaba su orgullo así como su alma, pero el hecho de que estaba comprometido con una mujer casada —y una mujer tan destacada como Rafaela— no constituía un secreto que quisiera ocultarle a su madre. Su rostro se serenó al mirarla.

—Anoche hablamos de ello, antes de que me fuera. Creo que ella puede ofrecerle mucho amor a Amanda.

—No lo dudo. —Charlotte suspiró quedamente—. Pero, Alex, ella tiene… otras responsabilidades… Su esposo es un hombre enfermo.

—Lo sé. Pero tiene enfermeras. Ella no podrá estar con Amanda día y noche, pero pasará algunos ratos con nosotros. —Al menos eso era lo que él esperaba—. Y al margen de Rafaela, madre, debo hacerlo por Amanda y por mí mismo. No podré vivir en paz conmigo mismo si dejo a esa criatura aquí, con Kay siempre viajando y George perdido en las nubes. Amanda se está consumiendo por falta de atención. Ella necesita más de lo que sus padres pueden ofrecerle.

—¿Y crees que tú puedes ofrecérselo?

—Yo estoy seguro de que me esforzaré como un demonio para intentarlo.

—Bueno… —Charlotte exhaló un hondo suspiro y miró fijamente a su hijo—. Que tengas suerte, querido. Creo que lo que haces probablemente es lo correcto.

—Gracias. —Alex tenía los ojos velados cuando besó la mejilla de su madre y se puso de pie—. Vamos, te llevaré a casa, y luego volveré a verla de nuevo.

—Debes de estar exhausto después del viaje.

Le miraba con inquietud, observando sus oscuras y profundas ojeras.

—Estoy bien.

Y lo estuvo aún más minutos después cuando su madre abrió la puerta de su apartamento y oyó el timbre del teléfono que sonaba con insistencia. Sin pedirle permiso a su madre, Alex respondió e instantáneamente su rostro se le iluminó. Era Rafaela.

—¿Cómo está Amanda?

La sonrisa de Alex se desvaneció lentamente al tiempo que sus pensamientos volvían a centrarse en su sobrina.

—Más o menos igual.

—¿Ya has visto a tu hermana?

—Aún no. —Su voz se endureció—. No llegará de Washington hasta esta noche.

En el otro extremo de la línea Rafaela no pudo ocultar su asombro, pero Alex no pudo verlo.

—Pero ¿tú estás bien?

—Estoy muy bien. Y te amo.

Rafaela se sonrió.

—Yo también.

Le había echado de menos todo el día y había dado largos paseos con el fin de mitigar aquella insoportable angustia. Había estado ya dos veces en casa de Alex. Y en ningún momento tuvo la sensación de ser una intrusa sino que se sintió como en su propio hogar. Había limpiado cuidadosamente toda la suciedad acumulada el Día de Acción de Gracias y regado las plantas. Era sorprendente con qué facilidad se adaptaba a la vida de su amante.

—¿Cómo está tu madre?

—Bien.

—Dale mis cariñosos recuerdos.

Conversaron unos instantes más y luego Alex le manifestó que había resuelto llevarse a Amanda a su casa.

—¿Qué te parece?

—¿Que qué me parece? —exclamó ella, sorprendida de que se lo preguntara—. Creo que es algo maravilloso. Eres su tío y la quieres mucho. —Y tímidamente le preguntó—: Alex..., ¿puedo..., puedo arreglar su cuarto?

Él movió pensativamente la cabeza. Quiso decirle que aguardara hasta saber si Amanda querría ir a vivir con él, pero no se atrevió. Volvió a asentir con la cabeza, como si tratara de forzar a los hados.

—Adelante. —Y entonces consultó su reloj y se dijo que debía volver al hospital—. Llámame más tarde si puedes. Debo regresar junto a ella.

Era extraordinaria la sensación que experimentaba al saberla presente en su vida. Basta de silencio, basta de esperas, basta de sufrimientos. Tenía la impresión de conocerla desde siempre y que jamás se separaría de él.

—Te amo.

—Yo también te amo, querido. Cuídate.

Él colocó suavemente el aparato en la horquilla, mientras su madre, con una dulce sonrisa, se dirigía en silencio a la cocina para preparar un té. Cuando regresó al cabo de unos momentos con las tazas humeantes vio que Alex aún tenía el abrigo puesto.

—¿Vas a volver ahora?

Él asintió con una grave expresión y entonces, sin proferir palabra, su madre volvió a coger su propio abrigo. Pero Alex la detuvo con un gesto. Charlotte se había pasado toda la noche de la víspera en el hospital.

—Quiero que descanses un poco.

—No puedo, Alex.

Y al ver la expresión de sus ojos, él no insistió. Tomaron unos sorbos de té y salieron en busca de un taxi.

Capítulo 14

ALEX SE QUEDÓ contemplando a Amanda desde el umbral de la puerta, pero todo cuanto pudo ver fue el angosto bulto de su cuerpo bajo la sábana blanca y la manta azul de la cama. Debido a la posición en que yacía la joven, Charlotte tampoco podía verle la cara, pero al contornear el lecho para colocarse junto a Alex tuvo que hacer un esfuerzo para dominar sus emociones a fin de que no se reflejaran en su rostro. También la noche anterior había tenido que controlarse cada vez que debió entrar a verla.

Amanda parecía más una niñita de nueve años que una adolescente de diecisiete; sólo por la forma y el tamaño de sus manos y brazos podía adivinarse vagamente su sexo y edad. Tenía los brazos enyesados, y sus manos reposaban inmóviles sobre la manta, como dos pájaros dormidos, y su cara no era más que una masa hinchada cubierta de moretones y rasguños. Los cabellos formaban una aureola de rizos en torno a su rostro, y los ojos eran de un azul claro brillante. Se parecían a los de Charlotte, y ligeramente a los de Alex, aunque en aquellos momentos la angustia y las lágrimas no permitían apreciarlo.

—¿Mandy? —le dijo él en un susurro, sin atreverse a tocarle la mano por temor a causarle dolor. Ella movió la cabeza por toda respuesta, sin pronunciar palabra—. He vuelto y he traído a la abuelita conmigo.

133

Los ojos de Amanda se posaron en su abuela en tanto dos regueros de lágrimas se derramaban sobre la almohada en que descansaba su cabeza. Durante un largo rato nada turbó el silencio de la habitación, mientras aquellos ojos azules que partían el corazón escrutaban los rostros familiares, y luego se oyeron de nuevo sus sollozos cuando Alex comenzó a acariciarle los cabellos. La comunicación que se estableció entre ellos no necesitaba de palabras. Al cabo de unos instantes, sin que Alex dejara de acariciarla y de contemplarla con ternura, Amanda cerró los ojos y se quedó dormida. Una enfermera les hizo una señal, y Charlotte y Alex abandonaron la habitación. Ambos se veían exhaustos y profundamente preocupados, pero en los ojos de Alex fulguraba la furia creciente que sentía contra su hermana. La rabia no estalló hasta que llegaron de vuelta al apartamento de Charlotte, y entonces estaba demasiado airado para poder expresar lo que sentía con palabras.

—Sé lo que estás pensando, Alex —le dijo su madre con voz apacible—. Pero en estos momentos de nada serviría.

—¿Por qué no?

—¿Por qué no te tranquilizas hasta que puedes conversar con Kay? Entonces podrás descargar todas tus iras.

—¿Y cuándo será eso? ¿Cuándo supones que su majestad se dignará aparecer por aquí?

—Ojalá lo supiera, Alex.

Ello no debía ocurrir hasta el día siguiente.

Alex estaba tomando café en un vaso de plástico, y Charlotte se había ido a casa para descansar unas horas. Esa mañana habían trasladado a Amanda de la sala de cuidados intensivos a una alegre habitación pintada de color rosa. Y ahora, si bien aún se veía abatida y magullada, había una expresión más vivaz en sus ojos. Alex le había hablado de San Francisco, y en un par de ocasiones pareció que eso despertaba su interés.

Fue hacia el fin del día cuando Amanda le contó por fin sus temores a su tío.

—¿Qué voy a decirle a la gente? ¿Cómo podré explicar lo que sucedió? Sé que tengo la cara hecha una miseria. Una de las auxiliares de enfermera me lo dijo. —No le habían dejado mirarse al espejo—. Y mira mis brazos.

Amanda se miró los dos incómodos tubos de yeso que le cubrían los brazos hasta más arriba del codo; Alex también les echó una mirada pero no pareció muy impresionado por ellos.

—Les dirás que sufriste un accidente de automóvil el Día de Acción de Gracias. Eso es todo. Es perfectamente plausible. —Y entonces, con una mirada preñada de significado, fijó los ojos en Amanda y le puso una mano en el hombro—. Querida, nadie tiene por qué saber nada, a menos que tú se lo digas, y eso depende de ti. Con excepción de tus padres, la abuela y yo, nadie más lo sabe.

—Y los que lo lean en los periódicos. —Y dirigiendo una mirada de desánimo a su tío inquirió—: ¿Ha salido en los periódicos?

Alex negó con la cabeza.

—No. Ya te lo dije. Nadie tiene por qué saberlo. No tienes que avergonzarte de nada. No eres distinta a como eras antes de venir al hospital. Eres la misma de siempre, Amanda. Sufriste un horrible accidente y una horrible experiencia, pero eso es todo. Eso no te ha transformado. Tú no tuviste la culpa. La gente no te tratará de manera diferente, Amanda.

Aquello era lo que el psicoterapeuta había recalcado por la mañana, que debían insistir en enseñarle que no era una chica distinta y que en modo alguno era culpa suya. Al parecer era bastante común que la víctima de un acto de estupro se sintiera en cierto modo responsable por lo sucedido, y posteriormente creyera que había sufrido una importante transformación. Cabía reconocer que en el caso de Mandy ésta estaba más transformada que en otros casos. Había perdido su virginidad a manos de un violador. No había duda de que la experiencia la afectaría profundamente, pero mediante tratamiento y una gran dosis de comprensión los psiquiatras consideraban que saldría sin menoscabo de aquel trance. Lo único que Alex lamentaba, como les había manifestado aquella mañana, era no haber podido hablar aún con la madre de Amanda; e infortunadamente, tampoco su padre, el doctor Willard, tenía tiempo para una consulta, pero su secretaria había telefoneado con el fin de dar su consentimiento para que el psiquiatra pudiese ver a la jovencita.

—En estos casos, sin embargo, no es sólo la víctima quien necesita apoyo, sino también la familia —le había subrayado el médico a Alex—. Su visión y sus prejuicios sobre lo ocurrido teñirán la actitud de la víctima hacia sí misma en forma indeleble. —Y mirándole con una ligera sonrisa, agregó—: Pero me alegro mucho de que haya podido hablar usted conmigo esta mañana. Y esta tarde debo entrevistar a la abuela de Amanda. —Entonces añadió tímidamente el estribillo que Alex tantas veces había tenido que oír en el curso de su vida—: Mi esposa lee todos sus libros, ¿sabe?

En aquellos momentos, empero, los libros de su madre no ocupaban su mente. Él también le había preguntado al médico de Amanda cuándo podría ésta regresar a su casa, y el facultativo le había contestado que estaba casi seguro de poder darla de alta hacia el final de la semana. Eso significaba el viernes, si no antes, lo que a él le venía de perillas. Cuanto antes llevara a Amanda a San Francisco, más contento se sentiría. Y en eso estaba pensando cuando Kay entró en la habitación, elegante, muy *chic*, vistiendo un traje pantalón de ante marrón con ribetes de piel de zorro.

Sus miradas se encontraron, y se miraron de hito en hito largamente. Kay no dijo ni una sola palabra. De repente se habían convertido en contrincantes sobre el cuadrilátero, y cada uno se daba perfecta cuenta de la destructora agresividad que podía desarrollar el otro.

—Hola, Kay.

Alex habló en primer lugar. Deseaba preguntarle a su hermana cómo podía explicar la tardanza en llegar al hospital, pero no quiso provocar una escena delante de su sobrina. En realidad no era necesario. Todo lo que sentía, toda su furia, podía leerse fácilmente en sus ojos.

—Hola, Alex. Has sido muy amable al venir.

—Tú también lo has sido al venir de Washington. —Primer asalto—. Debes de estar muy ocupada.

Amanda les observaba, y Alex vio que palidecía. Titubeó un instante y luego abandonó el cuarto. Cuando Kay salió de él al cabo de unos minutos, él la estaba aguardando en la sala de espera.

—Quiero hablar contigo un minuto.

Ella le miró con divertido desdén.

—Me lo imaginaba. ¡Qué tío tan solícito, venir desde tan lejos!

—¿Te das cuenta de que tu hija casi perdió la vida, Kay?

—Perfectamente. George verificaba las gráficas tres veces al día. Si las cosas se hubiesen agravado, habría venido en seguida. Si te importa saberlo, no pude venir antes.

—¿Por qué no?

—Tuve dos entrevistas con el presidente. ¿Satisfecho?

—No mucho. ¿El Día de Acción de Gracias?

—Así es. En Camp Davis.

—¿Esperas que me muestre impresionado?

—Eso corre de tu cuenta. Pero mi hija es mía.

—No cuando renuncias totalmente a tus deberes, Kay. Lo que ella necesita es mucho más que el mero hecho de que George haya verificado las gráficas. Ella necesita amor, ternura, interés y compasión, por todos los diablos. ¡Dios mío, Kay, no es más que una niña! Y ha sido golpeada y violada. ¿No puedes siquiera imaginar lo que eso significa?

136

—Perfectamente. Pero nada de lo que pueda hacer ahora cambiará en un ápice los hechos. Y dos días no tienen importancia alguna. Ella tendrá que vivir toda su vida con esa cruz.

—¿Y cuánto tiempo le vas a dedicar tú en ese lapso?

—Eso a ti no te importa.

—Yo opino lo contrario —replicó él con ojos acerados.

—¿Qué quieres decir con eso?

—Voy a llevármela a San Francisco conmigo. Me dijeron que el viernes ya estará en condiciones de viajar.

—¡Un cuerno! —Kay echaba chispas por los ojos—. Trata de llevarte a mi hija dondequiera que sea y te haré encarcelar por secuestro.

—¡Perra asquerosa! —le espetó él, entrecerrando los ojos—. A decir verdad, querida, a menos que estés dispuesta a rechazar los cargos de haber dado malos tratos a una criatura, yo en tu lugar no haría nada. Secuestro, ¡un rábano!

—¿Qué quieres decir con eso?

—Lo que he dicho, y negligencia criminal.

—¿De veras crees que puedes sustentar esos cargos? Mi esposo es uno de los cirujanos más prominentes de Nueva York, un hombre de grandes sentimientos humanitarios, querido Alex.

—Perfecto. Demuéstralo en los tribunales. A ti te encantaría eso, ¿no es cierto? Sería una noticia sensacional.

—¡Hijo de perra! —le gritó ella cuando comenzó a comprender lo que quería decirle—. ¿Qué es exactamente lo que tienes en mente?

—Nada concreto. Amanda vendrá a California conmigo, donde se quedará permanentemente. Si piensas dar alguna explicación a tus electores, puedes decirles que sufrió un grave accidente y que necesita una larga temporada de reposo en un sitio de clima templado. Con eso será suficiente.

—¿Y qué debo decirle a George?

—Eso es problema tuyo.

Ella le miraba con una especie de morbosa fascinación.

—Lo dices en serio, ¿no?

—En efecto.

—¿Por qué?

—Porque la quiero.

—¿Y crees que yo no?

Kay no parecía herida sino sólo asombrada. Alex exhaló un hondo suspiro.

—Creo que no tienes tiempo de querer a nadie, Kay, salvo a los votantes quizá. Lo que te importa es si te brindan su apoyo o no. Yo no sé qué es lo que realmente afecta tus sentimientos, ni me interesa. Sólo sé que estás destruyendo a esa criatura, y eso yo no lo permitiré…, no te lo permitiré.

—¿Y tú vas a salvarla? ¡Qué conmovedor! ¿No te parece que sería mucho más saludable para ti que gastaras tus energías emocionales en una mujer adulta y no en una jovencita de diecisiete años? Como te darás cuenta, hay un poco de perversidad en todo esto.

Sin embargo, Kay no parecía verdaderamente preocupada, y él sabía que no lo estaba. Sólo estaba furiosa como un demonio, porque no tenía salida alguna.

—¿Por qué no te guardas esas mezquinas y bajas insinuaciones para ti misma, junto con tus ambiciones para con mi ex esposa?

—Eso no tiene nada que ver con esto. —Pero era evidente que mentía—. Creo que eres un imbécil, Alex. Y estás practicando un juego al igual que Amanda.

—¿Te parece que ser violada es un juego?

—Tal vez. Aún no conozco bien los detalles. Quizás era lo que ella deseaba. Para que la rescatase su apuesto tío. Tal vez a eso se resumen todas sus maquinaciones.

—Creo que estás mentalmente enferma.

—¿De veras? Bien, a mí me importa un bledo lo que tú creas, Alex. Te dejaré salirte con la tuya durante una temporada. Tal vez le hará bien a Amanda. Pero dentro de un par de meses iré a buscarla y listo. De modo que si piensas que vas a poder quedarte con ella estás loco.

—¿Ah, sí? ¿Estás dispuesta a afrontar los cargos que he mencionado?

—No serías capaz…

—No me pongas a prueba. —Se quedaron mirándose el uno al otro con idéntico antagonismo, si bien por el momento era Alex quien había salido triunfante—. A menos que aquí las cosas cambien radicalmente, Amanda se quedará conmigo.

—¿Le has dicho ya que ibas a salvarla de las garras de su madre?

—Aún no. Estuvo histérica hasta esta mañana.

Kay nada dijo. Luego, dirigiendo una última mirada fulminante a su hermano, comenzó a alejarse. Se detuvo un instante y, con una maliciosa expresión, le dijo:

—No creo que puedas interpretar el papel de héroe eternamente, Alex. Ahora podrás tenerla contigo, pero cuando yo quiera que vuelva a casa volverá. ¿Está claro?

—Me parece que no has entendido mi posición.

—Me parece que tú no has entendido la mía. Es peligrosa. Lo que estás haciendo puede perjudicarme políticamente, y eso yo no lo toleraré, ni de mi propio hermano.

—Entonces será mejor que no te interpongas en mi camino. Y eso es una advertencia.

Kay quiso reírse en sus narices, pero no pudo. Por primera vez en su vida le tuvo miedo a su hermano menor.

—No comprendo por qué haces esto.

—Tú no, pero yo sí. Y también lo comprenderá Amanda.

—Recuerda lo que te he dicho, Alex. Cuando yo quiera que vuelva, tendrá que volver.

—¿Para qué? ¿Para impresionar a los votantes, demostrándoles que eres una madre excelente? Eso es una bajeza. —Kay avanzó un paso hacia él como para abofetearle. Alex le cogió la muñeca y le clavó una mirada furiosa—. No lo hagas, Kay.

—Entonces no te metas en mi vida.

—Será un placer —repuso Alex, con un brillo de triunfo en la mirada.

Kay giró sobre sus talones y se alejó tan aprisa como pudo, dobló el recodo del pasillo, entró en el ascensor y poco después subía a la limusina que estaba aguardando.

Cuando Alex entró en la habitación de Amanda ésta estaba dormida. Alex le acarició los cabellos, cogió el abrigo y se fue. Pero al cruzar el vestíbulo se dijo que no podía esperar a llegar al apartamento de su madre para hacer la llamada telefónica. Resultaba arriesgado llamarla, pero sentía la necesidad de compartir sus sentimientos con alguien, y sólo podía pensar en ella. Con tono impersonal pidió hablar con la señora Phillips. Rafaela se puso al teléfono al cabo de un instante.

—¿Rafaela?

—Sí —contestó ella, ahogando una exclamación al reconocer su voz—. ¡Oh! Acaso...

Parecía alarmada, como si supusiera que Amanda había muerto.

—No, no, todo va bien. Pero quería que supieras que mi sobrina y yo llegaremos a San Francisco este fin de semana, y tu padre quiso que te saludara al llegar a Estados Unidos.

Si alguien estaba escuchando la conversación, vería que se trataba de una llamada perfectamente respetable. Rafaela en seguida se dio cuenta del ardid. Su sonrisa se extendió de oreja a oreja.

—¿Se quedará mucho tiempo contigo tu sobrina?

—Pues... eso creo. Sí. —Se sonrió—. Así es.

—¡Oh...! —exclamó ella, y estuvo a punto de pronunciar su

nombre debido a la emoción que la embargaba—. ¡Cuánto me alegro! —Entonces recordó que le había prometido arreglar el cuarto para Amanda—. Me ocuparé de reservar las habitaciones en cuanto pueda.

—¡Magnífico! Te lo agradeceré. Y por supuesto te reintegraré el dinero en cuando llegue a San Francisco.

—¡Oh, por favor! —exclamó ella sonriendo.

Luego ambos colgaron. El viernes, le había dicho Alex finalmente, o el sábado a más tardar. No disponía de mucho tiempo.

Capítulo 15

LOS DOS DÍAS SIGUIENTES fueron muy agitados para Rafaela. Se pasó la mañana leyéndole a John Henry y sosteniéndole la mano cuando él se quedaba dormido, y luego se dirigió al centro de la ciudad para hacer las compras. Despidió al chófer, diciéndole que no era necesario que la esperara, que volvería a casa en un taxi. Si Tom encontró su conducta algo excéntrica, se abstuvo de comentarlo, y ella se encaminó a paso vivo hacia la tienda más cercana. Las dos tardes apareció cargada de enormes bultos, y los elementos más grandes pidió que se los enviaran directamente a la casa. Compraba cerámicas o piezas curiosas en las tiendas de antigüedades, como un bonito y viejo aguamanil a un decorador, o un juego de muebles de mimbre estilo victoriano en una liquidación particular, que descubrió desde el taxi en que viajaba a gran velocidad.

Al término del segundo día había creado un caos total, y casi lloró de alivio cuando Alex la telefoneó para excusarse de que no podrían volver hasta el domingo por la noche, pero que tenía buenas noticias. Había hablado con George por la mañana y todo había salido a pedir de boca. El padre de Amanda estuvo de acuerdo en que a la muchacha le haría bien irse lejos de Nueva York. No había convenido la duración de su estadía, pero una vez que Amanda se encontrara en California sería fácil prolongarla. Por el momento Alex había hablado como quien no quiere la cosa de «unos meses»,

141

y George no había puesto objeción. Alex había telefoneado a las mejores escuelas secundarias de San Francisco y, después de explicar la gravedad del «accidente» de la jovencita, les leyó las calificaciones, les informó de quiénes eran su madre y su abuela, y no tuvo inconvenientes en que la aceptaran. Amanda comenzaría a concurrir a la escuela después de primeros de año. Mientras tanto descansaría en casa, la llevaría a pasear, recobraría la salud y haría todo lo que tuviera que hacer con el fin de superar el choque traumático causado por la violación. Tenía un mes de tiempo para recuperarse antes de tener que ir a la escuela. Cuando Rafaela le preguntó cómo lo había tomado Kay, Alex respondió con voz tensa:

—Con ella no fue tan placentero como con George.

—¿Qué quieres decir con eso, Alex?

—Que no le ofrecí ninguna alternativa.

—¿Está muy furiosa?

—Más o menos.

Alex cambió rápidamente de tema, y cuando Rafaela colgó el aparato se quedó pensando en Amanda, preguntándose cómo sería, si le simpatizaría...

De repente tenía la sensación de haberse enredado no sólo con otro hombre sino con toda una familia. Además, tendría que tomar en consideración a Kay. Alex había dicho que su hermana se presentaría en San Francisco en cualquier momento a buscar a Amanda. Y Rafaela confiaba en que a la larga terminarían haciendo las paces. Después de todo, eran personas civilizadas. Kay era sin ninguna duda una mujer inteligente, y Rafaela lamentaba que ella y Alex estuvieran enfadados. Tal vez en última instancia ella podría hacer algo para aquietar las turbulentas aguas. Entretanto, después de la llamada telefónica, ella se dedicó a arreglar el tercer piso de la casa de Alex. Rafaela le había dicho a Alex que podría encontrarla allí mientras estuviera trabajando en el arreglo de la habitación de Amanda, y cuando concluyó aquella labor realizada con tanto amor se sentó en la cama con una amplia sonrisa de felicidad. En pocos días había hecho un pequeño milagro, y se sentía satisfecha consigo misma.

Había transformado el dormitorio en un lugar de ensueño, llenándolo con cortinas floreadas de color rosa y muebles de mimbre de estilo victoriano, una enorme alfombra con flores que había adquirido en Macy's y el antiguo aguamanil con la superficie de mármol blanco. En el viejo lavabo había puesto una azalea rosada, y en las paredes colgaban unas bonitas estampas de flores enmarcadas. La cama tenía un dosel blanco con cintas de color rosa, y la habían entregado esa misma mañana. El edredón era de raso rosado, y en una de las butacas reposaba un felpudo de piel. También el estudio contiguo estaba decorado con cortinas floreadas y muebles de mimbre. Rafaela hasta había encontrado un pequeño escritorio que se hallaba ahora bajo la ventana. Asimismo el cuarto de baño estaba lleno de elementos femeninos muy bonitos. El hecho de que hubiese podido hacerlo todo en tan pocos días debía considerarse poco menos que extraordinario, y se sorprendía de haber sido capaz incluso de llegar al soborno con el fin de lograr que le enviaran las cosas a tiempo.

Todas las compras las había hecho efectivas con el fajo de billetes que sacó del banco el jueves por la mañana, pues no quería que sus cheques aparecieran respaldando aquellas adquisiciones. Todas sus cuentas eran contabilizadas en la vieja firma de John Henry, y les hubiese resultado imposible explicar el destino de los cheques. De ese modo sólo debía dar cuenta de una gruesa suma, que ya encontraría la manera de justificar.

La única persona con la que debía pasar cuentas era Alex, y estaba un poco intranquila al pensar qué le diría. En realidad no había gastado mucho dinero, y él mismo le había pedido que procurase comprar una cama. Por supuesto que era mucho más que eso lo que ella había hecho, aunque casi todo se debía al buen gusto, al amor y a la dedicación que había puesto en la empresa. La sorprendente profusión de flores, las cortinas que ella misma había cosido con los lazos rosados, los cojines que había puesto aquí y allá, y los muebles de mimbre que ella misma se había quedado pintando con aerosol hasta altas horas de la noche constituían los cambios más notables que había introducido. Los detalles adicionales que ahora parecían tan costosos en realidad no lo eran. Sin embargo, confiaba en que Alex no se enfadaría por haberse extralimitado en la decoración, pues Rafaela se había dejado llevar, sin poder refrenarse, hasta convertirlo en el cuarto perfecto para la infortunada jovencita. Tras la horrorosa experiencia que había vivido Amanda, Rafaela quiso contribuir a proporcionarle algo especial, un cómodo hogar en el que pudiese refugiarse exhalando un profundo suspiro de alivio, donde sería querida y podría relajarse. Cerró la puerta suavemente, bajó a la habitación de Alex, miró en torno, alisó la colcha de la cama, cogió el abrigo y se marchó.

Con un suspiro, Rafaela abrió la puerta de la mansión de John Henry y subió la escalera con aire pensativo y paso tardo. Contempló los cortinajes de terciopelo, los tapices medievales, los candelabros, el gran piano del salón, y una vez más se dijo que aquél era su hogar. No la acogedora casita de Vallejo, no el lugar donde se había pasado casi una semana como una loca decorando una habitación para una jovencita que tampoco le pertenecía.

—¿Señora Phillips?

—¡Hum! —Rafaela levantó la vista sobresaltada, cuando se disponía a dirigirse a su habitación. Ya casi era la hora de cenar y ella aún no se había cambiado—. ¿Sí?

La enfermera del segundo turno estaba mirándola con una sonrisa.

—El señor Phillips ha estado preguntando por usted desde hace una hora. Tal vez quiera usted entrar a verle un instante antes de cambiarse.

Rafaela asintió con la cabeza y musitó:

—Sí.

Se acercó despacio a la puerta de la habitación de su esposo, golpeó suavemente con los nudillos una vez, giró el picaporte y entró, sin esperar a que él le contestara. El golpear era tan sólo una formalidad, como tantas otras que regían su vida. John Henry estaba en la cama bien arropado, con los ojos cerrados, y la luz de la habitación era muy tenue.

—¿John Henry? —dijo en un murmullo, mirando a su esposo.

Aquella habitación antaño había sido la de matrimonio, y él la había compartido también con su primera esposa. Al principio ese hecho le había causado un cierto desagrado a Rafaela, pero John Henry era un hombre apegado a las tradiciones y se empeñó en que también ella ocupara aquella estancia. Sea como fuere, los espectros se habían esfumado con el correr del tiempo. Sólo ahora Rafaela volvía a pensar en eso, ahora que casi tenía la sensación de haberse convertido en uno de ellos.

—John Henry... —musitó de nuevo, y él abrió los ojos.

Al verla forzó una torcida sonrisa y palmeó un lugar de la cama justo a su lado.

—Hola, pequeña. Pregunté por ti antes, pero me dijeron que habías salido. ¿Adónde fuiste?

Aquello no pretendía ser un interrogatorio, sino que se trataba de una afable pregunta. Sin embargo, algo en el interior de Rafaela se estremeció con alarma.

—Fui... de compras... —repuso ella sonriendo—. Para Navidad.

Él no sabía que los paquetes para Epaña y París ya habían sido despachados hacía más de un mes.

—¿Compraste algo bonito?

144

Rafaela asintió con la cabeza. ¡Oh, sí, claro que sí! Había comprado cosas preciosas... para Amanda, la sobrina de su amante. La noción de lo que estaba haciendo la conmocionó como si la hubiesen golpeado.

—¿Algo bonito para ti?

Ella negó con un gesto, con los ojos muy abiertos.

—No tuve tiempo.

—Entonces quiero que mañana salgas de nuevo a comprarte algo para ti.

Mientras Rafaela contemplaba al hombre postrado que era su esposo, una vez más se vio devorada por el sentimiento de culpa.

—Prefiero pasar el día contigo. No..., no te he visto mucho últimamente... —le dijo ella como disculpándose, pero él sacudió la cabeza y agitó una fatigada mano.

—No consentiré que te quedes aquí conmigo, Rafaela.

Siguió meneando la cabeza, entornó los ojos y luego los abrió de nuevo. Había una profunda compasión en su mirada cuando la posó en la joven mujer.

—Nunca consentiré que te quedes a mi lado esperando, pequeña... Jamás... Lo único que lamento es que tarde tanto en llegar.

Por un instante Rafaela temió que estuviese delirando, y le miró con expresión que denotaba inquietud. Pero él se limitó a sonreír.

—La muerte, querida, la muerte... Ha sido larga la espera del momento final. Y tú has sido una chica muy valiente. Jamás me perdonaré lo que hice.

—¿Cómo puedes decir eso? —exclamó ella, horrorizada—. Te amo. No quisiera estar en ningún otro sitio.

Pero ¿era cierto eso ahora? ¿No prefería estar junto a Alex? Se hizo esas preguntas mientras le cogía la mano a John Henry con un gesto preñado de ternura.

—Yo jamás he lamentado nada, querido, salvo... —Calló al hacérsele un nudo en la garganta—. Salvo que te ocurriera esto.

—Ojalá me hubiese muerto cuando sufrí el primer ataque. Si la vida hubiese sido más justa, y tú y ese estúpido medicucho que llamaste me hubierais dejado en paz, habría muerto.

—Estás loco.

—No, no lo estoy, y tú lo sabes. Esto no es vida para nadie, ni para ti ni para mí. Te tengo aquí encerrada año tras año como si fueras mi prisionera; aún eres una chiquilla y por mi culpa estás desperdiciando tus mejores años. Los míos ya hace tiempo que se fueron. Fue... —Cerró los ojos brevemente como presa de un intenso dolor, y Rafaela frunció el ceño mientras le observaba. Luego él abrió prestamente los ojos de nuevo y los posó en ella—. Cometí un error al casarme contigo, Rafaela. Era demasiado viejo.

—¡John Henry, basta!

Rafaela se asustó al oírle hablar así, lo que no era habitual en él, aunque ella sospechaba que sus pensamientos se centraban mayormente en esa cuestión. Le besó con ternura y le miró fijamente, observando la extrema palidez de su rostro.

—¿No te han sacado al jardín esta semana, querido? ¿O a la terraza?

—No, buena samaritana. Y yo tampoco quiero ir. Estoy bien aquí en la cama.

—No seas tonto. El aire puro te sienta bien, y a ti te gusta salir al jardín.

Rafaela hablaba con desesperación, pues pensaba que si no hubiese pasado tanto tiempo lejos de él, habría estado al tanto de lo que hacía la enfermera por su esposo. Tenían que sacarlo al aire libre. Era importante que lo tuvieran en movimiento, que lo mantuvieran animado y despertaran su interés por las cosas. En caso contrario ella sabía que John Henry terminaría por abandonarse y se moriría. El médico se lo había advertido hacía varios años, y ahora ella podía constatar que su esposo había caído en una peligrosa postración.

—Mañana te sacaré yo misma.

—No quiero que lo hagas —dijo él en tono quejoso—. Ya te he dicho que quiero estar en la cama.

—Bueno, pues yo digo que eso no puede ser. ¿Qué tal?

—¡Niña fastidiosa! —le espetó, pero en seguida sonrió y se llevó las puntas de los dedos a los labios para lanzarle un beso—. Aún te amo. Más de lo que pueden expresar mis palabras…, más de lo que tú supones. —Sus ojos se humedecieron veladamente—. ¿Recuerdas aquellos primeros días en París… cuando te propuse matrimonio, Rafaela? —Intercambiaron una sonrisa—. ¡Dios mío, eras sólo una niña!

Se miraron con dulzura un momento, y Rafaela volvió a inclinarse para besarlo en la mejilla.

—Bueno, pero ahora ya soy una mujer mayor, querido, y me siento afortunada al tenerte a ti. —Se puso de pie, sonriendo aún—. Sin embargo, será mejor que vaya a cambiarme si no quiero que me eches de tu lado y te busques otra jovencita.

John Henry rió, y cuando Rafaela hubo salido de la habitación después de besarlo y saludarlo con la mano, él se sintió mejor. Por su parte, Rafaela no dejó de censurarse a sí misma hasta que llegó a su habitación, por haberlo descuidado tanto durante los últimos diez días. ¿Qué había estado haciendo, corriendo de aquí para allá, comprando muebles, telas, cortinas y alfombras durante casi una semana? Pero mientras cerraba la puerta de su habitación comprendió el sentido de lo que había estado haciendo. Sus pensamientos se habían centrado en Alex, en su sobrina y en arreglarle el cuarto a ésta, en aquella otra vida que tanto ambicionaba. Al mirarse largamente en el espejo, atormentándose por haber descuidado a su marido durante casi diez días, se preguntó si tenía derecho a gozar de lo que había logrado con Alex. Su destino era el que tenía al lado de John Henry. No tenía derecho a pedir nada más. Pero ¿cómo podía renunciar a ello ahora? Al cabo de dos meses ya no estaba segura de poder hacerlo.

Con un hondo suspiro abrió el armario y sacó un vestido de seda gris que había comprado en Madrid. Escarpines negros, el exquisito collar de perlas grises que fuera de la madre de John Henry, pendientes haciendo juego y unas delicadas bragas grises. Lo arrojó todo sobre la cama y entró en el cuarto de baño, perdida en sus pensamientos, que no se apartaban del hombre al que había dejado abandonado y de aquel al que jamás podría dejar, sabiendo sin embargo que ambos la necesitaban.

Media hora más tarde se contemplaba en el espejo, que le devolvía la imagen de una mujer dotada de gracia y elegancia, con su vestido de seda gris claro, los cabellos recogidos en un moño sobre la nuca y las perlas de los lóbulos de las orejas iluminando su bello rostro. Y mientras se observaba en el espejo las respuestas seguían escapando de su alcance. No había forma de saber el final de la historia. La única esperanza que ella podía abrigar era que nadie saliese lastimado en sus sentimientos. Pero al cerrar la puerta de su habitación sintió que un escalofrío de temor recorría todo su cuerpo, y comprendió que eso era pedir demasiado.

Capítulo 16

EL DOMINGO POR LA NOCHE la enfermera puso a John Henry en la cama a las ocho y media, y Rafaela se dirigió despacio y con aire pensativo a su habitación. Se había pasado toda la velada pensando en Alex y Amanda, siguiendo mentalmente sus pasos desde que salieran de la ciudad hasta que abordaran el avión. Ahora debían de estar a sólo un par de horas de vuelo de San Francisco, pero por primera vez en su vida se sintió como si el tío y sobrina pertenecieran a otro mundo. Había pasado el día junto a John Henry, a quien había sacado al jardín por la mañana con las piernas bien envueltas en una manta, y luciendo una cálida bufanda, un sombrero y un abrigo negro de cachemira que llevaba sobre la bata de seda. Por la tarde empujó su sillón de ruedas hasta la terraza, y al fin del día tuvo que reconocer que John Henry tenía mejor aspecto, que estaba más relajado y cansado esa noche, por lo que todo hacía suponer que dormiría mucho mejor. Aquello era lo que ella tenía que hacer, aquél era su deber, pues él era su esposo. «En la fortuna y en la adversidad.» Sin embargo, una y otra vez su mente evocaba a Alex y Amanda. Y cada vez más tenía la impresión de que vivir en aquella mansión era como estar enterrada en una tumba. Pero se asustó de sus propios sentimientos y terminó sintiéndose perseguida por la sombra de su mala acción.

A las diez en punto permanecía con la vista perdida en el vacío y una triste expresión en el rostro, sabiendo que el avión ya había aterrizado y que Alex y Amanda estarían retirando el equipaje y buscando un taxi. A las diez y cuarto se dijo que ya debían de encontrarse en camino hacia la ciudad, mientras todo su ser anhelaba hallarse junto a ellos. Pero de pronto el hecho de haberse enamorado de Alex le pareció una indignidad, y temía que a la larga John Henry pagaría las consecuencias, en falta de atención, en carencia de compañía y de una cierta dosis de afecto, sin lo cual estaba segura de que su esposo no podría vivir. Pero ¿no podía complacer a ambos?, se preguntó a sí misma. No estaba demasiado segura de ello. Cuando se encontraba junto a Alex, tenía la impresión de que no existía nada más en el mundo y que lo único que deseaba era estar con él y olvidar todo lo demás. Pero no podía darse el gusto de olvidarse de John Henry. Si llegaba a olvidarse de él, sería como apuntarle con un revólver a la cabeza.

Seguía mirando calladamente por la ventana, y por fin se levantó y apagó la luz. Aún llevaba el vestido que se había puesto para cenar, lo que había hecho en la habitación de su esposo, mientras éste dormitaba entre bocado y bocado. El aire puro lo había dejado exhausto. Pero ahora Rafaela permanecía inmóvil, como si estuviera en guardia, esperando a alguien, esperando que sucediese algo, como si Alex pudiese materializarse de pronto en el exterior. Eran las once de la noche cuando sonó el timbre del teléfono. Sobresaltada, Rafaela levantó el auricular, sabiendo que todos los sirvientes estarían acostados, con excepción de la enfermera que cuidaba a John Henry. No se imaginaba quién podía llamar. Pero al oír la voz de Alex, se puso a temblar como una hoja.

—¿Rafaela?

Sintió temor de hablar con él desde su habitación, pero era tan intenso el deseo que sentía de entregarse a sus brazos que no tuvo valor de cortar la comunicación.

—El cuarto de Amanda es algo fantástico —le dijo él con voz queda, y por un instante ella temió que alguien pudiese estar escuchándoles.

—¿Le gusta?

—Amanda está en el séptimo cielo. Es la primera vez en muchos años que la veo tan feliz.

—¡Qué bien! —Rafaela estaba complacida al tiempo que trataba de imaginar a la jovencita en el momento de entrar en el cuarto blanco y rosado—. ¿Se encuentra bien?

Alex exhaló un suspiro antes de responder.

—No lo sé, Rafaela. Supongo que sí. Pero ¿hasta qué punto

puede estar bien después de lo ocurrido? Su madre hizo una escena terrible antes de marcharnos. Trató de hacerla sentirse culpable porque se iba. Y luego, por supuesto, reconoció que temía lo que podían pensar los votantes al saber que su hija vivía con un tío y no con ella.

—Si supiera manejar esta situación podría hacerles comprender que ello se debe a que está muy ocupada.

—Yo le dije más o menos lo mismo. De todos modos, fue muy desagradable, y Mandy quedó tan agotada que durmió durante todo el viaje. Ver la belleza de ese cuarto que decoraste para ella ha sido la mayor alegría que ha recibido en todo el día.

—Lo celebro —dijo Rafaela, sintiéndose tan sola que le pareció que no podría soportarlo.

Le hubiera gustado ver a Amanda en el momento de entrar en la habitación. Hubiera deseado ir a esperarlos al aeropuerto, para volver a casa con ellos en el coche, y compartir todos los momentos, ver sus sonrisas, ayudar a Amanda a adaptarse a su nuevo hogar. De repente le asaltó la impresión de haber sido rechazada, y mientras escuchaba la voz de Alex en el teléfono, se sintió desesperadamente sola. La sensación era casi opresiva, y se acordó de la noche en que se había entregado al llanto, embargada por una sensación similar de soledad, en la escalera de piedra cercana a la casa..., la noche en que había visto a Alex por primera vez.

—Te has quedado callada. ¿Ocurre algo?

La voz de Alex era grave y seductora, y Rafaela entornó los ojos y meneó la cabeza.

—Sólo estaba pensando... Lo siento...

—¿En qué pensabas?

Rafaela vaciló un instante.

—En aquella noche en la escalera de piedra..., la primera vez que te vi...

Alex sonrió.

—Al principio no me viste. Yo te vi primero.

Pero mientras rememoraba aquel primer encuentro, Rafaela comenzó a ponerse nerviosa a causa del teléfono de nuevo: si alguno de los sirvientes estaba despierto, podría levantar el auricular de un supletorio y sólo Dios sabía lo que podía oír o pensar.

—Sería mejor que habláramos de todo esto mañana...

Alex entendió lo que quería decirle.

—¿Nos veremos pues?

—Me gustaría.

La perspectiva encendió su entusiasmo y por un momento dejó de sentirse tan sola.

—¿A qué hora te viene bien?

Rafaela rió quedamente, pues ahora que había terminado de arreglar el cuarto de Amanda no tenía nada más que hacer. Desde hacía muchos años aquélla había sido su única ocupación.

—Dime a qué hora te parece bien a ti e iré. ¿O te parece que sería mejor que...?

De repente se inquietó por Amanda. Quizás era demasiado pronto para ver a la chica. Tal vez a ella le molestaría conocer a la amante de su tío; cabía la posibilidad de que se resistiera a compartir su afecto con otra persona.

—No seas tonta, Rafaela. Si pudiera trataría de convencerte para que vinieras ahora mismo. —Pero ambos sabían que Amanda estaba cansada y era demasiado tarde—. ¿Por qué no vienes a desayunar con nosotros? ¿Podrás venir tan temprano?

Rafaela sonrió.

—¿Qué te parece a las seis? ¿A las cinco y cuarto? ¿A las cuatro y media?

—Me parece estupendo —repuso él riendo, al tiempo que cerraba los ojos.

Podía visualizar todos y cada uno de los rasgos de su rostro. Ansiaba verla, acariciarla, estrecharla entre sus brazos, permanecer con los cuerpos unidos y los miembros entrelazados como si fueran un único ser.

—En realidad, con el cambio de horario lo más probable es que a las seis ya esté despierto. ¿Por qué no te vienes en cuanto te levantes? No es necesario que telefonees. Mañana no voy a ir al bufete. Quiero asegurarme de las bondades de la mujer que vendrá para ayudar a Amanda.

Con los dos brazos fracturados, la jovencita era virtualmente una inválida, y él le había pedido a su secretaria que buscara una persona que fuese una combinación de enfermera y de ama de llaves. Tras un corto silencio, Alex agregó:

—Te estaré esperando.

Su voz sonaba tan anhelante como la de Rafaela.

—Iré temprano. —Y olvidándose de la angustia que le inspiraba el hecho de que alguien pudiese estar escuchando en otro teléfono añadió—: Te he echado de menos, Alex.

—¡Oh, nena! —exclamó él, y el tono de su voz expresó con toda elocuencia lo que sentía—. ¡Si supieras cómo te he echado de menos yo!

No tardaron en cortar la comunicación, y Rafaela permaneció unos instantes con la vista fija en el teléfono y una radiante sonrisa en los labios. Consultó su reloj al tiempo que se ponía de pie para desnudarse. Era más de medianoche, y dentro de seis, siete u ocho horas se encontraría con él. Sólo de pensarlo se le iluminaron los ojos y su corazón latió con más fuerza.

Capítulo 17

RAFAELA HABÍA PUESTO el despertador a las seis y media, y una hora más tarde se deslizaba silenciosamente por la puerta del frente. Ya había hablado con una de las enfermeras de John Henry, explicándole que debía asistir a una misa temprana y luego quería dar un largo paseo. Parecía una explicación harto satisfactoria para una ausencia que podía prolongarse por varias horas. Al menos eso esperaba ella mientras corría por la calle, envuelta en la fría niebla de diciembre, con el abrigo bien ajustado al cuerpo. Una luz gris perla bañaba todo cuando alcanzaba a ver. Llegó a la acogedora casita de Vallejo en cuestión de minutos, y se alegró de ver que la mayoría de las luces estaban encendidas. Eso significaba que Alex ya estaba levantado. Titubeó unos instantes ante el enorme picaporte de bronce, sin saber si golpear con los nudillos, tocar el timbre o usar la llave. Al fin optó por un breve timbrazo, y se quedó inmóvil, sin aliento, emocionada, aguardando con una sonrisa que le iluminaba el rostro. Y de repente apareció él, alto y apuesto, sonriendo y con los ojos brillantes. Sin decir una sola palabra la atrajo hacia dentro, cerró la puerta y la envolvió estrechamente con sus brazos. Quedaron en silencio un largo rato, pero los labios de Alex se unieron a los de ella y se besaron como si nunca más tuvieran que separarse. Luego, él la mantuvo abrazada, sintiendo el calor de su cuerpo y acariciando sus espléndidos cabellos

153

negros. La contemplaba arrobado, como si se maravillara de conocer a una mujer tan bella.

—Hola, Alex —le dijo Rafaela, mirándole henchida de felicidad y haciéndole un guiño.

—Hola. —Y echando ligeramente la cabeza hacia atrás, Alex agregó—: ¡Dios mío, estás adorable!

—A esta hora lo dudo.

Pero lo estaba. Se veía radiante. Sus ojos, enormes, brillaban como si fueran de ónix con los bordes ribeteados de diminutos diamantes, y un ligero rubor coloreaba sus mejillas al haberse agitado en su carrera. Llevaba una camisa de seda de color melocotón, pantalones beige y el abrigo de piel de lince. Bajo las perneras de los pantalones asomaban los zapatos de ante color canela de Gucci.

—¿Cómo está Amanda? —inquirió Rafaela, mirando hacia la planta alta.

—Aún está durmiendo —repuso Alex sonriendo, aunque sus pensamientos no estaban puestos en Amanda.

Esa mañana toda su atención se centraba en admirar la increíble belleza de la mujer que tenía entre sus brazos. Dudaba entre bajar con ella a la cocina para ofrecerle un café o subir precipitadamente a la planta alta con propósitos de carácter menos social.

Al observarle mientras se debatía entre sus dudas Rafaela sonrió.

—Tienes una expresión muy pícara esta mañana, Alex —le dijo con una maliciosa mirada, al tiempo que se quitaba el abrigo de piel de lince y lo colgaba en la barandilla de la escalera.

—¿De veras? —repuso él con aire inocente—. ¿Por qué será?

—No logro imaginarlo. ¿Te preparo un café?

—Precisamente estaba pensando en hacerlo yo mismo.

Pero su desencanto era evidente, y ella se echó a reír.

—¿Pero?

—No importa…, no importa.

Alex se adelantó a bajar por la escalera que conducía a la cocina, pero tras descender sólo los primeros escalones, se volvió para besarla, y allí permanecieron largo rato mientras él la estrechaba fuertemente entre sus brazos. Así fue como los encontró Amanda cuando bajó con su camisón floreado de color azul, los rubios cabellos como un halo en torno a su bonita cara y los moretones alrededor de los ojos, que cada vez se veían más pálidos.

—¡Oh! —exclamó con sorpresa.

A pesar de que la exclamación de la jovencita fue casi inaudible, Rafaela la oyó instantáneamente y se separó casi de un salto de los brazos de Alex. Se volvió, sonrojándose ligeramente, y se encontró ante la mirada de Amanda, que la observaba con los ojos preñados de interrogantes. Luego la jovencita desvió la vista hacia Alex, como buscando en él una explicación. Rafaela se dijo que tenía el aspecto de una niñita.

Rafaela giró sobre sus talones y se acercó a ella con una tierna sonrisa, extendiendo la mano con el fin de tocar ligeramente los dedos que asomaban por el extremo del yeso.

—Lamento haberte despertado tan temprano. Quería..., quería saber cómo estabas.

Rafaela se sentía mortificada por haber sido descubierta besuqueándose con Alex en la escalera, y de repente se avivaron en ella todos los temores que sintiera ante la perspectiva de enfrentarse con Amanda, pero ésta se veía tan frágil y cándida que le resultaba imposible imaginar que pudiera constituir una amenaza. Era ella quien se mostraba amenazadora, temerosa de que su presencia perturbara a la chica.

Pero Amanda entonces le sonrió, mientras el rubor le cubría las mejillas.

—Está bien. Lo siento. No pretendía sorprenderos. —Le había complacido verles cuando se besaban, pues en su hogar nunca presenciaba escenas cálidas y tiernas—. No pensé que hubiese nadie.

—No suelo efectuar visitas tan temprano, pero...

Alex la interrumpió, pues deseaba que Amanda supiera quién era Rafaela y lo importante que era para él. La jovencita era ya lo bastante mayor para comprenderlo.

—Ésta es el hada madrina que decoró tu cuarto, Mandy —le dijo él con voz acariciadora, como también lo eran sus ojos.

—¿Ah, sí? ¿De veras?

Rafaela rió al ver la expresión de sorpresa en los ojos de Amanda.

—Más o menos. No soy una gran decoradora, pero fue divertido arreglar tu habitación.

—¿Cómo pudiste hacerlo tan aprisa? Alex me dijo que no había nada en ella cuando se marchó de aquí.

—Lo robé todo —dijo Rafaela sonriendo, mientras los otros dos se echaban a reír—. ¿Te gusta?

—¿Bromeas? ¡Es bomba!

Esta vez fue Rafaela quien rió francamente al verla tan emocionada y por la expresión tan coloquial.

—Me alegro —le dijo, deseando abrazarla pero sin atreverse a hacerlo.

—¿Puedo ofrecerles algo para desayunar, señoras?

Alex las contemplaba con cara radiante.

—Yo te ayudaré —se ofreció Rafaela, siguiéndole escaleras abajo.

—Yo también.

Amanda parecía entusiasmada por algo por primera vez desde el infausto episodio. Y aún se veía más contenta al cabo de media hora, cuando los tres se sentaron en torno a la mesa de la cocina, dispuestos a dar cuenta de los huevos fritos con bacon y tostadas. Mandy hasta había conseguido untar las tostadas con mantequilla a pesar del yeso que cubría sus brazos. Rafaela había preparado el café, y Alex se había encargado del resto.

—¡Excelente equipo! —exclamó él, halagando a las dos mujeres cuando éstas le embromaron por enésima vez, diciéndole que era un magnífico *chef*.

Pero lo que resultaba más evidente, se dijo Rafaela mientras levantaba la mesa, era el hecho de que los tres se sentían cómodos juntos, y ella era tan feliz como si le hubieran hecho un regalo de incalculable valor.

—¿Quieres que te ayude a vestirte, Mandy?

—¡Claro! —respondió Amanda con los ojos brillantes.

Media hora más tarde ya estaba vestida, con la ayuda de Rafaela. Sólo cuando apareció el ama de llaves a las nueve Alex y Rafaela pudieron estar solos de nuevo.

—Es una chica maravillosa, Alex.

—¿Verdad que sí? —exclamó él, radiante—. Y... Dios santo, Rafaela, es notable cómo se está recobrando de la..., de lo sucedido. Hace tan sólo una semana de ello.

El rostro de Alex se había ensombrecido. Rafaela asintió con la cabeza, rememorando lo acaecido en la semana pasada.

—Creo que se pondrá bien. Gracias a ti.

—Tal vez gracias a los dos.

Alex no había olvidado la forma afectuosa y amable con que había tratado a Amanda. Se había conmovido por su evidente ternura, y él abrigó la esperanza de que ello augurara un futuro de felicidad para los tres. Amanda ahora formaba parte de su vida, al igual que Rafaela, y significaba mucho para él que los tres pudiesen estar juntos.

Capítulo 18

—¿QUÉ QUIERES DECIR con eso de que no te gusta el ángel?

Alex la miró con una torcida sonrisa desde lo alto de la escalera de mano en la vacía sala de estar. Rafaela y Mandy se encontraban al pie de la misma, y la jovencita acababa de decirle a Alex que el ángel parecía estúpido.

—Mira cómo se sonríe. Parece tonto.

—A decir verdad, vosotras dos también parecéis unas tontas.

Ambas estaban jugando en el suelo con los trenes eléctricos que Alex había subido del sótano. Habían pertenecido a su padre y luego a él.

Alex descendió de la escalera y contempló el fruto de su labor. Él había colgado casi todas las luces, y Mandy y Rafaela se habían encargado del resto de la decoración, mientras él montaba las vías de los trenes. Era la víspera de Navidad, y su madre había prometido ir a visitarles dentro de un par de días. Mientras tanto, seguían estando juntos ellos tres solamente. Rafaela había pasado todo el tiempo posible con él, pero había tenido otras cosas que atender también.

Había tratado de hacer las cosas más llevaderas para John Henry, y Alex incluso la había acompañado a comprar un arbolito. Ella se había pasado toda una semana planeando dar una fiesta para la servidumbre, envolviendo los regalos y colgando los divertidos calcetines

157

rojos con el nombre de cada uno. Ellos siempre se sentían halagados por sus atenciones, y los regalos que les elegía eran caros así como útiles, regalos que ellos estaban contentos de poseer y que gozarían durante muchos años. Todo lo realizaba con generoso fervor, con dedicación y celo. Los regalos eran elegidos con gran cuidado, y solicitaba que los envolvieran con papeles vistosos; la casa estaba preciosa, llena de adornos, de piñas y ramas de pino, y en la puerta de entrada había colgado una bonita corona. Aquella misma mañana Rafaela había llevado a John Henry a dar una vuelta por el exterior de la casa en el sillón de ruedas, y después ella desapareció y regresó a los pocos minutos con una botella de champaña. Sin embargo, advirtió que este año él lo observaba todo con menor interés. Parecía muy lejos de estar imbuido de la alegría que provoca la Navidad.

—Soy demasiado viejo para todo esto, Rafaela. Lo he vivido demasiadas veces. Ya no tiene interés.

Hasta parecía tener dificultad en encontrar las palabras adecuadas.

—No seas tonto. Es sólo que estás cansado. Además, no sabes lo que te he comprado.

Le había encargado una bata de seda con su monograma, pero sabía que ni siquiera eso serviría para levantarle el ánimo. Cada vez estaba más aletargado, más enfermizo, como si ya nada le importara, desde hacía varios meses.

En cambio, en Alex reencontró el espíritu navideño, y en Amanda descubrió la alegría infantil que tanto la fascinaba al verla reflejada en sus primitos de España. Para Amanda había largas ristras de bayas rojas, de palomitas y guirnaldas con las cuales habían decorado el árbol, junto con otros adornos que ellos mismos confeccionaron y pintaron. Durante semanas habían trabajado denodadamente, y ahora la tarea llegaba a su culminación en la decoración del árbol. Antes de la medianoche ya habían terminado, y los regalos se apilaban en el suelo alrededor del mismo. En el vacío salón el abeto se veía gigantesco, las luces, esplendentes, mientras los trenes eléctricos circulaban libremente por las vías que se extendían por toda la estancia.

—¿Feliz?

Alex le sonrió perezosamente después de que ambos se tendieran sobre la alfombra de su habitación ante una pila de leños ardientes.

—Mucho. ¿Crees que a Mandy le gustará el regalo?

—Mejor será que le guste, o la enviaré de vuelta junto a su madre.

Alex le había comprado una chaqueta de piel de cordero como la de Rafaela, y le había prometido darle clases de conducir en cuanto le quitaran el yeso de los brazos, lo que sucedería dentro de otro par de semanas más. Rafaela había resuelto regalarle unas botas de esquí, pues Amanda le había pedido un par a Alex, un suéter de cachemira azul marino y una montaña de libros.

—¿Sabes una cosa? —le dijo Rafaela, mirándole con una sonrisa de felicidad—. Esto es distinto de cuando compro regalos para mis primitos. Me causa la impresión —agregó con vacilación, sintiéndose como una tonta— de que por primera vez en mi vida tengo una hija.

Él le devolvió una sonrisa avergonzada.

—A mí me ocurre lo mismo. Es agradable, ¿no? Ahora me doy cuenta de lo vacía que estaba la casa. Es todo tan distinto ahora…

Y como para demostrar que así era, en aquel instante Amanda asomó la nariz por la abertura de la puerta. Los moretones ya habían desaparecido, y también se iba desvaneciendo de sus ojos aquella expresión desolada que tenía al principio. Durante el mes que llevaba en San Francisco había descansado, había dado largos paseos y se había entrevistado diariamente con un psiquiatra, quien la ayudaba a aceptar el hecho de haber sido violada.

—Hola, chicos. ¿Qué estáis haciendo?

—Nada en especial. ¿Cómo es que no estás en la cama?

—Estoy demasiado emocionada. —Y así diciendo, entró en la habitación y les mostró dos enormes paquetes que escondía detrás de sí—. Quería daros esto.

Rafaela y Alex la miraron con complacida sorpresa y se sentaron en el suelo. Amanda parecía que iba a estallar de emoción, y se sentó en el borde de la cama, apartándose los largos cabellos de la cara con un gracioso movimiento de la cabeza.

—¿Tenemos que abrirlos ahora? —inquirió Alex, con ánimo de embromarla—. ¿O será mejor esperar? ¿A ti qué te parece, Rafaela?

Pero ésta ya estaba abriendo el suyo, con una sonrisa, y en cuanto hubo separado el papel contuvo el aliento y luego soltó una exclamación admirativa.

—¡Oh, Mandy…! —Miró a la jovencita con asombro—. ¡No sabía que pintabas!

Y con los brazos enyesados. Era sorprendente. Pero ocultó el regalo a los ojos de Alexander, sospechando que el suyo era la pareja del que tenía en sus manos, y no tardó en comprobar que estaba en lo cierto.

—¡Oh, son extraordinarios! Mandy…, gracias.

Alex no podía ocultar su gozo al abrazar a la niña que se había ganado su amor, y durante un largo rato permaneció con la vista fija en su regalo. Amanda había esbozado los retratos de ambos sin que ellos se dieran cuenta y los había pintado con acuarelas. Las pinturas eran asombrosas, tanto por su ejecución como por la vida que respiraban. Luego los había hecho enmarcar y ahora acababa de entregarle el de Alex a Rafaela y el de ésta a su tío. Alex contemplaba ahora la imagen exacta de Rafaela. No sólo había sabido trasladar al papel los rasgos y los detalles más característicos, sino que había captado la calidez, la ternura y la pena que anidaba en el fondo de sus preciosos ojos negros, la suavidad de sus facciones, la tersura de su piel. Al contemplarla se tenía la sensación de saber cómo pensaba, cómo respiraba y cómo se movía. Y con Alex había realizado una labor tan excelente como con Rafaela; sin que él se diera cuenta. El de Rafaela le había dado más trabajo porque no había podido tenerla cerca tan a menudo, y tampoco había querido molestarlos en los pocos momentos que podían estar juntos. Por las caras de asombro que ponían era fácil adivinar que los regalos habían sido un gran éxito.

Alex se puso de pie para besarla y abrazarla afectuosamente, y acto seguido los tres se sentaron en el suelo junto al fuego y estuvieron charlando durante horas y horas. Conversaron sobre la gente, la vida, los sueños y los desengaños. Amanda no tenía empacho en hablar libremente del dolor que le habían infligido sus padres. Alex asintió con la cabeza y trató de explicar cómo era Kay cuando niña. También hablaron de Charlotte y de lo que había representado tenerla como madre; Rafaela, por su parte, se refirió a la rigidez de su padre y a lo poco adecuada que consideraba la vida que le habían impuesto al estar con su madre en España. Conversaron incluso acerca de ella y Alex, diciéndole abiertamente a Amanda lo mucho que apreciaban el poder estar juntos aunque sólo fuese por breves instantes. Les sorprendió que la jovencita lo comprendiera, que no le resultase chocante el hecho de que Rafaela estuviera casada, y Rafaela misma se asombró de que la considerara poco menos que una heroína por haberse quedado junto a John Henry hasta el fin.

—Pero si no hago más que cumplir con mi deber... Él es mi marido, aun cuando..., aun cuando ahora todo ha cambiado.

—Tal vez, pero no creo que muchas mujeres lo hicieran. La mayoría saldrían con Alex porque es joven y apuesto, y eso las fascinaría. Debe de ser muy arduo seguir al lado de un marido en estas condiciones, día tras día.

Era la primera vez que hablaban de ello abiertamente, y por un momento Rafaela tuvo que hacer un esfuerzo por no cambiar de tema y seguir hablando de ello con aquellos seres queridos.

—Es arduo —admitió con voz muy queda y muy triste al rememorar la cara demacrada de su esposo—. Muchísimo, algunas veces. Él está tan fatigado… Se diría que soy el único motivo que le da fuerzas para seguir viviendo. A veces tengo la sensación de que no podré dar ni un solo paso más bajo esta carga tan pesada. ¿Qué ocurriría si a mí me pasara algo, si tuviese que irme lejos, si…? —Se quedó mirando a Alex en silencio, y éste comprendió lo que sentía. Rafaela sacudió enérgicamente la cabeza—. Creo que en ese caso se moriría.

Amanda escrutaba su rostro, como si buscara la respuesta a un interrogante, como si tratara de comprender a aquella mujer a quien había llegado a querer y a admirar con toda su alma.

—¿Y qué si se muriera, Rafaela? Quizás él no desee seguir viviendo. ¿Es correcto forzarle a hacerlo?

La pregunta era tan antigua como el mundo, y no podía responderse en una noche.

—No lo sé, querida. Sólo sé que debo hacer todo lo que pueda.

Amanda la miró con evidente admiración, en tanto que Alex las observaba a ambas con orgullo.

—Pero también es mucho lo que haces por nosotros —comentó.

—No seas tonto —protestó Rafaela, obviamente turbada—. No hago nada. Sólo me aparezco aquí todas las noches como un hada traviesa, para espiar por encima de tu hombro, para preguntarte si has lavado la ropa, para decirte que limpies la habitación —concluyó con una sonrisa dirigida a Alex.

—Si, eso es lo que hace, amigos —dijo Alex bromeando—. En realidad no hace nada en absoluto, salvo comerse nuestras provisiones, rondar por nuestras habitaciones, decorar la casa, alimentarnos de vez en cuando, sacar brillo a los dorados, leer los escritos que yo elaboro con el sudor de mi frente, cuidar el jardín, traernos flores, comprarnos regalos…

Alex miró a Rafaela, disponiéndose a seguir.

—En realidad no es gran cosa —arguyó Rafaela, ruborizada, bregando por sujetar un mechón de sus cabellos negros como el azabache.

—Bueno, si no lo es, hermosa dama, entonces ¿qué no harás cuando tomes impulso?

Se besaron tiernamente, y Amanda se dirigió a la puerta de puntillas, desde donde les sonrió y les dijo:

—Buenas noches, parejita.

—¡Eh, espera un momento! —Alex extendió el brazo para detenerla—. ¿No quieres también los regalos ahora?

Amanda soltó una risita al tiempo que Alex le cogía las manos a Rafaela y la ayudaba a ponerse en pie.

—Vamos, chicas, que es Navidad.

Sabía que Rafaela no podría estar con ellos al día siguiente hasta muy tarde.

Los tres se precipitaron por la escalera riendo y charlando, y comenzaron a desenvolver los paquetes con evidente avidez. Alex recibió un suéter irlandés, precioso, de su madre, un juego de plumas de Amanda, además del cuadro que ya le había dado arriba, una botella de vino de su cuñado y nada en absoluto de su hermana, una cartera portadocumentos de Gucci de parte de Rafaela, junto con una corbata y un libro bellamente encuadernado en cuero, que era la obra poética a la que Alex se había referido un mes atrás.

—¡Dios mío, Rafaela, estás loca!

Pero sus reproches fueron interrumpidos por los chillidos de sorpresa de Amanda a medida que iba abriendo los paquetes.

Luego le tocó el turno a Rafaela: recibió un frasco de perfume de Amanda, y un bonito pañuelo del cuello de parte de Charlotte Brandon, que le causó una profunda emoción, y luego había un estuche plano que Alex le entregó acompañado de una sonrisa y un beso.

—¡Vamos, ábrelo!

—Tengo miedo —musitó ella.

Alex observó que le temblaban las manos mientras le quitaba el envoltorio y contemplaba el estuche de terciopelo verde oscuro. En su interior, sobre el forro de raso de color crema, apareció un delicado aro de ónix y marfil engarzados en oro. Rafaela advirtió en seguida que se trataba de un brazalete, y luego se dio cuenta de que había también unos pendientes y un anillo haciendo juego. Se puso las alhajas y se miró al espejo con estupefacción. Todo le sentaba estupendamente; hasta el anillo le iba bien.

—¡Alex, eres tú el que se ha vuelto loco! ¿Por qué lo hiciste? —Pero era todo de un gusto tan exquisito que no pudo censurarle un regalo tan costoso—. Querido, me fascinan.

Le besó apasionadamente en los labios, mientras Amanda se sonreía y ponía en marcha el tren eléctrico.

—¿Has visto el interior del anillo? —Ella negó con la cabeza, y Alex se lo quitó del dedo—. Hay una inscripción.

Rafaela la leyó prestamente y luego le miró con los ojos anegados en lágrimas. Grabado en el interior de la sortija se leía: ALGÚN DÍA. Sólo eso. Sólo dos palabras. Alex la miró de hito en hito, con una expresión preñada de significado. Aquello quería decir que algún día estarían juntos para siempre. Algún día ella sería suya, y él le pertenecería eternamente.

Rafaela se quedó hasta las tres de la madrugada, una hora después de que Amanda se hubiera acostado. Había sido una deliciosa velada, una venturosa Navidad, y mientras Alex y Rafaela yacían en la cama, contemplando el fuego de la chimenea, él la miró y le dijo en un susurro:

—Algún día, Rafaela, algún día.

El eco de sus palabras aún resonaba en la cabeza de Rafaela cuando recorría los últimos tramos que la separaban de la puerta del jardín de su casa.

Capítulo 19

—BUENO CHICOS, si los años no logran acabar con mi vida, sin duda lo conseguirá mi glotonería. Debo de haber comido por diez personas.

Charlotte Brandon miró en torno con aire fatigado pero feliz, y sus tres acompañantes no ofrecían una imagen muy distinta de la suya. Habían devorado una montaña de cangrejos, y Rafaela estaba sirviendo el café exprés en unas delicadas tacitas de porcelana y oro. Eran una de las pocas cosas bonitas que Rachel había olvidado llevarse cuando partió hacia Nueva York.

Rafaela puso una taza ante la madre de Alex, y las dos mujeres intercambiaron una sonrisa. Existía un mudo entendimiento entre ambas, basado en el amor que sentían por la misma persona, al que ahora se sumaba otro lazo que aún las uniría más estrechamente. Ese lazo era Amanda.

—Detesto preguntarlo, madre, pero, ¿cómo está Kay? —inquirió Alex, ligeramente tenso.

Pero Charlotte le miró directamente y luego volvió la vista hacia su única nieta.

—Creo que aún la tiene muy alterada el hecho de que Amanda se encuentre aquí. Y no me parece que haya perdido la esperanza de verla regresar a su lado.

Los demás se pusieron tensos de inmediato, pero Charlotte se apresuró a tranquilizarles.

—No creo que vaya a hacer nada al respecto, pero pienso que ahora se da perfecta cuenta de lo que ha perdido.

En los cuatro meses que Amanda llevaba en San Francisco no había tenido noticias de su madre.

—Pero en realidad considero que no tiene tiempo para dedicarse a ella. La campaña electoral comienza a ponerse en marcha.

Calló, y Alex asintió con la cabeza, dirigiendo una mirada a Rafaela, quien esbozaba una sonrisa de inquietud.

—No ponga esa cara, hermosa dama —le dijo con voz queda—. La bruja mala que vive en el este no le hará ningún daño.

—¡Oh, Alex!

Los cuatro se echaron a reír, pero Rafaela siempre se mostraba desasosegada cuando se hablaba de Kay, pues presentía que era una mujer capaz de cualquier cosa con tal de lograr sus propósitos. Y si se proponía separar a Alex de Rafaela, quizás encontraría la manera de llevarlo a cabo. Por eso ponían todo su empeño en mantener su relación en secreto y evitar que Kay se enterara de ella. Nunca se mostraban juntos en público. Sólo se encontraban en casa de Alex. Y nadie sabía nada acerca de ellos, salvo Charlotte, y ahora Amanda.

—¿Crees que ganará las elecciones, madre?

Alex fijó su escrutadora mirada en la cara de su madre, mientras encendía uno de sus raros cigarros. Sólo fumaba unos habanos (cuando podía conseguirlos) largos, fragantes y de suave aroma, que le proporcionaba un amigo que viajaba a Suiza muy a menudo, donde adquiría los cigarros cubanos, que le vendía otro amigo.

—No, Alex, no lo creo. Me parece que esta vez Kay ha comido más con los ojos que con la boca. El desafío es muy grande, aunque ella trata de compensarlo mediante una intensa dedicación y muchísimos discursos enérgicos y contundentes. Además procura lograr el apoyo de todos los políticos influyentes que puede encontrar.

Alex miró a su madre con expresión burlona.

—¿Incluyendo a mi ex suegro?

—Por supuesto.

—¡Qué Dios la bendiga! Es extraordinaria. Tiene más agallas que cualquier otra persona que conozca. —Entonces se volvió hacia Rafaela—. Mi ex suegro es un hombre muy influyente en política, y una de las causas por la que Kay se disgustó tanto cuando me divorcié de Rachel. Temía que el viejo se enfureciera. ¡Y vaya si se enfureció! —Le sonrió a Rafaela, divertido—. ¡Se puso como un demonio! —Luego volvió a dirigirse a su madre—. ¿Se ve con Rachel?

—Probablemente.

Charlotte lanzó un suspiro. Su hija no se detendría ante nada con el fin de conseguir lo que quería. Jamás lo había hecho.

Alex se volvió de nuevo hacia Rafaela y le cogió la mano entre las suyas.

—Ya ves qué familia tan interesante tengo. ¡Y tú que creías que tu padre era un excéntrico! Deberías conocer a algunos de mis primos y tíos. Por lo menos la mitad de ellos están todos chiflados.

Hasta Charlotte rió la broma. Amanda se fue silenciosamente a la cocina y se puso a lavar los platos. Alex se dio cuenta de ello al cabo de unos instantes y arqueó una ceja, dirigiéndose a Rafaela.

—¿Ocurre algo?

—Me parece que le ha molestado oír hablar de su madre —repuso ella en voz baja—. Se acuerda de cosas desagradables.

Por un instante Charlotte Brandon se mostró preocupada y, por fin, decidió darles la noticia.

—Lamento tener que deciros esto ahora, queridos, pero Kay me anunció que tratará de venir este fin de semana. Quería ver a Amanda para las Navidades.

—¡Oh, mierda! —resopló Alex, dejándose caer contra el respaldo de la silla—. ¿Por qué ahora? ¿Qué demonios quiere?

Su madre le miró de hito en hito.

—A Amanda. ¿Qué suponías? Ella considera que el hecho de que Mandy viva aquí la perjudica políticamente. Teme que la gente imagine que hay gato encerrado, que la jovencita está embarazada o que sigue un tratamiento para liberarse de las drogas.

—¡Oh, por todos los diablos!

Rafaela se dirigió a la cocina para charlar con Amanda mientras terminaba de limpiar. Se había dado cuenta de que la niña estaba molesta por el giro que había tomado la conversación. Por último, le pasó el brazo por los hombros y resolvió decírselo a ella también, para que estuviese preparada.

—Amanda, tu madre vendrá este fin de semana.

—¿Cómo? —exclamó la chica con ojos fulgurantes—. ¿Por qué? No puede llevarme con ella. Yo no iré... Yo... No puede...

Las lágrimas anegaron sus ojos, y ella se abrazó a Rafaela, quien la estrechó fuertemente contra su pecho.

—No tienes por qué ir a ninguna parte, pero debes verla.

—No quiero.

—Es tu madre.

—No, no lo es.

Los ojos de Amanda se volvieron fríos como el hielo, y Rafaela pareció escandalizarse.

—¡Amanda!

—Lo digo en serio. El hecho de traer un hijo al mundo no convierte a una mujer en madre, Rafaela. Amar a ese hijo, cuidarle, preocuparse por él, velar por su salud cuando está enfermo, traerle felicidad y ser su amiga, eso es lo que hace que sea una madre de verdad. No conquistar votos y ganar elecciones. Eres mil veces más madre tú que ella, para mí.

Rafaela se sintió conmovida por sus palabras, pero no deseaba entrometerse en el asunto. Siempre se mostraba muy escrupulosa en esas cosas. A su manera, ella no podía ser más que un hada madrina invisible para Amanda, y una amante anónima para Alex. No tenía derecho alguno a ocupar el lugar de Kay.

—Tal vez no eres lo bastante justa con ella, Amanda.

—¿No? ¿Tienes idea de las veces que la veo? ¿Sabes cuándo la veo, Rafaela? Cuando algún periódico quiere sacarle algunas fotos en casa, cuando tiene que enfrentarse con algún grupo juvenil y ella quiere que le haga de puntal, cuando mi presencia contribuye a realzar su imagen en alguna parte, en esos momentos es cuando la veo. —Y entonces el cargo condenatorio—. ¿Acaso me ha telefoneado una sola vez desde que estoy aquí?

Pero Rafaela no se dejó atrapar.

—¿Te hubiera gustado que lo hiciera?

—No —respondió Amanda con franqueza.

—Quizás ella lo presintió.

—Sólo si convenía a sus propósitos. —Y entonces, sacudiendo la cabeza, se volvió de espaldas, dejando de ser la joven airada y perceptiva, para convertirse en una niña enfadada—. Tú no lo comprendes.

—Claro que lo comprendo. Estoy segura de que no es una mujer fácil de tratar, querida, pero...

—No se trata de eso —la atajó Amanda, volviéndose hacia ella con lágrimas en los ojos—. No se trata de que tenga un carácter difícil. Lo que pasa es que yo le importo un bledo. Siempre fue así.

—Eso tú no lo sabes —replicó Rafaela con dulzura—. Nunca sabrás lo que pasa dentro de su cabeza. Es posible que sus sentimientos sean mucho más profundos de lo que tú supones.

—No lo creo.

Amanda tenía los ojos velados por las lágrimas, y Rafaela compartía su dolor. Se acercó a ella y la abrazó durante un largo rato.

—Te quiero, preciosa. Y Alex también te quiere, al igual que la abuela. Tienes el afecto de todos nosotros.

Amanda asintió con un gesto, tratando de contener las lágrimas.

—¡Desearía que no viniese!

—¿Por qué? ¿Qué daño puede hacerte? Aquí estás completamente a salvo.

—No importa. Me da miedo. Tratará de llevarme con ella.

—No, si tú no quieres ir. Eres ya demasiado mayor para que pueda obligarte a ir a ninguna parte. Además, Alex no lo permitiría.

Amanda asintió tristemente con la cabeza, pero cuando se encontró a solas en su habitación estuvo llorando durante un par de horas. La perspectiva de volver a ver a su madre la llenaba de terror. Y a la mañana siguiente, después que Alex se hubo marchado a su bufete, ella se quedó contemplando desde la ventana la bahía, sobre la que se posaba un manto de niebla. Parecía un mal augurio, y de repente, mientras la miraba, comprendió que debía hacer algo antes de que llegara su madre.

Tardó media hora en localizarla, y entonces, cuando su madre atendió el teléfono, le habló secamente.

—¿A qué debo este honor, Amanda? Hace un mes que no tengo noticias tuyas.

La jovencita no le recordó que ella no le había escrito ni hablado por teléfono.

—La abuela dice que vas a venir.

—Así es.

—¿Por qué? —le preguntó Amanda con voz temblorosa—. Quiero decir...

—¿Qué es exactamente lo que quieres decir, Amanda? —La voz de Kay tenía un tono glacial—. ¿Hay alguna razón por la que no quieras que vaya?

—No es necesario que vengas; todo está en orden.

—Bueno. Me complacería comprobarlo por mí misma.

—¿Por qué, demonios, por qué? —Amanda se echó a llorar sin poder contenerse—. No quiero que vengas.

—¡Qué conmovedor, Amanda! Siempre es agradable saber que te mueres de ganas de verme.

—No es eso; es que...

—¿Qué?

—No lo sé —replicó Amanda casi en un murmullo—. Es sólo que me traes recuerdos de Nueva York.

De la soledad que sentía allí, del poco tiempo que le dedicaban sus padres, de lo vacío que estaba siempre su apartamento, del Día de Acción de Gracias que había pasado sola... para luego ser violada.

—No seas infantil. No te estoy pidiendo que vengas a Nueva York, sino que voy a ir yo a verte ahí. ¿Por qué eso te tiene que traer recuerdos de Nueva York?

—No lo sé. Pero así lo siento.

—Eso es una tontería. Quiero ver personalmente cómo estás. Tu tío poco se ha molestado en hacérmelo saber.

—Está muy ocupado.

—¿Ah, sí? ¿Desde cuándo? —preguntó Kay con tono despectivo, y Amanda se encrespó de inmediato.

—Él siempre está ocupado.

—No desde que le falta Rachel, querida. ¿Qué es lo que le mantiene tan ocupado.

—No seas tan zorra, madre.

—¡Basta, Amanda! No consentiré que me hables de esa manera. Por lo que veo, estás completamente ciega, si es que no te das cuenta de los defectos de tu tío Alex. No me extraña que quiera tenerte consigo. Después de todo, ¿qué otra cosa tiene que hacer? Rachel me ha dicho que siempre está solo, que no tiene amigos. Salvo ahora, por supuesto, que te tiene a ti.

—Decir eso es una bajeza. —Como siempre que se enfadaba con su madre, Amanda comenzó a enfurecerse—. Tío Alex tiene un bufete de abogado, trabaja mucho y tiene muchas cosas más en su vida.

—¿Y tú cómo lo sabes, Amanda?

Sus palabras encerraban un doble sentido, por lo que a Amanda se le cortó el aliento.

—¡Mamá!

—¿Y bien? —presionó Kay sin compasión—. Es cierto, ¿no? Cuando vuelvas conmigo él se quedará solo de nuevo. No me extraña que se aferre tanto a ti.

—Me das asco. Para que lo sepas, tío Alex tiene relaciones con una mujer maravillosa, que vale diez veces más que tú y es mejor madre de lo que tú lo has sido o lo serás en toda tu vida.

—¿De veras? —exclamó Kay, intrigada.

A Amanda el corazón empezó a latirle aceleradamente. Sabía que no debía habérselo dicho, pero no podía soportar los comentarios que hacía su madre. Aquello la había sacado de sus casillas.

—¿Y quién es esa mujer?

—Eso a ti no te importa.

—¿Ah, no? Temo no opinar lo mismo que tú, querida. ¿Vive con vosotros dos?

—No —repuso Amanda, nerviosa—. No, no vive con nosotros.

¡Oh, Dios! ¿Qué había hecho? Instintivamente, comprendió que había cometido un error al decírselo a su madre, y de repente se sintió asustada, por las consecuencias que ello podía acarrear para Rafaela y Alex, así como para ella misma.

—No importa. No debí habértelo dicho.

—¿Por qué no? ¿Acaso es un secreto?

—No, por supuesto que no. ¡Por el amor de Dios, mamá, pregúntale a Alex! ¡No me presiones a mí!

—Lo haré. Claro que me ocuparé de preguntárselo personalmente cuando llegue ahí.

Y así lo hizo.

Al día siguiente, a las nueve y media de la noche, de improviso sonó el timbre de la puerta, y Alex bajó las escaleras de dos en dos, sin poder imaginarse quién podía ser a aquellas horas. Rafaela estaba en la cocina charlando con Amanda y Charlotte, mientras tomaban té con bizcochos. En modo alguno podía imaginar la visión que se perfiló al cabo de unos instantes al pie de la escalera. La madre de Amanda se detuvo en la puerta de la cocina, observándolas con considerable interés. Llevaba los cabellos rojizos recién peinados, y una chaqueta de mohair gris oscuro con una falda haciendo juego. El atuendo perfecto para una política. Le otorgaba un aire grave, competente, sin que por ello se resintiera su feminidad. Pero fueron sus ojos los que intrigó a Rafaela al ponerse de pie para las presentaciones y tenderle su fina mano.

—Buenas noches, señora Willard. ¿Cómo está usted? —le dijo.

Kay saludó a su madre secamente con un beso en la mejilla antes de estrechar la mano que le tendía Rafaela, y luego se alejó de aquella mujer de perfil de camafeo. Aquel rostro le parecía vagamente familiar, pero estaba segura de que no la conocía personalmente. ¿Acaso la había visto en alguna parte? ¿O en alguna fotografía? Desasosegada por aquella incógnita, se dirigió lentamente hacia donde estaba su hija. Amanda no le salió al encuentro, a pesar de que, según creían todos, no habían estado en contacto desde que Amanda abandonara Nueva York. Ésta no había tenido el valor de confesar que había telefoneado a su madre el día anterior y que sin pensar le había hablado de Rafaela.

—¿Amanda?

Kay la miró con ojos interrogadores, como si le preguntara si no quería saludarla.

—Hola, mamá.

Se le acercó con renuencia y luego se detuvo con fastidio a corta distancia de ella.

—Te ves muy bien.

Kay le dio un beso, rozándole la frente con los labios, y miró por encima de su hombro. Era evidente que su interés en Rafaela superaba el que sentía por cualquier otro de los presentes. Rafaela tenía un aire distinguido y una natural elegancia que intrigaban a la hermana mayor de Alex más que cualquier otra cosa.

—¿Te apetece un café?

Alex le sirvió una taza, y Rafaela tuvo que hacer un esfuerzo para no moverse. En el curso del pasado mes se había acostumbrado a hacer el papel de anfitriona, por lo que tuvo que recordarse a sí misma que debía cuidar de no hacer nada que la delatara. Siguió sentada tranquilamente a la mesa, como si fuese una invitada más.

La conversación siguió en el mismo tono insustancial durante media hora más, y luego, tras cambiar unas palabras en privado con Alex, Rafaela se excusó y se fue, explicando que se había hecho tarde. Eran poco más de las diez de la noche. Tan pronto como la puerta se hubo cerrado a sus espaldas Kay entrecerró los ojos mirando a su hermano y esbozó una tensa sonrisa.

—Muy interesante, Alex. ¿Quién es?

—Una amiga. Ya te la he presentado —repuso vagamente con toda intención su hermano, al tiempo que observaba que Amanda se ruborizaba.

—Sólo me has dicho su nombre de pila. ¿Cuál es su apellido? ¿Es alguien importante?

—¿Por qué? ¿Pretendes solicitar fondos para tu campaña en San Francisco? Ella no vota en este país, Kay. Ahorra tus energías para otros.

Su madre pareció encontrarlo divertido y tosió ligeramente, buscando refugio detrás de la taza de té.

—Algo me dice que alguna cosa en ella no es auténtica.

La forma en que lo dijo fastidió a Alex, quien levantó la cabeza clavándole una mirada de irritación. También se mostraba molesto por el hecho de no haber ido a acompañar a Rafaela hasta su casa, pero había acordado con ella que era preferible no hacer alardes de su relación ante su hermana. Cuanto menos supiera, mejor sería para todos.

—Eso es una estupidez, Kay.

—¿Ah, sí?

Demonios, llevaba en su casa menos de una hora y ya le había sacado de sus casillas. Trató de disimular lo que sentía, sin lograrlo.

—Entonces ¿a qué tanto secreto? ¿Cómo se llama?

—Phillips. Su ex esposo es norteamericano.

—¿Está divorciada?

—Sí —musitó él—. ¿Deseas saber algo más? ¿Su prontuario policial, referencias laborales, títulos universitarios?

—¿Acaso tiene antecedentes de esa naturaleza?

—¿Importa eso?

Al cruzarse sus miradas, ambos comprendieron que estaban en pie de guerra. Lo que Kay se preguntaba era por qué. El propósito de su viaje, y el supuesto interés en su hija, quedaron relegados al olvido en cuanto empezó a pedir información acerca de la enigmática amiga de su hermano.

—Y lo que es más importante, Kay: ¿te importa a ti?

—Yo creo que sí. Si mantiene una relación permanente con mi hija, me gustaría saber quién es y qué clase de persona es.

La excusa perfecta. Las virtudes maternales. Con ello se cubría como con un paraguas, y Alex lanzó un resoplido.

—No has cambiado nada, ¿verdad, Kay?

—Y tú tampoco. —En cualquier caso, eso era un cumplido—. A mí me parece una mujer vacía. —Alex tuvo que hacer un esfuerzo para no reaccionar—. ¿Trabaja?

—No.

Pero se arrepintió en seguida de haberle contestado. ¿Qué demonios le importaba a ella, maldita sea? Nada en absoluto, y no tenía derecho a formular pregunta alguna.

—Supongo que eso de no trabajar lo consideras como un rasgo tremendamente femenino, ¿no es así?

—No lo considero de una manera ni de otra. Eso es algo que le incumbe a ella. No es asunto mío. Ni tuyo. —Y al decir eso se puso de pie con la taza de café en la mano y fijó la mirada en las tres mujeres presentes—. Presumo, Kay, que has venido a ver a tu hija, por lo tanto os dejaré solas, a pesar de lo mucho que me fastidia dejarla a solas contigo. Madre, ¿quieres que vayamos a terminar de tomar el café arriba?

Charlotte Brandon asintió con la cabeza, dirigiendo una escrutadora mirada a su hija y luego a su nieta, y salió de la cocina detrás de su hijo. Sólo cuando llegaron a la sala vio a Alex algo más relajado.

—Cielos, madre, ¿qué diablos se propone con esa actitud inquisidora?

—No le des importancia. No hace sino ponerte a prueba.

—¡Demonios, es insoportable!

172

Charlotte Brandon no replicó, pero era evidente que estaba alterada.

—Espero que no se muestre demasiado dura con Mandy. Me pareció que se ponía muy nerviosa al ver a Kay.

—¿No nos pasó eso a todos?

Alex clavó la vista en el fuego con expresión distante. Estaba pensando en Rafaela y lamentó que se hubiese ido en el momento en que lo hizo. Pero si así se había ahorrado enfrentarse al interrogatorio de Kay, entonces celebraba que se hubiese marchado.

Había transcurrido más de una hora cuando Amanda golpeó a la puerta del estudio de su tío. Tenía los ojos húmedos y parecía exhausta cuando se dejó caer pesadamente en una butaca.

—¿Cómo te fue, cariño?

Alex le palmeó la mano, y a Amanda se le llenaron los ojos de lágrimas.

—Como siempre que hablo con ella: como el diablo. —Y exhalando un suspiro de desesperación añadió—: Se ha ido. Dijo que telefonearía mañana.

—Me muero de ganas de oír su voz —dijo Alex con tristeza, alborotándole los cabellos a su sobrina—. No te dejes amedrentar por ella, pequeña. Ya sabes cómo es, pero nada puede hacerte mientras estés aquí.

—¿Ah, no? —exclamó Amanda repentinamente airada—. Me dijo que si no regresaba a casa a principios de marzo iba a tener que encerrarme en una institución, alegando que he perdido el juicio y que por eso me escapé de casa.

—¿Qué es lo que va a pasar en marzo?

Alex pareció irritarse, pero no tanto como su sobrina imaginó.

—En esa fecha iniciará su campaña en las universidades y quiere que yo la acompañe. Supone que si los estudiantes ven que se lleva bien con una chica de dieciséis años también se llevará bien con ellos. ¡Si lo supieran! ¡Demonios, casi preferiría que me encerrara en un manicomio! —Cuando volvió la vista hacia él parecía haber madurado diez años de golpe—. ¿Realmente crees que lo hará, Alex?

—Claro que no —respondió él con una sonrisa—. ¿Qué impresión te parece que causaría cuando apareciera la noticia en los periódicos? Demonios, es mucho mejor para ella que sigas aquí.

—No lo había pensado.

—Con eso contaba. Sólo trataba de asustarte.

—Bueno, pues lo logró.

En ese momento dudó si contarle a su tío lo que le había dicho a su madre por teléfono acerca de Rafaela, pero por alguna razón no se atrevió. Además, pensó que quizás el hecho de haber arrojado a Rafaela a las fauces de su madre no tuviera en realidad tanta importancia como ella temía.

Al parecer así fue... hasta las cinco de la madrugada del día siguiente, cuando Kay se despertó gradualmente en su cama del Fairmont Hotel. Eran las ocho de la mañana según la hora de Nueva York, y por eso se había despertado como siempre, por la fuerza de la costumbre, para constatar sin embargo que eran sólo las cinco. Se quedó en la cama, meditando, pensando en Amanda y en su hermano, y luego en Rafaela..., los ojos oscuros..., los negros cabellos..., aquel rostro... Y de repente, como si alguien le hubiese puesto una fotografía delante de los ojos, recordó la cara que había visto la noche anterior.

—¡Dios mío! —exclamó en voz alta, incorporándose bruscamente en la cama, donde quedó sentada con la vista fija en la pared del frente, hasta que volvió a dejarse caer sobre la almohada con los ojos entrecerrados.

Era posible que... No, no podía ser... Pero tal vez... Su esposo había acudido para hablar ante una comisión especial del congreso. Habían pasado muchos años, y él ya era un hombre muy viejo pero uno de los financieros más respetados del país, y ella recordaba claramente que se había afincado en San Francisco. Kay había hablado con él brevemente, y el financiero le había presentado a su joven y bellísima esposa. En aquel entonces no era más que una niña, y también Kay acababa de salir de la adolescencia. La belleza de negros ojos no le había causado una gran impresión, pero en cambio su esposo la dejó anonadada por su fabulosa vitalidad, y enérgico carácter. John Henry Phillips... Phillips... Rafaela Phillips, como había dicho Alex... Su ex esposo, dijo él. Y si ése era el caso, la joven probablemente valía un Perú. Si se había divorciado de John Henry Phillips debía de ser millonaria. Pero ¿se había divorciado de él realmente? Kay tenía sus dudas, pues no recordaba haber leído nada al respecto. Aguardó a que pasara una hora y luego telefoneó a Washington.

No sería nada difícil obtener la información necesaria, se dijo. Y tenía razón. Su secretaria la llamó de vuelta al cabo de media hora. Por lo que se sabía —y ella había consultado a varias personas bien informadas—, John Henry Phillips seguía viviendo y no se había divorciado. Estuvo viudo varios años y ahora estaba casado con una francesa, llamada Rafaela, hija de un importante banquero francés llamado Antoine de Mornay-Malle. Se suponía que tenía unos treinta y tantos años. El matrimonio llevaba una vida recluida en la costa del Pacífico. El señor Phillips hacía varios años que estaba enfermo. Lo estaba, repitió Kay al colgar el aparato en la oscuridad.

Capítulo 20

—¿HAS PERDIDO TOTALMENTE? tu condenado juicio, pedazo de idiota?

Kay se precipitó como una tromba en su despacho sólo unos momentos después de haber llegado él allí.

—¡Vaya, vaya! ¡Qué afables estamos esta mañana!

Alex no estaba de humor para hablar con su hermana, y mucho menos para soportar la escena que estaba representando en el otro lado del escritorio.

—¿Puede saberse a qué te refieres?

—A la mujer casada con la que andas liado, Alex. A eso me refiero.

—Diría que has sacado dos conclusiones más bien precipitadas, ¿no es así?

Alex se mantenía sereno pero airado mientras la observaba deambular por el despacho como una fiera enjaulada hasta que por fin se plantó frente a su escritorio.

—¿De veras? ¿Te atreves a decirme que no era la señora de John Henry Phillips a quien conocí anoche en tu casa? ¿Y que no estás liado con ella?

—No tengo por qué contestar tus insolentes preguntas.

Sin embargo, Alex se había quedado asombrado al comprobar la exactitud de las informaciones que poseía su hermana.

—¿Ah, no? ¿Y tampoco tienes por qué contestárselas a su esposo?

—Dejemos en paz a su esposo, a ella y a mí, Kay. ¡Lo único de tu incumbencia en todo este asunto es tu hija y nada más!

Alex se puso de pie para enfrentarse con ella. Pero en el fondo sabía que su hermana estaba dispuesta a empatar. Había perdido a su hija, tal vez para siempre, y él la había amenazado con dar a la publicidad sus fallos como madre. Después de eso no podía pretender granjearse su amistad. Pero a él eso le importaba un comino. No quería su amistad. Lo que deseaba era averiguar qué sabía ella sobre Rafaela y cómo había llegado a su conocimiento.

—¿Quieres hacer el favor de decirme a qué te refieres de una vez por todas?

—Me refiero al hecho de que mi hija me cuenta que hay una mujer en tu vida que vale «diez veces más que yo», como lo expresó ella, y yo me entero que es una mujer casada. Tengo derecho a saber con quién alterna mi hija, Alex. Soy su madre, sea lo que fuere lo que tú pienses de mí. Y George tampoco va a consentir que te quedes para siempre con su hija, sobre todo teniendo en cuenta tu idilio amoroso. Amanda también es hija suya.

—Me sorprendería saber que lo ha recordado.

—¡Oh, cállate, por el amor de Dios! ¡Tú y tus sarcásticos comentarios piadosos! Te resulta muy fácil llegar y recoger los pedazos. Durante diecisiete años no tuviste que cuidar de ella.

—Y tú tampoco.

—¡Un cuerno! La cuestión es, Alex, saber quiénes son las personas que la rodean. Eso es lo que quería investigar cuando vine aquí.

—¿Y descubriste que la señora Phillips no es una persona intachable? —le replicó él, casi echándose a reír en sus narices.

—Ésa tampoco es la cuestión. La cuestión, querido, es que según parece andas tonteando con la esposa de uno de los hombres más influyentes de este país, y si alguien llega a descubrirlo, políticamente yo seré mujer muerta. No por nada que haya hecho, sino por asociación, por tu causa y por causa de tu apestoso escándalo, y no voy a consentir que arruines mi vida política por culpa de una tipa de mierda.

Para Alex aquellas palabras fueron la gota que colmaba el vaso. Sin pensarlo, se inclinó por encima de su escritorio y le aferró el brazo.

—Ahora escúchame bien, politiquera asquerosa. Esa mujer no vale diez veces más que tú, sino mil. Es una señora de pies a cabeza, y mi relación con ella es algo que a ti no te importa. En lo que a tu hija respecta, su influencia sólo puede serle beneficiosa, y en cuanto a mí, haré lo que me dé la real gana. Tu carrera política me importa un bledo. A ti te convenía más que siguiese casado con Rachel para sacar el máximo partido de ello. Pues bien, hermanita de mierda, no estoy casado con ella y nunca voy a volver a su lado, porque es una zorra casi tan maligna como tú. En cambio, la mujer con la que dices que estoy liado es un ser humano extraordinario, y resulta que está casada con un hombre muy viejo, que casi tiene ochenta años y está postrado en cama. El día que él se muera, me casaré con esa mujer que conociste anoche, y si eso no te gusta, muchacha, puedes ir a que te den morcilla.

—Que discurso tan elocuente y brillante, Alex.

Trató de desasirse, pero él no le soltó el brazo. Por el contrario, acentuó la presión de su mano, y sus ojos adquirieron un brillo acerado.

—El caso es, querido mío, que el viejo aún no está muerto, y si alguien se entera de lo que te llevas entre manos se producirá el mayor escándalo de que se tenga noticia en este país.

—Eso lo dudo. Y por otra parte me importa un carajo, Kay, salvo por Rafaela.

—Entonces será mejor que tomes las precauciones necesarias. —Sus ojos resplandecieron con una expresión maligna—. Porque me ocuparé personalmente de este asunto.

—¿Y cometerás un suicidio político? —repuso él, riendo con amargura y soltándole el brazo, para circundar el escritorio y colocarse ante ella—. Eso no me preocupa.

—Quizá debería preocuparte, Alex. Tal vez sólo será necesario que vaya a hablar personalmente con el viejo.

—No lograrás llegar a él.

—No estés tan seguro. Si me lo propongo llegaré hasta él, o hasta ella.

Se quedó allí plantada, fijando en su hermano su mirada desafiante, y él tuvo que hacer un esfuerzo para no pegarle una bofetada.

—¡Sal de mi despacho!

—Con mucho gusto. —Kay se dirigió a la puerta—. Pero si estuviese en tu lugar lo pensaría dos veces antes de dar un paso. Estás jugando una gran partida, las apuestas son muy altas, y no vas a ganar, Alex, aunque para evitarlo tenga que sacrificarlo todo. Es mucho lo que puedo perder para dejar que sigas jugando con fuego con esa putita francesa.

—¡Fuera de aquí! —rugió Alex esta vez, al tiempo que la cogía del brazo de nuevo y casi la arrastraba hasta la puerta—. Y no vuelvas más. ¡No te acerques más a ninguno de nosotros, maldita sea! ¡Eres una porquería!

—Adiós, Alex —le dijo ella, mirándole de hito en hito—. Recuerda lo que te he dicho. Llegaré hasta él si es necesario. No lo olvides.

—Fuera —le espetó Alex bajando la voz, después de abrir la puerta.

Su hermano giró sobre sus talones y se alejó. Cuando Alex volvió a ocupar el sillón de su escritorio se dio cuenta de que estaba temblando. Por primera vez en su vida había sentido el impulso de matar a alguien. La hubiese estrangulado por lo que había dicho. Le asqueaba recordar que se trataba de su propia hermana. Y entonces comenzó a inquietarse por Amanda, pensando que quizá Kay la obligaría a regresar a Nueva York con ella. Después de media hora de intensa deliberación consigo mismo le dijo a su secretaria que se marchaba para no volver en todo el resto del día. Y justo cuando él salía del bufete Rafaela en su casa acudía a responder al teléfono. Era la hermana de Alex, y Rafaela frunció el ceño.

—No, no ocurre nada grave. Pensé que quizá podríamos vernos para tomar un café juntas. Tal vez podría pasar por su casa cuando vaya a ver a Mandy esta tarde...

Rafaela palideció.

—Temo no poder... Mi... —Estuvo a punto de responder que su esposo estaba enfermo—. Mi madre no se siente bien. En estos momentos se encuentra aquí conmigo.

¿Y cómo había conseguido su número de teléfono? ¿Se lo había dado Alex? ¿O Amanda? ¿O Charlotte? Rafaela frunció aún más el ceño.

—Comprendo. Entonces podríamos encontrarnos en alguna parte.

Rafaela sugirió el bar del Fairmont, y allí se reunió con Kay poco después de almorzar. Ambas pidieron una copa. Pero Kay ni siquiera esperó a que se las sirvieran para explicarle a Rafaela qué la había inducido a encontrarse con ella. No anduvo con rodeos.

—Quiero que deje de verse con mi hermano, señora Phillips.

Rafaela se quedó pasmada, al tiempo que la invadía una sensación de temor al constatar la descarada desfachatez de aquella mujer.

—¿Puedo preguntar por qué?

—¿De veras tiene que hacerlo? Está usted casada, por todos los cielos, y con un hombre muy importante. Si se llegara a saber la relación que mantiene con Alex se produciría un escándalo en el que nos veríamos envueltos todos nosotros, ¿no cree usted?

En aquel momento Rafaela pudo percibir por primera vez el brillo maligno de los ojos de Kay. Era odiosa hasta lo más recóndito de su ser.

—Me imagino que sería un escándalo que sobre todo la afectaría a usted. ¿O no es así? —le contestó Rafaela cortésmente y con una ligera sonrisa.

Pero cuando Kay le replicó también ella sonreía.

—Diría que la más afectada por el escándalo sería usted. No cabe en mi imaginación que su esposo, o su familia en Europa, se sintiera muy complacido al enterarse de la noticia.

Rafaela guardó silencio, tratando de recobrar el aliento, mientras les servían las bebidas.

—No, a mí tampoco me complacería eso, señora Willard —respondió después de que se hubo retirado el camarero, escrutando los ojos de Kay—. No me he tomado esta situación a la ligera. Al principio me negué a mantener una relación con Alex, tanto por su bien como por el mío. Es muy poco lo que yo puedo ofrecerle. Mi vida pertenece por entero a mi esposo, que es un hombre muy enfermo. —Su voz sonaba preñada de pena y sus ojos denotaban un profundo pesar—. Pero estoy enamorada de su hermano. Le amo muchísimo. También quiero a mi marido, pero... Exhaló un suspiro, y en aquellos instantes se veía más encantadora que nunca, con su aire tan europeo, causando una impresión de fortaleza y al mismo tiempo de fragilidad. Kay detestaba todo lo que era y representaba, porque ella jamás podría asemejársele—. No puedo explicar lo que me sucedió con Alex ni por qué ocurrió. Fue algo que no pudimos evitar, y ahora tratamos de seguir adelante de la mejor manera posible. Puedo asegurarle, señora Willard, que actuamos con la mayor discreción. Nadie se enterará jamás.

—Eso es una tontería. Mi madre lo sabe. Mandy también, y otras personas lo averiguarán. Esto escapa a su control. No es como jugar con fuego. Ustedes están jugando con una bomba atómica. Al menos por lo que a mí concierne.

—De modo que usted espera que pongamos punto final al asunto —dijo Rafaela con aire abatido y fastidiada.

¡Qué mujer tan egoísta! Amanda tenía razón. Sólo pensaba en sí misma.

—Sí, así es. Y si él no tiene la fortaleza suficiente entonces hágalo usted. Pero esto tiene que terminar. No sólo por mi interés, sino por el de usted también. No puede correr el riesgo de ser descubierta, y si no hay otra solución se lo diré a su esposo.

Rafaela se quedó mirándola con estupefacción.

—¿Está usted loca? Mi esposo está paralítico, postrado en la cama, atendido por enfermeras, ¿y usted sería capaz de hacer una cosa semejante? ¡Si se lo dijese le mataría!

Estaba horrorizada por el hecho de que Kay hubiese sido capaz de formular semejante amenaza y ver que era una mujer capaz de cumplir su palabra.

—Entonces será mejor que lo tenga en cuenta, porque si realmente llegara a morir por eso sería usted la causante de su muerte. En usted está el evitarlo, antes de que nadie se entere. Además, piense en el perjuicio que le está causando a mi hermano. Él quiere tener hijos, necesita una esposa, está muy solo. ¿Qué es lo que puede ofrecerle usted? ¿Unas horas de vez en cuando? ¿Un fugaz instante de placer? Piense, señora, que su esposo puede vivir diez años más. ¿Es eso lo que piensa brindarle a Alex? ¿Una relación ilícita durante los diez próximos años? ¿Y usted dice que le ama? Si de veras le amara se alejaría de él. No tiene ningún derecho a aferrarse a Alex y arruinarle la vida.

Aquella perorata dejó a Rafaela como si le hubiesen descargado un mazazo. En aquel momento no se le ocurrió pensar que el interés de Kay Willard no se centraba en el bienestar de su hermano sino en el suyo propio.

—No sé qué decirle, señora Willard. Jamás tuve la intención de perjudicar a su hermano.

—Entonces no lo haga.

Rafaela asintió en silencio con la cabeza, y Kay cogió la cuenta de la consumición, la firmó y consignó en ella el número de su habitación.

—Creo que no tenemos nada más que hablar, ¿no le parece? —dijo poniéndose en pie.

Rafaela asintió de nuevo con un gesto y, sin agregar una sola palabra más a la conversación, se marchó con paso vivo y lágrimas corriendo por sus mejillas.

Más tarde Kay fue a ver a su hija. Alex ya había vuelto de la oficina, y él y Mandy se encontraban en el estudio. En aquellos momentos no podía llevarse a Mandy con ella. El interés por su hija ya se había desvanecido. Había resuelto volver a Washington. Se había dicho que sólo debía concentrarse en el mes de marzo, despedirse secamente de Alex y decirle a su madre que la vería en Nueva York. Charlotte debía partir al día siguiente por la tarde.

Evidentemente, todos experimentaron una sensación de alivio en cuanto la limusina que Kay había alquilado se alejó de la casa. Sólo cuando Alex se percató de que Rafaela no le había telefoneado en toda la tarde aquella sensación comenzó a disiparse. Y entonces, de pronto, comprendió lo que había sucedido y telefoneó en seguida a Rafaela.

—Lo…, lo siento… Estuve ocupada… No pude llamarte…

Por el tono de su voz Alex vio confirmadas sus sospechas.

—Necesito verte sin tardanza.

—Me temo que no…

Las lágrimas se deslizaban por sus mejillas en tanto se esforzaba por mantener normal el tono de su voz.

—Lo lamento, Rafaela. Debo verte… Resulta que Mandy…

—¡Oh, Dios mío!… ¿Qué ha sucedido?

—No puedo explicártelo hasta que te vea.

Veinte minutos más tarde Rafaela llegaba a la casa. Alex le pidió disculpas por haberla engañado, pero lo había hecho porque consideró que era imperativo hablar personalmente con ella, para evitar que Rafaela se alejara de nuevo de su vida, para evitar que se privara de algo que ambos tanto necesitaban. Alex le contó con toda franqueza lo que había pasado con su hermana, y luego la obligó a contarle lo que habían hablado durante la entrevista de una hora que celebraron en el bar del Fairmont.

—¿Y tú la creíste? ¿De veras crees que eres un estorbo para mí? Demonios, cariño, hacía años que no era tan feliz como ahora. A decir verdad no lo había sido en toda mi vida.

—Pero ¿no crees que sea capaz de hacer lo que dice?

Rafaela se mostraba preocupada por la amenaza de Kay con respecto a alertar a John Henry.

—No, no lo creo. Es una pena, pero no está tan loca. No hay manera de que pueda llegar hasta él.

—Sí que puede. Yo no controlo en absoluto su correspondencia, por ejemplo. Sus secretarios la llevan a casa y se la entregan directamente a él.

—Por el amor de Dios, no sería capaz de exponer una cosa como ésa en una carta. Tiene demasiado interés en cuidar su propio pescuezo.

—Supongo que tienes razón. —Rafaela exhaló un largo suspiro y se entregó a sus brazos—. ¡Dios mío, es una mujer increíble!

—No —repuso él con voz queda—. Tú eres una mujer increíble. —Y estudiando atentamente su reacción agregó—: ¿Por qué no olvidamos lo que ha pasado estos días?

—Ojalá pudiera, Alex. Pero ¿te parece que es conveniente? ¿Cómo sabemos que sus amenazas son vanas?

—Porque a mi hermana sólo le interesa una cosa, Rafaela: su carrera. En última instancia es lo único que le preocupa, y para atacarnos a nosotros tendría que arriesgarla, y eso no lo hará. Créeme, querida, sé que no lo hará.

Sin embargo, Rafaela no estaba tan segura de ello. Tanto ella como Alex y Amanda siguieron llevando la vida de costumbre, pero durante muchos meses las palabras de Kay no cesaron de resonar en los oídos de Rafaela como un eco. Sólo confiaba en que Alex no se equivocara al creer que las amenazas de Kay carecían de fundamento.

Capítulo 21

—¿AMANDA?

La voz de Rafaela resonó en la casa mientras ella cerraba la puerta a sus espaldas. Eran las cuatro, pero sabía que Amanda ya tenía que haber vuelto de la escuela. En el curso de los meses que Amanda llevaba viviendo con Alex Rafaela se había acostumbrado a pasar por las tardes, a veces antes de que hubiese regresado Mandy, con el fin de ordenar y limpiar la casa, prepararle la merienda y sentarse tranquilamente en el jardín tomando el sol, esperando la llegada de la jovencita. A veces mantenían largas conversaciones sobre temas que ambas consideraban importantes; de cuando en cuando Mandy contaba una divertida anécdota de Alex, y últimamente Rafaela le había estado mostrando los borradores del libro de cuentos infantiles que estaba escribiendo desde después de Navidad. Ahora ya hacía cinco meses que trabajaba en ellos, y esperaba tenerlos terminados para cuando viajara a España en julio.

Sin embargo, hoy no era el manuscrito lo que llevaba consigo, sino un ejemplar de la revista *Time*. En la portada aparecía una foto de Kay Willard y, al pie de la misma, el titular ¿A LA CASA BLANCA EN 1992..., 1996..., 2000? Rafaela había leído el artículo con detenimiento y luego decidió llevar consigo la revista al dirigirse a la casa para ver si Mandy ya había vuelto de la escuela. Al principio las visitas diarias a la casa de Vallejo eran un poco más irregulares, pero ahora Mandy ya esperaba que fuese todos los días. Por lo general Rafaela iba allí cuando John Henry dormía la siesta. Y últimamente cada vez pasaba más y más horas durmiendo, hasta que en los últimos tiempos tenía que despertarlo alrededor de las seis de la tarde para servirle la cena.

—¿Amanda?

Rafaela se quedó quieta escuchando durante un largo rato. Llevaba los negros cabellos impecablemente recogidos bajo un sombrerito de paja, y vestía un elegante traje chaqueta de hilo color crema, de un gusto exquisito.

—¿Mandy?

Le pareció oír un ruido mientras subía las escaleras. Encontró a Amanda en el tercer piso, acurrucada en uno de los sillones de mimbre de su habitación, con las piernas recogidas y la barbilla apoyada en las rodillas, contemplando la vista que se ofrecía desde la ventana con hosca expresión.

—¿Amanda? Querida…

Rafaela se sentó en el borde de la cama, con la revista y la cartera de piel de lagarto de color beige bajo el brazo.

—¿Ha ocurrido algo en la escuela? —le preguntó, extendiendo el brazo para tocarle la mano.

Entonces, lentamente, Amanda volvió la cabeza hacia ella y en seguida descubrió la revista que Rafaela llevaba bajo el brazo.

—Ya veo que tú también lo has leído.

—¿Qué, el artículo sobre tu madre? —La bonita adolescente asintió con la cabeza—. ¿Por eso estás enfadada?

Era sorprendente en extremo que Mandy no hubiese bajado corriendo al oír su voz, para contarle en seguida, en medio de risas y sonrisas, todas las cosas que le habían sucedido en la escuela. Pero la joven se limitó a asentir de nuevo.

—No me pareció que estuviese mal el artículo —comentó Rafaela.

—Salvo por el hecho de que no hay ni una sola palabra de verdad en lo que dice. ¡Demonios! ¿Has leído la parte donde cuenta que sufrí un terrible accidente el invierno pasado y que me estoy recuperando lentamente en la soleada costa del Pacífico, en casa de mi tío, mientras mi madre viene a verme aprovechando todos los momentos libres que tiene? —Miró a Rafaela con ojos preñados de tristeza—. ¡Mierda, cuánto me alegro de que no haya vuelto a venir desde Navidad!

Tras su explosiva visita Alex estuvo dispuesto a decirle que se mantuviera alejada de Amanda, pero Kay no había vuelto a dar señales de vida. De hecho, después de los primeros meses ni siquiera volvió a telefonear.

—¡Diablos, Rafaela, mi madre es una perra, y yo la odio!

—No digas eso. Tal vez con el tiempo lleguéis a entenderos mejor. —Rafaela no sabía qué otra cosa decir. Guardó silencio por un rato y luego le acarició la mano con ternura—. ¿Quieres que vayamos a dar un paseo?

—No tengo ganas.

—¿Por qué no?

Amanda se encogió de hombros, evidentemente deprimida, y Rafaela lo comprendió. Ella misma tenía sus propios temores con respecto a Kay Willard. Nada más había sucedido entre ellas, pero Rafaela no podía sustraerse al temor de que algo ocurriera. La última conversación que Kay mantuvo con Alex aún había estado más saturada de perversidad, si bien accedió a dejar que Amanda siguiera con él por el momento.

Al cabo de media hora Rafaela logró arrastrar a Amanda hasta la calle iluminada por el esplendente sol de mayo, y tomadas del brazo se encaminaron a la calle Union, donde visitaron todas las tiendas hasta que se sentaron, por fin, en el Coffee Cantata a tomar un granizado de café, después de llenar una de las sillas de paquetes, que tan sólo contenían chucherías.

—¿Te parece que a Alex le gustará el cartel? —preguntó Amanda mirando a Rafaela por encima del borde del vaso, y ambas se sonrieron.

—Le encantará. Tendremos que colgarlo en su estudio antes de que él vuelva a casa.

En el cartel aparecía una mujer practicando surf en Hawai, imagen que sólo podía entusiasmar a un adolescente. Pero lo importante era que al ir de compras Amanda se había olvidado por completo de su madre, y Rafaela sentía un gran alivio por ello. No volvieron a casa hasta las cinco y media. Entonces Rafaela se despidió precipitadamente de Amanda, prometiendo volver a la noche como de costumbre. Luego inició el recorrido del corto trecho que la separaba de su casa, pensando en lo bien integrada que estaba a la vida de Mandy y Alex, después de sólo seis meses de compartir unas horas diarias con ellos. Hacía una tarde cálida, hermosa, y los rayos mortecinos del sol poniente se reflejaban en los vidrios de las ventanas. A mitad de camino de su casa oyó sonar un claxon a sus espaldas y, al volverse, se sobresaltó al ver un Porsche negro, pero en seguida identificó a Alex frente al volante.

Ella se detuvo. Sus miradas se encontraron y sus ojos se mantuvieron fijos como si se vieran por primera vez. Alex acercó el coche al bordillo de la acera y se recostó en el respaldo del asiento de cuero rojo, con una sonrisa en los labios.

—¿Quiere dar un paseo, señora?

—Nunca hablo con desconocidos.

Luego estuvieron callados unos instantes, mientras se miraban sonrientes. Entonces Alex frunció el entrecejo ligeramente.

—¿Cómo está Mandy? —Era como si tuvieran una hija adolescente, que ocupaba sus pensamientos y hasta reclamaba el tiempo que pasaban juntos—. ¿Ha visto el artículo del *Time*?

Rafaela asintió lentamente con la cabeza, en tanto su rostro adoptaba una grave expresión a medida que se acercaba al coche.

—Lo leyó en la escuela esta mañana, Alex. Yo no supe qué decirle. Cada vez se muestra más violenta para con su madre. —Y luego, después de que ella frunciera el ceño y Alex asintiera con un gesto, Rafaela le miró hondamente preocupada—. ¿Qué le diremos con respecto a lo del mes de julio?

—Nada aún. Se lo diremos más adelante.

—¿Cuándo?

—En junio —repuso Alex también con expresión preocupada.

—¿Y si no quiere ir?

—Tiene que ir. Al menos esta vez. —Y con un suspiro agregó—: Sólo por un año, hasta que cumpla los dieciocho, podemos contemporizar un poco con Kay. Una batalla en los tribunales nos perjudicaría a todos en estos momentos. Si Mandy logra soportar esta visita, eso contribuirá a mantener la paz. Teniendo en cuenta que este año es el año de elecciones para Kay, y que considera indispensable tener a Amanda a su lado para salir triunfadora, es un verdadero milagro que no la haya secuestrado para llevársela a casa. Supongo que debemos dar gracias por estas nimiedades.

Rafaela le miró con franca expresión.

—Si su madre la hubiese obligado a quedarse con ella Mandy no habría cedido.

—Por eso probablemente no lo intentó. Pero nada podemos hacer para evitar que se la lleve este verano. Amanda tendrá que ir con ella.

Rafaela se limitó a hacer un gesto de asentimiento. Eso era lo que habían acordado un mes atrás. Amanda iría a casa de su madre antes del fin de semana del cuatro de julio, pasaría un mes con ella en su residencia de verano en Long Island y luego iría por un mes a

Europa con su abuela, en agosto, antes de volver a San Francisco para cursar el último año en la escuela.

Alex consideró una gran victoria haber logrado que Kay consintiera en dejarla regresar a San Francisco, pero sabía que su sobrina pondría el grito en el cielo cuando le anunciaran que debía ir a casa de su madre. Alex había consultado al psiquiatra por teléfono, y éste le manifestó que Amanda podría resistir la confrontación con su madre, y que consideraba que el trauma causado por la violación en gran medida estaba superado. Todos sabían que le daría un ataque cuando supiera que debía separarse de Alex para volver junto a George y Kay. Rafaela planeaba viajar con ella hasta Nueva York para dejarla en la ciudad, donde ella misma pasaría una noche en el Carlyle antes de volar a París para pasar el fin de semana y, por último, se iría por quince días a España. Aquélla era su peregrinación anual para ver a sus padres y pasar una temporada en Santa Eugenia. Y este año eso significaba para ella mucho más que otras veces. Iba a poner a prueba la última versión de sus cuentos para niños leyéndoselos a sus primitos, y se moría de ganas por comprobar qué efecto les causaban. Se los traduciría al español directamente en el momento de leerlos. Así lo había hecho en otras ocasiones en que les llevara libros infantiles de los Estados Unidos. Sólo que este año era más importante, porque los cuentos eran suyos, y si les gustaban a los niños le cedería la colección al agente literario de Charlotte para ver si en el otoño aparecía algún editor interesado en adquirir los derechos.

Cuando Rafaela volvió los ojos hacia Alex éste estaba sonriendo.

—¿Qué es lo que te parece tan gracioso, Alexander?

—Nosotros. —Ahora Alex le sonrió dulcemente, con un cálido brillo en los ojos—. Aquí nos tienes, discutiendo sobre nuestra hija adolescente. —Tras una ligera vacilación Alex señaló el asiento vacío junto a él y le dijo—: ¿Quieres subir un minuto?

Ella titubeó, consultando su reloj, y luego miró en torno distraídamente para comprobar si había algún conocido en las cercanías.

—Lo cierto es que debería irme a casa...

Quería estar junto a John Henry para cuando le llevaran la cena a las seis.

—No quiero insistir.

Pero la miraba con tanta ternura, su rostro era tan hermoso y habían estado tan poco tiempo juntos que no se pudo resistir. Parecía que Amanda estaba permanentemente entre ellos, y cuando subían a acostarse a las doce de la noche les quedaba muy poco

188

tiempo hasta el momento en que Rafaela tenía que marcharse a su casa.

—Con mucho gusto —respondió sonriendo.

—¿Tenemos tiempo para dar una vuelta?

Ella asintió con la cabeza, experimentando un gozo similar al que siente una niña traviesa al cometer una diablura. Alex puso prestamente la primera y aceleró en dirección al pie de la colina, donde enfiló la calle Lombardo hasta Presidio, por donde descendieron hasta el borde de la bahía y se detuvieron junto a la pequeña fortaleza de Fort Point, debajo del Golden Gate. Sobre sus cabezas, los vehículos circulaban raudos por el puente hacia Marin County, y en el agua había varios botes de vela, un ferry, lanchas rápidas. Al quitarse el sombrero de paja la brisa agitó los negros cabellos de Rafaela.

—¿Quieres bajàr? —le preguntó Alex al besarla.

Ella asintió, y luego caminaron uno al lado del otro, cogidos de la mano y contemplando la bahía. Formaban una bonita pareja; eran bien parecidos, altos y morenos. Por un rato, Rafaela se sintió muy joven al estar allí de pie, recordando los meses que llevaban haciendo aquella vida. Habían pasado tantas noches juntos, acostados en la cama, hablando en voz baja, sentados ante el fuego, haciéndose el amor, bajando precipitadamente a la cocina a las dos de la madrugada para prepararse unos huevos, un batido o un emparedado... Era mucho lo que tenían y, sin embargo, era tan poco..., tantos sueños..., tan poco tiempo... y tantas esperanzas...

Mientras contemplaban los últimos reflejos de la luz del sol sobre los botes Rafaela se volvió hacia Alexander, preguntándose si algún día tendrían algo más. Unos minutos, una hora, los instantes que preceden al amanecer, instantes robados, y nunca mucho más que eso. Hasta la niña que tenía era prestada, y al cabo de un año más la perderían para siempre. Ya pensaban en las universidades que podrían convenirle, y sólo de pensar en ello ambos experimentaban un agudo dolor, así como la sensación de pérdida antes de que se produjera, deseando poder retenerla junto a ellos durante muchos años más.

—¿En qué estás pensando, Rafaela? —le preguntó él, separando con cuidado un mechón de cabellos que le cubría los ojos.

—En Amanda. —Tras una ligera vacilación, le besó la mano al pasar casi rozándole los labios—. Quisiera que fuese nuestra.

Él asintió con la cabeza.

—Yo también.

Quiso decirle que algún día, dentro de unos años, podrían tener hijos propios, pero se contuvo, sabiendo lo mucho que ella anhelaba tenerlos.

—Espero que este verano se divierta mucho.

Comenzaron a caminar lentamente a lo largo del borde del camino, siendo salpicados por las olas que morían a pocos pasos de ellos.

Entonces Alex se volvió hacia ella.

—Espero que tú también lo pases bien.

No habían hablado mucho de ello, pero dentro de seis semanas Rafaela partiría hacia España.

—Estaré bien. —Se detuvieron, y ella le oprimió con fuerza la mano—. Te echaré terriblemente de menos, Alex.

Él la atrajo contra su cuerpo.

—Yo también te echaré de menos. ¡Oh, Dios...! —Se quedó pensativo un instante—. No sé lo que haré sin ti.

Se había acostumbrado a verla todas las noches, y le resultaba imposible imaginarse la vida sin ella.

—Sólo estaré ausente unas tres semanas.

—Que me parecerán una eternidad, sobre todo porque también Mandy se habrá ido.

—Tal vez entonces te dediques a trabajar un poco, para variar.

Alex le sonrió, y se besaron junto a la bahía, por donde se deslizaban silenciosamente los veleros. Luego siguieron caminando cogidos del brazo. Prolongaron el paseo durante media hora más y después regresaron al coche con renuencia. Habían disfrutado de la paz y la belleza del dorado atardecer. Y cuando Alex se detuvo a dos manzanas de su casa, Rafaela le tocó suavemente los labios con las puntas de los dedos y le arrojó un beso antes de descender del vehículo.

Rafaela le vio marchar en dirección a Vallejo, y se sonreía al iniciar el camino hasta su casa. Era extraordinario el cambio que se había producido en su vida en los últimos siete meses, desde que había conocido a Alex. El cambio había sido sutil, pero profundo. Se había convertido en la amante de un maravilloso, apuesto y encantador abogado; en la «hija enamorada», como la llamaba Charlotte, de una novelista a la que siempre había admirado; era también la madre sustituta de una preciosa criatura de diecisiete años, y tenía la sensación de que la casa de Vallejo, con su exuberante jardín y la cocina de ladrillo visto llena de cacharros de cobre, era su hogar. Y sin embargo, al mismo tiempo, seguía siendo la que siempre había sido: la señora de John Henry Phillips, la esposa de origen francés de un famoso financiero, la hija del banquero francés

Antoine de Mornay-Malle. Dentro de pocos días viajaría como de costumbre a Santa Eugenia para ver a su madre; hacía todo lo que siempre había hecho antes. Sin embargo, su vida ahora era más plena, mucho más rica, mucho más feliz, y considerablemente distinta. Se sonrió al doblar la esquina de su casa. Lo que ahora poseía no había lastimado a John Henry, se dijo para sus adentros al poner la llave en la cerradura. Aún pasaba varias horas con él por las mañanas, cuidaba que las enfermeras le trataran con afecto y dedicación, que sus comidas fuesen de su gusto, y le brindaba una hora de lectura en voz alta todos los días. La diferencia residía en que ahora su vida era más fecunda.

Después de haber estado con John Henry buena parte de la mañana Rafaela se encerraba un par de horas en su habitación, trabajando en el libro de cuentos que pensaba poner a prueba leyéndoselos a sus primitos españoles. Y todas las tardes, alrededor de las cuatro, se dirigía caminando lentamente hacia Vallejo, mientras John Henry dormía la siesta. Casi siempre llegaba antes que Amanda, con el fin de que la niña encontrara una persona que la quería y no estuviese sola en la casa. Y a menudo Alex llegaba poco antes de que ella se marchara. Así podían besarse y saludarse como una pareja de recién casados, con la diferencia de que Rafaela debía regresar prestamente a su casa para pasar una o dos horas con John Henry, charlar con él si tenía ganas de hacerlo, contarle alguna anécdota divertida o hacer girar su sillón de ruedas para que pudiera contemplar la bahía. Siempre cenaban juntos, si bien ya no utilizaban el comedor. John Henry comía en la cama, en una bandeja. Y una vez ella se aseguraba de que su esposo estaba confortablemente acostado, que la enfermera estaba en su sitio y que en la casa reinaba un absoluto silencio, dejaba transcurrir media hora en su habitación y luego salía.

Estaba casi segura de que los criados abrigaban ciertas sospechas con respecto a sus escapadas, pero nadie se atrevía a mencionar sus desapariciones nocturnas, del mismo modo que nadie se mostraba intrigado al oír cerrarse la puerta a las cuatro o las cinco de la madrugada. Rafaela, por fin, había logrado llevar una vida satisfactoria, tras ocho años de intolerable y dolorosa soledad, y sin que nadie sufriera por ello. John Henry nunca conocería la existencia de Alex, y ella y Alex gozaban de una relación que significaba mucho para ambos. Lo único que la atormentaba a veces era el hecho de que Kay había insinuado en una ocasión que por su causa Alex se veía privado de establecer una sólida relación con alguna mujer que podría brindarle algo más. Claro que él le aseguraba que no deseaba otra cosa, que tenía lo que quería. Además, Rafaela le amaba demasiado para resignarse a perderle.

Mientras subía corriendo a su habitación elegía mentalmente la ropa que se pondría. Hacía poco que había comprado un vestido de seda color turquesa en I. Magnin's, que cuando se lo ponía causaba una profunda impresión, pues hacía resaltar su cutis y el negro azabache de sus cabellos, todo ello acentuado por el brillo de los diamantes y turquesas de los pendientes.

Se había retrasado diez minutos tan sólo cuando golpeó con los nudillos a la puerta, antes de abrirla. John Henry estaba incorporado en la cama, con la bandeja ante él, rodeado de blandos almohadones. Al verle allí sentado, con los ardientes ojos profundamente hundidos en las órbitas, un lado de la cara fláccido, como colgando, un párpado caído, los brazos delgados y frágiles como su torso, Rafaela se quedó paralizada en el umbral. Tuvo la impresión de que hacía muchísimo tiempo que no le veía. John Henry parecía haber comenzado a perder lentamente la escasa energía que le había mantenido con vida durante casi ocho años.

—¿Rafaela? —dijo John Henry, con el mismo balbuceo de aquellos últimos años, observándola con una extraña expresión.

Ella se quedó mirándole con estupefacción, recordándose a sí misma que aquel era el hombre con el que estaba casada, así como cuáles eran sus obligaciones para con él y cuán lejos estaba de poder convertirse en la esposa de Alex.

Se volvió para cerrar la puerta suavemente, mientras con el dorso de la mano se enjugaba una lágrima que asomaba en sus ojos.

Capítulo 22

RAFAELA SE DESPIDIÓ de Alex a las cinco de la madrugada, cuando se separó de él para regresar a su casa. Ya había preparado las maletas la noche anterior, y ahora sólo le restaba ir a casa, dejar instrucciones a los criados, vestirse, desayunar y despedirse de John Henry. La despedida, en este caso, sería breve y solemne: un beso en la mejilla, una última mirada, una caricia en la mano, y como siempre el sentimiento de culpa por el hecho de abandonarle, que la llevaba a pensar que debería quedarse con él y no ir a España. Pero se trataba de un ritual al que ambos estaban habituados, pues era algo que ella venía realizando cada año desde hacía quince. Más doloroso le resultaba separarse de Alex; sólo saber que no iba a verle durante un día se convertía en una tortura. Las semanas siguientes se tornaron casi intolerables; se abrazaban fuertemente antes de las primeras luces del alba. Tenía la impresión de que algo se interpondría entre ellos para siempre, que no podrían volver a verse nunca más. Rafaela se adhería a él como si fuese su segunda piel. Cuando se despedían al pie de la escalera, ella parecía no querer despegarse de su amado. Entonces le miraba con expresión dolorida, los ojos anegados en lágrimas y meneando la cabeza al tiempo que esbozaba una sonrisa de adolescente.

—No me resigno a dejarte.

Él la estrechó con más fuerza contra su pecho.

—Tú no me dejas nunca, Rafaela. Yo estoy siempre contigo, dondequiera que vayas.

—Quisiera que vinieras conmigo a España.

—Quizás algún día...

Siempre algún día..., algún día... Pero ¿cuándo? Había una serie de pensamientos que no quería seguir porque siempre llegaba a la conclusión de que cuando llegara ese día para ellos John Henry estaría muerto. Sólo pensarlo le causaba la sensación de que propiciaba su muerte. Por eso no quería pensar y prefería vivir el presente.

—Quizá. Te escribiré.

—¿Puedo escribirte yo también?

Ella asintió con un gesto.

—No te olvides de recordarle a Mandy que lleve una maleta adicional y la raqueta de tenis.

Sonriendo, él le dijo:

—Sí, mamita. Se lo diré. ¿A qué hora tengo que despertarla?

—A las seis y media. El avión sale a las nueve.

Alex debía llevar a Mandy al aeropuerto, pero sería improbable que pudiese ver a Rafaela cuando llegara allí. Como de costumbre, a ella la acompañaría el chófer y luego sería llevada a la aeronave como por arte de magia. Pero habían sacado el pasaje de Mandy para el mismo vuelo, y cuando llegaran a destino Rafaela se encargaría de llevar a Mandy directamente al Carlyle en su limusina de alquiler. Allí, Charlotte se haría cargo de ella y la conduciría al apartamento de Kay. Amanda había manifestado francamente que no se enfrentaría con su madre a solas. No había vuelto a verla desde Navidad, y la idea de regresar a casa le venía a contrapelo. Para colmo, su padre se encontraba en una convención médica en Atlanta y no estaría presente para amortiguar el choque.

—Alex —le dijo Rafaela mirándole largamente—, te amo.

—Yo también te amo, cariño. —La estrechó entre sus brazos—. Todo va a salir bien.

Ella asintió en silencio, sin saber por qué se sentía tan inquieta por el viaje; detestaba tener que separarse de él. Había permanecido despierta a su lado toda la noche.

—¿Te vas?

Rafaela asintió, y esta vez él la acompañó casi hasta su casa.

En el aeropuerto ella no le vio, pero le causó la impresión de recobrar una parte del hogar al ver subir a Mandy al avión, ataviada con un sombrerito de paja de ala ancha, un vestido de algodón blanco y las sandalias blancas que habían comprado ambas, y llevando en la mano la raqueta que Rafaela temía se dejara olvidada.

—Hola, má —le dijo Mandy sonriendo.

Rafaela le devolvió la sonrisa a la hermosa jovencita. Si hubiese sido un poco más alta y parecido menos diablillo, se habría visto mayor, más mujer. Pero tal como era semejaba una niña.

—¡Qué alegría me da verte! Empezaba a sentirme sola.

—Lo mismo le pasaba a Alex. Se le quemaron los huevos, se olvidó de poner las tostadas, se le derramó el café, y cuando veníamos hacia el aeropuerto casi se quedó sin gasolina. Tengo la impresión de que no prestaba atención a lo que hacía, por no decir otra cosa.

Cambiaron una sonrisa. Resultaba reconfortante oírle hablar de Alex, como si sus palabras tuviesen el mágico poder de atraerle a su lado mientras ellas cruzaban el país de un extremo a otro, camino de Nueva York. Cinco horas más tarde tomaban tierra y no tardaron en perderse, bajo un calor agobiante, entre la confusión y el fétido furor del verano neoyorquino. Era como si San Francisco ya no existiera y ellas ya no pudieran regresar jamás. Rafaela y Mandy se miraron una a la otra con aire fatigado y anhelando ir a casa.

—Siempre me olvido de cómo es esto.

Mandy miraba en torno con estupefacción.

—Demonios, yo también lo había olvidado. ¡Es horrible!

Sin embargo, el chófer no tardó en dar con ellas, y a los pocos minutos ya estaban instaladas en el asiento posterior de la limusina climatizada.

—Pensándolo bien, tal vez no sea tan horrible —le dijo Amanda sonriendo gozosa a Rafaela, quien le sonrió a su vez y le cogió la mano.

Ella habría dado cualquier cosa por estar en el Porsche con Alex en vez de encontrarse en aquella limusina en Nueva York. Hacía meses que se sentía como sujeta por todas las trabas que le imponía la vida con John Henry: los criados, la protección, la enorme casa. Ella anhelaba algo más sencillo, como la casita de Vallejo y la convivencia que le ofrecían Amanda y Alex.

Cuando llegaron al Carlyle encontraron un mensaje de Charlotte en el que se disculpaba por llegar un poco tarde, pues se había demorado más de la cuenta en la entrevista que había mantenido con un editor. Amanda y Rafaela subieron a la *suite*, se quitaron los zapatos y los sombreros, se dejaron caer en el sofá y pidieron unas limonadas.

—¿Puedes creer que haga tanto calor allí afuera? —comentó Mandy, abatida.

Rafaela se sonrió al pensar que Amanda no hacía más que encontrarle defectos a la ciudad.

—En Long Island estarás mejor. Podrás ir a nadar todos los días.

Era como convencer a un niño para que fuera a un campamento de buen grado, pero Amanda no parecía muy convencida cuando sonó el timbre de la puerta.

—Deben de ser las limonadas.

Rafaela se dirigió a la puerta rápidamente con el bolso en la mano. El vestido de seda rojo que llevaba en el avión sólo se veía ligeramente arrugado, y ella estaba preciosa pues aquel color acentuaba la blancura de su piel y el negro azabache de sus cabellos. Amanda siempre se sorprendía al constatar cuán bella era. Ahora, mientras Amanda la observaba, Rafaela abrió la puerta con una sonrisita impersonal y aire autoritario, esperando encontrarse con el camarero que les llevaba las limonadas, servidas en altos vasos, completamente heladas. En cambio, quien estaba ante la puerta de la *suite* era la madre de Amanda, acalorada, con el horrible traje de hilo verde muy arrugado y una extraña sonrisa de satisfacción en los labios. Como si hubiera salido vencedora en alguna competición. Amanda sintió que la invadía una oleada de terror, y Rafaela adoptó una actitud cortés, pero tensa. La última vez que se habían visto había sido en el bar del Fairmont, unos seis meses atrás, cuando Kay la amenazó con informar a John Henry de sus relaciones con Alex.

—Como mi madre no pudo venir, pensé pasar a buscar a Mandy personalmente.

Miró a Rafaela fijamente unos segundos y luego entró en la *suite*. Rafaela cerró la puerta y se quedó observando cómo Kay se dirigía al sitio donde estaba su hija, que miraba a su madre con los ojos muy abiertos, presa de gran nerviosismo, pero sin hacer amago de acercársele ni decir nada.

—Hola, Mandy —le dijo Kay.

Amanda siguió guardando silencio. Rafaela se dio cuenta de que la jovencita estaba más asustada que nunca y con una expresión desolada.

—Te ves muy bien. ¿Es nuevo ese sombrero?

Amanda advirtió que Rafaela la invitaba a sentarse, y en aquel preciso momento sonó el timbre de la puerta y llegaron las limonadas. Rafaela le ofreció una a Kay, que ésta rehusó, y le dio la otra a Amanda, quien la aceptó sin decir palabra, si bien miró a Rafaela con ojos implorantes, hasta que luego los posó en su regazo y tomó un sorbo de refresco. Fue un momento embarazoso, de suma tensión, y Rafaela se apresuró a llenar el silencio haciendo comentarios banales sobre el viaje. Pese a ello aquella media hora fue un suplicio, y Rafaela se sintió aliviada al ver que Kay se ponía de pie para irse.

—¿Se irán directamente a Long Island? —preguntó Rafaela, con ánimo de confortar a Mandy.

—No. Mandy y yo efectuaremos un corto viaje.

Sus palabras atrajeron de inmediato la atención de la niña, quien la miró con ojos hostiles.

—¿Ah, sí? ¿Adónde?

—A Minnesota.

—¿Tiene eso algo que ver con tu campaña, madre?

Eran las primeras palabras que Amanda le dirigía a su madre, y era también una acusación preñada de menosprecio.

—Más o menos. Se celebra la feria de la región, pero hay varias cosas que reclaman mi presencia allí. Pensé que te divertirías.

La expresión de Kay denotaba enfado, pero procuraba que ello no se reflejara en sus palabras. Rafaela dirigió una mirada a Amanda, que se veía cansada e infeliz. Todo lo que la niña deseaba era estar de vuelta en San Francisco con Alex, y Rafaela tuvo que reconocer que también para ella hubiera sido mucho más agradable. Si se había mostrado tan atenta con Kay se debía sólo a sus modales y educación.

Amanda cogió su única maleta y la raqueta de tenis y se volvió hacia Rafaela. Permanecieron un breve instante inmóviles, y luego Rafaela la estrechó rápidamente entre sus brazos. Deseaba decirle que tuviera paciencia, que se mostrara cariñosa y que, a la vez, fuese fuerte y no se dejara avasallar por su madre. Deseaba decirle mil cosas más, pero no era aquél el momento ni el lugar.

—¡Que te diviertas mucho, querida! —Y con voz más queda agregó—: ¡Te echaré de menos!

Pero Amanda lo dijo abiertamente, con lágrimas en los ojos.

—Yo también te echaré de menos.

La niña lloraba en silencio cuando abandonó la *suite* del Carlyle, y Kay se detuvo un instante en el umbral, como para escrutar meticulosamente el rostro de Rafaela.

—Gracias por traerla aquí desde el aeropuerto.

Ni siquiera se refirió a todo lo demás que Rafaela había hecho por ella: los seis meses de brindarle amor y comprensión maternales. Claro que Rafaela tampoco deseaba el agradecimiento de aquella mujer. Lo único que quería era tener la seguridad de que no la lastimaría, pero no había manera alguna de lograrlo, de advertirle a Kay que se mostrara bondadosa con la joven.

—Espero que pasen unas buenas vacaciones.

—Así será —repuso Kay con una curiosa sonrisita, mirando fijamente a Rafaela.

Luego, casi sonriendo por encima del hombro le dijo a la bella morena:

—Que se divierta en España.

Dicho esto entró en el ascensor con Amanda, y Rafaela, sintiéndose vacía y desolada, se quedó preguntándose cómo sabía Kay que ella iba a viajar a España.

Capítulo 23

A LA MAÑANA SIGUIENTE, cuando Rafaela abordó el avión a París, ni siquiera estaba entusiasmada ante la perspectiva de ver a sus primitos y sus sobrinos. Lo único que deseaba era volver a casa. Aquella etapa del viaje no hacía más que alejarla de donde había dejado su corazón, y se sentía cansada y muy sola. Cerró los ojos y se hizo la idea de que se dirigía a California y no a Francia.

Ella estaba acostumbrada a hacer aquel viaje, de modo que de puro aburrimiento se pasó durmiendo la mitad del vuelo a través del Atlántico. Leyó un rato, almorzó y cenó, y recordó sonriendo la vez que se encontró con Alex en vuelo a Nueva York el otoño pasado; ahora le resultaba inconcebible hablar con un desconocido, tanto como se lo había parecido antes. Cuando se disponían a aterrizar en París, no pudo dejar de sonreírse. Alex ya no era un desconocido.

«¿Y cómo os conocisteis?», imaginó que le preguntaba su padre. «En un avión, papá. Él me recogió por el camino.» «¿Que él qué?» Casi se echó a reír abiertamente al tiempo que se abrochaba el cinturón de seguridad y se preparaba para el aterrizaje. Le divertía la idea de que descendería del avión antes que los demás y pasaría por la aduana sin perder el tiempo en la revisión de su equipaje, pero la alegría se esfumó al llegar a la salida y ver la cara de su padre. Parecía enfadado, y tenía los músculos del rostro tan tensos que semejaba una estatua, mientras la veía avanzar hacia él con aquel atuendo que habría engendrado una admirativa expresión en los ojos de cualquier hombre. Llevaba un traje chaqueta negro con una blusa de seda blanca y un sombrerito de paja negro provisto de un velo. Al ver a su padre el corazón le dio un vuelco. Era evidente que algo había sucedido. Le tenía reservada una mala noticia; quizá su madre..., o John Henry..., o una prima..., o...

—*Bonjour, papa*.

Él apenas se inclinó para besarla, y se mantuvo más rígido que una piedra. Tenía la cara surcada de arrugas y los ojos se clavaron glacialmente en los suyos cuando Rafaela le miró con expresión de temor en el rostro.

—¿Ha ocurrido algo?

—Ya hablaremos en casa.

¡Oh, Dios...! Se trataba de John Henry, y su padre no quería decírselo allí. De pronto Alex se borró de sus pensamientos. Sólo pensaba en el anciano que había dejado en San Francisco, y como siempre se reprochó a sí misma el haberle abandonado.

—Papá..., te lo ruego... —En el aeropuerto se miraron de hito en hito—. ¿Se trata..., se trata... —la voz de Rafaela se redujo a un susurro— de John Henry?

Su padre se limitó a menear la cabeza. Después de estar sin verla durante más de un año, parecía no tener nada que decirle. A Rafaela le recordó un muro de granito cuando subieron al Citroën negro. A un gesto de su padre, el chófer puso el coche en marcha y partieron hacia casa.

Rafaela permaneció paralizada por el temor durante todo el camino hasta París, y cuando por fin el vehículo se detuvo ante la casa de su padre a ella le temblaban las manos. El chófer les abrió la portezuela; su negro uniforme condecía con el humor de Rafaela y la expresión de su padre. Los sentimientos de la joven eran encontrados cuando penetró en el salón adornado con enormes espejos de marcos dorados y mesitas Luis XV con superficie de mármol. En una de las paredes colgaba un magnífico tapiz de Aubusson, y a través de las puertas vidrieras dobles podía admirarse una espléndida vista del jardín. Sin embargo, aquel frío esplendor no hizo sino acentuar la desazón que la embargaba, cuando su padre le dirigió una mirada despectiva y le señaló con un gesto de la mano el estudio, situado en lo alto de un tramo de escalera de mármol. De repente volvió a sentirse como una niña y como si, de alguna manera, sin ella saberlo, hubiese cometido una grave falta.

Le siguió escalera arriba, llevando la cartera y el sombrero en una mano, impaciente por saber en aquella entrevista privada qué era lo que perturbaba a su padre. Quizá se trataba de algo relacionado con John Henry, algo que hubiese sucedido mientras ella se encontraba en Nueva York. ¿Habría sufrido otro ataque? Sin embargo, no parecía ser una mala noticia lo que su padre tenía que comunicarle, sino más bien imponerle una terrible censura por algo que ella había hecho. Recordaba aquella particular expresión de su cara de la época en que era una niña.

Su padre entró con aire solemne en su estudio, y Rafaela lo siguió. El estudio era una estancia de cielo raso altísimo, paredes revestidas con paneles de madera o de anaqueles repletos de libros, y una enorme mesa de despacho como para un presidente o un rey. Era una magnífica pieza Luis XV, con adornos dorados, que causaba una fuerte impresión. Su padre ocupó el sillón de detrás del escritorio.

—*Alors*...

Con un gesto y una fulgurante mirada le indicó a Rafaela que se sentara. No se había establecido en ningún momento una corriente de cordialidad entre ellos. No se habían cruzado ni una sola palabra amable y apenas se habían abrazado. Y aunque su padre no era un hombre cordial ni dado a demostraciones desmedidas, en este caso se mostraba excesivamente rígido.

—Papá, ¿de qué se trata?

El rostro de Rafaela había palidecido marcadamente durante el largo viaje desde el aeropuerto, y ahora se veía aún más pálida mientras esperaba que su padre empezara a hablar.

—¿De qué se trata? —El hombre frunció las cejas, y su cara adoptó una fiera expresión al fijar la vista en su escritorio y acto seguido en los ojos de su hija—. ¿Qué juego es éste?

—Pero, papá, no tengo idea de...

—En ese caso —la atajó su padre, casi vociferando—, no tienes conciencia. O quizás eres una ingenua, si crees que puedes hacer lo que te venga en gana en un rincón del mundo, pensando que nunca se sabrá. —Dejó que las palabras surtieran su efecto, y a Rafaela el corazón comenzó a latirle aceleradamente—. ¿Me comprendes? —Bajó el tono de su voz y la miró inquisitivamente, en tanto ella negaba con la cabeza—. ¿No? Entonces quizá debería ser más franco contigo de lo que tú lo eres conmigo, o con tu pobre marido, que yace enfermo en su lecho.

Su voz estaba cargada de reproches y de desdén para con su única hija. De repente ella, al igual que una niñita a la que han sorprendido cometiendo una terrible travesura, se sintió tremendamente avergonzada. Sus pálidas mejillas se cubrieron de repente de un ligero tinte rosado, y Antoine de Mornay-Malle movió la cabeza en señal de asentimiento.

—Tal vez ahora me comprendas.

—No —replicó ella con voz clara—, no te comprendo.

—Entonces eres una embustera y una farsante. —Aquellas palabras resonaron como campanas en el amplio y austero estudio—. Recibí esta carta —prosiguió como si estuviese hablando en el Parlamento y no a su hija— hace ya varias semanas. De un miembro de la cámara de representantes de los Estados Unidos, la señora Kay Willard.

Escrutó el rostro de Rafaela, y ella tuvo la sensación de que se le paralizaba el corazón. Guardó silencio, sin apenas poder respirar.

—Debo confesar que me resultó muy dolorosa su lectura. Dolorosa por varias razones, pero sobre todo porque me enteré de cosas acerca de ti, de mi hija, que jamás imaginé que un día llegarían a mi conocimiento. ¿Quieres que siga? —Rafaela hubiera querido decirle que no, pero no se atrevió—. No sólo me explicó que engañas a tu esposo... Un hombre, permíteme que te lo recuerde, Rafaela, que se ha desvivido para complacerte desde que eras una niña; un hombre que confía en ti, que te ama, que te necesita como al aire que respira. Si no eres capaz de ofrecerle todo tu amor, toda tu vida, lo matarás, como supongo que tú ya debes de saber. Por lo tanto, no sólo estás destruyendo a ese hombre que te ha amado tanto, y que es mi más antiguo y querido amigo, sino que al parecer estás destruyendo también la vida de varias otras personas: un hombre que según parece tenía una esposa que le adoraba y a quien tú se lo has arrebatado, interponiéndote entre él y una mujer decente y privándole de tener hijos, que es lo que su corazón más anhela. También me parece entender, por lo que dice la señora Willard, que después de sufrir un grave accidente su hija fue a California a vivir con ese hombre que tú le has quitado a su esposa. Parece ser que con tu sorprendente conducta estás corrompiendo a esa criatura también. Además, la señora Willard está en el Congreso, y a juzgar por lo que me dice, si ese escándalo sale a la luz ella perderá la oportunidad de proseguir la labor de toda su vida. De hecho dice que se retirará inmediatamente de la política si tú y su hermano no ponéis fin a esa relación, porque no podría soportar la vergüenza y el oprobio que semejante escándalo les acarrearía a ella, a su esposo, a su anciana madre y a su hija. Yo puedo agregar que si este estado de cosas se hiciera público también me sumirías en la ignominia, junto con la Banque Malle, sin considerar en qué forma tu comportamiento sería juzgado en España. Eso, por no mencionar lo que harían de ti en la prensa.

Rafaela se sentía como si hubiese sido crucificada, y la enormidad de lo sucedido, de las acusaciones, de lo que Kay había hecho y lo que su padre acababa de decirle era más de lo que ella podía soportar. ¿Cómo podría explicarle? ¿Por dónde comenzaría? La verdad residía en que Kay era una política ambiciosa y sin escrúpulos, que no se detenía ante nada para lograr sus propósitos y que no se retiraría de la política sino que se presentaría de nuevo a las elecciones, esta vez para senadora. Que ni ella ni Alex habían «corrompido» a Amanda, sino que la amaban profundamente; que él ya no estaba casado con Rachel cuando se conocieron; que Alex no quería volver junto a su esposa, y que ella misma le ofrecía a John Henry todo cuanto estaba en su poder, pero que también amaba a Alex. Sin embargo, su padre estaba allí sentado, censurándola con la mirada preñada de ira. Mientras ella le miraba, sintiéndose impotente ante él, le brotaron lágrimas en los ojos, que se deslizaron por sus mejillas.

—Debo decirte también que no tengo por costumbre confiar en la palabra de una persona totalmente desconocida —continuó su padre al cabo de un instante—. Con los inconvenientes del caso y un gasto considerable contraté a un investigador privado, quien durante los diez últimos días ha controlado tus actividades y verificado lo que dice esa mujer. Llegabas a tu casa —agregó fulminándola con la mirada— no antes de las cinco de la madrugada todas las noches. ¡Y aun cuando no te importe lo que piensan las personas que te rodean, Rafaela, pienso que debería importarte mucho más tu propia reputación. ¡Tus criados deben de pensar que eres una cualquiera…, una prostituta! ¡Una porquería! —Le hablaba a gritos, y en ese momento se puso de pie y comenzó a caminar arriba y abajo por la espaciosa estancia. Rafaela seguía sin pronunciar palabra—. ¿Cómo puedes hacer una cosa semejante? ¿Cómo puedes ser tan indecorosa, tan asquerosa, tan baja?

Se volvió de cara a Rafaela, quien sacudió la cabeza en silencio y hundió la cara entre las manos. Momentos después se sonó la nariz con el pañuelito de encaje que había sacado de su cartera, aspiró una bocanada de aire y se enfrentó con su padre desde un extremo a otro del estudio.

—Papá, esa mujer me odia… Lo que ha dicho…

—Es la pura verdad. El informe del investigador que contraté lo confirma.

—No —replicó Rafaela meneando la cabeza enérgicamente y

poniéndose en pie—. No. Lo único cierto es que amo a su hermano. Pero no es un hombre casado, sino que ya estaba divorciado cuando le conocí...

—Pero tú eres católica —la atajó él—, ¿o acaso lo has olvidado? Y eres una mujer casada, ¿o eso también lo has olvidado? No me importa que él sea sacerdote o zulú; el hecho es que estás casada con John Henry y no eres libre para acostarte con quien te plazca. Yo jamás podré volver a verle después de lo que has hecho. ¡No puedo mirar a la cara a mi viejo amigo, porque la hija que le di como esposa es una prostituta!

—¡No soy una prostituta! —le replicó ella gritando, mientras los sollozos ahogaban las palabras en su garganta—. Y tú no me diste a él. Yo me casé con él porque quise..., porque le amaba...

No pudo continuar.

—No quiero escuchar las tonterías que dices, Rafaela. Sólo quiero oírte decir una cosa. Que no volverás a ver a ese hombre. —Clavó en ella sus ojos airados al tiempo que avanzaba hacia ella—. Y hasta que cumplas esa promesa no serás bien recibida en esta casa. Por cierto —agregó consultando el reloj—, tu vuelo a Madrid parte dentro de dos horas. Quiero que te vayas, que pienses en todo esto, y yo iré a verte dentro de unos días. Para entonces quiero que le hayas escrito a ese hombre diciéndole que todo ha terminado. Y para asegurarme de que cumples tu promesa pretendo mantenerte vigilada por tiempo indefinido.

—Pero ¿por qué, por el amor de Dios, por qué?

—Porque si tú no tienes sentido del honor, Rafaela, yo sí lo tengo. Has roto todas las promesas que hiciste cuando te casaste con John Henry. Me has deshonrado a mí al igual que te has deshonrado a ti misma. Y no estoy dispuesto a tener una prostituta por hija. Y si te niegas a cumplir lo que te pido te diré simplemente que no me dejarás otro camino que contarle a John Henry lo que has hecho.

—Por el amor de Dios, papá... Te lo ruego... —dijo Rafaela, llorando casi histéricamente—. Se trata de mi vida... Le matarás... Papá..., por favor...

—Has deshonrado mi nombre, Rafaela.

La miró de hito en hito, sin acercársele más, y luego retornó al escritorio y se sentó en su sillón.

Ella le observaba, comprendiendo lo horroroso de la situación, y por primera vez en su vida sintió odio por alguien como nunca lo había experimentado. Si Kay se hubiese encontrado en la misma habitación en aquellos momentos la habría matado con todo gusto con sus propias manos. Se dirigió a su padre con expresión abatida.

—Pero, papá... ¿Por qué…, por qué haces esto? Soy una mujer adulta… No tienes ningún derecho…

—Tengo todo el derecho. Es evidente que llevas demasiado tiempo viviendo en los Estados Unidos, querida. Y quizá también hace demasiado tiempo que tienes las riendas sueltas, mientras que tu esposo está enfermo. La señora Willard me dice que intentó hacerte entrar en razón, pero que tú y ese hombre habéis persistido en vuestra actitud. Me dice también que de no ser por ti él volvería junto a su esposa, que de no ser por ti se reconciliarían y podrían tener hijos. —Le clavó una mirada de reproche y censura—. ¿Cómo puedes hacerle una cosa semejante a alguien a quien dices amar? —Las palabras y la expresión de su padre penetraban tan hondamente en Rafaela como un cortante cuchillo, en tanto que su mirada jamás se apartaba de sus ojos—. Pero lo que a mí me preocupa no es ese hombre, sino tu marido. Es a él a quien le debes fidelidad y con quien debes sentirte fuertemente unida. Y hablo en serio, Rafaela: se lo contaré todo.

—Eso provocaría su muerte —dijo ella con voz muy queda, mientras las lágrimas seguían deslizándose por sus mejillas.

—Sí —repuso su padre secamente—, eso provocaría su muerte. Y su sangre mancharía tus manos. Quiero que medites sobre eso cuando estés en Santa Eugenia. Y quiero que sepas por qué tomé medidas para que partas esta misma noche. —Se puso de pie y en su pétreo rostro apareció de pronto una expresión que decía a las claras que la entrevista había concluido—. No quiero tener a una prostituta bajo mi techo, Rafaela, ni por una sola noche.

Se dirigió a la puerta del estudio, la abrió e inclinándose ligeramente la invitó a salir con un gesto de la mano. Luego se quedó mirándola fijamente un largo rato, mientras ella se estremecía, desolada por lo que acababa de ocurrir. Su padre se limitó a menear la cabeza y a pronunciar sólo dos palabras.

—Buenas tardes.

Y luego cerró la puerta detrás de Rafaela, quien tuvo que sentarse en la silla más cercana por temor a caer desvanecida. Estaba mareada, horrorizada, airada y avergonzada, y se sentía profundamente herida. ¿Cómo podía su padre hacerle una cosa semejante? ¿Y sabía Kay lo que estaba haciendo? ¿Había considerado aunque fuese remotamente la catástrofe que provocaría su carta? Rafaela permaneció allí sentada durante más de media hora sin poder salir de su asombro. Acto seguido, después de consultar su reloj, comprendió que puesto que su padre había cambiado el horario de vuelo tendría que marcharse sin pérdida de tiempo.

Se encaminó lentamente a la escalera, desde donde dirigió una última mirada al estudio de su padre. No tenía deseo alguno de despedirse de él. Su padre ya le había dicho todo cuanto tenía que decirle, y ella sabía que aparecería por Santa Eugenia. Claro que a ella le importaba un comino lo que hiciera o dejara de hacer; no tenía derecho alguno a inmiscuirse en su vida con Alex. Y tampoco le importaban un cuerno las amenazas que había proferido. Ella no renunciaría a Alex por nada del mundo. Bajó la escalera hasta el vestíbulo, se puso el sombrero de paja negro con velo y cogió su bolso. Entonces se dio cuenta de que no habían bajado sus maletas del Citroën y que el chófer aguardaba junto a la puerta. En efecto, había sido expulsada de la casa de su padre, pero estaba tan enfadada que eso la tenía sin cuidado. Toda la vida la había tratado como un objeto, como un mueble, y Rafaela no estaba dispuesta a consentir que siguiera tratándola de esa manera.

Capítulo 24

En San Francisco, en el mismo momento en que llevaban a Rafaela de vuelta al aeropuerto de Orly, Alex recibía una extraña llamada telefónica. Se quedó sentado en el sillón de su escritorio con las manos cruzadas, preguntándose por qué había recibido aquella llamada. Sin duda se relacionaba con Rafaela, pero más que eso no sabía. Y mientras esperaba que llegase la hora convenida, experimentaba un raro y terrible peso en el estómago. A las nueve y cinco de la mañana le había telefoneado uno de los secretarios de John Henry para rogarle que pasara por su casa aquella misma mañana si podía. El secretario sólo le dijo que el señor Phillips deseaba verle para conversar sobre un asunto particular de gran importancia. Inmediatamente después de colgar Alex telefoneó a su hermana, pero la diputada Willard no se encontraba en su despacho esa mañana, y Alex comprendió que era inútil tratar de hallar una respuesta en cualquier otra parte. No tenía más remedio que aguardar a entrevistarse con John Henry al cabo de un par de horas. Temía sobre todo que alguien le hubiese soplado al oído al viejo y que éste le pidiera que dejase de verse con Rafaela. Quizá ya le había hablado a Rafaela y ella no había querido decirle nada. Tal vez había impartido órdenes a la familia de Rafaela en España para que no la dejaran moverse de allí. Sea como fuere, presentía que algo terrible iba a ocurrir, y debido a la avanzada edad de John

Henry y a la evidente gravedad de la situación no podía negarse a ir; sin embargo, eso es lo que hubiera preferido hacer, como se decía a sí mismo cuando aparcaba el coche junto a la acera de enfrente de la casa.

Con paso tardo cruzó la calle hacia el portón de roble que tan a menudo había visto. Tocó el timbre y esperó; al cabo de unos instantes apareció un mayordomo de grave aspecto. Por un momento Alex tuvo la impresión de que todos los miembros de la casa estaban al corriente de su falta y se disponían a juzgarle. Él era un muchachito que estaba a punto de ser reprendido por robar manzanas… Pero no: aquello era muchísimo peor. Si se hubiese dejado llevar por sus sentimientos habría sido presa de un verdadero terror. Pero se daba cuenta de que no tenía alternativa posible. Se sentía en la obligación de comparecer ante John Henry Phillips sin pensar en las consecuencias.

El mayordomo lo condujo a la sala, desde donde una sirvienta lo acompañó hasta la planta alta. Al llegar frente a la *suite* de John Henry un hombre mayor le salió al encuentro sonriéndole benignamente, y le agradeció que hubiese aceptado acudir a la cita a pesar de haber sido avisado en tan breve plazo. Se identificó como el secretario del señor Phillips, y Alex reconoció la voz que había oído por teléfono.

—Ha sido usted muy amable al venir tan prestamente. En verdad esta manera de proceder no es habitual en el señor Phillips. Hace varios años que no cita a nadie en esta casa. Pero entiendo que en esta ocasión se trata de un asunto personal más bien urgente, y el señor Phillips supuso que usted podría hacerle este favor.

—No faltaba más…

De pronto Alex se encontró musitando sandeces ante el viejo secretario y tuvo la sensación de que se desvanecería mientras aguardaban que una enfermera les hiciera pasar.

—¿Está muy enfermo?

Alex se dijo que era una pregunta estúpida al ver que el secretario asentía con la cabeza, puesto que conocía por Rafaela el grado de gravedad de su dolencia, pero el solo hecho de encontrarse ante la puerta del dormitorio de John Henry, en la casa de «ella», le alteraba los nervios. Por aquellos pasillos Rafaela caminaba todos los días. En aquella casa tomaba el desayuno todas las mañanas, y a ella regresaba cuando se despedía de él, después de hacerse el amor.

—Señor Hale…

La enfermera había abierto la puerta, y el secretario le invitaba a entrar. Por un instante a Alex le flaquearon las piernas, pero luego se adelantó hacia la puerta con la impresión de un condenado a muerte que va a ser ejecutado y se esfuerza en caminar con dignidad. No había querido causarle oprobio comportándose como un cobarde, si hubiese rehusado acudir a la cita, o bien adoptando una actitud impropia una vez en presencia de John Henry. Se había cambiado de ropa: llevaba un traje oscuro rayado, que se había comprado en Londres, camisa blanca y una corbata de Dior, pero ni siquiera eso mitigaba su aprensión cuando cruzaba el umbral y fijaba la vista en el hombre postrado en la sólida cama de estilo antiguo.

—¿Señor Phillips? —musitó Alex con voz apenas audible, mientras a sus espaldas se retiraban la enfermera y el secretario.

Ambos estaban solos ahora, los dos hombres que amaban a Rafaela: uno de ellos, viejo y abatido; el otro, joven y apuesto.

—Adelante, por favor.

John Henry Phillips hablaba con dificultad y resultaba difícil comprender lo que decía, pero Alex tuvo la impresión de que entendía sus palabras sin esfuerzo, por cuanto ya sabía de antemano lo que iba a decirle. Se había sentido muy hombre al aceptar aquella invitación con el ánimo dispuesto a soportar los insultos y amenazas que John Henry quisiera lanzarle, pero ahora, al comprobar lo inerme y sufriente que se veía su oponente, sintió que se esfumaba toda su hombría. John Henry señaló vagamente una butaca con la mano, indicándole que se sentara; sin embargo, nada vago se percibía en sus penetrantes ojos azules, que le observaban, estudiando sus facciones y cada uno de sus movimientos. Alex se sentó en el borde de la butaca, deseando que todo aquello sólo fuese un sueño, una pesadilla angustiosa, y pensando que no tardaría en despertar en su propia cama. Aquél era uno de esos momentos de la vida en que uno desearía que se lo tragara la tierra.

—Quisiera... —comenzó a decir John Henry balbuceando pero sin apartar la vista de Alex.

Aun en aquel estado se advertía que era un hombre autoritario, aunque no despótico, y se notaba que estaba dotado de una energía controlada. Se tenía la impresión de que otrora había sido un gran hombre. Resultaba más fácil comprender ahora lo que pudo haber significado para Rafaela cuando le conoció y por qué ella aún le quería. Alex se daba cuenta de que no todo lo que estaba en juego entre ellos dos era una cuestión de lealtad, sino que John Henry debió de ser alguien muy especial, y ahora Alex experimentaba una cierta vergüenza por lo que habían hecho.

—Quisiera... —repitió John Henry, esforzándose en articular las palabras y bregando con la comisura de sus labios, que se negaban a distenderse— darle las gracias... por haber venido.

Fue entonces cuando Alex observó que los ojos no sólo eran penetrantes sino que le miraban también con afabilidad. Alex asintió con la cabeza, sin saber muy bien que decir. «Sí, señor», le pareció que hubiese sido lo más apropiado. Aquel hombre le inspiraba un profundo respeto.

—Sí. Su secretario me dijo que era importante.

Ambos sabían que eso era una subestimación de la realidad. A pesar de la parálisis John Henry trató de sonreír.

—Evidentemente, señor Hale..., evidentemente. —Y tras una larga pausa añadió—: Espero... no haberle... asustado... al pedirle... —dio la impresión de que no lograría concluir la frase, si bien estaba decidido a hacerlo. La situación resultaba penosa para ambos— que viniera. Es muy importante —dijo con más claridad—, para los tres... No es necesario entrar en explicaciones.

—Yo... —Alex se preguntó si debía negarlo todo. Pero no había acusación en sus palabras, sino que respondían simplemente a la constatación de la realidad—. Comprendo.

—Bien. —John Henry asintió complacido—. Amo mucho a mi esposa, señor Hale... —Sus ojos adquirieron un extraño brillo—. Tanto que ha sido muy doloroso para mí..., terriblemente doloroso..., tenerla aquí encerrada mientras yo... Yo soy un prisionero de este cuerpo inútil, acabado..., y ella tiene que seguir... encadenada a mí... —En sus ojos se reflejó el dolor que le torturaba—. Esto no es vida... para una mujer joven... Sin embargo..., ella es muy buena conmigo.

Alex no pudo contenerse más y dijo con voz ronca:

—Ella le quiere mucho.

En aquel momento se acentuó la sensación que tenía de ser un intruso. Ellos eran los que se amaban. Él era el entremetido. Así lo comprendía ahora por primera vez. Rafaela era la mujer de aquel hombre, no la suya. Y en virtud de lo que sentían el uno por el otro a Rafaela le correspondía estar en aquel lugar. Sin embargo, ¿podía él aceptar realmente eso? John Henry era un anciano, que se acercaba a la muerte a pasos mesurados, infinitamente pequeños. Como él mismo parecía comprenderlo, le había impuesto a Rafaela una existencia cruel. Ahora John Henry contemplaba a Alex con absoluto abatimiento.

—Lo que le he hecho... es algo terrible.

—Usted no lo deseaba...

En el rostro de John Henry apareció la sombra de una sonrisa.

—No..., pero... sucedió... y aún... sigo viviendo... y atormentándola.

—Eso no es cierto. —Estaban charlando como dos viejos amigos, cada uno de los cuales reconocía los méritos y la existencia del otro. Aquél era un momento sumamente extraño en la vida de ambos—. Ella no se lamenta por el tiempo que le dedica.

De nuevo tuvo que refrenar el impulso de agregar: «señor».

—Pero debería... lamentarlo. —Cerró los ojos un instante—. Yo lo lamento. —Volvió a abrir los ojos, que seguían conservando su brillo acerado—. Yo lo lamento... por ella... y por mí... Pero no le pedí que viniera para que escuchara mis lamentaciones..., ni mis penas... Le mandé llamar para saber... de usted.

A Alex el corazón le latía con fuerza, y resolvió coger el toro por los cuernos.

—¿Puedo preguntarle cómo se enteró de esto?

¿Acaso lo había sabido desde el principio? ¿Tendría la costumbre de hacerla seguir por los criados?

—Recibí... una carta.

Alex sintió que en su interior se encendía un extraño fuego.

—¿Puedo saber quién se la envió?

—No... lo sé.

—¿Era anónima?

John Henry asintió con un movimiento de cabeza.

—Decía sólo... que... usted y... —Al parecer se resistía a pronunciar el nombre de su esposa en presencia de Alex, como si ya fuese suficiente el hecho de estar los dos allí reunidos para hablar con toda franqueza—. Que usted y ella hace casi un año... que tienen relaciones. —Comenzó a toser ahogadamente, y Alex demostró inquietud, pero John Henry se apresuró a agitar la mano para indicarle que todo estaba en orden, y al cabo de un instante prosiguió—: En la carta figuraba su dirección y número de teléfono; explicaba que es... usted... abogado... y decía claramente... que lo más sensato sería... que yo pusiera fin a todo esto. —Miró a Alex con curiosidad—. ¿A qué se debe eso? ¿Escribió su esposa... esa carta?

Parecía que ello le perturbaba, pero Alex negó con un gesto.

—No tengo esposa. Hace varios años que estoy divorciado.

—¿Está... aún... celosa?

Hacía un esfuerzo por seguir hablando.

—No. Creo que la carta que recibió era de mi hermana. Ella actúa en política. Es diputada, de hecho. Y es una mujer endemo-

niada, egoísta y maligna. Piensa que si se llegara a saber esto...,
mi..., ¡ejem!..., nuestra relación..., ello le causaría un gran perjuicio político, a causa del escándalo.

—Probablemente... tiene razón —acotó John Henry, asintiendo
con la cabeza—. Pero ¿lo sabe alguien?

Él se resistía a creerlo, puesto que Rafaela, por encima de todas
las cosas, sabía ser discreta.

—No —repuso Alex, terminantemente—. Nadie. Sólo mi sobrina, y ella adora a Rafaela y sabe guardar un secreto.

—¿Es muy pequeña? —preguntó John Henry, y pareció sonreírse.

—Tiene diecisiete años y es la hija de mi hermana. En los últimos meses Amanda, mi sobrina, ha estado viviendo conmigo. El
Día de Acción de Gracias sufrió un accidente, y mientras que su
madre se mostró muy ruda con ella, su..., ¡ejem!..., Rafaela en
cambio la trató con una gran dulzura.

Los ojos se le iluminaron al pronunciar aquellas palabras, y John
Henry sonrió de nuevo.

—En esas ocasiones... ella puede ser muy dulce. Es una... persona... extraordinaria. —En eso ambos estaban de acuerdo, pero
entonces una expresión de tristeza ensombreció la cara de John
Henry—. Debió tener... hijos. —Y luego añadió—: Tal vez... algún
día... los tenga. —Alex no dijo nada. Al fin John Henry volvió a
tomar el hilo de la conversación anterior—. Así que usted cree...
que fue su hermana.

—En efecto. ¿Profirió algún tipo de amenaza en la carta?

—No —contestó John Henry, asombrado—. Sólo confiaba...
en... mi... habilidad para poner fin... a esto. —Pareció encontrarlo
gracioso y señaló las piernas extendidas bajo las sábanas—. ¡Qué
confianza tiene... en un viejo como yo! —Pero cuando se cruzaron
sus miradas, John Henry no parecía espiritualmente tan viejo—.
Dígame..., si me permite preguntárselo..., ¿cómo empezó su relación con ella?

—Nos conocimos en un avión, el año pasado. No, no es exactamente cierto. —Alex frunció el ceño y entornó los ojos un instante,
recordando la primera vez que había visto a Rafaela en la escalera
de piedra—. Una noche la vi... sentada en los escalones, contemplando la bahía. —No quiso decirle que estaba llorando—. La en-
contré increíblemente hermosa, pero eso fue todo. Jamás imaginé
que volvería a verla.

—Pero ¿la vio?

John Henry se mostraba profundamente interesado.

—Sí, en el avión, como he dicho antes. La descubrí en el aeropuerto pero luego se esfumó.

John Henry le sonrió benignamente.

—Usted debe de ser... un romántico.

Alex se ruborizó ligeramente, esbozando una tímida sonrisa.

—Lo soy.

—También ella lo es —confesó John Henry como si fuese su padre, pero omitió decirle que también él había sido un romántico—. ¿Y luego?

—Conversamos. Le hablé de mi madre. Ella estaba leyendo uno de sus libros.

—Su madre... ¿escribe? —inquirió John Henry con evidente interés.

—Mi madre es Charlotte Brandon.

—¡Fantástico!... Leí algunos de sus primeros... libros... Me hubiese encantado conocerla personalmente.

Alex estuvo a punto de decirle que no había inconveniente alguno, pero ambos sabían que eso no sería posible.

—Y su hermana es... diputada... ¡Vaya qué grupo familiar —exclamó sonriendo bonachonamente, y esperó a que Alex continuara.

—La invité a almorzar con mi madre en Nueva York y... —Vaciló durante una fracción de segundo—. En aquel momento yo no sabía quién era ella. Mi madre me lo dijo después del almuerzo.

—¿La conocía ella?

—La reconoció al verla.

—Me... sorprende... Pocas personas la conocen... He procurado mantenerla alejada de... la prensa. —Alex hizo un gesto de asentimiento—. ¿No se lo había... dicho a usted... ella misma?

—No. La siguiente vez que la vi me dijo tan sólo que estaba casada y que no podía seguir adelante con nuestra relación. —John Henry asintió, visiblemente complacido—. Se mostró muy terminante, y me temo que yo..., yo la presioné bastante.

—¿Por qué?

De repente la voz de John Henry resonó ásperamente en el silencio del cuarto.

—Lo siento. No pude evitarlo. Como usted ha dicho..., soy un romántico. Me había enamorado de ella.

—¿Tan pronto? —preguntó escéptico.

—Sí —afirmó Alex respirando hondo. Le resultaba penoso contárselo todo a John Henry. ¿Y por qué? ¿Por qué el viejo quería saberlo todo?—. Volví a verla, y creo que ella se sintió atraída por mí. —No tenía por qué decirle que se habían acostado en Nueva

213

York, pues también ellos tenían derecho a un poco de intimidad. Rafaela no le pertenecía en exclusiva a John Henry—. Volvimos a San Francisco en el mismo avión, pero al llegar aquí sólo volví a verla una vez más. Vino a decirme que no podía seguir saliendo conmigo. No quería serle infiel a usted.

John Henry se quedó estupefacto.

—Es una... mujer... sorprendente. —Alex convino en ello—. ¿Y entonces? ¿La presionó usted de nuevo?

No era una acusación, sino sólo una pregunta.

—No. La dejé tranquila. Me telefoneó ella al cabo de dos meses. Creo que ambos habíamos sido igualmente infelices.

—¿Y entonces empezó? —Alex movió la cabeza afirmativamente—. Comprendo. ¿Y cuánto tiempo hace que dura?

—Alrededor de ocho meses.

John Henry asintió lentamente con la cabeza.

—Hubo una época... en que deseaba... que encontrara a alguien. ¡Ha vivido tan sola!... Y yo nada podía hacer... para remediarlo. Pasado un tiempo, dejé de pensar... en ello... Me pareció que se había adaptado... a la vida que llevaba.

Volvió a fijar los ojos en Alex sin expresión acusadora.

—¿Existe algún motivo... por el cual... debería yo poner punto final... a esta situación? ¿Acaso ella... es infeliz? —Alex negó lentamente con la cabeza—. ¿Lo es usted?

—No. —Alex exhaló un sordo suspiro—. La amo con todo mi corazón. Lo único que lamento es que esto haya llegado a su conocimiento. En ningún momento tuvimos el propósito de herir sus sentimientos. Ella sobre todo no hubiera podido soportarlo.

—Lo sé. —John Henry le miró con afabilidad—. Lo sé... Y usted... no ha... herido mis sentimientos. Usted no me ha quitado nada. Ella sigue siendo mi esposa como siempre lo ha sido..., en la medida en que puede serlo ahora... Es tan afectuosa conmigo..., tan amable..., tan cariñosa... como siempre. Y si usted le brinda algo más, un poco de sol..., de alegría..., de ternura..., de amor..., ¿cómo podría yo privarla de todo eso? No sería justo que... un hombre de mi edad... mantuviera a una mujer tan bella encerrada en una jaula... ¡No! —Su voz resonó con toda su potencia en la estancia—. ¡No..., yo no voy a detenerla! —Luego recobró el tono más quedo—. Tiene derecho a ser feliz con usted..., del mismo modo que antes pudo serlo conmigo. La vida es una sucesión de épocas cambiantes..., de etapas cambiantes..., de sueños cambiantes..., y nosotros debemos cambiar con ellos. Encerrarse en el pasado la condenaría al mismo sino que el mío. Sería una inmoralidad consentir que hiciera una cosa semejante... Eso sería un escándalo... —Sonrió a Alex con afabilidad—. Y no la relación que mantiene con usted. —Y luego, casi en un susurro, agregó—: Le estoy reconocido... si usted... la ha hecho... feliz, y yo creo que así ha sido. —Entonces hizo una larga pausa—. ¿Y ahora? ¿Qué planes tiene usted o qué piensa hacer con respecto a ella?

Su expresión denotaba preocupación de nuevo, como si se tratara de establecer el futuro para un hijo amado. Alex no sabía qué contestarle.

—Raras veces hablamos acerca de eso.

—Pero ¿usted piensa... acerca de eso?

—En efecto —respondió Alex con franqueza.

John Henry había sido demasiado bondadoso como para no ser sincero con él.

—¿Querría usted cuidar de ella... por mí? —le preguntó John Henry con lágrimas en los ojos.

—Si Rafaela me lo permite.

John Henry meneó la cabeza.

—Si ellos... se lo permiten... Si algo llega a ocurrirme, su familia vendrá a buscarla... y se la llevarán. —Suspiró hondamente—. Ella necesita de usted... Si la quiere, ella tendrá necesidad de usted... como otrora la tuvo de mí.

Ahora hasta Alex tenía los ojos húmedos.

—Se lo prometo. Cuidaré de ella. Y nunca, jamás la alejaré de usted. Ni ahora, ni en el futuro, así transcurran cincuenta, diez o dos años. Quiero que usted lo sepa. —Cogió una de las frágiles manos de John Henry entre las suyas—. Rafaela es su esposa, y eso yo lo respeto. Siempre lo he respetado y siempre lo respetaré.

—¿Y un día la hará... su esposa?

Sus miradas se encontraron.

—Si ella quiere...

—Procure... que quiera. —Le estrechó con fuerza la mano y luego cerró los ojos, como si estuviera exhausto. Los abrió de nuevo con una débil sonrisa—. Es usted un buen hombre, Alexander.

—Gracias, señor.

Por fin lo había dicho. Se sintió mejor. Parecía que fuesen padre e hijo.

—Fue valiente al venir aquí.

—Tuve que serlo.

—¿Y su hermana?

Sus ojos escrutaron la cara de Alex, y éste se limitó a encogerse de hombros.

—En realidad no podrá interponerse entre nosotros. —Fijó los ojos en John Henry—. ¿Qué otra cosa más puede hacer? Ya se lo dijo a usted. No puede hacerlo público, pues entonces los votantes se enterarían de ello. —Sonrió—. No tiene poder alguno.

Pero John Henry parecía preocupado.

—Podría lastimar… a Rafaela —dijo con voz tan baja que parecía un susurro; pero por fin había pronunciado el nombre de su esposa.

—Yo no se lo permitiré.

Y Alex lo dijo con tanta energía y convicción que John Henry se sintió más aliviado.

—Bien. —Y luego añadió—: Con usted estará a salvo.

—Siempre.

John Henry se quedó observando a Alex un largo rato y después le tendió la mano de nuevo. Alex la cogió entre las suyas y John Henry se las estrechó musitando:

—Yo le bendigo, Alexander… Dígaselo a ella… cuando llegue el momento.

Ahora también Alex tenía lágrimas en los ojos al besar la frágil mano que estrechaba entre las suyas, y al cabo de un instante dejó al anciano para que reposara.

Al abandonar la regia mansión le invadió una sensación de paz como jamás había conocido antes. Sin proponérselo, su hermana le había hecho un regalo de inapreciable valor. En vez de terminar con su idilio con Rafaela, Kay les había proporcionado la llave de su futuro. En un acto inusual, de otra época, en el ritual de darle la bendición, John Henry Phillips había transferido a Rafaela a Alexander Hale, no como una posesión o una carga, sino como un precioso tesoro que cada cual en su momento había prometido amar y proteger.

Capítulo 25

—¡RAFAELA, QUERIDA! —Su madre le echó los brazos al cuello en cuanto Rafaela descendió del avión en Madrid—. Pero ¿qué es esta locura? ¿Por qué no te quedaste a pasar la noche en París? Cuando tu padre me dijo que vendrías directamente hacia aquí le contesté que eso era descabellado.

Alejandra de Mornay-Malle observó las oscuras ojeras de su hija y la riñó afectuosamente, pero por la forma en que lo hizo Rafaela dedujo que no tenía idea de por qué habían cambiado los planes. Evidentemente, su padre nada le había contado acerca de la carta de la «señora Willard» o del idilio con Alex, o de que ella había caído en desgracia.

Rafaela sonrió desmayadamente a su madre, deseando estar contenta de verla, sentirse feliz al volver a su lado y haber encontrado un refugio lejos de las iras de su padre. En cambio, lo único que experimentaba era una enorme fatiga, y sólo podía oír el eco de las palabras de su padre: «No quiero tener a una prostituta bajo mi techo, Rafaela, ni por una sola noche».

—Querida, te ves muy cansada. ¿Seguro que no estás enferma?

La sorprendente belleza rubia que había hecho famosa a Alejandra de Santos y Quadral cuando era niña sólo se había atenuado ligeramente al llegar a la mediana edad. Aún era una mujer notablemente bonita, cuya belleza sólo aparecía menoscabada por el hecho de que era insulsa y sus brillantes ojos verdes carecían de la luz que antaño los tornara interesantes. De haber sido una estatua habría despertado admiración, y si hubiese sido una imagen pintada en un cuadro su belleza habría sido considerada extraordinaria. Sin embargo, carecía de la morena belleza de Rafaela, y tampoco poseía el atractivo que resultaba del espectacular contraste del tono marfileño de su cutis con el negro azabache de su pelo. La madre no poseía ni un ápice de la sagacidad, la inteligencia y la agudeza que animaban a Rafaela. Alejandra era tan sólo una mujer extraordinariamente elegante con una cara adorable, un corazón generoso, una excelente educación, buenas maneras y un temperamento apacible y afable.

—Estoy bien, mamá. Sólo un poco cansada. Pero no quise demorarme inútilmente en París, ya que no podré quedarme aquí por mucho tiempo.

—¿No? —Su madre pareció desencantada ante la perspectiva de que se acortara la visita de su hija—. Pero ¿por qué? ¿Acaso John Henry está peor, querida?

Rafaela negó con la cabeza mientras recorrían el camino del aeropuerto hasta la ciudad.

—No; es sólo que no quiero dejarle solo mucho tiempo.

Pero había una cierta tensión y angustia en el tono de Rafaela, que Alejandra percibió de nuevo al día siguiente cuando partieron hacia Santa Eugenia.

La noche anterior Rafaela se había retirado temprano, alegando que lo único que precisaba era un buen descanso y que al día siguiente estaría estupendamente bien. Sin embargo, su madre había notado una cierta reserva, una actitud casi recalcitrante que la llenó de inquietud, y durante el viaje hasta Santa Eugenia Rafaela guardó absoluto silencio. Fue entonces cuando Alejandra se alarmó, y aquella misma noche telefoneó a su esposo en París.

—Pero, Antoine, ¿qué es lo que pasa? No hay duda de que la niña está preocupada y triste por algo. No sé a qué se debe, pero presiento que ocurre algo grave. ¿Seguro que no se trata de John Henry?

Al cabo de ocho años de enfermedad parecía raro que Rafaela lo tomara tan a pecho. Entonces, con un suspiro de pena, Antoine se lo contó todo en tanto su esposa le escuchaba con aprensión.

—¡Pobre criatura!

—No, Alejandra, no. No hay motivo para compadecerla. Su conducta es abominable, y todo eso no tardará mucho en saberse. ¿Cómo te sentirás cuando lo leas en las secciones de chismes de los periódicos o la veas en una fotografía de alguna revista, bailando con un desconocido?

Hablaba con el tono de un hombre muy viejo y anticuado, y en el otro extremo de la línea Alejandra se limitó a sonreír.

—No me parece propio de Rafaela. ¿Crees que realmente le quiere?

—Lo dudo. Pero eso en realidad poco importa. Yo le puse las cartas sobre la mesa. No tiene alternativa posible.

Alejandra asintió con la cabeza, con aire dubitativo, y luego se encogió de hombros. Probablemente Antoine tenía razón. Casi siempre la tenía, como sus hermanos, por lo menos la mayoría de las veces.

Esa misma noche sacó a relucir el problema ante Rafaela, quien había estado dando un paseo por los jardines poblados de palmeras, altos cipreses de tonos oscuros, flores y fuentes, así como setos recortados en forma de pájaros, si bien Rafaela no veía nada de ello mientras caminaba pensando solamente en Alex. Estaba obsesionada por la carta que Kay le había enviado a su padre y por la decisión que había tomado de no ceder ante sus imposiciones. Después de todo, ella era una mujer adulta. Vivía en San Francisco, estaba casada y hacía su propia vida. Sin embargo, mientras ponderaba las palabras que le había dicho su padre se daba cuenta, una y otra vez, de lo mucho que su familia aún la tenía dominada.

—¿Rafaela?

Se sobresaltó al oír su nombre, y vio a su madre, que lucía un vestido de noche blanco con un collar larguísimo de perlas de una perfección inusitada.

—¿Te he asustado? Lo siento. —Le sonrió dulcemente y cogió a su hija por el brazo. Era experta en brindar consuelo y consejo a las mujeres: tenía una experiencia de toda la vida en España—. ¿En qué estabas pensando?

—¡Oh...! —exclamó Rafaela, exhalando un lento suspiro—. En nada especial...; en cosas de San Francisco.

Sonrió a su madre, pero sus ojos conservaban aquella expresión fatigada y triste.

—¿En tu amigo? —Rafaela se detuvo de repente, y su madre le pasó un brazo por los hombros—. No te enfades. Anoche hablé con tu padre. Estaba muy preocupada... porque te vi muy perturbada. —En su voz no había ningún tono de reproche, sino de pena, y con todo cariño condujo a Rafaela a lo largo del serpenteante sendero—. Lamento que haya sucedido una cosa como ésa.

Rafaela guardó silencio durante un largo rato, y luego asintió con la cabeza.

—Yo también. —No lo lamentaba por sí misma, sino en cierto modo por Alex. Siempre había tenido aquel sentimiento, desde el primer día—. Es un hombre maravilloso. Merece mucho más de lo que yo puedo ofrecerle.

—Deberías meditarlo, Rafaela. Sopesarlo en tu conciencia. Tu padre teme la deshonra, pero a mí no me parece que eso sea lo importante. Creo que lo que deberías tener en cuenta es si estás arruinando la vida de otra persona. ¿Estás destrozando a ese hombre? —Sonrió dulcemente y le oprimió de nuevo los hombros a su hija—. Todo el mundo, en algún momento de su vida, comete una indiscreción. Pero lo importante, hija mía, es evitar que alguien sufra las consecuencias de ello. Por lo general es preferible que sea un conocido, incluso un primo, quizás alguien que también esté casado. Pero jugar con solteros, que exigen más de ti, que abrigan esperanzas que no podrás satisfacer, es una crueldad, Rafaela. Más que eso: es una irresponsabilidad. Si eso es lo que has hecho, entonces cometiste un error al amar a ese hombre.

Su madre acababa de echar otro fardo al enorme peso que ya la agobiaba desde su llegada. Después de sobreponerse a la ira provocada por las palabras de su padre, cayó en una profunda depresión al descubrir la verdad que encerraban aquellas acusaciones. El hecho de que pudiera estar quitándole algo a John Henry, ya fuera tiempo, atenciones o siquiera una fracción de su afecto, no había dejado de constituir para ella una preocupación, así como le remordía la conciencia la posibilidad de constituir un estorbo para Alex, si éste tenía otros proyectos más ventajosos.

Ahora su madre le sugería que mantuviese relaciones con un primo o con algún hombre casado, pero no con Alex. Le decía que amar a Alex era una crueldad. Y de repente, dominada por las emociones, Rafaela tuvo la impresión de que no podría resistirlo ni un segundo más. Meneó la cabeza, oprimió el brazo de su madre y salvó corriendo el camino que la separaba de la casa. Su madre la siguió con paso más lento y los ojos llenos de lágrimas por la angustia que había descubierto en el rostro de Rafaela.

Capítulo 26

Los días que Rafaela pasó en Santa Eugenia ese verano fueron los más infelices que jamás hubiese vivido, y cada día que transcurría aumentaba la presión que amenazaba con ahogarla como si llevase un collar de hierro forjado alrededor del cuello. Ni siquiera los niños lograban distraerla. Los encontraba bulliciosos y molestos; constantemente gastaban bromas a los mayores, y fastidiaban mucho a Rafaela. El único punto luminoso residía en el hecho de que les encantaron los cuentos, pero ni siquiera eso parecía importarle mucho. Guardó los manuscritos en la maleta a los pocos días de estar allí y se negó a contarles más cuentos durante el resto de su estadía. Le escribió un par de cartas a Alex, pero de repente le parecieron confusas y torpemente redactadas. Era imposible no contarle lo ocurrido; sin embargo, ella no deseaba hacerlo hasta haber puesto en claro sus ideas. Cada vez que tomaba la pluma para escribirle se sentía más culpable; cada día estaba más agobiada por las palabras de sus padres.

Casi sintió alivio cuando llegó su padre al fin de la primera semana y tras un almuerzo formal al que asistieron todos los presentes en Santa Eugenia —treinta y cuatro personas— le dijo a Rafaela que quería verla en la pequeña solana contigua a su habitación. Cuando se reunió allí con su progenitor, éste se puso tan furioso como lo había estado en París, y ella se sentó inconscientemente en

221

una silla de tela con listas verdes y blancas que solía ocupar cuando era niña.

—Y bien, ¿has recobrado ya el juicio?

Su padre fue directamente al grano, y Rafaela hizo un esfuerzo para dominar el temblor que se apoderaba de ella al oír sus palabras. Era ridículo que a su edad se dejara impresionar de aquella manera, pero eran muchos los años que había pasado recibiendo órdenes de él como para que no le inspirara temor, como padre y como hombre.

—¿Lo has recobrado?

—No sé muy bien a qué te refieres, padre. Sigo sin estar de acuerdo con tu posición. Lo que he hecho no ha perjudicado en absoluto a John Henry, por mucho que tú lo desapruebes.

—¿De veras? Entonces ¿cómo está su salud, Rafaela? Tengo entendido que él no anda muy bien.

—Anda regular. —Vaciló unos instantes, se puso de pie y caminó arriba y abajo hasta detenerse frente a su padre para encararlo con la verdad—. Mi esposo tiene setenta y siete años, papá. Hace casi ocho años que está poco menos que postrado en la cama, ha sufrido varios ataques y le quedan pocos deseos de seguir viviendo en ese estado. ¿Puedes culparme acaso por todo eso?

—Si le quedan tan pocos deseos de seguir viviendo, ¿cómo puedes correr el riesgo de que los pierda por completo? ¿Puedes afrontar la posibilidad de que alguien se lo cuente y que eso sea la gota que colme el vaso? Debes de ser muy valiente, Rafaela. En tu lugar, yo no correría ese riesgo, aunque sólo fuese porque después no podría vivir con ese remordimiento de conciencia, ya que dadas las circunstancias podrías ser la responsable de su muerte. ¿O acaso eso no se te ha ocurrido pensarlo?

—Lo he pensado. Muchas veces. —Exhaló un suave suspiro—. Pero, papá..., yo amo... a ese hombre.

—No lo suficiente como para hacer lo que más le conviene a él, según parece. Eso me causa una profunda tristeza. Pensé que eras mucho más sensible que todo eso.

Rafaela le miró con una triste expresión en el rostro.

—¿Debo ser tan perfecta, papá? ¿Debo ser tan fuerte? Lo he sido durante ocho años..., durante ocho... —Pero no pudo seguir, ahogada su voz por los sollozos; luego le miró temblorosa—. Esto es todo lo que tengo.

—No —repuso su padre con firmeza—. Tú tienes a John Henry. No tienes derecho a nada más. Un día, cuando él haya fallecido, podrás considerar otras posibilidades. Pero por ahora esas puertas están cerradas para ti. —La miró con dureza—. Y espero, por el bien de John Henry, que sigan estándolo durante mucho tiempo.

Rafaela agachó la cabeza un instante y luego la levantó, dirigiéndose a la puerta.

—Gracias, papá —dijo con voz muy queda, y salió.

Su padre partió hacia París al día siguiente, pero se fue con la convicción, que su esposa compartía, de que lo que le había dicho a Rafaela no había caído en saco roto. En gran medida, ella había perdido la voluntad de seguir luchando, y por fin, cuatro días después, y luego de cinco noches de insomnio, se levantó a las cinco de la madrugada, se sentó ante el escritorio de su habitación, sacó una hoja de papel y empuñó una pluma. No era que ya no tuviera valor para seguir luchando contra sus padres. Lo que ocurría era que ya no podía sofocar la voz que ellos habían despertado en su conciencia. ¿Cómo podía saber ella que lo que estaba haciendo no hería a John Henry? Y lo que habían dicho en relación con Alex también era cierto. Él tenía derecho a esperar mucho más de lo que ella podía brindarle, y tal vez no tendría la libertad para poder ofrecérselo en muchos años.

Se quedó sentada, mirando fijo el papel en blanco, habiendo resuelto lo que en él tenía que escribir. No por causa de sus padres, o de Kay Willard, se dijo, sino por causa de John Henry y de Alex, y lo que ella les debía a ambos. Le llevó dos horas redactar la carta que sus ojos apenas lograban ver cuando por fin estampó su firma con el último trazo de la pluma. Las lágrimas le nublaban la vista, pero las palabras que había escrito distaban de tener un sentido oscuro. Le decía que no quería continuar viéndose con él, que lo había meditado mucho durante las vacaciones en España, que no tenía ningún sentido prolongar una relación amorosa sin posibilidad de futuro. Se había dado cuenta de que él no era la persona adecuada para ella ni para la vida que podrían llevar cuando fuese libre. Le decía también que había sido muy feliz en España con su familia, que aquél era el sitio para ella y que, puesto que él estaba divorciado y ella era católica, jamás podría contraer matrimonio con él. Recurrió a cuanta mentira, excusa e insulto logró concebir, con el fin de que a Alex no le quedara ninguna duda con respecto a la imposibilidad de continuar. Quería dejarle en absoluta libertad para que buscara a otra mujer y no la esperara a ella. Quería estar segura de haber sido muy explícita al ofrecerle la libertad, y si para ello debía mostrarse descortés, estaba dispuesta a hacerlo, por el bien de Alex. Aquélla era la última ofrenda que le brindaría.

Con todo, la segunda carta que escribió contenía unos términos

223

aún más duros. Iba dirigida a Mandy, pero a la dirección de Charlotte Brandon en Nueva York. En ella le explicaba que las cosas habían cambiado entre ella y Alex, que no seguirían viéndose cuando volviera a San Francisco, pero que siempre querría a Mandy y jamás olvidaría los meses que habían pasado los tres juntos.

Para cuando terminó de escribir las cartas ya eran las ocho de la mañana, y Rafaela se sentía como si la hubieran estado golpeando desde la medianoche hasta el alba. Se puso un grueso albornoz y bajó silenciosamente al vestíbulo, donde depositó las cartas sobre una bandeja de plata. Luego salió despacio de la casa y se dirigió a un remoto lugar de la playa que había descubierto cuando era niña. Se quitó el albornoz y el camisón, se descalzó lanzando las sandalias que llevaba a varios pasos de distancia de un puntapié y se arrojó al agua con vengativa decisión, para alejarse nadando con toda la energía que pudo desarrollar. Acababa de renunciar a la única cosa que daba sentido a su vida, por lo que ahora ya tanto le daba vivir como morir. Le había prolongado la vida a John Henry, por un día, un año, una década o incluso dos; había dejado a Alex en libertad de casarse con quien él quisiera, para poder tener hijos, y a ella ya no le quedaba nada, salvo el vacío que la había estado consumiendo a lo largo de ocho solitarios años.

Se alejó nadando hasta donde se lo permitieron sus fuerzas y luego regresó hacia la playa, sintiendo cómo el dolor y la fatiga del esfuerzo se iban apoderando de todas las partes de su cuerpo. Emergió lentamente del agua, extendió el albornoz en la arena y se tendió sobre él, dejando que el sol besara su cuerpo desnudo; luego sus hombros se sacudieron convulsivamente al prorrumpir ella en sollozos. Allí permaneció casi durante una hora, y cuando regresó a la casa comprobó que los criados habían recogido sus dos cartas de la bandeja de plata para llevarlas al correo de la ciudad. Ya estaba hecho.

Capítulo 27

CUANDO ABANDONÓ ESPAÑA y volvió a San Francisco los días se le hicieron interminables a Rafaela. Se pasaba las horas junto a John Henry, todos los días, leyendo, pensando y a veces conversando. Le leía las noticias de los periódicos, procuraba desenterrar libros que sabía le habían gustado en el pasado, le hacía compañía en el jardín y se dedicaba a la lectura de los libros que a ella le gustaban, mientras él descabezaba un sueñecito, lo que cada vez ocurría con más frecuencia. Así, las horas, los días, los instantes se arrastraban pesadamente, como cargados de plomo. Cada mañana tenía la sensación de no poder llegar al final del día. Y al anochecer estaba exhausta por el esfuerzo que había tenido que hacer, aunque sólo permaneciera allí sentada, casi sin moverse, escuchando el ronroneo de su propia voz y luego los ronquidos sordos de su esposo al quedarse dormido mientras ella leía.

La vida era una tortura a la que ella ahora se sentía condenada. Antes de conocer a Alex no lo experimentaba de esa forma. En aquel entonces no conocía la diferencia, no había disfrutado de la alegría que le proporcionó arreglarle el cuarto a Mandy, no había horneado pan, ni cavado en el jardín, ni esperado con impaciencia la vuelta de Alex al hogar; tampoco había subido las escaleras persiguiendo a Mandy y riendo, ni contemplado la puesta del sol junto a Alex... Ahora no sucedía nada de eso; sólo los agobiantes días veraniegos, sentada en el jardín, contemplando el paso de las enormes nubes blancas, o encerrada en su habitación por la noche, escuchando las sirenas de niebla que aullaban en la bahía.

A veces rememoraba los primeros veranos pasados en Santa Eugenia, o aun los que había pasado en el extranjero con John Henry unos diez años atrás. Pero ahora no podía gozar de la natación, de la risa, de las carreras por la playa, sintiendo el viento en los cabellos. No había nada ni nadie en su vida, salvo John Henry, y también él se mostraba diferente de como era un año atrás. Se veía mucho más cansado, abatido realmente, y se había vuelto más introvertido, y menos interesado por lo que pasaba en el mundo. Ya no le importaba la política, los contratos petroleros con los árabes o los desastres potenciales que en otros tiempos tanto le habían intrigado. Le importaba un comino su propia firma o cualquiera de sus antiguos socios. En verdad no le importaba nada, aunque de repente se quejaba cuando alguna de las pequeñas cosas de su entorno salía mal. Era como si le fastidiara todo y detestara a todos los que lo rodeaban por las angustias que había sufrido en los pasados ocho años. Estaba cansado de morirse tan lentamente, le comentó una mañana a Rafaela.

—Si de todos modos voy a morir más tarde o más temprano, ¿por qué no morirme de inmediato?

Hablaba constantemente de sus deseos de que todo terminara, de que odiaba a las enfermeras, de que no quería que le llevaran en el sillón de ruedas. No quería que nadie le molestara, y sólo con Rafaela hacía un esfuerzo supremo, como si no quisiera torturarla a ella por culpa de sus propios padecimientos. Pero era evidente que se sentía desesperadamente desgraciado, y eso no hacía más que recordarle a Rafaela las palabras de su padre. Tal vez tenía razón al decirle que John Henry necesitaba todas sus atenciones. Al menos así era ahora, aunque no hubiese sido lo mismo antes. O quizá se le antojaba que él la necesitaba ahora mucho más por el hecho de que ella no poseía ninguna otra cosa. Pero John Henry parecía absorber todos los instantes, y Rafaela se sentía obligada a hacerle compañía, a estar cerca de él, a velar su sueño cuando dormía. Se hubiera dicho que había contraído un último compromiso: dar toda su vida por aquel hombre. Y al mismo tiempo parecía que John Henry hubiese renunciado a seguir viviendo. Si estaba cansado de vivir, ¿qué podía hacer ella para estimular su voluntad de seguir con vida? ¿Insuflarle su propia juventud, su propia vitalidad, su propia voluntad de vivir? Su vida, empero, no era mucho más feliz que la de John Henry. Desde que había renunciado a Alex ya no había nada que justificara su existencia, salvo el deseo de constituirse en una especie de suero vital para John Henry. Había días en que tenía la sensación de que ya no podía resistirlo más.

Ya casi nunca salía, y cuando lo hacía le pedía al chófer que la llevara a algún alejado lugar donde pudiese dar largos paseos. No había estado en el centro de la ciudad desde su regreso de España al principio del verano, y evitaba rondar por el barrio, aun al anochecer, por temor de encontrarse con Alex. Éste había recibido su carta el día anterior a la partida de Rafaela de Santa Eugenia, y se quedó paralizada cuando el mayordomo le anunció que tenía una llamada telefónica de Estados Unidos, deseando que fuese Alex y al mismo tiempo temiendo que fuera él. No se atrevió a rechazar la conferencia por miedo de que se tratara de algo relacionado con John Henry.

De modo que acudió al teléfono con el corazón latiéndole aceleradamente y las manos temblorosas, y cuando oyó la voz de Alex en el otro extremo cerró con fuerza los ojos y trató de contener las lágrimas. Le dijo con toda calma y voz queda que allí, en Santa Eugenia, había recobrado la sensatez, y que no había nada más que decir que no le hubiese dicho ya en la carta que él acababa de recibir. Alex la acusó de estar loca, le dijo que alguien debía de haberla presionado, y le preguntó si su decisión tenía algo que ver con lo que Kay pudiera haberle dicho en Nueva York. Rafaela le aseguró que no se trataba de nada de eso, que había tomado ella misma la decisión; cuando colgó se pasó varias horas llorando. Renunciar a Alex era la decisión más dolorosa que había tomado en su vida, pero no podía correr el riesgo de que aquella relación le segara la vida a John Henry, así como tampoco estaba dispuesta a seguir privando a Alex de todo lo que él merecía encontrar al lado de otra mujer. Al fin, su padre y Kay se habían salido con la suya. Y ahora sólo le restaba cargar con las consecuencias durante el resto de su vida. Hacia el término del verano descubrió que los años se extendían ante ella como una serie de compartimentos fríos y vacíos.

En septiembre, como John Henry empezó a pasar varias horas de la mañana durmiendo, Rafaela revisó los manuscritos de cuentos infantiles con el único fin de entretenerse. Eligió el que más le gustaba y, con la sensación de estar cometiendo una tontería, lo pasó a máquina y envió la versión definitiva a un editor de libros infantiles de Nueva York. La idea se la había dado Charlotte Brandon, y a pesar de lo absurdo que le parecía se dijo que nada tenía que perder y mucho menos que hacer.

Una vez terminado el libro volvió a verse acosada por los recuerdos del verano. Sobre todo había momentos en que sentía un profundo rencor por su padre, y dudaba que jamás pudiese perdonarle las cosas que le había dicho. El hombre sólo depuso moderadamente su actitud cuando ella le dijo por teléfono desde Santa Eugenia que había resuelto el problema de San Francisco. Su padre le contestó que no tenía por qué felicitarla, puesto que no había hecho más que cumplir con su deber, y que le apenaba haber tenido que mostrarse tan enérgico para poner punto final a una situación que ella hubiera tenido que resolver mucho tiempo antes. Señaló que le había defraudado en gran manera, y hasta las palabras más dulces de su madre le provocaron finalmente una sensación de fracaso.

Ése fue el estado de ánimo con que inició el otoño en San Francisco y que la obligó a rechazar la invitación de su madre de encontrarse en Nueva York por unos días, cuando hiciera escala en esa ciudad a su paso hacia Argentina, acompañada de la horda de costumbre. Su lugar estaba junto a John Henry, y no lo abandonaría jamás hasta el día de su muerte. Quién sabía si los meses pasados yendo y viniendo entre la casa de Alex y la suya no habían contribuido a empujar a John Henry hacia la muerte. De nada hubiera servido, por supuesto, decirle que cualquier incidente capaz de precipitar el desenlace nadie lo habría recibido con mayor entusiasmo que el propio John Henry. Ahora ella casi nunca se separaba de su lado salvo para realizar sus ocasionales paseos.

Su madre se mostró ligeramente molesta ante la negativa de Rafaela a reunirse con ella en el Carlyle y se preguntó si aún estaría enfadada con su padre por lo que había pasado entre ellos en el verano. Sin embargo, la carta de Rafaela rehusando la invitación no denotaba enojo. Más bien se mostraba como retraída. Su madre se prometió a sí misma telefonearla desde Nueva York para asegurarse de que no se trataba de nada grave, pero acosada por sus primas y sobrinas y las constantes diligencias, las compras y la diferencia horaria, tuvo que partir hacia Buenos Aires sin haber tenido oportunidad de telefonearla.

A Rafaela, sin embargo, no le importó. No tenía ningún deseo de conversar con su madre ni con su padre, y además había resuelto no volver a pasar ningún otro verano en Europa hasta que John Henry hubiese fallecido. Éste parecía vivir en estado de animación suspendida, durmiendo la mayor parte del tiempo, deprimido cuando estaba despierto, negándose a comer y perdiendo lentamente las capacidades que le restaban. El médico le explicó a

Rafaela que todo ello era normal en un hombre de su edad después de haber sufrido varios ataques. Lo único que resultaba sorprendente era que su decidida voluntad no se hubiese visto más severamente afectada con anterioridad. Lo irónico era que ahora que Rafaela se dedicaba a él en cuerpo y alma parecía agravarse su estado. El médico, empero, le dijo que aún cabía esperar una mejoría, que quizá después de varios meses de letargo inexplicablemente podría volver a animarse. Era evidente que Rafaela hacía lo posible por entretenerlo, y hasta empezó a prepararle sabrosos platos, dignos de un *gourmet*, con el fin de estimular su apetito y tentar a su paladar. Para muchas personas aquella vida hubiera resultado un suplicio, pero en cambio Rafaela parecía no darse cuenta siquiera del sacrificio que le exigía. Al haber renunciado a lo único que le interesaba en la vida y haber perdido a los dos únicos seres que había amado en mucho tiempo, Alexander y Amanda, ya no le importaba nada.

Noviembre transcurrió como los meses que lo precedieron, y fue en diciembre cuando recibió la carta de la editorial de Nueva York. Estaban encantados con el libro que les había enviado, aunque sorprendidos porque no tenía agente literario, y estaban dispuestos a pagarle dos mil dólares en concepto de adelanto por los derechos sobre el libro, que se encargarían de hacer ilustrar y editarían al verano siguiente. Por un instante se quedó mirando la carta con estupefacción, y luego, por primera vez en mucho tiempo, esbozó una amplia sonrisa. Subió corriendo las escaleras como una colegiala para mostrarle la carta a John Henry. Cuando llegó a su habitación lo encontró dormido en su sillón de ruedas, con la boca abierta, la barbilla caída sobre el pecho y dejando escapar un sordo ronquido. Rafaela se quedó inmóvil, observándole en silencio, y de pronto se sintió desesperadamente sola. ¡Deseaba tanto darle la noticia! Pero no tenía a nadie con quien compartir su alegría. De nuevo sintió una punzada al pensar en Alex, pero alejó en seguida aquel pensamiento de su mente, diciéndose que probablemente él ya había encontrado quien la sustituyera, que Mandy era feliz y que Alex tal vez estaría casado o comprometido. Dentro de un año más hasta podría ser padre. En definitiva, consideraba que quizás había hecho lo más beneficioso para todas las personas implicadas.

Dobló la carta y volvió a la planta baja. Se daba cuenta también de que John Henry nada sabía acerca de los cuentos que ella había estado escribiendo, y que le extrañaría mucho que ella le saliese ahora con la noticia del libro. Era preferible no decir nada.

Y por supuesto su madre no tendría interés alguno en ello, y Rafaela por su parte no sentía deseos de comunicárselo a su padre. O sea que no tenía a nadie a quien anunciárselo, por lo que se sentó a contestar la carta, agradeciéndoles el adelanto, que ella aceptaba. Más tarde se preguntó por qué lo había hecho. Se trataba de una concesión autocomplaciente que de repente se le antojó estúpida, y después de haberle entregado la carta al chófer para que la despachara se arrepintió de ello. Estaba tan acostumbrada a negarse a sí misma cualquier gusto personal que hasta aquella pequeña satisfacción le parecía inmerecida.

Horas más tarde, un poco enojada consigo misma por haber hecho algo tan tonto, le pidió al chófer que la llevara a la playa, mientras John Henry dormía su siesta. Deseaba pasear respirando un poco de aire puro y contemplar a los niños y los perros, sentir el viento contra su rostro y alejarse del ambiente enrarecido de la casa. Tuvo que recordarse que estaba en vísperas de Navidad, aunque ese año ello tenía muy poca importancia. John Henry estaba demasiado abatido como para interesarle si la celebraban o no. Por un instante rememoró la Navidad que pasaron juntos Alex, Mandy y ella, y una vez más alejó aquellos recuerdos de su mente. Ni siquiera eso se permitía ahora.

Eran casi las cuatro de la tarde cuando el chófer estacionó el coche junto a la furgoneta y los destartalados automóviles que se encontraban alineados unos al lado de los otros, y Rafaela, sonriendo al pensar en su discordante aspecto, se calzó unos mocasines que solía usar en Santa Eugenia y saltó del coche para enfrentar la persistente brisa marina. Llevaba una chaqueta forrada de piel, un suéter con cuello de cisne y unos pantalones grises. Ya no se vestía con tanta elegancia como antes. Para estar junto a John Henry mientras él dormía o comía en su habitación, mirando sin ver la pantalla del televisor, no parecía tener mucho sentido vestirse adecuadamente.

Tom, el chófer, observó cómo Rafaela bajaba por la escalera que conducía a la playa y luego la vio aparecer de nuevo a la orilla del mar. Al rato ya no logró distinguirla entre la gente que poblaba la playa, por lo que volvió a subir al coche, puso la radio y encendió un cigarrillo. Para entonces Rafaela ya se encontraba bastante lejos, admirando las correrías de tres hermosos perros de Terranova, que se perseguían entrando y saliendo del agua, y observando un grupo de jóvenes en tejanos o envueltos con mantas que bebían vino y cantaban, acompañándose con guitarras.

El sonido de sus voces la siguió a lo largo de la playa, hasta que por fin se sentó en un tronco y aspiró una profunda bocanada de aire salado. Se sentía tan bien allí, donde podía aislarse del mundo por unos momentos y contemplar cómo los demás vivían aun cuando a ella le estuviese vedado gozar plenamente de la vida... Permaneció allí sentada, viendo pasar a las parejas, que se abrazaban y besaban, riendo y charlando, o practicaban *jogging*, corriendo uno al lado del otro. Todos parecían dispuestos a ir a alguna parte, y ella se preguntó dónde debían de refugiarse a la puesta del sol.

Fue entonces cuando se quedó observando a un hombre que avanzaba corriendo. Venía desde el otro extremo de la playa en línea recta, corriendo de una manera casi mecánica, sin detenerse, hasta que por fin, moviéndose aún con la suavidad de un bailarín, aminoró el paso y prosiguió caminando a grandes trancos. A Rafaela le había llamado la atención, a la distancia, la armonía de sus movimientos, y a medida que se acercaba los ojos de ella se iban fijando con más intensidad en su figura. Se distrajo un momento con un grupo de niños y cuando volvió a posar sus ojos en el hombre advirtió que llevaba una chaqueta roja y que era muy alto, si bien sus facciones aún no se perfilaban. De repente Rafaela lanzó una exclamación. Sobresaltada, se quedó inmóvil, mirándole fijamente, sin poder volver la cabeza para que él, Alex, no le viese la cara. Él siguió acercándose, y al posar sus ojos en Rafaela se detuvo. Permaneció quieto un largo rato y acto seguido, con toda decisión pero lentamente, se acercó al sitio donde ella estaba sentada. Rafaela sentía deseos de salir corriendo, de desaparecer, pero en cuanto lo descubrió corriendo por la playa comprendió que no tenía ninguna posibilidad de huir, pues se había alejado demasiado del lugar donde estaba el coche. Ahora, Alex, pausadamente, con cara impávida, avanzó hacia Rafaela, hasta quedar de pie a corta distancia, desde donde clavó su mirada en ella.

Ninguno de los dos habló por unos segundos y luego, como contra su propia voluntad, Alex sonrió.

—Hola. ¿Cómo estás?

Resultaba difícil creer que hacía cinco meses que no se veían. Mientras Rafaela miraba aquel rostro que tantas veces y tan claramente había visto en su mente, tuvo la impresión de que habían estado juntos sólo el día antes.

—Estoy bien. ¿Y tú?

Alex exhaló un suspiro, pero no le contestó.

—¿Estás bien, Rafaela? Quiero decir si de veras...

Ella asintió con la cabeza, preguntándose por qué él no le había respondido al preguntarle cómo estaba. ¿Acaso no era feliz?

¿No había encontrado a la mujer que la reemplazara? ¿No era para eso que ella había renunciado a su amor? Era seguro que su sacrificio había dado su fruto rápidamente.

—Aún no comprendo por qué lo hiciste —le dijo Alex bruscamente, sin tener intención alguna de marcharse.

Había esperado aquel momento durante cinco largos meses. Ahora no se habría movido de allí aunque lo hubiesen arrancado con una grúa.

—Ya te lo dije. Somos demasiado diferentes.

—¿De veras? Pertenecemos a dos mundos distintos, ¿no es así? —repuso él con amargura—. ¿Quién te dijo eso? ¿Tu padre? ¿O alguna otra persona? ¿Una de tus primas españolas?

«No —habría querido responder ella—, tu hermana fue quien lo arregló por nosotros. Tu hermana, y mi padre con su maldita vigilancia y las amenazas de contárselo a John Henry, aun cuando ello pudiese quitarle la vida… Eso y mi conciencia. Quiero que puedas tener los hijos que yo nunca podré darte…»

—No. Nadie me instigó a hacerlo. Comprendí simplemente que eso era lo que debía hacer.

—¿Ah, sí? ¿No te parece que hubiéramos podido discutirlo? Como dos personas adultas. En mi país la gente discute las cosas antes de tomar una decisión que pueda afectar la vida de otras personas.

Ella tuvo que hacer un esfuerzo para mirarle con frialdad.

—Lo nuestro estaba comenzando a afectar a mi esposo, Alex.

—¿De veras? Es extraño que lo advirtieras cuando estabas en España, a diez mil kilómetros de distancia de él.

Entonces Rafaela le miró con ojos implorantes, en los que comenzaba a reflejarse toda la angustia de los pasados cinco meses. Alex ya había notado que estaba mucho más delgada, que tenía profundas y oscuras ojeras, que sus manos se veían muy frágiles.

—¿Por qué haces esto ahora, Alex?

—Porque no me brindaste la posibilidad de hacerlo en julio. —Él la había telefoneado cuatro o cinco veces, pero Rafaela se negó a atender las llamadas—. ¿No imaginaste el efecto que me causaría aquella carta? ¿Lo pensaste acaso?

Al observar la expresión de Alex ella comprendió lo sucedido. Rachel le había abandonado, sin ofrecerle la oportunidad de vencer a un invisible oponente: un trabajo de cien mil dólares anuales en Nueva York. Y luego Rafaela le había hecho la misma jugada, poniendo a John Henry y sus «diferencias» como excusa para justificar su desaparición por el foro. Bajo la penetrante mirada de Alex, bajó los ojos y acarició la arena con su larga y fina mano.

—Lo lamento… ¡Oh, Dios!… Lo lamento de veras…

Entonces Rafaela levantó la vista hacia él y sus ojos estaban anegados en lágrimas. Y el dolor que Alex descubrió en ellos le hizo caer de rodillas sobre la arena a su lado.

—¿Tienes idea de lo mucho que te amo?

Rafaela volvió la cabeza al tiempo que levantaba una mano como para imponerle silencio, musitando quedamente:

—Alex, no…

Pero éste le cogió la mano con la suya y luego con la otra la obligó a volver la cabeza hacia él.

—¿Me has oído? Te amo. Te amaba entonces, te amo ahora y te amaré siempre. Y quizá no te comprenda, quizás haya diferencias entre nosotros, pero puedo tratar de entender mejor esas diferencias si tú me brindas una oportunidad, Rafaela.

—Pero ¿por qué? ¿Por qué conformarte con llevar una vida incompleta conmigo, cuando podrías gozar de una vida plena con otra mujer?

—¿Por eso lo hiciste?

A veces él lo había pensado, pero nunca pudo comprender por qué resolvió romper los lazos que les unían tan de repente y de una manera tan brusca. Tenía que haber algo más que eso.

—En parte —respondió ella francamente, mirándole de hito en hito—. Quería que tu felicidad fuese más completa.

—Todo cuanto yo deseaba era tenerte a ti. —Y en voz más aguda agregó—: Eso es lo que deseo también ahora.

Pero ella sacudió lentamente la cabeza.

—Eso no puedes obtenerlo. —Y tras una larga pausa dijo—: No es correcto.

—¿Por qué no, maldita sea? —exclamó Alex, echando chispas por los ojos—. ¿Por qué? ¿Por tu marido? ¿Cómo puedes renunciar a todo cuanto eres por un hombre que está casi muerto, por un hombre que según lo que tú misma me has dicho siempre ha deseado tu felicidad, y probablemente te ama tanto que estaría dispuesto a dejarte en libertad si pudiera?

Alex sabía que en cierto sentido John Henry ya la había dejado en libertad de obrar según ella quisiera. Pero él no podía hablarle a Rafaela de aquel encuentro. En el rostro de ella se reflejaba toda la terrible tensión a que se veía sometida. Agregar a ese sufrimiento la noticia de que John Henry estaba al tanto de su relación era imposible.

Rafaela, sin embargo, no quería atender a razones.

—Ése no es el compromiso que contraje. Para bien o para mal..., en la enfermedad o en la salud..., hasta que la muerte nos separe. Ni el aburrimiento, ni los ataques de apoplejía, ni tú, Alex... Nada de ello puede hacerme renunciar a mis obligaciones.

—¡Que le den morcilla a tus obligaciones! —estalló Alex.

Pero Rafaela, con grave expresión, meneó la cabeza.

—No. Si no cumplo con mi deber para con él se morirá. Estoy segura de ello. Mi padre me lo dijo este verano y tenía razón. En estos momentos se puede decir que sólo está vegetando, Dios mío.

—Pero eso nada tiene que ver contigo, maldita sea, ¿no te das cuenta? ¿Vas a permitir que tu padre dirija también tu vida? ¿Vas a dejarte llevar por tus «deberes» y «obligaciones» y esa absurda manía del *noblesse oblige*? ¿Y qué me dices de ti, Rafaela? ¿Qué me dices de lo que *tú* deseas? ¿Alguna vez te has puesto a pensar en eso?

La verdad era que trataba de no pensar en ello. Ya no.

—No lo comprendes, Alex.

Hablaba en voz tan baja que a causa del viento él apenas podía oírla. Se sentó tan cerca de ella en el tronco que el contacto de su cuerpo hizo que Rafaela se estremeciera.

—¿Quieres mi chaqueta? —Ella negó con la cabeza, y luego Alex prosiguió—: Yo lo comprendo. Supongo que este verano hiciste una locura: te impusiste un gran sacrificio con el fin de purgar lo que considerabas como un gran pecado.

Pero de nuevo ella negó con un gesto.

—Lo que pasa es que no puedo hacerle a John Henry una cosa semejante.

Alex no pudo decirle, a pesar de esforzarse en hacerlo, que una de las constantes de su vida —la relación con su esposo— ya había sufrido una alteración.

—¿Hacer qué, por el amor de Dios? ¿Alejarte por unas horas de la casa? ¿Acaso debes estar encadenada a la pata de su cama?

Ella hizo un lento gesto de asentimiento.

—Por el momento sí. —Y luego, como si pensara que le debía una explicación, agregó—: Mi padre estuvo haciéndome seguir, Alex. Me amenazó con contárselo todo a John Henry. Y eso habría sido su muerte. No tuve alternativa.

—¡Oh, Dios! —exclamó él, mirándola asombrado. Lo que Rafaela no le dijo fue que la vigilancia que le impuso su padre se debió a una carta de su hermana Kay—. ¿Por qué tenía que hacer una cosa así?

—¿Decírselo a John Henry? No sé si lo habría hecho. Pero

yo no podía correr el riesgo. Por eso tuve que hacer lo que hice.

—Pero ¿por qué te hizo seguir?

Rafaela se encogió de hombros y le miró a los ojos.

—En realidad eso no importa. El caso es que lo hizo.

—Y ahora tú te quedas allí sentada, esperando.

Rafaela cerró los ojos.

—No lo digas de esa manera. No estoy esperando. Lo dices como si estuviese aguardando su muerte, y eso no es cierto. Simplemente hago lo que prometí hacer hace quince años: ser su esposa.

—¿No crees que las circunstancias permiten mostrarse más flexible en este caso particular, Rafaela? —La miró con ojos implorantes, pero de nuevo ella meneó la cabeza—. Está bien, no te presionaré.

Se dio cuenta de la enorme presión a la que debió de estar sometida en España. Resultaba increíble que su padre la hubiera hecho seguir y amenazado con contarle a su esposo que ella mantenía relaciones con otro hombre.

Alex rumiaba con oculta furia lo que le hubiese gustado hacerle al padre de Rafaela. Luego la miró a los ojos.

—Voy a dejar el caso abierto. Te amo. Te deseo. Bajo cualquier condición que impongas, cuando quiera que puedas. Sea mañana o dentro de diez años. Llama a mi puerta, y allí estaré esperando. ¿Comprendes lo que quiero decir, Rafaela? ¿Sabes que hablo en serio?

—Lo sé, pero me parece absurdo que hagas una cosa semejante. Tienes que hacer tu vida.

—¿Y tú no?

—Eso es diferente, Alex. Tú no estás casado, y yo sí.

Permanecieron sentados en el tronco, contemplando el mar. Después de tanto tiempo de separación, experimentaban un vivo goce por el mero hecho de estar juntos. Rafaela deseaba eternizar aquel instante, pero la luz del día comenzaba a desvanecerse y empezaba a entrar la niebla.

—¿Aún te tiene vigilada?

—No lo creo. Ahora no hay razón para ello.

Rafaela le sonrió dulcemente, deseando acariciarle la mejilla, pero sabía que no podía permitirse ese gusto. Nunca más. Y lo que decía él era una locura. No podía quedarse esperándola por el resto de su vida.

—Vamos —dijo Alex, poniéndose en pie y ofreciéndole la mano—. Te acompañaré hasta el coche. —Y con una sonrisa añadió—: ¿O acaso no es conveniente?

—No lo es —repuso ella, sonriéndole a su vez—. Pero puedes acompañarme parte del camino.

Estaba oscureciendo rápidamente, y no le hacía ninguna gracia la perspectiva de volver caminando sola hasta el coche. Le miró inquisitivamente, con el ceño fruncido y unos ojos que parecían aún más grandes ahora que estaba más delgada.

—¿Cómo está Amanda?

Alex la miró con una tierna sonrisa.

—Te echó de menos…, casi tanto como yo…

Rafaela no replicó.

—¿Cómo pasó el verano?

—No aguantó más de cinco días exactos con Kay. Mi querida hermana había planeado el mes de manera de poder mostrar a Mandy a los electores en todo momento. Mandy se dio cuenta del juego y la mandó a freír espárragos.

—¿Volvió a casa?

—No. Mi madre se la llevó antes a Europa. —Se encogió de hombros—. Creo que se divirtieron mucho.

—¿No te lo dijo ella?

Alex miró a Rafaela fija y largamente.

—Tengo la impresión de que no oí nada de lo que me decía la gente hasta el mes de noviembre.

Rafaela asintió con la cabeza, y siguieron caminando. Al fin ella se detuvo.

—A partir de aquí será mejor que siga sola.

—Rafaela… —Alex titubeó, pero finalmente resolvió formularle la pregunta—: ¿Podré verte de vez en cuando? Sólo para almorzar… o tomar una copa…

Pero ella meneó la cabeza.

—No podría.

—¿Por qué no?

—Porque ambos deseamos algo más que eso, y tú lo sabes. Será mejor que todo siga como hasta ahora, Alex.

—¿Por qué? Yo me quedo solo, tan enloquecido que ni sé por dónde camino, ¿y tú te quedas tan tranquila? ¿Es así como debe ser? ¿Por eso tu padre te amenazó con decírselo a John Henry, para estar seguro de que viviríamos así? ¿No deseas algo más, Rafaela? —Y entonces, sin poder contenerse, la tomó en sus brazos—. ¿No recuerdas cómo nos queríamos?

Rafaela, con los ojos llenos de lágrimas, hundió el rostro en el hombro de Alex, asintiendo previamente con la cabeza, con el fin de no mirarle a la cara.

—Sí…, sí…, lo recuerdo…, pero eso terminó…

—No. Yo aún te amo. Siempre te amaré.

—No debes hacerlo —dijo ella, mirándole por fin con ojos preñados de angustia—. Debes olvidarte de todo esto, Alex. Tienes que olvidarlo.

Alex sacudió la cabeza.

—¿Qué vas a hacer en Navidad?

La pregunta era absurda, y Rafaela le miró asombrada, sin adivinar qué podía tener en mente.

—Nada. ¿Por qué?

—Mi madre se va a Hawai con Amanda. Parten a las cinco de la tarde del día de Navidad. ¿Por qué no vienes a tomar una taza de café al anochecer? Prometo no presionarte ni molestarte, ni pedirte que me hagas promesa alguna. Sólo quiero verte. Significaría mucho para mí. Te lo ruego, Rafaela…

La frase quedó colgada. Rafaela permaneció muda un instante y luego, con un gran esfuerzo, profundamente dolorida, sacudió la cabeza.

—No —repuso con voz apenas audible—. No.

—No permitiré que te niegues. Estaré allí. Solo. Piénsalo. Estaré esperando en casa esa noche.

—No, Alex. Te lo ruego.

—No importa. Si no vienes es igual.

—Pero no quiero que te quedes esperándome. No iré.

Alex no replicó, pero había una luz de esperanza en sus ojos.

—Allí estaré —repitió sonriendo—. Ahora adiós. —Le dio un beso en la frente y luego le palmeó los hombros con sus recias manos—. Cuídate, nena.

Sin decir nada, Rafaela giró sobre sus talones y se alejó de él. Volvió la cabeza y le vio allí de pie, con su chaqueta roja y los negros cabellos agitados por el viento.

—No iré, Alex.

—No importa. Quiero estar allí, por si acaso decides venir. —Rafaela siguió caminando hacia la escalinata que la conduciría al coche, mientras Alex le gritaba—: ¡Hasta el día de Navidad!

En tanto la observaba subir la escalera Alex pensó en la devoción que sentía por John Henry, en la dedicación al cumplimiento de sus obligaciones. Dejaría que tomara libremente la decisión.

Pero lo que no podía hacer era dejar de amarla.

Capítulo 28

EL ARBOLITO QUE HABÍAN colocado sobre la mesa de juego, en el otro extremo del cuarto, rutilaba alegremente, mientras Rafaela y John Henry comían su pavo servido en las habituales bandejas. Él parecía más callado que de costumbre, y Rafaela se preguntó si la festividad le deprimía, si le recordaba las vacaciones de invierno en las estaciones de esquí en su juventud, o los viajes que había hecho con ella, o en los años de infancia de su hijo, en que adornaban un árbol enorme en el salón de la planta baja.

—John Henry..., querido..., ¿te sientes bien?

Rafaela se inclinó hacia él y le habló dulcemente, y él asintió con un gesto, pero no respondió. John Henry estaba pensando en la conversación que había mantenido con Alex. Algo había ocurrido, pero él se había sentido tan deprimido que no reparó en el estado de Rafaela. Por lo general, ella le engañaba bregando para animarle, al tiempo que disimulaba su propio dolor. John Henry se dejó caer de espaldas sobre la almohada, exhalando un suspiro.

—¡Estoy tan cansado de todo esto, Rafaela!

—¿De qué? ¿De la Navidad? —inquirió ella sorprendida.

Lo único que evocaba el espíritu navideño era el arbolito del dormitorio, pero quizá la luz le hiriera los ojos.

—No; de todo. De vivir..., de comer..., de ver las noticias por televisión cuando ya nada hay de nuevo. De respirar..., de hablar..., de dormir...

La miró desmayadamente, y de sus ojos había desaparecido todo rastro de la más ligera alegría.

—Pero no estás cansado de mí, ¿verdad?

Rafaela le sonrió con dulzura e hizo amago de darle un beso en la mejilla, pero él volvió la cabeza hacia el otro lado.

—No... hagas eso —le conminó en voz queda y triste, apagada por las almohadas.

—John Henry..., ¿qué ocurre? —le preguntó ella, con sorpresa y herida en sus sentimientos.

Lentamente, él volvió la cara hacia ella de nuevo.

—¿Aún lo preguntas? ¿Cómo puedes... vivir de esta manera... aún? ¿Cómo puedes soportarlo? A veces pienso... en los viejos... que fallecían en la India..., donde los incineraban... junto con sus jóvenes esposas en la pira funeraria. Yo te he condenado a algo aún peor, Rafaela.

—No digas eso. No seas tonto... Yo te amo...

—Entonces estás loca —replicó él airado—. Y si tú lo estás, yo no. ¿Por qué no te vas a alguna parte? Tómate unas vacaciones... Haz algo, por el amor de Dios..., pero no te quedes aquí malgastando inútilmente tu vida. La mía ya está terminada, Rafaela. —Su voz se convirtió en un murmullo—. La mía se ha agotado, desde hace años.

—Eso no es cierto.

Las lágrimas afluyeron a sus ojos mientras trataba de convencerle. La expresión del rostro de su esposo le destrozaba el corazón.

—Es cierto..., y tú tienes... que enfrentarlo. Hace años... que estoy muerto... Pero lo peor del caso es... que te estoy matando a ti también. ¿Por qué no te vas una temporada a casa de tu padre en París?

Se preguntaba qué estaría sucediendo entre ella y Alex, pero no se atrevía a preguntárselo. No quería que ella se enterara de que lo sabía.

—¿Para qué? —inquirió ella atónita—. ¿Por qué a París?

¿Con su padre? ¿Después de lo que había sucedido en el verano? Sólo de pensarlo sentía náuseas. Pero John Henry la miraba desafiante desde la cama.

—Quiero que te vayas... por una temporada.

Ella meneó la cabeza firmemente.

—No iré a ninguna parte.

—Sí que lo harás.

Discutían como dos chicos, pero ninguno de los dos parecía divertirse, ninguno de los dos sonreía.

—No, no lo haré.

—¡Maldita sea, quiero que te vayas a donde sea!

—Bueno, entonces iré a dar un paseo. Pero éste es también mi hogar, y tú no puedes mandarme a ninguna parte. —Retiró la bandeja de delante de su esposo y la depositó en el suelo—. Creo que lo que sucede es que estás cansado de mí, John Henry —bromeó Rafaela, pero en los ojos de John Henry no prendió la chispa maliciosa que brillaba en los de ella—. Tal vez lo que necesitas es una enfermera con un gran atractivo sexual.

Sin embargo, John Henry no pareció encontrarlo gracioso.

—Deja de decir tonterías.

—No digo tonterías —replicó ella dulcemente, inclinándose hacia delante en el asiento—. Te amo y no quiero ir al extranjero.

—Bueno, pero yo quiero que vayas.

Ella se quedó en silencio un instante sin dejar de observarle, y entonces John Henry volvió a hacer oír su voz en el silencio de la estancia.

—Quiero morirme, Rafaela. —Cerró los ojos y siguió hablando—: Eso es lo único que deseo. ¿Y por qué no me muero..., Dios, por qué? —Abrió los ojos de nuevo y los posó en su esposa—. Contéstame. ¿Dónde demonios está la justicia? —La miró con expresión acusadora—. ¿Por qué estoy todavía con vida?

—Porque te necesito —repuso ella en voz baja.

John Henry sacudió la cabeza y la volvió hacia el otro lado. Permaneció en silencio un largo rato y cuando Rafaela se acercó a la cama vio que se había quedado dormido. La entristeció comprobar cuán infeliz era su esposo. Tuvo la sensación de que no hacía por él todo cuanto debía hacer.

La enfermera entró de puntillas, y Rafaela le indicó con un gesto que se había dormido. Abandonaron la habitación en silencio, para conferenciar en voz baja. Llegaron a la conclusión de que probablemente ya no se despertaría en toda la noche. Había tenido un día largo y pesado, y el hecho de que fuese Navidad no había cambiado para nada las cosas. En realidad nada parecía tener ya importancia. John Henry estaba harto de todo.

—Estaré en mi habitación si me necesita —le dijo a la enfermera en voz queda, y se alejó por el pasillo con aire meditabundo.

¡Pobre John Henry! ¡Qué existencia tan desgraciada! Y para Rafaela, la injusticia no residía en que él aún estuviera agonizando, sino en el hecho de que hubiera sufrido los ataques. De no haber sido por ellos, John Henry, a su edad, aún habría sido un hombre lleno de vitalidad, una vitalidad más atenuada que a los cincuenta y sesenta años, por supuesto. Si bien se habría mostrado más fatigado, habría estado alegre, feliz y activo. En cambio, en su estado actual no poseía nada, y por lo tanto en cierto modo tenía razón. Apenas podía decirse que estaba vivo.

Rafaela entró lentamente en su estudio, pensando en su marido hasta que su mente voló hacia otras cosas: su familia, celebrando la Navidad en Santa Eugenia, su padre, y luego, inevitablemente, la Navidad que había compartido con Alexander y Amanda el año pasado. Y entonces, por enésima vez, recordó lo que él le había dicho tres semanas antes en la playa. «Estaré allí... esperando...» Aún le parecía oír sus palabras. Y mientras seguía allí sentada sola, en su estudio, se preguntó si realmente la estaría aguardando. Eran sólo las siete y media, una hora razonable, y fácilmente podía salir a dar un paseo, pero ¿adónde la conducirían sus pasos? ¿Qué sucedería si iba a su casa? ¿Sería sensato ir? ¿Tenía algún sentido? Ella sabía que no, que su lugar estaba en la mansión vacía de John Henry. A medida que transcurría el tiempo se volvía más acuciante el deseo de ir a verle, aunque sólo fuese por un momento, por media hora. Era una locura y así lo comprendía, pero a las nueve y media se levantó de la butaca de un salto, sin poder permanecer en casa ni un segundo más. Tenía que ir.

Se puso un abrigo de lana rojo sobre el sencillo vestido negro que llevaba, se calzó unas altas botas de cuero negras, se colgó del hombro un bolso de cuero negro y se pasó un peine por los cabellos. El corazón parecía aletear ante la perspectiva de ver a Alex, al tiempo que se reprochaba haber tomado la decisión de ir a su casa, pero luego se sonrió al pensar en la cara que pondría al abrir la puerta. Dejó una nota en su cuarto diciendo que había salido a dar un paseo y a visitar a una amiga, por si acaso alguien iba a buscarla, y mientras recorría las pocas manzanas que la separaban de la casa de Alex tuvo la sensación de que le habían salido alas en los pies.

Al llegar allí se detuvo lanzando un hondo suspiro. Se sintió como si hubiera estado extraviada durante medio año y por fin hubiese encontrado el camino de su hogar. Incapaz de contener la sonrisa que se dibujó en sus labios, cruzó la calle y tocó el timbre. En seguida oyó rápidos pasos en la escalera. Tras un instante de silencio se abrió la puerta y apareció Alex, sin poder dar crédito a lo que veían sus ojos, hasta que la expresión risueña que se reflejaba en la mirada de Rafaela fue acompañada por la similar de Alex.

—Felices Navidades —dijeron ambos al unísono, al tiempo que

se echaban a reír y él se hacía a un lado insinuando una reverencia y le dedicaba una cálida sonrisa.

—Bienvenida a casa, Rafaela.

Sin decir una sola palabra, ella entró.

La sala de estar aparecía amueblada ahora. Él y Mandy se habían ocupado de ello, recorriendo tiendas de antigüedades, de remates, galerías de arte y tiendas de muebles, hasta lograr una armoniosa combinación de muebles de estilo provenzal y norteamericano primitivo. La sala estaba decorada con una hermosa alfombra de pelo, cuadros impresionistas de pintores franceses, objetos de plata y varios libros antiguos. Había enormes jarrones con flores sobre las mesas y plantas en todos los rincones, que se habían encaramado hasta la repisa de mármol de la chimenea. El sofá estaba tapizado de blanco con almohadones de piel y telas floreadas, y había varias piezas bordadas a mano por Amanda para su tío mientras éste decoraba la casa. Al desaparecer Rafaela la jovencita se sintió aún más cerca de Alex y se tomó la obligación de cuidarle puesto que no había nadie más que lo hiciera. Le forzaba a comer los alimentos adecuados, a tomar sus vitaminas, a descansar lo suficiente, a no conducir demasiado aprisa, a no trabajar tanto, y le reprendía por no escardar el jardín. Él, por su parte, la embromaba acerca de sus amigos, sus comidas, su maquillaje, la ropa que usaba y, sin embargo, hacía que se sintiera como la jovencita más bonita del mundo. Se llevaban bien, y al cruzar el umbral Rafaela percibió el amor que se tenían, pues se respiraba en todos los rincones de aquella sala.

—Alex, esto es precioso.

—¿No es cierto? Mandy lo hizo casi todo después de salir de la escuela.

Parecía orgulloso de su sobrina ausente. Para Rafaela fue un alivio instalarse en la sala de estar, puesto que era un sitio donde nunca habían estado juntos. Ella se había puesto un poco nerviosa al pensar que podía llevarla al dormitorio para sentarse frente a la chimenea, pues eso le habría traído demasiados recuerdos, y lo mismo le habría ocurrido en el estudio o en la cocina. Allí era perfecto, porque el lugar era confortable y bonito, y además era nuevo.

Alex le ofreció café y coñac. Ella aceptó lo primero y rehusó el licor; se sentó en el sofá, admirando los detalles de la sala con más detenimiento. Él volvió al cabo de un instante con el café, y Rafaela advirtió que le temblaban las manos casi tanto como las suyas al coger la taza.

—No estaba segura de encontrarte —comenzó a decir ella nerviosamente—, pero decidí correr el riesgo.

Alex la observaba con expresión grave desde una butaca cercana al sofá.

—Te dije que aquí estaría. Y lo dije en serio, Rafaela. Eso ya deberías saberlo.

Ella asintió con la cabeza, sorbiendo el café caliente.

—¿Cómo has pasado la Navidad?

—Muy bien. Él sonrió al tiempo que se encogía de hombros—. Fue todo un acontecimiento para Mandy, y mi madre se presentó ayer por la noche para llevarla a Hawai. Se lo había prometido hace años, y ahora parece ser un buen momento. Acaba de terminar un nuevo libro y le pareció que debía aprovechar la oportunidad. Como dice el refrán: «Viejo está Pedro para cabrero».

—¿Tu madre? —exclamó Rafaela, sorprendida y divertida al mismo tiempo—. Ella nunca será vieja. —Y entonces recordó algo que había olvidado decirle cuando se encontraron en la playa—. A mí también me van a publicar un libro. —Y entonces se sonrojó, echándose a reír quedamente—. Aunque no es tan importante como una novela.

—¿Tu libro de cuentos infantiles? —inquirió él con ojos brillantes, y Rafaela asintió con la cabeza.

—Me respondieron hace sólo un par de semanas.

—¿Por medio de un agente?

Ella negó con un gesto.

—No. Sólo tuve suerte de principiante, supongo.

Se sonrieron mutuamente un largo rato y Alex se repantigó en la butaca.

—Me alegro de que hayas venido, Rafaela. ¡Hacía tanto tiempo que quería mostrarte esta sala!

—¡Y yo hacía tanto tiempo que deseaba contarte lo del libro! —repuso ella, sonriendo dulcemente.

Era como si fuesen dos amigos que se hubieran encontrado después de mucho tiempo de no verse. Pero ¿qué podían hacer ahora? No podían reanudar la relación anterior. Rafaela era consciente de ello. El bote se balancearía peligrosamente, cargado con Kay, con los padres de Rafaela y con John Henry. Ella deseaba poder contarle lo que había pasado el verano último, la clase de pesadilla en que se convirtió para ella.

—¿En qué estás pensando?

Rafaela había adquirido una expresión desolada mientras observaba el fuego. Le miró con franqueza.

—En el verano pasado. —Suspiró levemente—. Fue horrible.

Alex hizo un gesto de asentimiento, se quedó también pensativo y luego lanzó un suspiro, sonriendo.

—Soy feliz de tenerte aquí y poder charlar contigo. Eso fue lo más arduo para mí: no poder hablar contigo… ni verte más…, saber que no te encontraría aquí al volver a casa. Mandy dijo que eso era también lo que más le dolía. —Aquellas palabras eran como la hoja de un cuchillo hurgando en el corazón de Rafaela, y ella volvió la cabeza hacia el otro lado con el fin de que Alex no pudiese ver el dolor en sus ojos—. ¿Qué haces actualmente, Rafaela? —Le preguntó él con dulzura, y Rafaela fijó la vista en el fuego con aire pensativo.

—Paso la mayor parte del tiempo junto a John Henry. No ha estado nada bien últimamente.

—Debe de ser muy penoso para ambos.

—Sobre todo para él.

—¿Y para ti?

Alex escrutó su cara, pero ella no contestó. Entonces, sin decir nada más, él se inclinó hacia Rafaela y la besó dulcemente en los labios. Ella no se lo impidió, ni pensó en lo que hacía. Se limitó a besarle a su vez, con ternura al principio, y luego con toda la pasión, el dolor, la soledad y el deseo que se habían ido acumulando en su ser desde el verano anterior. Fue como si en aquel primer beso se hubiesen precipitado al exterior, y Rafaela sintió que también él se debatía con sus propios sentimientos.

—Alex… No puedo…

No podía reanudar aquella relación, no ahora. Él asintió con la cabeza.

—Lo sé. Está bien.

Siguieron hablando, contemplando el fuego, sobre ellos mismos, sobre cada uno de ellos, sobre lo que les había sucedido, y lo que habían sentido, y sin darse cuenta empezaron a hablar de otras cosas, de otra gente, de cosas divertidas, de momentos gozosos, como si hubiesen estado atesorando los sucesos de aquellos seis meses. Eran las tres de la madrugada cuando Rafaela se despidió de él en la esquina de la curva que llevaba a la casa de ella. Y entonces, como un colegial, Alex titubeó un instante y luego se echó de cabeza al agua.

—¿Podré verte de nuevo, Rafaela? ¿Como esta vez…?

No había querido asustarla, y se había dado cuenta de las presiones a las que había estado sometida, tanto reales como imaginarias. Ella pareció pensarlo, sólo un segundo, y en seguida asintió con la cabeza.

—Podríamos dar un paseo por la playa... —apuntó.

—¿Mañana? —la apremió él.

Rafaela rió ante la pregunta y asintió.

—De acuerdo.

—Te esperaré aquí e iremos en mi coche. —Como sería sábado, tendría el día libre—. A las doce.

—A las doce.

Sintiéndose muy joven, le sonrió agitando la mano y se fue, sonriendo para sus adentros durante todo el camino hasta su casa. En aquel momento no se acordaba de John Henry, de su padre, de Kay Willard ni de nadie. Sólo pensaba en Alexander..., Alex..., y en verle al día siguiente para ir a la playa.

Capítulo 29

HACIA EL FIN DE SEMANA Alex y Rafaela se encontraban todas las tardes, ora para dar un paseo por la playa, ora para sentarse ociosamente ante el fuego, tomando café exprés y charlando sobre la vida. Rafaela le mostró el contrato de edición de su libro cuando lo recibió de Nueva York, y él le contó los detalles de sus últimos casos. Se veían aprovechando las horas libres que él tenía por la tarde y las de la noche, cuando ya John Henry dormía. O sea que eran los momentos en que ella no podía estar con su esposo porque éste se encontraba descansando, por lo que Rafaela tenía la sensación de que no le robaba ni un segundo de los que le dedicaba. Le brindaba a Alex el tiempo que le pertenecía a ella, una media hora ahora, una hora después, un breve instante luego, para caminar, respirar, pensar y ser. Aquéllas eran las horas más felices que pasaron juntos, horas en las que se iban descubriendo el uno al otro, una y otra vez. Sólo que en esta ocasión los descubrimientos eran más profundos que los del año anterior, o quizá se debía al hecho de que ambos habían madurado mucho durante el tiempo que estuvieron separados. En ambos la sensación de pérdida había sido demoledora; sin embargo, había servido para ahondar más sus afectos en formas diferentes. A pesar de todo su relación era aún muy sutil: todo era nuevo para ellos, y ambos estaban un poco asustados. Rafaela temía provocar el mismo cataclismo del pasado, encendiendo las iras de la hermana de Alex y de su propio padre, y subsistía el problema de constituir un obstáculo para que Alex pudiera establecer una relación más plena con otra mujer. Alex, por su parte, sólo tenía miedo de asustarla de nuevo. Al fin y al cabo él contaba con la bendición de John Henry, de modo que no abrigaba ningún sentimiento de culpa en absoluto. Avanzaban despacio, paso a paso, y así siguieron hasta el día de Año Nuevo, en que ella se presentó a las dos de la tarde, después que John Henry hubo manifestado que deseaba dormir todo el día, y parecía dispuesto a cumplir su palabra.

Rafaela se fue a ver a Alex, tocó el timbre, pensando que tal vez no estaría en casa, y él abrió la puerta en tejanos y un cómodo suéter de cuello de cisne, y con una expresión de inmenso placer al verla allí de pie ante la puerta.

—¡Qué agradable sorpresa! ¿Qué haces aquí?

—Se me ocurrió venir a visitarte. ¿Acaso he sido inoportuna?

Sonrojándose, Rafaela pensó que había corrido un gran riesgo, pues Alex podía haber estado con una mujer en su habitación. Pero él adivinó la expresión de su rostro y soltó una risita.

—No, señora. No es usted «inoportuna». ¿Quieres una taza de café?

Ella asintió y bajó a la cocina tras él.

—¿Quién es el autor de todo esto? —preguntó Rafaela, señalando la hilera de relucientes cacerolas de cobre al tiempo que se sentaba en una silla.

—Un servidor.

—¿De veras?

—Claro —replicó él con una sonrisa—. Poseo muchas habilidades que tú aún no conoces.

—¿Ah, sí? ¿Como por ejemplo?

Alex le sirvió una taza de humeante café, y ella tomó un sorbo bajo la mirada atenta de su amado, quien la observaba henchido de felicidad desde su silla.

—No creo que sea conveniente revelarte todos mis secretos de una sola vez.

Así siguieron durante un rato, saboreando el café y gozando de su mutua compañía, hasta que comenzaron a hablar, como siempre, de una docena de cosas diferentes. Cuando estaban juntos siempre tenían la impresión de que el tiempo pasaba volando. De repente él se acordó de que tenía el manuscrito del libro de su madre.

—¡Oh, Alex! ¿Puedo leerlo? —preguntó Rafaela con entusiasmo.

—Claro. Está arriba, sobre mi escritorio.

A Rafaela los ojos le brillaban de gozo ante la perspectiva, y abandonando el café, subieron a la planta alta. Rafaela leyó unas cuantas hojas, encantada, y luego sonrió a Alex. Entonces se dio cuenta de que era la primera vez que volvía a estar en su estudio, y dirigió una tímida mirada al dormitorio del otro lado del pasillo. Luego sus miradas se encontraron, sin que ninguno de los dos pronunciara una sola palabra. Alex la besó con lentitud, apasionada y expertamente, y ella se entregó a su abrazo, arqueándose embargada de placer entre sus brazos. Él esperaba que Rafaela se le resistiera, que pusiera fin a su abrazo, pero ella no lo hizo, y él dejó que sus manos comenzaran a explorar ansiosamente su cuerpo, hasta que de mutuo acuerdo se dirigieron a la habitación de Alex.

Por primera vez en su vida adulta éste sentía temor de lo que estaba haciendo, de las consecuencias de aquella nueva experiencia mutua. ¡Tenía tanto miedo de perderla de nuevo! Pero fue Rafaela quien musitó:

—Está bien, Alex.

—Te amo con toda mi alma —repuso él, quitándose el suéter.

Y a continuación la fue desnudando despacio, como en un ballet, y también ella le ayudó a quitarse la ropa. Sus cuerpos buscaron la unión, y ambos se besaban, acariciaban y estrechaban indefinidamente, como si necesitaran de toda una eternidad para consumar aquel acto de amor. Cuando por fin yacieron el uno al lado del otro, saciados sus apetitos, y el ritmo de sus corazones volvió a la normalidad, se veían tan gozosos y felices como nunca lo habían sido antes. Incorporándose sobre un codo, Alex la contempló con una sonrisa tan radiante como ella no le había visto nunca.

—¿Sabes lo feliz que me hace verte aquí?

Ella sonrió levemente.

—Te eché tanto de menos, Alex..., en todos los sentidos...

Alex se dejó caer de nuevo a su lado y comenzó a deslizar sus dedos por el cuerpo de su amada, acompañando las caricias con sedientos besos, y un estremecimiento recorrió todo su cuerpo despertando otra vez el deseo a su paso. Alex tenía la sensación de que ahora jamás quedaría saciado, como si temiera que ella le dejara para no volver nunca más. Y así se hicieron el amor una y otra vez durante aquella tarde interminable. Luego se metieron juntos en el agua caliente de la bañera, y Rafaela se hundió en ella entrecerrando voluptuosamente los ojos.

—Querida, estás deliciosa.

—Y muy soñolienta. —Rafaela abrió un ojo, sonriendo—. Tengo que despabilarme y volver a casa.

Pero le parecía absurdo tener que irse y más aún hablar de su casa. Aquélla era su casa ahora, donde Alex vivía, donde ambos se entregaban el uno al otro en cuerpo y alma, donde ambos se ofrendaban mutuamente su amor. Y esta vez le importó un comino la amenaza de su padre. Jamás perdería a Alex. Que Kay le escribiera otra condenada carta. Que se fueran todos al infierno. Ella necesitaba a aquel hombre. Y después de todo tenía derecho a su amor.

Alex volvió a besarla dentro del agua y, bromeando, ella le dijo que si la tocaba de nuevo llamaría a la policía. Pero él estaba tan exhausto como ella, y cuando la llevaba en el coche a su casa bostezó feliz, la besó por enésima vez y, como siempre, dejó que el último tramo lo recorriese a pie.

Al entrar en la casa Rafaela notó un extraño silencio, como si todos los relojes se hubieran parado, como si también hubiese cesado una clase de sonido que otrora existiera subliminalmente en la enorme mansión. Resolvió que todo era fruto de su imaginación, que la fatiga no hacía sino exacerbar, y esbozando una mueca, seguida de un bostezo, enfiló la escalera. Pero cuando llegaba al primer rellano vio que dos sirvientes y dos enfermeras formaban un cerrado grupo frente a la puerta de la habitación de John Henry. El corazón le dio un vuelco y, al llegar al rellano, se detuvo intrigada.

—¿Ocurre algo grave?

—Se trata... —La enfermera tenía los ojos enrojecidos—. Se trata de su esposo, señora Phillips.

—¡Oh, Dios mío! —musitó ella.

Al ver la expresión de sus caras, adivinó lo que había pasado.

—¿Ha...?

No pudo concluir la frase, y la enfermera asintió.

—Ha fallecido —dijo, y entonces, dominada por la emoción, se echó a llorar de nuevo, buscando refugio en los brazos de su compañera.

—¿Cómo sucedió?

Rafaela se le acercó lentamente, muy erguida y hablando en voz muy queda. Sus ojos se veían enormes. John Henry había muerto mientras ella se revolcaba en la cama y hacía el amor con Alex. Le pareció tan indecente que se sintió como si la hubiesen abofeteado, y de repente recordó las palabras que le había espetado su padre el verano anterior. La había llamado prostituta.

—¿Sufrió otro ataque?

Las cuatro mujeres se quedaron paralizadas un instante; luego la enfermera que lloraba se puso a llorar con más desconsuelo, y las dos sirvientas desaparecieron como si se las hubiese tragado la tierra. Fue entonces cuando la otra enfermera se dirigió a Rafaela, quien en seguida comprendió que algo grave había ocurrido durante su ausencia.

—El médico quiere hablar con usted, señora Phillips. Hace dos horas que la está esperando. No sabíamos dónde estaba usted, pero encontramos la nota que dejó en su habitación y supusimos que no tardaría en volver.

Rafaela sintió náuseas.

—¿Está en casa aún el doctor?

—En la habitación del señor Phillips, con el cadáver. Pero no tardarán en llevárselo. Quiere que le hagan la autopsia para estar seguro.

Rafaela se quedó mirándola con estupefacción y luego se precipitó en la habitación de su esposo. Permaneció muy quieta y callada junto a la cama, contemplándolo. Parecía que estuviera durmiendo, y ella tuvo la impresión de que hasta había visto cómo movía una mano. Ni siquiera se dio cuenta de la presencia del médico. Sólo tenía ojos para John Henry, que se veía tan cansado, tan abatido, tan viejo… y que sólo parecía estar dormido.

—¿Señora Phillips…? ¿Rafaela?

Ella giró bruscamente sobre sus talones al oír la voz y exhaló un suspiro al ver quien era.

—Hola, Ralph.

Sin embargo, como atraídos por una fuerza magnética, sus ojos se volvieron hacia el rostro del hombre con quien había estado casada durante quince años. Aún no estaba segura de lo que sentía. Dolor, vacío, arrepentimiento, pena, algo…, pero aún no sabía qué. Todavía no había tomado conciencia de que había fallecido. Sólo unas horas atrás le había dicho que se sentía fatigado, y ahora parecía que se hubiese quedado dormido.

—Rafaela, pasemos a la otra habitación.

Siguió al médico al vestidor, que tantas veces habían ocupado las enfermeras, y permanecieron allí en silencio como dos conspiradores. Sin embargo, el médico tenía la cara demudada al fijar los ojos en Rafaela, y era evidente que tenía algo que decirle.

—¿Qué pasa? ¿Qué es lo que nadie quiere decirme? No fue un ataque, ¿verdad?

De repente lo supo instantáneamente. Y al menear la cabeza, el médico confirmó sus más horribles temores.

—No, no lo fue. Fue un terrible accidente. Un tremendo descuido, algo casi imperdonable, aunque no fue premeditado y nadie podía conocer sus intenciones.

—¿Qué es lo que tratas de decirme? —preguntó Rafaela, levantando la voz y con la sensación de que algo dentro de su cabeza iba a estallar.

—Que tu esposo…, John Henry…. La enfermera le dio un somnífero, y dejó el frasco sobre la mesita de noche… —Siguió un ominoso silencio, mientras Rafaela miraba al médico horrorizada—. Se tomó las pastillas, Rafaela. El frasco entero. Se suicidó. No sé de qué otra forma explicártelo, pero eso es lo que sucedió.

Se le quebró la voz, y Rafaela hubiera querido gritar. Se había quitado la vida… John Henry se había suicidado mientras ella copulaba con Alex… Ella lo había matado…, como si lo hubiese hecho con sus propias manos… ¿Acaso se había enterado de su relación con Alex? ¿O quizá presentía algo? ¿Habría podido ella evitarlo si hubiese estado allí? ¿Habría…? ¿Hubiera…? ¿Y si…? Las preguntas se sucedían raudas por su mente, en tanto sus ojos se abrían desmesuradamente, si bien no podía articular palabra alguna. Nada pudo decir. Su padre había estado en lo cierto. Ella lo había matado. John Henry se había suicidado. Por fin, pudo mirar al médico a los ojos.

—¿Me dejó alguna nota?

El hombre negó con un gesto.

—Nada.

—¡Oh, Dios mío! —murmuró casi para sí misma, y luego se desplomó sobre el suelo, a los pies del médico, sin conocimiento.

Capítulo 30

ANTOINE DE MORNAY-MALLE llegó de París a las seis de la tarde del día siguiente y encontró a Rafaela sentada contemplando la bahía. Al oír la voz de su padre a sus espaldas, ella se levantó de la butaca y se volvió para saludarle, y entonces él vio que su hija tenía la mirada vidriosa. No se había acostado la noche pasada, y, a pesar de que el médico le recetó un sedante ella se negó a tomarlo. Ahora se veía muy fatigada y muy demacrada con su vestido de lana negro, que acentuaba su delgadez, el cabello recogido en la nuca y los ojos enormes y hundidos en su rostro espectral. Al fijar la vista en sus piernas su padre constató que llevaba las medias negras que prescribía el duelo, y no lucía joya alguna salvo la pesada alianza de oro que había usado en su mano izquierda durante quince años.

—Papá...

Se le acercó con paso tardo al tiempo que él avanzaba hacia ella, escrutándole el rostro. Cuando Rafaela le telefoneó adivinó por el tono de su voz que algo grave había sucedido, algo desesperante que superaba incluso la gravedad de la muerte de su esposo. Algo había pasado que ella aún no le había contado.

—Rafaela, lo siento mucho. —Aflojada la tensión, se sentó en una butaca junto a la de su hija—. ¿Fue..., fue muy súbito?

Ella no respondió; permaneció con la mirada fija en la bahía y estrechando fuertemente la mano de su padre.

—No lo sé… Creo que sí…

—¿No estabas junto a él? —inquirió su padre frunciendo el ceño—. ¿Dónde estabas?

Su voz se llenó repentinamente de desconfianza, y Rafaela no pudo resistir su mirada.

—Había salido por un rato.

Su padre asintió con la cabeza.

—¿Sufrió un ataque… o bien el corazón no resistió más?

Al igual que muchas personas de su edad, quería saber exactamente cómo había fallecido, como si así pudiese prever lo que le ocurriría a él cuando le llegara la hora. Sin embargo, le intrigaba la expresión de su hija. Ella, por su parte, estaba pensando en no decírselo, pero comprendió que no tenía ningún sentido mentirle, pues conociendo a su padre sabía que comenzaría a conversar con todo el mundo, con los criados, las enfermeras, el médico… De un modo u otro averiguaría la verdad. Todos en la casa la conocían ya. El médico había convenido con ella no decir nada en absoluto respecto de las circunstancias que habían rodeado el fallecimiento de John Henry, pero las enfermeras se lo habían contado a la doncella, quien a su vez lo mencionó ante el mayordomo, quien le dio la novedad al chófer con expresión de estupefacción y pesar. Y no pasaría mucho tiempo sin que alguno de ellos se lo contara a algún colega de las casas vecinas y, finalmente, terminaría sabiéndolo toda la ciudad. John Henry Phillips se había suicidado. Y Rafaela presentía que su padre se enteraría también.

—Papá… —Volvió lentamente la cabeza hacia él y por fin posó la mirada en sus ojos—. No sufrió ningún ataque. —Cerró con fuerza los ojos un instante, aferró los brazos de la butaca, abrió de nuevo los ojos y prosiguió—: Fue… Se tomó unas pastillas, papá. —Su voz era apenas audible, y su padre la miraba sin acabar de comprender lo que ella le estaba diciendo—. Yo… John Henry estaba muy deprimido últimamente… Detestaba encontrarse en ese estado…

Calló, mientras los ojos se le anegaban en lágrimas y un sollozo le subía a la garganta.

—¿Qué es lo que tratas de decirme? —le preguntó mirándola fijamente, inmóvil en su asiento.

—Lo que te estoy diciendo… —repuso ella respirando hondo— es que la enfermera dejó el frasco de pastillas para dormir junto a él, en la mesita de noche… y él se las tomó… todas —concluyó con voz clara.

—¿Se quitó la vida? —exclamó su padre, horrorizado—. ¡Dios mío!

¿Y dónde estabas tú? ¿Por qué no verificaste si la enfermera había guardado convenientemente el específico? ¿Por qué no estabas en casa?

—No lo sé, papá... Nadie sospechaba que deseara matarse. Quiero decir que yo lo sabía..., sabía que estaba harto..., y últimamente se notaba muy triste por estar enfermo tanto tiempo. Pero nadie pensó... Yo no pensé..., nunca pensé que...

—¡Santo Dios! ¿Estás loca? ¿Cómo no tuviste más cuidado? ¿Cómo no supervisabas todo lo que las enfermeras hacían? Tenías la responsabilidad..., el deber...

Parecía dispuesto a seguir, pero Rafaela se puso en pie de un salto, como si fuera a lanzar un grito.

—¡Calla, papá! ¡Basta! Yo no pude evitarlo... ¡Nadie hubiera podido! Nadie tuvo la culpa... Fue...

—Presentarás una demanda contra la enfermera, ¿no es así? —le dijo su padre en tono formal, observándola atentamente.

Pero Rafaela meneó la cabeza, al tiempo que volvía a adquirir su aire abatido y fatigado.

—Claro que no. Ella no podía preverlo... Fue un accidente, papá.

—Un accidente que le costó la vida a tu esposo. —Sus miradas se cruzaron. Como si presintiera que la hija le ocultaba algo, Antoine de Mornay-Malle entrecerró los ojos y la observó detenidamente—. ¿Hay algo más, Rafaela? ¿Algo que no me hayas dicho?

Y entonces, como si viese con más claridad y como una sospecha la culpabilidad de su hija, se irguió muy tieso en la butaca y clavó la mirada en Rafaela.

—¿Dónde estabas cuando tu esposo se tomó las pastillas, Rafaela? —Ella sostuvo serenamente la mirada de su padre, no ya como una niña sino como una mujer adulta—. ¿Dónde estabas? —repitió él, poniendo mayor énfasis en su pregunta, y ella no supo qué contestar.

—Había salido.

—¿Con quién estabas?

—Con nadie.

Pero era inútil negarlo. Su padre ya lo había presentido, y ella se daba cuenta de que él lo sabía. La expresión de su rostro denotaba tanta angustia y remordimiento que era más elocuente que las palabras.

—¿Estabas con *él*, no, Rafaela? ¿No? —Elevó la voz ominosamente, y Rafaela, sin saber cómo salir del atolladero, no encontró otra solución que asentir—. ¡Dios mío, entonces lo mataste tú! ¿Me entiendes? ¿Sabes por qué tu esposo se tomó esas pastillas?

Su padre la miraba ahora con evidente asco, pero Rafaela sacudió la cabeza.

—Él nada sabía, papá. Estoy segura de eso.

—¿Cómo puedes estarlo? Los criados debían de saberlo, y alguno de ellos debió de decírselo.

—Ninguno de ellos habría sido capaz de hacer una cosa semejante, y además no creo que lo supieran.

Rafaela se dirigió prestamente a la ventana. Lo peor ya había pasado. Su padre sabía la verdad. Ya no podía decirle nada más. Las cartas estaban boca arriba sobre la mesa: su perfidia, su traición, su engaño, todo lo que había conducido a John Henry a quitarse la vida con somníferos, en vez de dejar aquel acto en manos de Dios.

—Entonces me mentiste cuando me prometiste que no volverías a verle.

—No, no te mentí. —Se volvió de cara a él de nuevo—. No le vi más, hasta hace un par de semanas. Nos encontramos por casualidad.

—Y entonces volviste a meterte en su cama, claro.

—Papá…, por favor…

—¿No lo hiciste? ¿No es ésa la causa de la muerte de tu esposo? Piénsalo. ¿Puedes realmente vivir con ese peso en tu conciencia? ¡Contesta!

A Rafaela se le llenaron de nuevo los ojos de lágrimas y sacudió la cabeza.

—No, no puedo.

—Eres una homicida, Rafaela. —Escupió las palabras como si fueran serpientes, cuyo veneno emponzoñaba todo cuanto tocaba—. Una homicida así como una prostituta. —Y entonces, irguiéndose en toda su estatura, se enfrentó a su hija—: Me has deshonrado, y reniego de ti con todo mi corazón, pero por mi propia dignidad y por la de tu madre no permitiré que vuelvas a hacerlo. No tengo idea de los proyectos que tienes con respecto a tu amante, pero estoy seguro de que debes de estar ansiando correr a sus brazos en cuanto sepulten a John Henry. No obstante, eso, querida mía, no sucederá. No por ahora. Lo que hagas más adelante a mí no me concierne, y como tú bien dices ya eres una mujer adulta. Una mujer repulsiva, inmoral, pero adulta, sin ninguna duda. Por lo tanto, dentro de un año, después de un tiempo prudencial de llevar luto, estarás en completa libertad de reanudar tu indecorosa conducta. Pero mientras tanto, durante un año, llevarás una vida decente, por mí, por tu madre, por la memoria de un hombre al que quise mucho, aun cuando tú no lo amaras. Después de los funerales partirás hacia España, donde te reunirás con tu madre. Y te quedarás allí durante un año. Yo me encargaré de atender todos los problemas que surjan en relación con los bienes, cuya resolución tardará ese tiempo por lo menos, y al cabo del año podrás volver aquí y hacer lo que te venga en gana. Pero un año, un año es lo que le debes al hombre que mataste. Si fueses a prisión estarías encerrada toda tu vida. Y el hecho es, joven señora, que lo que usted ha hecho pesará en su conciencia por el resto de su vida. —Se encaminó con aire solemne a la puerta y al llegar a ella se volvió—. Prepárate para partir el mismo día del entierro. No volveré a hablar contigo de este asunto. Un año de luto decente es un precio muy bajo por haber arrastrado a un hombre al suicidio.

Mientras Rafaela observaba cómo su padre salía de la habitación, las lágrimas se deslizaban por sus mejillas. De Alex no tuvo noticias hasta el día siguiente. Habían logrado posponer por veinticuatro horas la publicación de la noticia en los periódicos, pero a la mañana siguiente apareció en primera plana. John Henry Phillips había fallecido. Decía allí que había estado postrado en cama desde el día en que sufrió el primer ataque, que se había repetido varias veces hasta dejarle incapacitado durante ocho años. En el artículo casi no se hacía mención de Rafaela, salvo para decir que John Henry no había dejado descendencia y que le sobrevivía su segunda esposa, cuyo nombre de soltera era Rafaela de Mornay-Malle y de Santos y Quadral. Después se detallaban las empresas que había fundado, se mencionaba la fortuna que había dejado y las importantes operaciones internacionales que había llevado a cabo en el transcurso de los años. Pero nada de eso le interesaba a Alex. Se había quedado con la vista fija en el periódico, completamente anonadado, cuando lo compró por la mañana al salir para dirigirse al bufete.

Permaneció allí plantado, inmóvil, leyendo, durante varios minutos, y luego volvió rápidamente a su casa para telefonear a Rafaela. Se había estado preguntando por qué ella no había ido a verle la noche anterior, temiendo que al haber reanudado sus relaciones y haberse acostado con él se le hubiese reavivado el sentimiento de culpa y por eso hubiese resuelto no volver a verle. Ahora no podía menos que preguntarse cómo habría reaccionado ante el hecho de que John Henry hubiera fallecido mientras ella estaba con él. Por lo que decía el periódico no podía formarse una idea cabal al respecto. Constaba en la noticia la noche en que había muerto, y Alex supuso que debió de suceder mientras ella estaba fuera o poco después de haber vuelto a su casa. Cuando se disponía a marcar el número de su teléfono trató de imaginar la escena que Rafaela había encontrado al regresar de su encuentro con él, y se estremeció. Rafaela tardó varios minutos en acudir al aparato después de que lo atendiera el mayordomo, y cuando lo hizo su voz sonó apagada y sin vida. Sin embargo, cuando ella le respondió y oyó la voz de su amado, un escalofrío le recorrió todo el cuerpo. Fue como un brutal recordatorio de lo que ella había estado haciendo cuando su marido se tomó las pastillas letales.

—¿Rafaela? —le dijo él con voz cálida y evidentemente acongojada—. Acabo de leerlo en el periódico. Lo siento mucho... —Y tras una pausa preguntó—: ¿Estás bien?

Hasta el momento ella no había dicho nada excepto las palabras de saludo.

—Sí —repuso con voz pausada—. Estoy bien. —Y luego agregó—: Lo lamento... Estaba ocupada cuando llamaste.

Se encontraba seleccionando el vestido que se pondría para asistir al entierro de John Henry, y su padre permanecía a su lado con una expresión en la que se reflejaba el pesar que sentía por el amigo fallecido mezclado con el rencor acusador que conservaba para con su hija.

—El entierro se efectuará mañana.

Las palabras de Rafaela a él se le antojaron absurdas y vacías. Se sentó en la escalera con el teléfono en la mano y cerró los ojos. Lo que había sucedido era obvio. Rafaela se estaba consumiendo atormentada por el sentimiento de culpa generado por la muerte de su esposo. Tenía que verla. Hablar con ella. Comprobar cómo estaba realmente.

—¿Podré verte después del funeral, Rafaela? ¿Sólo por un minuto? Sólo quiero saber que estás verdaderamente bien.

—Gracias, Alex. Estoy bien.

Hablaba como una autómata, y Alex sintió que se le oprimía el corazón. Daba la impresión de estar bajo los efectos de un poderoso tranquilizante, o peor aún: como si hubiese sufrido un choque emocional.

—¿Puedo verte?

—Me marcho mañana a España.

—¿Mañana? ¿Por qué?

—Vuelvo junto a mis familiares. Mi padre considera que debo pasar el período de luto allí.

¡Oh, rayos! Alex sacudió la cabeza. ¿Qué había sucedido? ¿Qué demonios le habían hecho? ¿Qué le habían dicho?

—¿Cuánto dura el período de luto?

—Un año —respondió ella sin inflexión en la voz.

Alex se quedó con la vista clavada en el suelo, estupefacto. ¿Iba a marcharse a España por un año? Había vuelto a perderla, y lo sabía, y también comprendió que esta vez era definitivo. Si Rafaela asociaba el fallecimiento de John Henry con su reunión, entonces aquella relación a sus ojos aparecería como algo horrible que desearía olvidar a toda costa. Y todo lo que él podía hacer era verla en seguida, durante un minuto, un segundo, lo que fuera, con el fin de volverla de nuevo a la realidad, para recordarle que él la amaba con todo su corazón, que no había hecho nada malo y que ellos no habían sido los causantes de la muerte de John Henry.

—Rafaela, tengo que verte.

—No creo que me sea posible.

Miró por encima del hombro y pudo ver a su padre en la habitación contigua.

—Sí que puedes. —Entonces a Alex se le ocurrió algo—. En la escalera de piedra, donde te vi por primera vez, fuera del jardín. Ve allí y yo me reuniré contigo. Cinco minutos, Rafaela…, eso es todo lo que te pido… Por favor…

El tono de su voz era tan implorante que ella se estremeció, aunque ya no sentía nada por nadie, ni por ella misma, ni por Alex, y quizá ni siquiera por John Henry. Ahora era una homicida. Una mala mujer. Sus sentidos estaban adormecidos. Pero no era Alex quien había matado a John Henry, sino ella, por lo tanto no había ningún motivo para castigarlo.

—¿Por qué deseas verme?

—Para hablar contigo.

—¿Y si llega a vernos alguien?

Pero ¿qué importaba eso? Ella ya había cometido el más horrendo de los pecados. Y además su padre sabía de la existencia de Alex y sabía que ella estaba con él cuando John Henry ingirió las pastillas. ¿Qué importaba lo que hiciera ahora, si con ello podía llevarle un poco de consuelo a Alex? Ella partiría hacia España al día siguiente.

—Nadie nos verá. Y no pretendo quedarme más que unos minutos. ¿De acuerdo?

Ella movió la cabeza en señal de asentimiento.

—Sí.

—Dentro de diez minutos allí estaré.

Colgaron, y diez minutos más tarde Alex estaba aguardando nerviosamente en la escalera de piedra, donde había visto por primera vez su perfil recortado por la luz del farol y con el abrigo de piel de lince envolviéndola mullidamente. Pero ese recuerdo de ninguna manera atenuó el efecto que le causó verla subir los escalones de piedra. Todo en ella estaba signado por la rigidez, lo sombrío y lo deprimente. Llevaba un vestido negro de severo corte, medias y zapatos del mismo color, y la cara sin maquillar; la expresión de sus ojos le causó un estremecimiento de terror. Ni siquiera se atrevió a acercársele. Se quedó allí plantado, esperando que ella avanzara y se detuviera frente a él, con aquella mirada espectral en sus negros ojos preñados de dolor.

—Hola, Alex.

Se hubiera dicho que también ella estaba muerta. O como si alguien la hubiera matado, que en verdad eso era lo que había hecho su padre.

—¡Rafaela! ¡Oh, amor mío…!

Deseaba tomarla entre sus brazos, pero no se decidió a hacerlo, y simplemente se quedó mirándola con una profunda angustia en sus ojos.

—Sentémonos —le dijo, uniendo la acción a las palabras e invitándola a imitarle con un gesto.

Rafaela obedeció como un robot, encogió las piernas y las abrazó contra su pecho como para protegerse del aire frío que soplaba en la escalera de piedra.

—Quiero que me cuentes lo que sientes. Te ves tan encerrada en ti misma que me das miedo, y pienso que te estás acusando de algo de lo que no eres responsable. John Henry era un anciano, Rafaela, estaba muy enfermo y cansado de vivir. Tú misma me lo dijiste. Estaba harto de vivir y ansiaba la muerte. La simultaneidad de los hechos fue una mera coincidencia.

Rafaela sonrió desmayadamente, meneando la cabeza, como si le compadeciera por ser tan tonto.

—No, no fue una coincidencia, Alex. Yo lo maté. No murió mientras dormía, como dicen los periódicos. O sí, pero no se trataba de un sueño natural. Se tomó un frasco de somníferos. —Aguardó a que las palabras surtieran su efecto, observándole con sus ojos sin vida—. John Henry se suicidó.

—¡Oh, Dios! —exclamó Alex conmocionado, como si hubiera recibido un golpe, pero comprendió al fin lo que había percibido en el tono de su voz y lo que ahora veía en su rostro—. Pero ¿estás segura de ello, Rafaela? ¿Dejó alguna nota?

—No, no era necesario. Simplemente lo hizo. Sin embargo, mi padre está seguro de que estaba al tanto de lo nuestro, y por lo tanto yo lo maté. Eso es lo que dice mi padre, y tiene razón.

Alex sintió deseos de estrangular al padre de Rafaela, pero no se lo dijo a ella.

—¿Y eso cómo lo sabe?

—¿Por qué otro motivo John Henry habría querido quitarse la vida?

—Porque estaba condenadamente harto de vivir como un muerto, Rafaela. ¿Cuántas veces te lo dijo él mismo?

Rafaela, empero, siguió sacudiendo la cabeza. No quería escucharle. Alex proclamaba su inocencia, aunque ella sabía demasiado bien el alcance de la culpabilidad de ambos. O por lo menos de la suya propia.

—Tú no me crees, ¿verdad?

Ella negó lentamente con la cabeza.

—No. Yo creo que mi padre tiene razón. Creo que alguien debió de vernos y se lo contó, quizás algún criado, o algún vecino al volver tarde por la noche.

—No, Rafaela, te equivocas. Los criados no se lo dijeron. —La miró con ternura—. Fue mi hermana, cuando tú estabas en Europa el verano pasado.

—¡Oh, Santo Dios!

Se hubiera dicho que Rafaela estaba a punto de desmayarse, pero Alex le cogió la mano.

—No fue como tú supones. Kay quería que lo fuera, pero se equivocó. Uno de sus secretarios me telefoneó por indicación de él, para pedirme que fuera a verle.

—¿Y fuiste? —exclamó ella asombrada.

—Así es. Era un hombre maravilloso, Rafaela.

Aparecieron lágrimas en sus ojos, al igual que en los de su amante.

—¿Qué sucedió?

—Charlamos un buen rato. De ti. De mí, supongo. De nosotros. Y me dio su bendición, Rafaela. —Las lágrimas brotaron de sus ojos—. Me pidió que cuidara de ti, después... —Quiso abrazarla, pero ella lo rechazó. Ahora la bendición ya no contaba. Hasta Alex así lo comprendió. Era demasiado tarde para eso—. Rafaela, amor mío, no dejes que te lastimen. No dejes que te quiten algo que ambos atesoramos, que hasta John Henry respetaba, algo que es valioso y correcto.

—Nosotros no somos correctos. Nosotros obramos mal, muy mal.

—¿De veras? —Alex la miró de hito en hito—. ¿De veras crees eso?

—¿Qué otra cosa puedo creer, Alex? Lo que hice le costó la vida a mi esposo, le llevó al suicidio. ¿Puedes aún decirme que no obré mal?

—Sí, y lo mismo te diría cualquier persona que conociera los hechos. Eres inocente, Rafaela, a pesar de lo que diga tu padre. Si John Henry estuviese con vida, no dudo que te diría lo mismo. ¿Estás segura de que no te dejó ninguna carta? —le preguntó, escrutando sus ojos.

Parecía raro que John Henry no hubiese dejado nada, pues ello no condecía con su manera de ser. Sin embargo, Rafaela negó con un gesto.

—Nada. El médico lo comprobó al llegar y lo mismo hizo la enfermera. No había nada.

—¿Estás segura? —Ella asintió con la cabeza—. ¿Y ahora qué? ¿Te irás a España a purgar tus pecados? —Rafaela volvió a afirmar con un gesto—. ¿Y luego qué? ¿Volverás aquí?

Mentalmente, Alex se resignaba a pasar un largo año de soledad.

—No lo sé. Tendré que volver para arreglar las cosas. Pondré la casa en venta en cuanto se resuelva lo de la sucesión de bienes. Y después —agregó con voz débil y monótona, fijando la vista en el suelo—, me iré a París o tal vez regrese a España.

—Rafaela, eso es una insensatez. —Sin poder resistirse por más tiempo a tocarla, sus dedos se entrelazaron con los de ella—. Te amo. Quiero casarme contigo. No hay razón alguna por la que no podamos hacerlo. No hemos cometido ningún delito.

—Sí, Alex —replicó Rafaela, separándose de él lentamente y desasiéndose de su mano—. Lo hemos cometido. *Yo* lo he cometido.

—¿Y vas a cargar con ese remordimiento por el resto de tu vida?

Pero lo que más preocupaba a Alex era que por el resto de su vida él le recordaría siempre lo que ella consideraba como el gran pecado de su existencia. Comprendió que la había perdido. Y entonces, como si ella adivinara lo que estaba pensando, movió la cabeza en señal de asentimiento y se puso de pie. Se quedó mirándole un instante y luego musitó:

—Adiós.

Sin tocarlo ni besarlo, ni esperar a que él le respondiera. Simplemente giró sobre sus talones y bajó por la escalera lentamente, mientras Alex la contemplaba, dolorido por lo que perdía y estupefacto ante la determinación que ella había tomado. Con aquel vestido negro parecía una monja. Aquélla era la tercera vez que la perdía; pero comprendía que era la definitiva. Cuando Rafaela llegó a la puerta del jardín la abrió y luego la cerró a sus espaldas. No había vuelto la cabeza para mirar a Alex, y en cuanto la puerta se hubo cerrado no se oyó ningún otro ruido. Alex permaneció allí durante lo que se le antojó como una eternidad; después, con toda lentitud, sintiéndose como si estuviera agonizando, subió con paso lento la escalera de piedra, se sentó ante el volante del coche y se dirigió a su casa.

Capítulo 31

EL FUNERAL SE CELEBRÓ en la más completa intimidad, pero a pesar de todo se congregó por lo menos un centenar de personas, que ocuparon los bancos de la capilla. Rafaela se hallaba en la primera fila con sus padres. Gruesas lágrimas se deslizaban por la mejillas de su padre, y su madre sollozaba abiertamente por un hombre al que apenas conocía. En el banco inmediato posterior se sentaban media docena de parientes que habían acompañado a su madre desde España: el hermano de Alejandra y dos de sus hermanas, una prima, y la hija y el hijo de ésta. El grupo supuestamente pretendía brindar consuelo a Rafaela, así como a Alejandra, pero aquélla tenía la sensación de que eran los carceleros, que habían ido a buscarla para escoltarla hasta España.

Rafaela permaneció con los ojos secos durante toda la ceremonia, con la vista fija en el ataúd cubierto con un manto de rosas blancas. Su madre se había ocupado de las flores; su padre, del resto de los trámites. Rafaela no había tenido que hacer nada, salvo permanecer encerrada en su cuarto, meditando acerca de su pecado. De cuando en cuando se acordaba de Alex, de la expresión que tenía su rostro la última vez que le vio, así como de lo que él le había dicho. Sin embargo, Rafaela consideraba que Alex estaba equivocado en lo que pensaba. Era obvio que ella tenía la culpa de lo sucedido, tal como le dijo su padre, y Alex sólo trataba de mitigar su sentimiento de culpa.

Resultaba curioso constatar que había perdido a los dos hombres que más quería al mismo tiempo. Así lo pensaba mientras seguía allí sentada muy erguida, escuchando la música, y sabía que jamás volvería a ver a ninguno de los dos. Fue entonces cuando las lágrimas comenzaron a brotar de sus ojos, rodando inclementes por sus mejillas, por debajo del velo negro, para caer en silencio sobre las delicadas manos que reposaban en su regazo. No se movió ni una sola vez en toda la ceremonia. Permaneció allí callada, como un criminal ante el tribunal, sin nada que decir en su propia defensa. Por un instante sintió el loco impulso de ponerse en pie de un salto para decirles que no lo había matado premeditadamente, que era inocente, que todo era un terrible error. Pero ella no era inocente, y por lo tanto guardó silencio. Era culpable. Y ahora tendría que expiar su culpa.

Cuando todo hubo terminado los coches marcharon silenciosamente hasta el cementerio. Sería enterrado junto a su primera esposa y su hijo, y Rafaela se decía, al contemplar los montículos cubiertos de césped, que ella nunca reposaría en aquel lugar. Hasta era improbable que residiera de nuevo en California algún día. Volvería por unas semanas, al cabo de un año, con el fin de recoger sus pertenencias y vender la casa, y luego, un día, moriría y la sepultarían en Europa. En cierto modo eso parecía lo más razonable. Ella era la mujer que lo había asesinado, su homicida. Habría sido un acto impío enterrarla junto a él. Y al término de la plegaria dicha por el sacerdote ante la tumba, la mirada que le dirigió su padre parecía decirle lo mismo.

Regresaron a la casa sumidos en el mismo silencio, y Rafaela volvió a encerrarse en su habitación. Las maletas estaban casi preparadas. Ella no tenía nada que hacer y no quería hablar ni ver a nadie. Tampoco había nadie que se mostrara particularmente ansioso por hablar con ella. Toda la familia estaba al tanto de lo ocurrido; desconocían que tuviera un amorío, pero sabían que John Henry se había suicidado, y sus ojos casi parecían acusar a Rafaela, como repitiendo sin cesar que ella era la culpable. Era preferible no verles, no ver sus caras ni sus ojos, y por eso se quedó en su cuarto, de nuevo como prisionera, envidiando a John Henry por su valentía. Si hubiese tenido un frasco de pastillas como aquéllas a su alcance, también ella se las habría tomado. Ya no le quedaba nada por que vivir, y la muerte habría sido un consuelo para ella. Pero también sabía que debía ser castigada y que la muerte habría sido una expiación demasiado piadosa. Debería seguir viviendo, con el remordimiento de lo que había hecho en San Francisco, y soportando las miradas y las murmuraciones de sus familiares españoles. Sabía que al cabo de cuarenta o cincuenta años aún seguirían contando aquella historia, sospechando

que había algo más de lo que se había declarado. Quizá para entonces ya se habrían sumado a la narración las palabras que darían
cuenta de la existencia de Alex. La gente hablaría de la tía Rafaela,
que había engañado a su marido…, quien terminó suicidándose…, y
que ella era en verdad la que lo había matado.

Mientras resonaban en su cabeza aquellas palabras, hundió el
rostro entre sus manos y se puso a llorar. Lloró por los niños que no la
conocerían ni sabrían la verdad de lo ocurrido; lloró por Alex y por lo
que casi llegó a ser, por Mandy, a la que no volvería a ver nunca más
y, por último, lloró por John Henry…, por lo que él había hecho…,
por lo que otrora había sido…, por el hombre que la había amado y le
había propuesto matrimonio cuando paseaban junto al Sena. Sola en
su habitación, estuvo llorando durante varias horas, y luego entró en
silencio en el dormitorio y miró en torno por última vez.

A las nueve su madre subió a decirle que era hora de marcharse
para el aeropuerto. Debían tomar el vuelo de las diez y media a
Nueva York, adonde llegarían alrededor de las seis de la madrugada,
hora de la costa del Atlántico, y a las siete tomarían el avión que les
llevaría a España. El aparato llegaría a Madrid a las ocho de la tarde,
hora local. Le aguardaba un largo viaje y un largo año. Cuando el
hombre que hacía la limpieza recogió sus dos maletas y las llevó a la
planta baja, ella descendió pausadamente la escalinata, sabiendo que
nunca volvería a vivir en aquella casa. Su estancia en San Francisco
había terminado. Su vida con John Henry había llegado a su fin. Sus
horas con Alex habían terminado en un desastre. En cierto sentido,
su vida había concluido.

—¿Lista?

Su madre la miraba con ojos tiernos. Rafaela levantó hacia ella
los vacíos ojos que Alex había contemplado aquella misma noche,
asintió con la cabeza y traspuso el umbral de la puerta.

264

Capítulo 32

EN PRIMAVERA RAFAELA recibió, vía San Francisco, un ejemplar de su libro para niños, que se pondría a la venta hacia fines de julio. Lo contempló en silencio, como si no le perteneciera. Parecían haber transcurrido mil años desde el instante en que puso en práctica aquel proyecto, y ahora se le antojaba sin importancia. No le causó ninguna emoción. Como poco era el afecto que sentía ahora por los niños, por sus padres, por sus primos o incluso por sí misma. No sentía nada por nadie. Durante cinco meses había actuado como un ser sin alma: se levantaba por la mañana, se vestía de luto riguroso, iba a tomar el desayuno, volvía a su cuarto, contestaba las cartas que aún le llegaban de San Francisco, todas ellas cartas de pésame, que ella agradecía mediante unas breves palabras en el grueso papel con ribetes negros como correspondía a la ocasión. A la hora del almuerzo volvía a salir de su habitación, para volver a encerrarse en ella una vez terminaba de comer. De cuando en cuando daba un paseo solitario antes de cenar, pero siempre ponía especial empeño en desalentar a quien se le ofreciera para acompañarla.

Era evidente que Rafaela no quería ver a nadie, y que se había tomado muy a pecho el cumplimiento del luto por un año. Incluso había resuelto no permanecer en Madrid ni un solo día. Deseaba enclaustrarse en Santa Eugenia, para estar sola, y al principio sus padres no se opusieron a ello. En España su madre y el resto de la familia estaban acostumbrados al ritual del duelo, que mantenían durante un año, y la viuda y los hijos del difunto siempre se vestían de negro de la cabeza a los pies. También en París era ésta una práctica bastante usual. Pero el celo que demostró Rafaela llamó la atención de todos. Era como si se castigara a sí misma y quisiera purgar incontables pecados inconfesables. Después de los tres primeros meses su madre le sugirió que fuese a París, pero su sugerencia mereció un instantáneo rechazo. Rafaela quería quedarse en Santa Eugenia, y no tenía ganas de ir a ninguna parte. Rehuía la compañía de todos, hasta la de su madre. No hacía nada más que estar en su cuarto, contestar las cartas de condolencia y dar sus solitarios paseos.

Entre las cartas que recibió después de su llegada figuraba una muy extensa y afectuosa de Charlotte Brandon. Le decía sin tapujos pero con afabilidad que Alex le había contado las circunstancias que rodearon la muerte de John Henry y que confiaba en que Rafaela sería lo suficientemente sensata como para no culparse a sí misma por lo ocurrido. En una parte de la carta de connotaciones filosóficas le decía que ella sabía de John Henry de joven, y que con el correr de los años se había ido enterando de los embates de su enfermedad, los que debieron de minar su espíritu, y que a la luz de lo que había sido y de lo que fue después, así como de su afecto por Rafaela, su vida debió de convertirse en una prisión de la que ansiaba huir, y que su acto, difícil de comprender para quienes le sobrevivieron, debía de ser una verdadera bendición para él. «A pesar de ser un acto egoísta —terminaba diciendo la carta—, espero que sepas aceptarlo y comprenderlo, sin caer en el egocentrismo de la autoacusación y la autoflagelación.» La conminaba a hacerlo sencillamente, siendo fiel a su memoria y a sí misma, y siguiendo adelante por el camino de la vida. Le imploraba que fuese condescendiente consigo misma, cualquiera que fuese el sentido que otorgase a esas palabras.

Aquélla fue la única carta que Rafaela no respondió en seguida durante aquellas horas interminables que pasaba en su torre de marfil. La carta de Charlotte durmió por espacio de varias semanas sobre su escritorio, sin ser contestada. Sencillamente, Rafaela no sabía qué decir. Por fin la contestó sin más rodeos, expresándole su agradecimiento por las amables palabras y las profundas reflexiones, y diciéndole que esperaba que si viajaba a Europa pasaría por Santa Eugenia para saludarla. Aunque la asociación mental de Charlotte y Alex le resultaba dolorosa, aquélla se había ganado su afecto por mérito propio, y con el tiempo tendría mucho gusto en verla de nuevo. Sin embargo, al formularle esa invitación no preveía que a fines de junio recibiría una nota de Charlotte. Ella y Mandy habían viajado a Londres, como de costumbre, para promocionar su última novela. También iba a establecer contactos para llevarla al cine, por lo que estaría muy ocupada. Tenía programado viajar a París y luego a Berlín, pero puesto que estaba en Europa pensaba hacer una escapada a Madrid, para ver a los amigos que allí tenía. Ella y Mandy se morían de ganas de ver a Rafaela, y se preguntaban si lograrían convencerla para que fuese a encontrarse con ellas en Madrid o si tendrían que viajar hasta Santa Eugenia. Ansiaban emprender el viaje para poder verla, y Rafaela se sintió muy conmovida. Tanto era así que no se atrevió a negarse, si bien intentó disuadirles con amables palabras. Les explicó que era muy inconveniente para ella abandonar Santa Eugenia, que hacía falta su presencia para ayudar a cuidar a los niños y procurar que las cosas salieran a pedir de boca al atender a los innumerables invitados de su madre, nada de lo cual era cierto, claro está. Desde la llegada del resto de la familia para el verano Rafaela se había vuelto más arisca que nunca, y a menudo comía en su habitación. A los emotivos españoles que la rodeaban ello no les parecía una postura extraña durante el período de luto, pero su madre se mostraba cada vez más inquieta por ella.

La carta que Rafaela le envió a Charlotte a París fue colocada en la misma bandeja de plata donde se concentraba la correspondencia que enviaban todos los miembros de la familia. Pero ese día en particular uno de los niños metió todas las cartas en su mochila con el fin de despacharlas en la ciudad cuando fuera a comprar caramelos con sus hermanitos y hermanitas, y la carta para Charlotte se le deslizó de entre los dedos antes de llegar al buzón. O por lo menos ésa fue la explicación que Rafaela supo encontrar cuando Charlotte la telefoneó tres semanas más tarde, en el mes de julio, al no recibir respuesta de ella.

—¿Podemos ir a verte?

Rafaela titubeó un instante, sintiéndose a la vez atrapada y molesta.

—Es que... hace tanto calor aquí que llegaréis a detestar este lugar..., y además resulta tan dificultoso llegar hasta Santa Eguenia... No quisiera que os molestaseis...

—Entonces ven tú a Madrid —le contestó Charlotte alegremente.

—Lo cierto es que no puedo moverme de aquí, pero me encantaría —mintió descaradamente.

—Bueno, según parece no tenemos alternativa. ¿Qué te parece mañana? Alquilaremos un coche y nos pondremos en marcha después de almorzar. ¿Qué te parece?

—¿Tres horas de viaje, sólo para venir a verme a mí? Oh, Charlotte, me haces sentir muy mal...

—No te sientas mal. Lo hacemos encantadas. ¿A ti no te resulta inconveniente?

Por un momento Charlotte dudó de si realmente Rafaela quería verlas. Tal vez el vínculo que las unía con Alex le resultase demasiado doloroso. Pero cuando respondió Rafaela parecía sinceramente complacida ante la perspectiva de verlas.

—¡Será maravilloso veros de nuevo!

—Me muero de ganas de abrazarte, Rafaela. Y casi no conocerás a Mandy. ¿Sabes que para el otoño irá a Stanford?

En su extremo de la línea Rafaela sonrió dulcemente. Mandy…, su Amanda… Se alegraba de saber que seguiría viviendo con Alex. Éste la necesitaba tanto como la jovencita le necesitaba a él.

—Me alegro. —Y entonces no pudo dejar de preguntar—: ¿Y Kay?

—Perdió las elecciones, ya lo debes de saber, pues eso sucedió antes de que te fueras. El año pasado.

En efecto, Rafaela se había enterado porque lo leyó en los periódicos, pero Alex se había negado a hablar de su hermana con ella durante el breve lapso que duró la reanudación de sus relaciones. Para él la ruptura había sido definitiva, irreparable, y en más de una ocasión Rafaela se había preguntado qué habría ocurrido si él se hubiese enterado de la carta que Kay le envió a su padre. Probablemente la habría matado. Rafaela, empero, nunca se lo dijo. Y ahora se alegraba de ello. ¿Qué importancia tenía? Su vida juntos había terminado, y al fin y al cabo Kay era su hermana.

—Querida, mañana nos pondremos al día sobre todo eso. ¿Quieres que te llevemos algo de Madrid?

—Sólo a vosotras.

Rafaela se sonrió al colgar, pero se pasó el resto del día muy nerviosa. ¿Por qué se había dejado convencer? ¿Y qué haría cuando llegasen? No quería ver ni a Charlotte ni a Amanda, pues no quería que despertaran en ella los recuerdos del pasado. Ahora llevaba una nueva vida en Santa Eugenia. Eso era todo lo que se permitiría hacer. ¿Qué sentido tenía mantener vivo el pasado?

Cuando bajó a cenar esa noche su madre advirtió el temblor de sus manos; y mentalmente se dijo que debía hablar con su esposo. Consideraba que Rafaela debía ver a un médico. Hacía meses que su aspecto horrorizaba. A pesar del brillante sol del verano ella permanecía encerrada en su cuarto, por cuyo motivo estaba pálida como un cadáver; había perdido siete u ocho kilos desde que llegó a Santa Eugenia y se veía francamente enferma comparada con los demás miembros de la familia, con sus enormes, sombríos y tristes ojos en aquel rostro demudado por el dolor.

Como de pasada le comentó a su madre que al día siguiente la visitarían unas amigas de Madrid.

—Bueno, en realidad son norteamericanas.

—¡Oh! —exclamó su madre, mirándola con afecto.

Era un alivio que viese a alguien, pues hasta se había negado a recibir a sus antiguas amistades españolas. Alejandra jamás había sido testigo de una observancia de luto tan rigurosa.

—¿Quiénes son, querida?

—Charlotte Brandon y su nieta.

—¿La escritora? —exclamó la madre con sorpresa.

Había leído algunas de sus novelas traducidas al castellano, y sabía que Rafaela no se perdía ninguna.

—¿Quieres que pasen la noche aquí?

Rafaela meneó la cabeza distraídamente y subió a su habitación.

Aún seguía en ella al día siguiente cuando una de las sirvientas golpeó suavemente à la puerta.

—Doña Rafaela…, han llegado sus invitadas.

La joven temía molestar a Rafaela. La puerta se abrió y la jovencita de quince años con uniforme de criada se sobresaltó visiblemente.

—Gracias.

Rafaela se dirigió a la escalera sonriendo. Estaba tan nerviosa que le parecía tener patas de palo en vez de piernas. Era absurdo, pero hacía tanto tiempo que no recibía visitas que no sabía qué decir. Con aire grave y un poco asustada, ataviada con uno de sus elegantes vestidos negros de verano que su madre le había comprado en Madrid y llevando aún medias negras, bajó la escalera, pálida como la cera.

Charlotte la esperaba al pie de la escalinata, y cuando vio descender a Rafaela tuvo que ahogar una exclamación de asombro. Jamás había visto a nadie que diera la sensación de estar tan angustiado y de ser tan infeliz, alguien que semejaba la personificación del pesar, impresión que se acentuaba al contemplar aquellos ojos enormes transidos de dolor. Rafaela dedicó una breve sonrisa a Charlotte, que más parecía la triste mueca de alguien implorando ayuda desde el otro lado de un abismo insalvable. Se hubiera dicho que Rafaela se había hundido en otro mundo desde la última vez que la viera, y al observarla Charlotte experimentó un deseo casi irresistible de gritar. De alguna manera, sin embargo, consiguió vencerlo y estrechó a la joven contra su pecho en un cálido y tierno abrazo. Luego, mientras observaba cómo Rafaela abrazaba a Amanda, se dio cuenta de que era aún más bella que antes, si bien era la suya una belleza que uno sólo admira, sin atreverse a tocarla y sin llegar jamás a conocer el enigma que se oculta tras su máscara espectral.

Durante su estancia en Santa Eugenia Rafaela se mostró hospitalaria, atenta y encantadora para con ambas: les mostró la casa y los jardines, la histórica capilla construida por su bisabuelo, les presentó a todos los niños que jugaban con sus nodrizas en un jardín especialmente preparado para ellos. Santa Eugenia era un sitio ideal para veranear, se dijo Charlotte, y constituía una reliquia de otro estilo de vida, de otro mundo, pero no era un lugar para que una mujer joven como Rafaela se enterrara en él, y se alarmó cuando ésta le dijo que tenía el proyecto de quedarse a vivir allí.

—¿No vas a regresar a San Francisco? —le preguntó asombrada.

—No —se apresuró a contestar Rafaela meneando la cabeza—. A la larga tendré que ir para cerrar la casa, claro, pero también podría hacerlo desde aquí.

—¿Entonces no quieres radicarte en París o Madrid?

—No —repuso categóricamente.

Y sonrió a Amanda, que apenas abría la boca. Desde su llegada no hacía más que observar detenidamente a Rafaela. Era como contemplar el espectro de alguien a quien se hubiera conocido. Aquella mujer no era Rafaela. Para Amanda era como si hubiese despertado bruscamente de un sueño. Y al igual que Charlotte, la jovencita se pasó toda la tarde tratando de no ponerse a llorar. No podía menos que recordar los momentos pasados junto a Alex, cuando éste y Rafaela eran felices, cuando ella la encontraba en casa al llegar de la escuela todos los días. Experimentó un alivio cuando Rafaela sugirió que fuese a nadar, y del mismo modo que ésta solía hacer en otra época de su vida, también Amanda trató de vencer su tristeza nadando hasta quedar exhausta, lo que le brindó a Charlotte la oportunidad de estar a solas con Rafaela, cosa que había estado anhelando durante todo el día. Ahora, cómodamente sentadas en un retirado rincón del jardín, Charlotte le dirigió una dulce sonrisa.

—Rafaela..., ¿puedo hablarte como si fuese una vieja amiga?

—Por supuesto —contestó ella, pero en seguida adoptó la expresión de un cervatillo asustado.

Ella no quería responder preguntas, no quería tener que dar explicaciones acerca de su decisión. Aquélla era ahora su vida. Y no quería que nadie se inmiscuyera en ella.

—Creo que te estás atormentando hasta más allá de lo imaginable. Lo veo en tu cara, en la luz espectral de tus ojos, en tu manera de hablar... Rafaela... ¿Qué puedo decirte? ¿Qué puede decirte nadie para librarte de esa prisión?

De entrada, había ido al fondo de la cuestión, y Rafaela volvió el rostro para evitar que Charlotte viese las lágrimas que aparecieron en sus ojos. Daba la impresión de que estaba contemplando el jardín, pero lentamente, con profunda tristeza, meneó la cabeza.

—Nunca más volveré a ser libre, Charlotte.

—Pero tú misma te has edificado la cárcel en esta vida. Te has envuelto en un manto de culpa que jamás podré atribuir a tu responsabilidad. Jamás. Siempre creeré que tu esposo estaba harto de vivir, y estoy segura de que si no fueses tan testaruda tú también lo comprenderías así.

—No sé. Nunca podré creerlo. De todos modos, no importa. Yo tuve una vida plena. Estuve casada durante quince años. No ansío nada más. Ahora estoy aquí. He encontrado mi hogar.

—Salvo que ya no es tu hogar, Rafaela. Y además, hablas como una vieja.

Rafaela se sonrió.

—Así es como me siento.

—Eso es una locura. —Y entonces, dejándose llevar por la emoción del momento, miró a Rafaela a los ojos y le dijo—: ¿Por qué no te vienes a París con nosotras?

—¿Ahora? —exclamó Rafaela, estupefacta.

—Volveremos a Madrid esta noche y mañana tomaremos el avión a París. ¿Qué te parece?

—Que es algo completamente descabellado —repuso Rafaela, sonriendo ligeramente.

La idea no la entusiasmaba en absoluto. Hacía un año que no visitaba París, y no sentía deseo alguno de hacerlo ahora.

—¿Quieres pensarlo?

Rafaela sacudió la cabeza con tristeza.

—No, Charlotte. Quiero quedarme aquí.

—Pero ¿por qué? ¿Por qué tienes que quedarte aquí? Eso no te hace ningún bien.

—Sí —contestó ella, asintiendo levemente con la cabeza. Y entonces se atrevió a formularle la pregunta que había estado rondando por su cabeza todo el día—. ¿Cómo está Alex? ¿Está bien ahora?

Él le había escrito dos cartas, y Rafaela no le había contestado, pero pudo comprobar que estaba trastornado por lo ocurrido, lo cual se agravaba doblemente por su partida, su silencio y su negativa constante ante la insistencia de Alex en que debían verse de nuevo.

Charlotte hizo un gesto afirmativo.

—Va pasando.

Sin embargo, en esta ocasión le había ido peor que cuando la separación de Rachel, y ella no estaba segura de que volviese a ser el mismo de antes. No sabía si era conveniente hacerle ese comentario a

Rafaela, pues dudaba que la joven pudiese soportar un sentimiento de culpa más agobiante que el que ya arrastraba.

—No le has escrito, ¿verdad?

—No —contestó Rafaela, mirando a Charlotte de hito en hito—. Pensé que sería mejor para él si cortaba la soga de un tajo.

—Eso fue lo que pensaste la otra vez, ¿no es cierto? Y te equivocaste.

—Aquello fue diferente.

Rafaela adoptó una vaga expresión, recordando la escena con su padre, que había tenido lugar en París hacía sólo un año. ¡Qué intensa había sido y cuán importante! Kay perdió sus preciosas elecciones; ella perdió a Alex; John Henry estaba muerto... Rafaela fijó la vista en Charlotte.

—Kay le escribió una carta a mi padre contándole mi relación con Alex, y en ella le rogaba que pusiera fin al asunto, que es lo que él hizo.

Al ver lo conmocionada que Charlotte quedó ante aquella revelación, Rafaela decidió no mencionarle la carta que le había enviado a John Henry, lo que había sido una acción más cruel aún.

Con una sonrisa prosiguió:

—Él me amenazó con contárselo a mi marido y me hizo seguir. También afirmó que era una egoísta y que estaba destruyendo la vida de Alex al ser un obstáculo que no le permitía casarse y tener hijos. —Exhaló un hondo suspiro—. Esa vez realmente creí que no tenía otra alternativa.

—¿Y ahora?

—Mi padre me obligó a vivir aquí durante un año. Pensé que era lo menos que podía hacer... —dijo en un murmullo apenas audible— después de haber causado la muerte de John Henry.

—Pero tú no lo mataste. —Siguió un largo silencio—. ¿Qué sucederá cuando transcurra el año? ¿Se sentirá infeliz tu familia si te marchas de aquí?

—No lo sé. Eso no tiene mucha importancia, Charlotte. No me marcharé. Éste es mi lugar. Aquí es donde debo estar.

—¿Por qué es éste tu lugar?

—No quiero discutir sobre eso.

—¡Deja de castigarte a ti misma, demonios! —Charlotte le cogió la mano entre las suyas—. Eres una mujer joven y hermosa, inteligente y con un gran corazón, y mereces una vida plena, feliz, con un esposo e hijos..., con Alex, o con cualquier otro hombre, eso depende de ti, pero lo que no puedes hacer es enterrarte en este sitio, Rafaela.

Ésta retiró suavemente la mano de entre las de Charlotte.

—Sí que puedo. Después de lo que hice no puedo vivir en ningún otro sitio. No podría acariciar, amar o casarme con otro hombre, pues siempre recordaría a John Henry y a Alex. A uno de ellos le causé la muerte y al otro lo destruí. ¿Qué derecho tengo a mancillar la vida de otra persona?

—Pero es que no has matado ni destruido a nadie, Rafaela. ¡Dios! ¿Cómo podría hacértelo comprender?

Charlotte, empero, sabía que eso era casi imposible. Rafaela estaba encerrada en sí misma y no escuchaba lo que le decían.

—Entonces ¿no vendrás a París con nosotras?

—No —contestó Rafaela, sonriendo dulcemente—. Pero te agradezco la invitación. Y Mandy está preciosa.

Con ello daba a entender que no deseaba seguir hablando de sí misma. No quería discutir sus decisiones. Sugirió entonces recorrer la rosaleda, situada en el otro extremo de la finca. Después de ello se reunieron con Amanda, y al poco rato tuvieron que despedirse. Rafaela las vio marchar con cierta pena. Luego volvió a la casa, cruzó el amplio vestíbulo de mármol rosado y subió lentamente la escalinata.

Cuando traspusieron la verja de Santa Eugenia, conduciendo Charlotte el coche de alquiler, Amanda prorrumpió en llanto.

—Pero ¿por qué no quiso venir a París?

También Charlotte tenía lágrimas en los ojos.

—Porque no quiso, Mandy. Ella quiere enterrarse aquí en vida.

—¿No pudiste convencerla? —Mandy se sonó la nariz y se enjugó los ojos—. ¡Dios mío, tiene un aspecto espantoso! Se diría que es ella la que se murió, y no su marido.

—En cierto modo creo que algo en ella murió, efectivamente.

Charlotte dejó que las lágrimas corrieran por sus mejillas mientras enfilaba la carretera que las conduciría a Madrid.

Capítulo 33

FUE EN SEPTIEMBRE cuando Alejandra comenzó a presionar a Rafaela. El resto de la familia había regresado a Barcelona y a Madrid, y Rafaela parecía dispuesta a pasar el invierno en Santa Eugenia. Afirmaba que quería escribir otro libro de cuentos infantiles, pero ésa era una excusa muy inconsistente. En realidad no tenía ningún interés en seguir escribiendo, y ella era la primera en saberlo. Sin embargo, su madre insistió para que se fuese con ella a Madrid.

—No quiero, madre.

—Tonterías. Te hará bien.

—¿Por qué? No puedo ir al teatro, ni a la ópera, ni a ninguna fiesta.

Alejandra contempló con aire pensativo el rostro ajado y demacrado de su hija.

—Hace ya nueve meses que estás de luto, Rafaela. Podrías salir conmigo de vez en cuando.

—Gracias... —Miró a su madre con expresión adusta—. Pero prefiero quedarme aquí.

La discusión, que ya hacía una hora que duraba, no llegó a nada concreto y, como de costumbre, luego Rafaela se encerró en su habitación. Permanecía allí encerrada durante horas y horas, contemplando los jardines, pensando, soñando. Ahora tenía pocas cartas que contestar. Y había dejado de leer libros. Se quedaba sentada rememorando cosas del pasado: a veces pensaba en John Henry, otras, en Alex, y en los momentos que habían compartido. Luego recordaba el viaje a París, cuando su padre la echó de su casa, después de decir que era una prostituta. Después revivía la escena que había encontrado en su casa aquella noche en la que John Henry..., y luego la llegada de su padre..., cuando la llamó homicida. Se limitaba pues a vivir de recuerdos, con la mirada perdida, sin ver nada, sin ir a ninguna parte, sin hacer nada... Su madre terminó incluso por abandonar Santa Eugenia, pues había algo inquietante en la conducta de Rafaela. ¡Parecía siempre tan distante, tan distraída, tan indiferente a todo! Se hubiera dicho que nunca comía, que nunca hablaba con nadie a menos que se viese obligada a ello, que nunca celebraba ningún chiste ni participaba de ninguna discusión, ni se reía de ninguna broma. Causaba pena verla en aquel estado. Pero a fines de septiembre su madre por fin volvió a insistir.

—No me importa lo que tú digas, Rafaela. Voy a llevarte conmigo a Madrid. Si quieres puedes vivir encerrada, pero estarás allí.

Además, ya estaba fastidiada de pasar aquel otoño horrible en el campo. Ella misma ansiaba un poco de diversión, y no acertaba a comprender cómo una joven de treinta y cuatro años podía soportar una vida como la que su hija llevaba. De modo que Rafaela hizo las maletas y se fue con ella, sin decir ni una sola palabra en todo el camino. En cuanto llegaron a la capital, subió a la vasta *suite* que siempre ocupaba en casa de su madre. Nadie pareció notar su presencia, pues todos sus familiares se habían acostumbrado a aceptarla tal como era ahora.

Su madre inició la temporada dando una serie de recepciones, por lo que la casa se llenó de música y risas, y hubo bailes a discreción. Patrocinaba campañas de beneficencia, acompañaba a grandes grupos a la ópera, organizaba cenas y meriendas, y parecía que constantemente tenía un ejército de invitados en la casa. A principios de diciembre Rafaela ya estaba harta de todo aquello. Cada vez que bajaba a la planta baja se encontraba con docenas de personas con vestidos de noche y trajes de gala. Y su madre se había negado llanamente a que siguiera comiendo en su habitación. Afirmaba que era malsano, y que aunque estuviera de luto no tenía nada de malo sentarse a la mesa con los invitados. Además, le haría bien alternar con la gente, insistía su madre; pero Rafaela no compartía su opinión. A fines de la primera semana de diciembre resolvió marcharse, por lo que cogió el teléfono y reservó pasaje en el vuelo a París, imaginando que unos días sumida en la solemnidad que reinaba en casa de su padre le proporcionarían la paz de espíritu que anhelaba. Nunca había podido comprender cómo llegaron a entenderse sus padres: su madre tan gregaria, tan frívola y tan sociable, y su padre tan grave y tan austero. La respuesta, sin embargo, residía en el hecho de que ella vivía en Madrid, mientras que su padre residía en París. En la actualidad raras veces su padre viajaba a España. Argüía que era demasiado viejo para compartir las frívolas reuniones de Alejandra, y Rafaela llegó a reconocer que ella misma se habría sentido finalmente de esa·manera.

Telefoneó a su padre para anunciarle su visita, pero supuso que no le acarrearía problema alguno. También en aquella casa disponía ella de una habitación. Él no se encontraba en casa cuando le llamó, y fue atendida por una sirvienta nueva. Entonces Rafaela resolvió darle una sorpresa, recordando que no había vuelto a poner los pies en aquella casa desde el año anterior, cuando su padre le echó en cara su relación con Alex. Consideraba, empero, que en aquellos nueve meses había purgado por lo menos algunos de sus pecados, mediante la vida monacal que llevaba en España. Sabía que su padre aprobaba su comportamiento, y después de haber soportado la ferocidad de sus acusaciones se le antojaba que sería un alivio merecer su aprobación.

El avión a París iba semivacío. Cogió un taxi en el aeropuerto de Orly y al llegar frente a la mansión de su padre se quedó un rato contemplando su esplendor. En cierto modo le resultaba extraño encontrarse allí. Aquélla era la casa donde había vivido siendo niña, y cada vez que volvía allí no podía sustraerse a la impresión de haber dejado de ser una mujer adulta para convertirse de nuevo en una chiquilla. La casa también le traía el recuerdo de John Henry, sus primeros viajes a París, sus interminables paseos por los jardines de Luxemburgo y sus caminatas a lo largo del Sena.

Tocó el timbre, se abrió la puerta y apareció una cara desconocida para Rafaela. Era una criada, con un impecable uniforme recién almidonado y planchado, de cara agria y espesas cejas negras, que la miró inquisitivamente en tanto el chófer del taxi entraba sus maletas.

—¿Sí?

—Soy la señora Phillips. La hija de *monsieur* de Mornay-Malle. —La sirvienta asintió sin mostrarse interesada ni sorprendida por su llegada, y Rafaela le sonrió—. ¿Está mi padre en casa?

276

La joven movió la cabeza afirmativamente con una extraña expresión en los ojos.

—Está… arriba.

Eran las ocho de la noche, y Rafaela no había estado muy segura de encontrar a su padre en casa. Pero sabía que a menos que hubiese salido estaría cenando solo. Lo cierto era que no corría el riesgo de encontrarse con una fiesta como las que organizaba su madre, con parejas bailando y deambulando alegremente por los salones de la casa.

Rafaela le sonrió con simpatía de nuevo.

—Subiré a verle. ¿Quiere tener la amabilidad de pedirle a uno de los criados que suba las maletas a mi habitación? —Y pensando que quizá la sirvienta ignorara cuál era, agregó—: Es la azul del segundo piso.

—¡Oh! —exclamó la chica, y luego apretó los labios como haciendo un esfuerzo para no decir nada más—. Sí, *madame*.

Con una ligera inclinación de cabeza se retiró, en tanto Rafaela enfilaba la escalera con lentitud. No experimentaba ninguna satisfacción especial al estar allí, pero por lo menos reinaba la tranquilidad, y eso era un alivio después de la constante agitación que se adueñaba de la casa de España. Al llegar al segundo rellano se dijo que después de vender la casa de San Francisco tendría que adquirir una vivienda para ella. Pensaba que podría comprar un lote de tierra en Santa Eugenia para edificar una casita junto a la finca de su madre. Mientras le construyeran la casa podría alojarse en Santa Eugenia, y eso le brindaría la excusa perfecta para no quedarse en la capital. Todo ello formaba parte de las cosas que quería conversar con su padre, quien se había encargado de administrar sus bienes desde que ella se había marchado de San Francisco, y ahora deseaba saber cómo andaban las cosas. Dentro de un par de meses más volvería a California para cerrar la casa definitivamente.

Vaciló un instante al llegar ante la puerta del estudio de su padre, contemplando las pesadas puertas de madera labrada, y luego se dirigió en silencio a su habitación, con el fin de quitarse el abrigo, lavarse las manos y peinarse un poco. No tenía prisa por ver a su padre. Supuso que estaría leyendo en la biblioteca u hojeando algún periódico al tiempo que saboreaba un buen habano.

Sin detenerse a pensar en lo que estaba haciendo, hizo girar el pomo de bronce de la puerta y entró en la antecámara de su habitación. Había dos juegos de puertas dobles; ella traspuso el primero, abrió el segundo y penetró en la habitación. Pero de pronto tuvo la impresión de haberse equivocado de cuarto. Una mujer alta, rubia y rolliza se encontraba sentada ante el tocador, envuelta en un salto de cama de encaje azul, que tenía un ribete de plumas en torno al cuello, y cuando la rubia se puso de pie para encararse con Rafaela con expresión desafiante, ésta vio que calzaba unas zapatillas de raso azul, que hacían juego con la prenda. Durante un instante que se hizo interminable Rafaela permaneció inmóvil, sin lograr comprender quién podía ser aquella mujer.

—¿Sí? —le preguntó la desconocida con aire autoritario.

Rafaela temió que la conminara a abandonar su propia habitación. Y entonces comprendió que su padre debía de tener invitados en la casa. Ella se había presentado sin haberse anunciado, de improviso. De todos modos, no había ningún problema. Ella podría ocupar el cuarto de huéspedes, el amarillo y dorado, del tercer piso. En aquel momento no se le ocurrió pensar que lo raro era que los invitados de su padre no ocupasen aquella habitación en vez de la suya.

—Lo lamento en el alma... Pensé...

Rafaela no sabía si adelantarse y darse a conocer o girar sobre sus talones y salir de la habitación sin decir nada más.

—¿Quién la ha dejado entrar aquí?

—Lo ignoro. Parece ser una criada nueva —repuso Rafaela, sonriendo afablemente.

La mujer se adelantó con expresión airada, y Rafaela tuvo la sensación de que aquélla era la casa de la mujer rolliza.

—¿Quién es usted?

—Rafaela Phillips.

Se ruborizó levemente, y la mujer se detuvo en su avance. Y mientras avanzaba Rafaela tuvo la impresión de haberla visto antes en alguna otra parte. Había algo familiar en la rubia cabellera intensamente rociada de laca, así como en la expresión de los ojos, algo en ella que Rafaela no lograba definir. En aquel instante su padre traspuso la puerta del *boudoir*, vestido con una bata de seda de color rojo oscuro. Iba pulcramente peinado y afeitado, pero lo único que llevaba puesto era la bata, que se abría ligeramente, dejando al descubierto las piernas y los pies descalzos, así como la mata de pelo gris del pecho.

—¡Oh...! —exclamó Rafaela, retrocediendo hacia la puerta con el azoro de quien ha penetrado en un sitio prohibido.

En aquel instante se dio cuenta de que eso era precisamente lo que había hecho: irrumpir en el lugar donde se daban cita unos amantes. Y en aquel mismo momento se le hizo patente la identidad de la mujer con toda su fuerza.

—¡Oh, Dios mío! —exclamó, quedándose allí plantada con la vista fija en su padre y la mujer rubia, que era, nada más y nada menos, la esposa del más importante ministro plenipotenciario de Francia.

—Déjanos solos, por favor, Georgette.

El padre de Rafaela habló en tono severo, si bien se veía nervioso. La mujer enrojeció y giró sobre sus talones.

—Georgette...

Entonces él le dijo algo en voz baja, señalando el *boudoir* con un movimiento de cabeza, y la rubia desapareció en tanto el padre de Rafaela se encaraba con ella, ciñéndose y cerrando la bata.

—¿Puede saberse qué estás haciendo aquí, en esta habitación, sin haberte anunciado?

Rafaela se quedó mirándole un largo rato antes de responder, y de repente se sintió invadida por la ira que debió haber experimentado un año antes con una fuerza que no pudo contener ni resistir. Paso a paso, avanzó hacia él con una luz en los ojos que su padre jamás había visto en ellos. Instintivamente la mano de Antoine de Mornay-Malle se apoyó en el respaldo de una silla cercana, y algo en su interior se estremeció al enfrentarse con su hija.

—¿Qué *estoy* haciendo aquí, papá? Vine a visitarte. Se me ocurrió visitar a mi padre en París. ¿Tan sorprendente es eso? Quizá debería haber telefoneado y evitarle a *madame* la embarazosa situación de ser reconocida, pero pensé que sería más divertido darte una sorpresa. Y el motivo por el cual estoy en esta habitación, padre, se debe al hecho de que antes era la mía. Pero, según creo, sería mucho más oportuno preguntar qué estás haciendo *tú* en esta habitación. Tú, con tu santa moral y tus interminables sermones. Tú, que me echaste de esta casa y me llamaste prostituta. Tú, que me acusaste de homicida porque «maté» a mi esposo de setenta y siete años cuando ya hacía casi nueve que estaba muerto. Y si mañana *Monsieur le Ministre* sufre un ataque cardiaco, papá, ¿serás también un homicida? Y si descubre que tiene cáncer y decide quitarse la vida porque no puede soportarlo, ¿acaso te sentirás culpable y te castigarás como me castigaste a mí? ¿Y si tu relación con su esposa desbarata su carrera política? ¿Y qué me dices de ella, papá? ¿Qué me dices de ella? ¿Qué derecho tienes a hacer esto mientras mamá se encuentra tan tranquila en Madrid? ¿Qué derecho tienes tú que yo no tuviera un año atrás con respecto al hombre que amaba? ¿Qué derecho...? ¿Cómo te atreviste? ¡Cómo te atreviste!

Rafaela estaba frente a él, temblando y gritándole las palabras en la cara.

—¿Cómo te atreviste a hacerme lo que me hiciste el año pasado? Me arrojaste de esta casa y me enviaste a España aquella misma noche porque dijiste que no querías tener a una prostituta bajo tu techo, papá —le espetó, señalando histéricamente hacia el *boudoir*.

Y antes de que su padre pudiese detenerla se dirigió a la puerta, desde cuyo umbral pudo observar a la esposa del ministro sentada en el borde de un sillón Luis XV, llorando sordamente con un pañuelo apoyado sobre la boca.

—Buen día, *madame*.

Luego se volvió hacia su padre.

—Y adiós. Yo tampoco quiero pasar ni una sola noche bajo el mismo techo que una prostituta, y tú, papá, eres la persona prostituida, no la dama aquí presente, ni yo. Tú lo eres..., tú lo eres... —Comenzó a sollozar histéricamente—. Lo que me dijiste el año pasado casi me costó la vida... Durante casi un año me he estado torturando por la acción que cometió mi esposo, mientras todo el mundo me aseguraba que yo era inocente, que él lo había hecho porque era muy viejo, estaba enfermo y se sentía desgraciado. Sólo tú me acusaste de haberlo matado y me llamaste prostituta. Tú me dijiste que te había deshonrado, que estuve a punto de provocar un escándalo que habría mancillado tu buen nombre y honor. ¿Y qué has hecho *tú*, demonios? ¿Qué ha hecho *ella*? —Señaló vagamente a la mujer del salto de cama azul—. ¿No crees que esto provocaría el escándalo de los escándalos? ¿Qué me dices de tus criados? ¿Qué me dices de *Monsieur le Ministre*? ¿Qué me dices de los electores? ¿O acaso sólo yo puedo ser la causa de la deshonra de la gente? ¡Dios mío! Lo que yo hice ni siquiera puede compararse con esto. Y tienes derecho a hacerlo, si eso es lo que quieres. ¿Quién soy yo para decirte lo que puedes o no puedes hacer, lo que está bien y lo que está mal? Pero ¿cómo te atreviste a insultarme? ¿Cómo te atreviste a hacer lo que me hiciste? —Agachó un instante la cabeza, sollozando, y luego volvió a fulminar a su padre con la mirada—. Jamás te perdonaré, papá..., jamás...

Él parecía un hombre abatido cuando fijó la vista en su hija, con el cuerpo como colgando flojamente dentro de la bata, y en su rostro se reflejaba el dolor producido por lo que su hija acababa de decirle.

—Rafaela... Me equivoqué..., cometí un error... Esto sucedió después. Lo juro. Empezó este verano...

—Me importa un bledo cuándo empezó —lo atajó ella escupiendo las palabras, en tanto él miraba desconcertado a su hija y a su amante, que sollozaba en el sillón—. Cuando lo hice yo me llamaste asesina. Ahora que lo haces tú es algo correcto. Me habría pasado el resto de mi vida encerrada en Santa Eugenia, devorándome el alma. ¿Y sabes por qué? Por lo que tú me dijiste. Porque te creí. Porque me sentí tan desesperadamente culpable que acepté toda la calamidad que volcaste sobre mi cabeza.

Rafaela salió del *boudoir* y se encaminó a la puerta de la habitación. Su padre la siguió como un perro faldero, y ella se detuvo sólo un instante en el umbral para volverse y dirigirle una mirada de desprecio.

—Rafaela..., lo lamento...

—¿Qué es lo que lamentas, padre? ¿Que te haya descubierto? ¿Acaso habrías venido a decírmelo? ¿Me habrías dicho que habías cambiado de modo de pensar, que yo no había causado la muerte de mi esposo? ¿Me habrías hecho saber que habías reconsiderado las cosas y que tal vez te habías equivocado? ¿Cuándo me lo habrías dicho? Si no te hubiera sorprendido, ¿cuándo habrías venido a verme para decírmelo? ¿Cuándo?

—No lo sé... —repuso él con voz ronca y apagada—. Con el tiempo..., habría...

—¿De veras? —le interrumpió ella, sacudiendo la cabeza—. No te creo. Jamás lo habrías hecho. Y habrías continuado viéndote con tu amante, mientras yo me consumía enterrada en España. ¿Podrás seguir viviendo con ese cargo de conciencia? ¿Serás capaz? La única persona que ha destruido la vida de otra, padre, eres tú. Casi destruiste la mía.

Y con estas palabras cerró dando un portazo. Bajó la escalera en un santiamén y vio que su equipaje aún seguía en el vestíbulo. Temblorosa, se colgó el bolso del hombro, cogió una maleta con cada mano, abrió la puerta y salió de la casa con el propósito de coger un taxi en la parada más próxima. Sabía que había una al doblar la esquina, pero estaba dispuesta a irse caminando hasta el aeropuerto si era preciso, pues regresaba a España. Aún estaba temblorosa y agitada cuando por fin consiguió un taxi; y tras decirle al chófer que la llevara al aeropuerto de Orly, apoyó la cabeza en el respaldo del asiento y cerró los ojos, mientras se enjugaba disimuladamente las lágrimas que se deslizaban por sus mejillas.

De repente su alma estaba preñada de odio y rencor contra su padre. ¡Qué bastardo e hipócrita era! ¿Y su madre? ¿Y qué decir de las acusaciones que él había hecho, de todas las cosas que le había dicho...? Pero mientras ardía de rabia por dentro, camino del aeropuerto, se dijo que en realidad su padre no era más que un ser humano, tan humano como lo era probablemente su madre, tan humano como ella misma lo había sido, tan humano quizá como John Henry lo fuera también. Tal vez ella no había sido la culpable de su muerte. Tal vez simplemente él no había querido seguir viviendo.

Mientras volaba con destino a Madrid, fijó la mirada en el firmamento nocturno y lo rememoró todo, y por primera vez en casi un año se sintió liberada del agobiante sentimiento de culpa y del dolor que constreñía su corazón. De pronto se encontró con que sentía lástima por su padre, y se echó a reír quedamente al recordarle en su bata roja, así como a la rolliza amante de mediana edad envuelta en el salto de cama con ribetes de plumas en torno a su rollizo cuello. Cuando el avión aterrizó en Madrid, ella seguía riendo quedamente, y aún conservaba una sonrisa en los labios al bajar del aparato.

Capítulo 34

A LA MAÑANA SIGUIENTE Rafaela bajó a desayunar, y si bien su rostro se veía tan demacrado y pálido como siempre durante el pasado año, había una nueva luz en sus ojos. Mientras tomaba el café le comunicó con gran soltura a su madre que había tratado con su padre todos los asuntos y luego resolvió regresar.

—Pero para eso ¿por qué no le hablaste simplemente por teléfono?

—Porque me imaginé que sería más largo de lo que realmente fue.

—Pero eso es una tontería. ¿Por qué no te quedaste unos días con tu padre.

Rafaela dejó la taza de café sobre la mesa.

—Porque quise volver aquí lo antes posible, madre.

—¡Oh! —Alejandra presintió que algo había ocurrido y observó con detenimiento los ojos de su hija—. ¿Por qué?

—Voy a volver a casa.

—¿A Santa Eugenia? —exclamó su madre, asombrada—. ¡Oh, no me salgas con ésas de nuevo, por el amor de Dios! Al menos quédate en Madrid hasta Navidad, y después nos iremos juntas. En esta época del año el tiempo es horrible.

—Lo sé, pero no es a Santa Eugenia donde pienso ir, sino a San Francisco.

—¿Cómo? —Su madre se quedó atónita—. ¿Es eso lo que conviniste con tu padre? ¿Qué te dijo él?

—Nada. —Rafaela casi se sonrió al recordarle de nuevo con su bata roja—. La decisión la he tomado yo. —Lo que había descubierto acerca de la familia por fin la había liberado de todas sus tensiones—. Quiero volver a mi casa.

—No seas absurda. Ésta es tu casa, Rafaela —replicó su madre, abarcando con un amplio gesto de la mano la casa que pertenecía a la familia desde hacía ciento cincuenta años.

—Sí, en parte. Pero allí tengo mi hogar, y es adonde quiero volver.

—¿Para qué?

Su madre se mostró desalentada. Primero se había recluido en Santa Eugenia como un animal herido, y ahora quería huir. Pero tenía que reconocer que había un hálito de vida en ella. Era sólo como un destello..., pero constituía un reflejo de lo que Rafaela había sido. Aún se mostraba extremadamente reservada, pues ni siquiera ahora quiso explicar lo que pensaba hacer. Alejandra se preguntó si habría vuelto a tener noticias de aquel hombre, si ése era el motivo que la impulsaba a regresar, en cuyo caso a ella no la hacía muy feliz. Después de todo, aún no había transcurrido un año desde la muerte de su esposo.

—¿Por qué no esperas hasta la primavera?

Rafaela meneó la cabeza.

—No. Me voy en seguida.

—¿Cuándo?

—Mañana —contestó, habiéndolo resuelto en aquel preciso momento. Dejó la taza de café y miró a su madre a los ojos—. Y no sé por cuánto tiempo me quedaré allí ni cuándo volveré a España. Quizá venda la casa, quizá no. Aún no lo sé. Lo único que sé es que cuando me marché, dejando todo lo que allí tenía, me encontraba en estado de *shock*. Ahora tengo que volver.

Su madre sabía que eso era cierto, pero temía perderla. No quería que Rafaela se radicara en los Estados Unidos. Su lugar estaba en España.

—¿Por qué no dejas que tu padre se ocupe de todo?

Eso era lo que Alejandra habría hecho.

—No —repuso Rafaela con firmeza—. Ya no soy una niña.

—¿Quieres que te acompañe alguna de tus primas?

—No, madre. Estaré bien.

Varias veces más trató de convencer a Rafaela, sin lograrlo, y cuando Antoine recibió la noticia ya era demasiado tarde. Al día

284

siguiente levantó el teléfono con mano temblorosa y llamó a España. Imaginaba que Rafaela se lo habría contado todo a su madre, que su matrimonio estaba a punto de estallar en llamas. Pero lo único que su esposa le dijo fue que Rafaela había partido hacia California por la mañana. Si bien ya era demasiado tarde para detenerla, Alejandra deseaba que él la llamase y la hiciera volver.

—No creo que quisiera escucharme, Alejandra.

—A ti te escuchará, Antoine.

Al oír aquellas palabras él revivió la escena que Rafaela había protagonizado con él, y se alegró y agradeció que ella no le hubiese contado nada a su madre. Se limitó pues a menear la cabeza.

—No, no querrá escucharme, Alejandra. Ya no.

Capítulo 35

EL AVIÓN ATERRIZÓ en el aeropuerto internacional de San Francisco a las tres de la tarde de un espléndido y claro día de diciembre. El sol brillaba con fuerza, el aire era cálido, el viento, seco, y Rafaela respiró hondo, preguntándose cómo había podido sobrevivir sin aquel aire tan tonificante. El mero hecho de pisar aquella tierra vivificaba su alma, y cuando pasó con su equipaje por la aduana se sintió fuerte, libre e independiente, sensación que se acrecentó al salir y coger un taxi. Esta vez no había ninguna limusina aguardando y tampoco había descendido del avión por la salida especial. No había solicitado que la acompañaran para pasar por la aduana, sino que lo había hecho como todo el mundo, y eso le causaba una profunda satisfacción. Estaba harta de permanecer oculta y protegida. Sabía que había llegado el momento de valerse por sí misma. Había telefoneado para anunciar al personal de servicio de John Henry su llegada, aunque ahora ya sólo quedaban unos pocos sirvientes en la casa. A los demás los había despedido su padre, algunos con una pensión, otros con pequeñas sumas que John Henry les había dejado, aunque todos lamentaron asistir al ocaso de aquella era. Todos creían que Rafaela nunca volvería, y recibieron con estupor la noticia de su regreso.

Cuando el taxi se detuvo frente a la mansión y ella tocó el

timbre, fue saludada por cálidas y amables sonrisas. Todos se alegraban de verla, de volver a tener a alguien en la casa aparte de ellos mismos, si bien en el fondo sospechaban que su llegada sólo podía presagiar cambios más profundos. Aquella noche le prepararon una cena estupenda, con pavo relleno, aderezado con boniatos y espárragos, y para postre un delicioso pastel de manzana. En las dependencias del servicio se comentó lo pálida y delgada que estaba la señora, y todos manifestaron que jamás habían visto unos ojos tan tristes. Sin embargo, tenía mejor aspecto que cuando estaba en Santa Eugenia, aunque eso ellos no podían saberlo.

Con el fin de complacerles cenó en el comedor, y luego deambuló despacio por la casa. Ésta tenía un aire lúgubre, tan vacía, sin vida, como una reliquia de otra era, y Rafaela llegó a la conclusión de que había llegado el momento de cerrarla. Si se quedaba en San Francisco, lo cual todavía no había resuelto, no tendría necesidad de una casa tan grande. Sabía también que siempre la deprimiría, se dijo mientras subía a la planta alta. Allí siempre se acordaría de John Henry en el estado en que se encontraba últimamente.

En cierto modo sentía la tentación de radicarse en San Francisco, pero en ese caso precisaría una vivienda más pequeña..., como la casa de Alex en Vallejo... A pesar de todos sus esfuerzos por evitarlo, su mente evocó a su amante. Era imposible entrar en el dormitorio y no recordar las noches que pasara esperando con impaciencia el momento de ir a reunirse con él. En eso pensaba ahora mientras miraba en torno, preguntándose cómo estaría, qué habría sucedido, qué habría hecho él de su vida en el pasado año. No había vuelto a tener noticias de Charlotte ni de Amanda, y en el fondo tenía la sospecha de que jamás volvería a saber nada de ellas. Tampoco planeaba establecer ella el contacto, ni con ellas... ni con Alex... No tenía intención de telefonearle para decirle que había vuelto. Ella había regresado para enfrentarse con los recuerdos de John Henry, cerrar la casa, embalar sus pertenencias y encararse consigo misma. Ya había dejado de considerarse a sí misma como una homicida, pero si tenía que asumir lo ocurrido para seguir viviendo, comprendía que debía permanecer en el lugar de los hechos y enfrentarlos cara a cara, antes de tomar cualquier decisión con respecto a quedarse en San Francisco o regresar a España. El lugar de residencia ya no tenía importancia. Pero su reacción ante lo pasado determinaría el curso de toda su vida. Eso ella lo sabía perfectamente bien, y ahora pasaba de una habitación a otra, tratando de no pensar en Alex, de no divagar, de no sentirse de nuevo culpable por la forma en que John Henry había muerto.

Era casi medianoche cuando halló el coraje para entrar en el dormitorio de su esposo. Permaneció allí un largo rato, observando todos los detalles, rememorando las horas que había pasado con él, leyéndole, hablándole, escuchándole y compartiendo las comidas servidas en bandejas. Y entonces, sin saber por qué, acudieron a su memoria los poemas que a él tanto le gustaban y, como obedeciendo a un primitivo deseo inconsciente, se acercó a la biblioteca y comenzó a examinar los libros. Encontró el librito en el anaquel inferior, donde alguien lo había colocado. La mayor parte del tiempo había estado sobre la mesita de noche, junto a su cama. Recordaba haberlo visto allí a la mañana siguiente..., a la noche después... Se preguntó si lo habría estado leyendo en el momento de morir. Aquélla era una suposición absurda, romántica, que probablemente nada tenía que ver con la realidad, pero volvió a sentirse cerca de él al sentarse a corta distancia de la cama, con el delgado volumen en la mano y recordando la primera vez que lo habían leído juntos, durante su luna de miel en el sur de Francia. Aquél era el mismo libro que él había comprado en su juventud. Ahora, con una incipiente sonrisa en los labios, Rafaela comenzó a hojearlo y se detuvo súbitamente en un pasaje familiar marcado por una hoja de papel azul. Al abrirse el libro por donde había sido insertado el papel, a Rafaela el corazón le dio un vuelco al comprobar que la hoja estaba escrita con la letra temblorosa que John Henry tenía en su último año de vida. Era como si le hubiera dejado un mensaje, sus postreras palabras... Y entonces, al comenzar a leer, se dio cuenta de que eso era precisamente lo que John Henry había hecho; y al dirigir la mirada al pie de la hoja los ojos se le llenaron de lágrimas.

Releyó lo escrito mientras las lágrimas que le nublaban la vista brotaban de sus ojos y corrían por sus mejillas.

Mi querida Rafaela:

Es ésta una tarde interminable, en la conclusión de una vida también interminable. Una vida plena. Que se hizo más plena gracias a ti. ¡Qué regalo inapreciable has sido tú para mí, amor mío! Un brillante perfecto, sin mácula. Nunca has dejado de maravillarme, de proporcionarme gozo, de llenarme de felicidad. Ahora sólo puedo pedirte que me perdones. ¡Hace tanto tiempo que estoy pensando en este momento! ¡Hace tanto que deseo ser libre! Ahora me voy, sin tu permiso, pero espero que con tu bendición. Perdóname, cariño. Te dejo con todo el amor que pueda darte. Y no me recuerdes como un ser que ha desaparecido, sino como un ser que se ha liberado para siempre. Con todo mi corazón,

JOHN HENRY

Rafaela leyó y releyó la nota infinidad de veces. «No me recuerdes como un ser que ha desaparecido, sino como un ser que se ha liberado para siempre.» Después de todo, John Henry le había dejado una carta. El alivio que experimentaba era tan abrumador que apenas podía moverse. Él le pedía que lo perdonara. ¡Qué absurdo era todo! ¡Y cuán equivocada había estado ella! No desaparecido... sino liberado para siempre. Así pensaba en él ahora, y lo bendecía como él le pedía que hiciera en lo que había escrito un año atrás. Y la bendición la recibió ella de rebote. Porque de repente, por primera vez en un año, Rafaela se sintió liberada también. Siguió recorriendo lentamente la casa, sabiendo que ambos eran libres ahora: ella y John Henry. Él había logrado lo que tanto había deseado. Había elegido la senda adecuada para él. Y ahora ella era libre para hacer lo propio. Era libre para irse..., para seguir adelante... Podía vivir plenamente de nuevo. De pronto quiso telefonear a Alex para contarle lo de la carta, pero comprendió que no podía hacerlo. Hubiera sido de una crueldad indecible volver a introducirse en su vida después de todo ese tiempo. Pero sentía unos deseos incontenibles de decírselo. Ellos no habían sido los causantes de su muerte. Simplemente, fue él quien decidió abandonar este mundo.

Cuando volvió a su habitación a las tres de la madrugada recordó a los dos hombres, con ternura y amor, y se dio cuenta de que los quería a ambos más que nunca. Ahora eran todos libres..., los tres. Por fin.

A LA MAÑANA SIGUIENTE telefoneó al agente de bienes raíces, para poner la casa en venta, llamó después a varios museos, a las bibliotecas de las universidades de California y de Stanford, y a una empresa de mudanzas. Había llegado la hora de irse. Había tomado una resolución. Aún no estaba muy segura del rumbo que tomaría, ni de lo que haría, pero había llegado el momento de abandonar la casa que había pertenecido a John Henry, pero jamás a ella. Tal vez era hora de volver a Europa; sin embargo, de eso aún no tenía la absoluta certeza. La carta de John Henry la absolvía de su «pecado». La dobló cuidadosamente y la guardó en su cartera. Pensaba colocarla en la caja del banco junto con otros documentos importantes, puesto que aquél era el pedazo de papel más valioso que hubiera poseído jamás.

Hacia el fin de semana ya había efectuado las donaciones a los museos, y las dos universidades a las que había avisado se repartieron equitativamente los libros. Rafaela conservó tan sólo aquellos pocos que había compartido y disfrutado con John Henry y, por supuesto, el libro de poemas dentro del cual él había dejado la carta la noche de su muerte. Su padre la había telefoneado, y ella le contó lo de la mencionada nota. Se produjo un prolongado silencio en el otro extremo de la línea, y cuando su padre volvió a hablarle, lo hizo con voz ronca para pedirle perdón por todo lo que le había dicho. Ella le aseguró que no le guardaba rencor, pero al colgar, ambos se preguntaron cómo podía recuperarse un año de tiempo, cómo podían borrarse las palabras que nunca debieron decirse, cómo podían curarse las heridas que jamás cicatrizarían. Sin embargo, había sido John Henry quien había atenuado la angustia de Rafaela, quien le había efectuado el más valioso de todos los obsequios: el de la verdad.

Parecía un sueño, cuando Rafaela y los criados llenaron las últimas cajas. Les había llevado poco menos de dos semanas, y en el curso de la siguiente, en Navidad, Rafaela pensaba estar ya en España. No había ninguna razón que la obligara a quedarse en California. La casa había sido casi vendida a una mujer que se enamoró de ella, pero cuyo esposo pedía un poco de tiempo para decidirse. Los muebles irían a subasta, salvo algunas piezas que ella le mandó a su madre en España. No tenía pues nada más que hacer allí, y al cabo de un par de días se mudaría a un hotel antes de abandonar San Francisco para siempre. Sólo recuerdos quedaban ahora, deambulando por la casa como viejos fantasmas. Recuerdos de las comidas que tuvieron lugar en el dormitorio de John Henry, a las que Rafaela asistiera ataviada con vestidos de seda y collares de perlas..., de veladas pasadas delante del fuego de la chimenea..., de la primera vez que llegó a aquella casa... Debería embalar también aquellos recuerdos para llevárselos consigo, se dijo al terminar de hacer las maletas una semana antes de Navidad, a las seis de la tarde. Había oscurecido ya, y el cocinero le había preparado unos huevos con bacon, que era precisamente lo que a ella le apetecía, y desperezándose y exhalando un suspiro echó una mirada en torno a la mansión de John Henry, sentada en el suelo con sus pantalones viejos de color caqui. Todo estaba listo para que los mozos de la empresa de transportes lo llevaran al subastador y a la compañía naviera, que se encargaría de enviarle a España las pocas cosas que ella había elegido. Pero mientras daba cuenta de los huevos con bacon, su mente evocó de nuevo a Alex y el día en que se reencontraron en la playa, hacía exactamente un año. Se preguntó si volvería a verle de nuevo si acudía a aquel mismo lugar, pero se sonrió ante la improbabilidad de que ello sucediera. También aquel sueño había terminado.

Cuando acabó de comer llevó los platos a la cocina. El último de los sirvientes se marcharía dentro de un par de días, y resultaba extrañamente agradable, según constató, atender a sus propias necesidades en la casa desmantelada. Ahora no tenía libros que leer, ni cartas que contestar, ni televisión para distraerse. Pensó, por primera vez, en ir al cine, pero resolvió dar un corto paseo y luego acostarse temprano. Aún le quedaban algunas cosas por hacer a la mañana siguiente, entre ellas ir a la compañía de aviación a retirar el pasaje de vuelta a España.

Admirando el paisaje, enfiló con paso tardo el Broadway; no podía dejar de contemplar las hermosas y plácidas casas, sabiendo que no las echaría de menos cuando se marchara. La que ella habría echado realmentae de menos era mucho más pequeña, mucho más sencilla, pintada de color beige con ribetes blancos, y poseía un rutilante jardín que se llenaba de flores al llegar la primavera. Casi como si sus pies supieran lo que ella estaba pensando, la condujeron hacia aquella dirección, hasta que al doblar la esquina Rafaela se dio cuenta de que estaba a sólo una manzana de distancia. En realidad no quería volver a verla. Sin embargo, en el fondo se decía que ansiaba estar allí, experimentar de nuevo el amor que había conocido en ella. Se había despedido por fin de la casa donde había convivido con John Henry; parecía como si ahora tuviera necesidad de ir también al sitio donde había conocido a Alex. Quizás así podría sentirse libre para fundar otro hogar, un lugar propio esta vez, así como encontrar tal vez otro hombre al que pudiera amar, como había amado a Alex, y a John Henry antes que a él.

Tenía la sensación de ser invisible al acercarse a la casa, atraída por una poderosa fuerza que no atinaba a explicarse. Era como si hubiese esperado toda la semana para llegarse hasta allí, para ver la casa otra vez, para constatar todo cuanto había significado para ella, para despedirse, no de las personas sino del lugar. La casa estaba a oscuras cuando llegó allí, y ella sabía que no había nadie adentro. Se dijo que quizás Alex estaría en Nueva York, y entonces recordó que Mandy estaba en la universidad, pero tal vez había ido a pasar las vacaciones navideñas con su madre o a Hawai con Charlotte. ¡Qué lejos de su vida le parecían de pronto todas aquellas personas! Permaneció un largo tiempo contemplando las ventanas altas, recordando, sintiendo de nuevo todo lo que allí había sentido, deseándole a Alex todo el bien del mundo, dondequiera que estuviese. Lo que no advirtió en aquel momento fue que la puerta del garaje se había abierto y el Porsche negro estaba detenido en la esquina, con un hombre de negros cabellos sentado al volante y vigilando atentamente. Él estaba casi seguro de que era Rafaela quien se encontraba en el otro lado de la calle, frente a la casa, contemplando las ventanas, pero se decía que eso no era posible, que se trataba de una ilusión, de un sueño. La mujer que estaba allí, mirando la casa soñadoramente, parecía más alta y mucho más delgada, llevaba unos pantalones de color caqui y un grueso suéter blanco, y el cabello recogido en un moño que le resultaba familiar. La silueta se asemejaba a la de Rafaela, al igual que algo en su expresión según lo que podía percibir a tanta distancia, pero él sabía que Rafaela se encontraba en España y, según le había informado su madre, estaba a punto de renunciar a la vida, para quedarse recluida en Santa Eugenia. Él ya había perdido todas las esperanzas de alcanzarla. Rafaela no había contestado sus cartas, y por lo que su madre había dicho era un caso perdido. Se había aislado de todo lo que alguna vez había constituido su razón de vivir, renunciando a soñar, a sentir y a ser. Durante un año ello casi le había hecho enloquecer, pero ahora ya se había resignado a lo irremediable. Del mismo modo como llegó al convencimiento de que no podía seguir torturándose por la pérdida de Rachel, también se convenció de que no podía seguir pendiente de aquel sueño. Ella no quería que lo hiciera. Así había terminado él por comprenderlo, y por eso, con renuncia, después de un año de sufrimiento, terminó por renunciar. Sin embargo, siempre la recordaría..., y siempre... Jamás había amado a ninguna mujer como había amado a Rafaela.

Y entonces, concluyendo que la mujer que estaba frente a la casa no era Rafaela, puso la primera y entró el vehículo en el garaje. En el otro lado de la calzada el muchachito que amaba apasionadamente el Porsche negro se acercó y siguió admirando el coche con el arrobamiento de costumbre. Él y Alex eran amigos ahora. Un día Alex hasta lo había llevado a dar una vuelta a la manzana. Pero ahora no fue el chico quien atrajo la atención de Alex, sino el rostro de la mujer que observaba por el espejo retrovisor. Era ella..., ¡era Rafaela! Bajó del estilizado vehículo lo más rápidamente que se lo permitieron sus largas piernas y pasó volando por debajo de la puerta del garaje antes que terminara de cerrarse. Y entonces se quedó allí plantado, casi sin moverse, mirándola, mientras Rafaela, en el otro lado de la calle, se inmovilizaba, mirándole a él. Rafaela tenía la cara más afinada, sus ojos se veían más grandes, parecía que la ropa le quedaba más holgada y tenía un aire fatigado. Pero era Rafaela sin ninguna duda, la mujer con la que tanto había soñado para llegar a la conclusión de que nunca volvería a verla de nuevo. Y ahora, de pronto, estaba allí, mirándole, y él no podía saber si estaba llorando o riendo. Sus labios se entreabrían en una ligera sonrisa, pero la luz del farol arrancó un destello de la lágrima que se derramaba lentamente de su ojo.

Alex nada dijo; se limitó a permanecer allí de pie, hasta que lentamente ella empezó a avanzar hacia él, con precaución, como si estuviera vadeando un río que corriera entre ambos. Ahora las lágrimas se deslizaban raudas por sus mejillas, pero la sonrisa se ensanchó, y también Alex le sonreía a ella. Él ignoraba por qué Rafaela estaba allí, si había ido a verle a él o sólo a quedarse frente a la casa, recordando y soñando. Pero ahora que la había visto, no permitiría que se separase de él. Esta vez no. Repentinamente, salvó el espacio que le separaba de ella de una zancada y la estrechó entre sus brazos. Sus labios se unieron a los de Rafaela y sintió los fuertes latidos de su propio corazón mientras la apretaba contra su pecho, y luego sintió los latidos del suyo cuando la besaba de nuevo. Estaban en medio de la calle, besándose, pero no circulaban vehículos por su lado. Había sólo un muchachito que había acudido a ver el Porsche negro y se había encontrado contemplando cómo un hombre y una mujer se besaban. Pero era el Porsche lo que a él le causaba admiración, no aquella pareja que se abrazaba en medio de la calle Vallejo, riendo quedamente, mientras el hombre le enjugaba las lágrimas a la mujer. Se besaron una vez más y luego, muy despacio, cogidos del brazo, penetraron en el jardín y traspusieron el umbral de la puerta de la casa, en tanto el chico se encogía de hombros, echando una última mirada al garaje donde se alojaba su coche soñado, y se iba para su casa.

294